中国海洋大学“985工程”
海洋发展人文社会科学研究基地建设经费资助

20世纪中国文学新视野

温奉桥 著

中国社会科学出版社

图书在版编目（CIP）数据

20 世纪中国文学新视野/温奉桥著 . —北京：中国社会科学出版社，2016. 7

ISBN 978 - 7 - 5161 - 8359 - 5

Ⅰ. ①2… Ⅱ. ①温… Ⅲ. ①中国文学—文学研究—20 世纪 Ⅳ. ①I206. 6

中国版本图书馆 CIP 数据核字(2016)第 133297 号

出 版 人　赵剑英
责任编辑　安　芳
特约编辑　孔　岳
责任校对　王　斐
责任印制　李寡寡

出　　版　中国社会科学出版社
社　　址　北京鼓楼西大街甲 158 号
邮　　编　100720
网　　址　http://www. csspw. cn
发 行 部　010 - 84083685
门 市 部　010 - 84029450
经　　销　新华书店及其他书店

印刷装订　三河市君旺印务有限公司
版　　次　2016 年 7 月第 1 版
印　　次　2016 年 7 月第 1 次印刷

开　　本　710 × 1000　1/16
印　　张　21. 75
字　　数　336 千字
定　　价　76. 00 元

凡购买中国社会科学出版社图书，如有质量问题请与本社营销中心联系调换
电话：010 - 84083683

却顾来时路

（自　序）

2012 年春天，我在美国斯坦福大学访学。傍晚时分，我喜欢一个人坐在花园的长椅上，喧闹了一天的校园安静下来，夕阳照在“方院”（斯坦福大学主建筑群）上，肃穆辉煌。我经常产生一种不知身在何处的感觉，就像作家王蒙在小说《蝴蝶》里所描写的那样：我为什么来到了美国，坐在斯坦福的夕阳里？我真的是那个每天赶十几里山路、冬天脚和鞋子冻在了一块去上学的小男孩吗？真是那个暑假里一边放牛、一边背唐诗的少年吗？

2014 年，我所在的中国海洋大学 90 华诞。一天，学校档案馆的张瑞红老师打电话，让我写一篇谈谈自己学术经历的文章。往事就是这样，不提则已，一经提醒，就像春风吹过的原野，一下苏醒了过来……

迄今，我已出版了十几部著作，发表了近百篇论文，似乎都没有留下特别的印象，但有一事我至今难以忘怀。20 世纪 90 年代中期，我正在读中国现当代文学的研究生，我的同门师姐刘蕾（著名儿童文学出版家，明天出版社副总编辑）在《作家报》兼职，彼时《作家报》在全国影响很大，很多名家都在上面发表文章，特别是连续推出的“作家论”，更是成为《作家报》的“品牌”。一天，刘蕾找到我，给了我一沓复印资料，让我写一篇“张一翔论”（张一翔即已故作家张恩娜）。说实话，那时我根本不知道张一翔是谁，也从未读过她的作品，更不知道自己能不能胜任，但又觉得能在《作家报》上发表文章是一个很难得的“机会”，也是很光荣的事。于是初生牛犊不怕虎，找来《作家报》发表的同类文章，反复揣摩研读，依葫芦画瓢，写了一篇《女性命运与性别解放——张一翔小说论》，发表在《作家报》文学评论版上，满满一个版面，看着挺能唬人的。这是我从事文学评论的“处女作”。看着自己的文字变成铅字，特别是看到自己的名字印在报刊上，对于一个年轻人来说，那种喜悦和兴奋是难以言传的。后来，陆续在《作家报》《文学世界》等报刊上发表了一些所谓文学评论的文字。我隐约记得，当时有一个女作家，把她的小说集寄给我，让我给她写一篇所谓的评论，在她的书中还夹着一张十分漂亮的照片，这对一个正在读研究生的年轻人来说，是颇为“自豪”的，现在想来，也是一种甜美的回忆。

然而，真正引领我走向学术研究之路的，是我的博士生导师朱德发先生。彼时，朱先生正主持一个国家社科基金项目，我们几个博士生各承担了其中的一部分，我承担的这一部分很有趣，叫“非理性的哲理文学”——当时，我正在做博士学位论文“现代性视野中的张恨水小说”，这两个题目基本上是风马牛不相及。一方面，课题催得急；另一方面，博士学位论文又绝不能出半点差错，心中焦虑，自不待言。于是，一会儿张恨水，一会儿“非理性”，颇有点今天说的“穿越”之感。无奈，就靠咖啡提神、助思，我后来喜欢喝咖啡，就是从这时开始的——我承担的这一部分，主要是从隐喻和象征的视角，来重新考察和评估20世纪中国小说。说来也怪，我之前很少从这一角度来思考中国现代文学，带着课题任务来重新阅读那些小说，如鲁迅的《药》、钱锺书的《围城》等，仿佛一下子完全不同了，顿时变得陌生起来，就像一个熟人或老朋友忽然变得不认识了，我第一次体会到理论思维之于学术研究的重要性，同时也想起了“批判的武器不能代替武器的批判”的著名说法。经过几个月的努力，焦头烂额的我终于交了差，导师对我承担的这一部分还算满意。在这个过程中，我还与导师合作撰写了《非理性视野中的现代中国文学》《论文学创作中的非理性思维》等几篇论文，前者被《新华文摘》2003年第10期全文转载，这也算是这次学术经历的“副产品”和“意外”收获吧！

课题完成了，我也博士毕业了，但是朱先生教给我的研究方法却深深植根于内心深处。我来到海大工作后，住在海大浮山校区，由于住得近，春天的时候，有时几个老师就相约爬校园后面的浮山。记得一次，与同事孟华教授、曲金良教授、黄亚平教授、李玉尚教授（已调往上海交大任教）、孟岗博士一起爬山，极富人文情怀的孟华教授提议，以后每周爬一次山，同时每人主讲自己研究领域的一个问题，相互切磋，近乎读书沙龙吧。一经提议，群起响应，现在想想，我那时轻狂，也许是想起了20世纪30年代闻一多、梁实秋等在青岛“酒喝胶济一带，拳打南北二京”的豪兴吧。我带了青岛啤酒，李玉尚教授带了花生米等，大家边喝酒、边交流，海阔天空，放浪形骸，现在想来，还颇为怀念那段浮山岁月呢。恰巧，那时我正在读米歇尔·福柯的《疯癫与文明》和苏珊·桑塔格的《疾病的隐喻》，特别是苏珊·桑塔格所说的疾病是通过身体说出的话，是一种自我表达的理论，使我之前许多模糊的认识似乎逐渐清晰起来：为什么20世纪中国作家笔下不约而同地出现了那么多的肺结核病患者形象？这些都是偶然吗？都是不经意间的“巧合”吗？都是无心的吗？这些肺结核病患者与20世纪中国社会的文化与精神有什么内在联系？越想越兴奋，真有豁然开朗之感，那种快乐，既简单又强烈，既纯粹又醇美。人们常说“高峰体验”，有时我想，学问的快乐，不也是人生“高峰体验”之一种吗？后来我在这些思考的基础上，利用暑假完成了一篇论文——《精神生态视野中的20世纪中国文学》，那年我刚好40岁，“为赋新词强说愁”，写了一首打油诗曰《四十心境》：

人生四十已无梦，春花秋月不须惊。
岂有豪情似旧时，夜来无事听涛声。

论文写完后，很盲目地投给了山东大学的《文史哲》编辑部，很快得到了贺立华先生的回信，论文也很快就发表了，这其实是那次课题的“未竟事业”。后来，我主持了国家社科基金项目“中国新时期小说隐喻叙事研究”，学术的“种子”却是十多年前即已埋在了心中。

王蒙研究构成了我最近十余年学术研究的一个最重要的方面。这个世界上，任何事情都有“机缘”，我与王蒙研究同样如此。其实，我与王蒙先生相识很晚，是来中国海洋大学之后的事。但是，20年前，当我读研究生的时候，就对王蒙产生了兴趣，开始比较系统地阅读王蒙的著作，这主要是性情所致，只是感到王蒙在当代作家中很特别，并没有将来专门从事王蒙研究的想法，更绝不会想到多年后，王蒙研究成为我学术生涯的重要部分。到我做硕士学位论文的时候，很自然地就选择了王蒙，导师告诉我说，“王蒙是个硬骨头，值得认真去做”。论文完成后，按照我从一家报社主编通讯录上抄来的地址，寄了一本给王蒙。10年后，当我第一次与王蒙先生相见的时候，他还说起此事。

2003年9月，我刚到海大，就参与筹办“王蒙文学创作国际学术研讨会”，那次会议虽然受到“非典”的影响，但仍然来了十几个国家和地区的100多位作家、学者、诗人，盛况空前。也正是在这次会议期间，我第一次见到了王蒙先生。

之后，我一直在中国海洋大学王蒙文学研究所工作，学术兴趣也主要集中在王蒙研究方面，并曾先后组织召开了八次有关王蒙研究的学术研讨会。后来，我出版了《王蒙文艺思想论稿》，这是我的第一部王蒙研究专著。《王蒙文艺思想论稿》出版后，曾得到一些我所尊敬的师长如著名学者严家炎、谢冕、朱德发、吴义勤等先生的勉励，令我十分感动。他们的勉励鞭策着我在学术的道路上继续前行。由于做了一点研究工作，2009年，我曾入选教育部“新世纪优秀人才支持计划”，并获得国家公派到美国斯坦福大学、华盛顿大学访学一年的机会。

除了学术研究外，我的另一重要收获，便是因为工作关系结识了很多著名作家、诗人和学者，如莫言、贾平凹、余光中、冯骥才、毕淑敏、余华、迟子建、叶辛、黄济人、张炜、郑愁予、张贤亮、白先勇、舒婷、魏明伦、严家炎、谢冕、袁行霈、叶嘉莹、童庆炳、何西来、徐通锵、舒乙、朱虹，以及德国的顾彬、韩国的徐世旭、俄罗斯的托罗普采夫等，可以开列一个长长的名单，他们都是王蒙先生请来担任海大驻校作家、客座教授或来参加学术活动的。在与这些作家的接触中，有的成了很好的朋友，王蒙先生曾赠言“文心淡远，美景陶然”于我，莫言则赐我“以诗为马”的字幅，严家炎先生以“上善若水”勉励我。特别是在这些交往中，能近距离地感受到他们的人格魅力和情怀。如2004年4月上旬，王蒙先生夫妇、北京大学袁行霈先生夫妇、北京师范大学童庆炳先生到海大进行为期一周的讲学。4月，正好是青岛一年中最好的季节，美丽的海大校园更是樱花怒放，处处洋溢着春天的气息。三人之中，王蒙最健谈、最幽默；袁行霈先生最儒雅，身材修长，文质彬彬，用现在的流行话语，袁行霈先生相当“帅”，并且写得一手相当漂亮的字，他的演讲《古典诗词与情趣的培养》令人陶醉，这也是我听到的最精彩的一次演讲。我还记得，就在讲学的那几天，童庆炳先生每晚六点半给海大文学院的师生讲授《文心雕龙》。一天晚饭时，王蒙先生说，“赶快吃饭，吃完去听童老师的《文心雕龙》课”，饭还没上齐，王蒙先生几分钟就草草吃完了，急急忙忙爬到教学楼的五楼合堂大教室，我感觉王蒙先生听课的心情就像我小时候在农村看电影抢占座位时的感觉，生怕去晚了错过开头。童庆炳先生已于2015年驾鹤西去，令人感叹。

我还记起了诗人余光中来海大时的情景。2006年5月末，余光中先生应王蒙先生之邀来海大讲学。我陪着余光中夫妇游览了青岛的信号山后，在海边散步，闲聊，余先生问我孩子多大了，那天正是儿童节，余先生随即掏出钢笔给我正在上小学的儿子题写了祝贺语。我儿子说，这是他收到的最珍贵的儿童节礼物。

回忆这些事，我内心感到温暖，也充满感激，因为文学和学术，我结识了一个个充满个性和才华的灵魂。感谢命运，感谢生活，感谢文学！

目 录 CONTENTS

综论

作家论

作品论

综 论

现代性与20世纪中国文学[①]

20世纪中国文学在其发展过程中，主要表现为三种现代性规范，并集中体现为三次现代性选择：第一种是以鲁迅为代表的五四文学现代性规范；第二种是以瞿秋白、毛泽东等共产党人为代表的“本土性”现代性规范；第三种是以王蒙为“急先锋”所开启的“新时期文学”现代性规范。事实上，每一种现代性规范的选择和调整，从大的方面讲，都可以认为是建立民族国家、实现传统中国走向现代中国的某种“现代性冲动”；从文学自身的发展而言，这三种现代性规范的选择，体现了20世纪中国文学发展流变中不断自我质疑、自我调整的过程，体现了对中国文学发展的不同的现代性价值诉求和现代性理路，可以说，都是20世纪中国文学的现代性“方案”。

一

新文化运动是中国社会、文化的第一次集中的、规模的整体性“现代性冲动”。“新文化运动是在世界形势和西方文化的影响下，中国人民对现代化的历史要求的一种自觉的反映。”[②] 所谓“自觉的反映”，即表明是一种具有明确价值目标的现代性诉求。但由于当时五四知识分子所置身的特

① 原载于《山东社会科学》2003年第6期，原题为《20世纪中国文学的三次现代性转型》。

② 王瑶：《中国现代文学史论集》，北京大学出版社1998年版，第340页。

殊的历史文化语境，对现代性的激进姿态几乎成了当时主流知识分子的主导性价值趋向和文化选择，“反传统”因此也就成了新文化运动的最本质性的现代性特征。

新文化运动开创了中国社会现代性之旅。但是，由于中国社会现代性明显的“后发性”特点，五四一代学者无可避免地陷入了巨大的现代性焦虑之中，在诸多的复杂性问题上都做了过于简单化的价值判断，简单地在“新”“旧”“中”“西”之间画等号，他们直言不讳而又理直气壮地宣称“所谓新者就是外来之西洋文化，所谓旧者，就是中国固有之文化”，并认为，“新旧之不能相容，更甚于水火冰炭之不能相入也”①，中国社会要进步，就“非走西方文明的路不可”，这是当时知识界的“共识”。从这种思维逻辑和价值判断出发，他们认定中国的现代性追求，就意味着在本质上对传统的反抗和叛逆，意味着文化形态的根本转型，意味着对中国文化整体设计的转变，同时也意味着对中国传统文化的彻底摒弃。五四知识分子面对中国传统文化，基本上普遍性地采取了“弃如土苴”的决绝态度。五四文化先驱们，虽以进化论为思想武器，但在很大程度上都背离了进化论的历史发展有其“故事主线”（story line）的观念，从而，否定了中国传统文化对现代化的积极意义和建构作用。

五四文学革命既然是新文化运动的一个组成部分，那么，也就不可避免地带有简单性、单值性、偏激性。在五四文学革命中，文学先驱们的态度与对传统文化相比并没有什么区别，胡适不但提出了“充分世界化”“一心一意的现代化”的口号，而且明确主张“全盘西化”，坚持“新”优于“旧”，扬“新”废“旧”的单一直线型现代性理路；陈独秀在著名的《文学革命论》中，对中国传统文学有着明晰的价值定位：“雕琢的阿谀的贵族文学”“陈腐的铺张的古典文学”“迂回的艰涩的山林文学”，并主张“际此文学革新之时代，凡属贵族文学，古典文学，山林文学，均在排斥之列”②；钱玄同在《尝试集》序中更是“号召”，“对于那陈腐的旧

① 汪淑潜：《新旧问题》，《青年杂志》1915年第1卷第1期。

② 陈独秀：《文学革命论》，《中国新文学大系·建设理论集》，上海文艺出版社1980年版，第44、46页。

文学，应该极端驱除，淘汰净尽"[①]，最后发展到废除汉字；周作人更是几乎把中国所有的文学形式都列为"非人的文学"；鲁迅则极为严肃地告诫青年人，尽量少读或者不读中国书。由此可见，五四文学家们是怀着同样激烈的态度投身于"文学革命"的。陈独秀在他的《文学革命论》中，劈头就说，"今日庄严灿烂之欧洲，何自而来乎？曰，革命之赐也"，又说，"自文艺复兴以来，政治界有革命，宗教界亦有革命，伦理道德亦有革命，文学艺术，亦莫不有革命，莫不因革命而新兴与进化"[②]；胡适更是一再强调"历史进化的文学观念"，他甚至不无得意地称"历史进化的文学观念"是文学观念变革历程的"哥白尼式革命"[③]。

五四文学革命的实绩，及其所追求的现代性规范，在鲁迅的小说创作中得到了最充分的体现。当鲁迅创作出《狂人日记》《药》等小说时，已经相当明显地体现了五四一代作家对未来文学现代性明晰的价值诉求和规范要求。鲁迅曾说，"新文学是在外国文学潮流的推动下发生的"[④]，在谈到他自己的小说创作时又说，"大约所仰仗的全在先前看过的百来篇外国作品和一点医学上的知识"[⑤]，"所取法的，大抵是外国的作家"[⑥]。鲁迅自己曾认为，他的创作之所以在当时"颇激动了一部分青年读者的心"，其原因在于"表现的深切和格式的特别"[⑦]。应该说，鲁迅的小说真正做到了"内外两面，都和世界的时代思潮合流"[⑧]。鲁迅的创作，最充分地体现了五四文学的"创新"现代性价值诉求和规范要求。

---

① 钱玄同：《尝试集》序，《中国新文学大系·建设理论集》，上海文艺出版社 1980 年版，第 109 页。

② 陈独秀：《文学革命论》，《中国新文学大系·建设理论集》，上海文艺出版社 1980 年版，第 44 页。

③ 胡适：《中国新文学大系·建设理论集·导言》，上海文艺出版社 1980 年版。

④ 鲁迅：《"中国杰作小说"小引》，《鲁迅全集·集外集拾遗补编》，人民文学出版社 1981 年版，第 399 页。

⑤ 鲁迅：《我怎么做起小说来》，《鲁迅全集·南腔北调集》，人民文学出版社 1981 年版，第 512 页。

⑥ 鲁迅：《致董永舒》，《鲁迅全集·书信》，人民文学出版社 1981 年版，第 212 页。

⑦ 鲁迅：《中国新文学大系·小说二集》序，《鲁迅全集·且介亭杂文二集》，人民文学出版社 1981 年版，第 238 页。

⑧ 鲁迅：《当陶元庆君的绘画展览时》，《鲁迅全集·而已集》，人民文学出版社 1981 年版，第 550 页。

然而，五四一代学者由于陷入了巨大的现代性“新”“旧”“中”“西”“传统”“现代”的直线型两极对峙的误区之中，把文学现代性选择基本上等同于社会变迁的线性方案，带有明显的“西方中心主义色彩”。所以，五四现代性“方案”自身存在着某种先天的单值性“反传统”缺陷。因而，反映在文学上，就是普遍的“欧化”倾向。应该说五四作家都有意无意地把西方文学作为中国文学的榜样，在文体格式、语言风格上都带有明显的“欧化”色彩。不仅如此，五四现代性的弊端更表现在五四文学的反传统主义，“使中国作家不但与被抛弃的古典传统割断了联系，而且更重要的是，与中国大众和民间传统也割断了联系——失去了后者就不可能和群众产生有意义的联系”①。

二

鲁迅在谈到文学发展的基本途径时曾指出：“采用外国的良规，加以发挥，使我们的作品更加丰富是一条路；采取中国的遗产，融合新机，使将来的作品别开生面也是一条路。”② 如果说以鲁迅为代表的五四作家主要走的是第一条路，那么，以瞿秋白、毛泽东为代表的共产党人则更侧重后者。瞿秋白比较早地意识到五四文学现代性弊端，并激烈地表达了不满的声音。瞿秋白对“五四式的‘白话文’”进行了猛烈的批判和指责，他认为五四白话已经被外国词汇、欧化句式、日本词汇和文言残余所占领，必须进行一场新的“文学革命”来反对“五四白话”。他不无尖刻地指出，“五四式的所谓白话文，其实是一种新文言，读出来并不像活人嘴里说的话，而是一种死的言语。所以问题还不仅在于难不难，而且还在于所用的

---

① ［美］P. G. 匹柯维茨：《瞿秋白对五四一代的批评——中国早期的马克思主义文学批评》，贾植芳主编《中国现代文学的主潮》，复旦大学出版社1990年版。

② 鲁迅：《〈木刻纪程〉小引》，《鲁迅全集·且介亭杂文》，人民文学出版社1981年版，第19页。

文字是不是中国话——中国活人的话，中国大众的话？”① 瞿秋白对五四文学的质疑和批评，表明“人们回顾‘五四’充分扩大的借鉴外国的岁月，不满足于泛泛的‘欧化’，而要求规范的吸收和归位”②。这种对五四文学“欧化”的不满和“要求规范的吸收和归位”，预示着中国文学最初的现代性选择的调整和对新的现代性文学规范的期待。中国文学面临着某种具有重要意义的现代性转折。

20 世纪中国文学现代性规范的转移，即从五四时期过于“欧化”的文学现代性思路到对“本土化”现代性思路的调整，是通过一系列文艺论争来完成的。五四现代性自身的缺陷到了 30 年代已经生长为某种反对性力量和“纠正”的欲望，集中表现在 30 年代以后持续展开的文艺“大众化”和“民族化”问题的讨论，这种讨论前后共进行了四次，持续了十年之久。“大众化”和“民族化”问题的论争从表面看仿佛是个纯粹的语言问题，而实际上在其根本却是个多重现代性价值视野下的 20 世纪中国文学的价值趋向选择的问题，其核心是两种文学现代性理路的冲突、纠缠、较量和中国文学现代性思路的重新调整，其深层含义是对五四确立的现代性追求的历史合理性的质疑。从“文学革命”到革命文学，再到左翼文学、无产阶级大众文学、工农兵文学，可以说，五四确立的以“欧化”为主的新文学的现代性在一点点流失，而以“民族性”和“本土化”为主要价值诉求的现代性一步步得到承认、接纳。这两种现代性思路的论争为毛泽东文艺政策的出台和对未来中国文学现代性发展之路的勾画做了思想上的准备。

毛泽东文学现代性理论的核心内容是“民族性”和“本土化”，其表现形式就是对“民族风格”的特别重视和强调。1938 年毛泽东就提出：“洋八股必须废除，空洞抽象的调头必须少唱，教条主义必须休息，而代之以新鲜活泼的，为中国老百姓所喜闻乐见的中国作风和中国气派。”③ 虽然在这次报告中，毛泽东并没有专门论及文学问题，但“为中国老百姓所

① 瞿秋白：《“我们”是谁?》，文振庭编《文艺大众化问题讨论资料》，上海文艺出版社 1987 年版，第 101 页。

② 吴福辉：《二十世纪中国小说理论资料》（第三卷），北京大学出版社 1997 年版，前言。

③ 毛泽东：《毛泽东论文艺》，人民文学出版社 1983 年版，第 5 页。

喜闻乐见的中国作风和中国气派”，对他的文学现代性预想做了初步的框架勾画，体现了共产党人对文学现代性的一种新的构想和欲求。在后来的《在延安文艺座谈会上的讲话》中，毛泽东的“民族性”和“本土化”文学现代性构想进一步得以完善和凸显。《讲话》实际上是以毛泽东为代表的共产党人对五四以来中国文学发展情况所做的一个基本价值判断，和对未来文学发展的基本构想。在《讲话》中，毛泽东紧紧抓住文艺“一个为群众的问题和一个如何为群众的问题”这两个最根本性问题展开论述，相当全面地、明确地、本质地对未来文学发展的基本走向和基本风貌做了勾画，这两个问题体现了毛泽东对五四文学现代性的某种疑虑和实际上的不满：“有些天天喊大众化的人，连三句老百姓的话都讲不来……实在他的意思仍是小众化。”毛泽东指责许多作品不但“语言无味”，“而且常常夹着一些生造出来的和人民的语言相对立的不三不四的词句”。在这一点上，毛泽东与瞿秋白对五四文学的判断基本一致，这种疑虑和不满，在毛泽东的现代性框架中最中心的一点便是对“中国作风、中国气派”的强调，他以不容置疑的口气在实际意义上否定并扭转了过于“洋化”的中国文学的现代性发展理路和走向。毛泽东的《在延安文艺座谈会上的讲话》的论述，看似仅是文学的语言、形式问题，“实际上隐含和‘深层暴露’出来的，是……更为丰富的有关传统/现代、欧化/民族化、本土性（地方性）/全国性、民族性（中国性）/世界性等现代性问题”①。由此，毛泽东彻底扭转了中国文学的最初的现代性选择，并以一种主要体现民族特色的文学现代性目标代替了过于“欧化”的五四现代性价值，从而在根本上扭转了现代文学的发展方向。一时间，与五四文学迥异的文学形式，如赵树理的《小二黑结婚》《李有才板话》、李季的《王贵与李香香》等作品，成了当时解放区的主流文学形式，“地摊文学家”赵树理成为中国文学的未来发展方向。

新中国成立后，毛泽东“本土性”文学发展的现代性理路，更是通过体制性保障掌控了当代文学发展的基本走向和形态风貌。虽然，在纯粹理

---

① 逄增玉：《中国现代文艺思潮中的现代性问题》，《作家》1999年第3期。

性层面上，毛泽东承认“像西太后反对‘洋鬼子’是错误的”，他甚至主张，中国的传统和外国的东西，“应该交配起来，有机地结合”，“应该学习外国的长处，来整理中国的，创造出中国自己的、有独特民族风格的东西”。[①] 但是，在实践层面上，毛泽东更重视的却是“民族风格”，并没有真正做到“非驴非马也可以”。应该说，中国当代文学发展史特别是“文化大革命”期间的“样板戏”极端化的文学形态表明，毛泽东的“本土性”现代性思路，在一味强调“民族性”的同时，并没有充分警惕这种现代性自身的局限和不足。事实上，在这种“本土化”的现代性理路的拘囿、导引下，中国当代文学一步步走向封闭的“死胡同”。

三

实际上，无论是五四文学现代性思路还是毛泽东的“中国作风、中国气派”的“本土化”现代性思路，都有自身所无法克服的片面性和单一性，都有其内在缺陷，前者过于“欧化”，脱离民众；后者又过于封闭，以至于一步步发展成为后来的“样板戏”文学。他们共同的缺陷，在于这两种现代性理路都过于狭窄。历史提供了另一种中国文学发展的现代性途径，那就是改革开放之后，即20年世纪80年代兴起的“新时期文学”，这是一种在更高层次上的多元的现代性理路，既立足本土又放眼世界，既具有现代性又具有民族性。历史选择了王蒙，对这两种都有某种内在缺陷的中国文学现代性理路进行了新的“整合”。王蒙在进行新一轮的文学现代性选择的时候，20世纪中国文学的发展历史已经提供了丰富的借鉴，王蒙所直接面对的“历史资源”和所处的文化语境，已经与鲁迅、毛泽东等人有了根本的不同。应该说，王蒙已经站在了一个变化了的新的历史起点上。他已经摆脱了“五四”“毛泽东时代”文学现代性与社会现代性的

① 毛泽东：《同音乐工作者的谈话》，《毛泽东文艺论集》，中央文献出版社2002年版，第154—155页。

“捆绑式”思路和焦虑心态，基本上走出了对文学的“工具性之思”，能够对文学进行“独立”的本体性现代性思考。王蒙力图在新的文化语境和时代契机中，“重塑”中国文学现代性新景观，探索“新时期”中国文学发展的新思路。

王蒙深刻地洞察了“五四”文学和“毛泽东时代”文学的内在缺陷，特别是后者的封闭性、狭隘性，严重地桎梏了作家的创造力、想象力，并且导致中国文学审美口味、文学形态越来越“窄化”的倾向。因而，王蒙力求在一种更加多元、宽容，因而也更加“文学”的意义上，探索一种新的文学现代性理路。虽然，毛泽东在“毛泽东时代”文学发展过程中，已经察觉了“中国作风、中国气派”的文学现代性理路的某种弊端，并提出了“古为今用、洋为中用”的较为合理的现代性理路的调整，但当时的时代氛围决定了这一调整的文学现代性理路只能是昙花一现，并没有产生持久的历史影响力。应该说，只有到了“新时期”，文学的发展才真正体现了毛泽东提出但没有来得及展开的“古为今用、洋为中用”的现代性理路。

王蒙的文学现代性理路，之所以是多元整合型，在于王蒙在洞察了“五四”现代性和毛泽东“本土化”现代性的各自优势和缺陷的基础上，力求以一种更加宏阔的背景，规避其缺陷，整合其优势。王蒙的多元整合型文学现代性选择和价值欲求，集中体现在他的“小说学”中。其文学价值论，与鲁迅“揭出病苦，引起疗救的注意”的文学功用观不同，也与毛泽东的文学是革命机器上的“齿轮和螺丝钉”理论不同，王蒙强调了文学价值的独立性、多元性、多层面性，王蒙走出了“五四”现代性和“本土性”现代性的“新—旧”“现代—传统”“先进—落后”“文学—非文学”“革命—反革命”等二元对立的文学价值思维模式的拘囿，从一种更为宽广的视角，以一种更为宽容的态度，对“文学”进行一种多元的、包容性的价值体认：“文学是一种快乐。文学是一种疾病。文学是一种手段。文学是一种交际。文学是一种浪漫。文学是一种冒险。文学是一种休息。文学是上帝。文学是奴婢。文学是天使。文学是娼妓。文学是鲜艳的花朵。文学是一剂不治病的药。文学是一锅稀粥。文学什么都是什么都不是。”

特别是“文学又是智者弱者无所作为者孤独者清谈者自大狂自恋狂胆小者规避与逃遁者的一个‘自欺欺人’的游戏——避难所”[①] 的提法，应该说，确实具有某种后现代主义的“解构”之意。但是，就在这种对传统文学观念的“解构”之中，蕴含着王蒙的一种对文学发展的新的现代性眼光和新的现代性价值欲求，他力求在一种摆脱了“工具之思”的文学现代性视野中，来确立新时期文学发展的新构想。我们知道，五四作家曾一反传统小说的“谈狐说鬼”“言情道俗”的“休闲”“娱悦”“游戏”品性，宣称“文学是一种工作，而且是对人生很切要的一种工作”，这种对文学本质的否定和背离，在当时被视为文学“现代性”的重要表征。在这种文学现代性理论的导引下，形成了对包括清末民初“鸳鸯蝴蝶派”在内的各类“非主流”文学形态的打压、“围剿”，使现代中国文学在文类形态和审美口味上严重“狭仄化”、意识形态化。这种现代性弊端，到了“毛泽东时代”的“本土性”现代性理论结构中则愈来愈凸显，文学越来越紧紧地捆绑在社会的战车上，越来越“单调”和“专势”，一个重要的原因，在于它们都把自己的文学现代性构想想象成是唯一“合法”的，并使之“主流化”“霸权化”，致使中国文学现代性之路越走越封闭、越走越狭窄，最后走进死胡同。王蒙实际上对这种具有本质性内在缺陷的文学现代性诉求的合理性早有质疑，并且深受其害。20 世纪 50 年代，他的《组织部新来的青年人》之所以受到批判，就是因为这部小说自身的丰富性无法见容于当时的狭隘的单值性的文学现代性规范之中。王蒙摆脱了这种文学现代性的“专势”和“霸权化”思想，承认“文学的路数很多”，“各路有时会像网络般交叉纠结”，“各路文学都可竞争、竞赛或不争不赛地自得其乐或各发其痴”[②]。王蒙在文学风格上倡导“杂色”，在文学流派甚至学派上，坚决反对“王麻子剪刀，别无分号”的想法和做法，努力倡导多元共存、借鉴互补的文学的多元价值形式，“承认价值标准的多元性与选择取向的多样性。人各有志，人各有境，应该允许百花齐放与多元互补”[③]。在这种文学价值

① 王蒙：《王蒙文集》，华艺出版社 1993 年版，自序。
② 王蒙：《王朔的挑战》，《王蒙说》，中央编译出版社 1998 年版，第 112 页。
③ 王蒙：《名士风流以后》，《随想与遐思》，甘肃人民出版社 1996 年版，第 53 页。

多元性、文学形态多样性的理论视野中，蕴含了王蒙“重塑”文学现代性、丰富性的诉求和愿望。

王蒙多元整合型现代性的另一重要表现，集中体现在他于20世纪70年代末80年代初开创的“东方意识流”小说。“意识流”小说在中国作为一种文学潮流，可以说早已“过时”，但是，它却最早地透出了中国文学新的现代性追求的讯息，表明了一种新的文学现代性价值观念的萌发、生成，预示了即将展开的一种新的文学现代性规范。从这一点而言，它的“象征”意义远大于它作为一个小说“流派”的实际意义。王蒙的“意识流”小说试验，预言了一个新的文学时代的到来。王蒙对当时许多人“搞形式主义”等的指责，曾公开表明，“我们搞一点‘意识流’，不是为了发神经，不是为了发泄世纪末的悲哀，而是为了塑造一种更深沉、更美丽、更丰实也更文明的灵魂”，是为了“写得‘独具慧眼’，更有深度，更有特色，更有‘味儿’”，“吸收和借鉴必须消化，必须为我所用，必须有所改革、发展、创造”①，王蒙既批判了“把洋人的裹脚布当领带”的一味崇洋、媚洋的做法，同时又以一种开放的胸襟，发扬真正的“拿来主义”，“洋为中用”。他说，“探索也好，形式也好，技法也好，这一切必须深深地扎根于本民族的生活之中”②，“外来的东西一定要和中国的东西相结合，否则就站不住”。在创新和继承、借鉴的关系上，王蒙既反对“自我作古，搞‘新纪元’”，同时也反对“画地为牢”③。事实上，就王蒙的“意识流”小说而言，无论是早期的《春之声》《海的梦》《夜的眼》，还是稍后的《蝴蝶》《布礼》《杂色》，它们的根本意义并不在于这类小说自身具有多么高的艺术性，关键在于它们的“标新立异”向人们展示了小说的另一种写法、另一种形态和新时期中国文学的新的现代性选择。王蒙的“意识流”小说，即使那些表面上不以为然甚至反对的人，也无不为这种新的小说形态所吸引、所惊异。王蒙开创的“意识流”小说，单纯作为新时期文学的一个“流派”，其意义有限，但是它对之后文学发展的流向具有某种

① 王蒙：《关于“意识流”的通信》，《王蒙文集》第7卷，华艺出版社1993年版，第74页。
② 王蒙：《生活呼唤着文学》，《王蒙选集》第4卷，百花文艺出版社1985年版，第416页。
③ 王蒙：《致高行健》，《王蒙文集》第7卷，华艺出版社1993年版，第333—335页。

强烈的暗示、导引作用，它对中国文学发展的潜在的影响力，超越了在当时引发的冲击力、震撼力。王蒙开启了迥异于“毛泽东时代”文学的一种新的文学现代性规范。

王蒙“小说学”现代性的另一个重要维面，还在于它的主体性内涵。五四现代性具有主体性的一面，但“毛泽东时代”文学基本上忽视、漠视文学的主体性，这也是“毛泽东时代”文学高度类型化、模式化的根本原因。实际上，文学现代性的一个重要的表现，即对创作主体性的尊重。在新时期作家中，还没有人像王蒙这样早、这样急切地呼唤文学创作主体性，作家的主体创造性只有在一种开放的、丰富的现代性框架中才能真正体现。新中国成立后对作家的诸多的条条框框，实际上是对作家创造力、主体性的漠视、限制和扼杀。王蒙意识到这一点，并率先对许多错误的、教条的、似是而非的、实际上严重束缚了作家创造力的重大问题如现实主义、真实性、典型、形象思维等进行“拨乱反正”和理论廓清，力求将文学从单一的、封闭的、狭窄的“单行道”中解放出来，使之成为真正意义上的“人学”。王蒙“小说学”现代性的一个最根本所在，就是对创作主体性的重视。王蒙多次强调，“文学是对生活的一种发现”，“文学是生活的发展”，“创作是一种燃烧”，一切文学艺术形式都是创作主体的“心智的伟大创造”。王蒙所说的“发现”“发展”“燃烧”等，无不突出了创作主体的重要性。与之前的“教科书”式的“文学理论”不同，王蒙更加突出地强调了创作中作家“自己的内在根据”。王蒙说，“忽视创作主体的作用，就是忽视创作规律”，“没有创作主体的作用，就没有创作灵魂”。王蒙特别强调了激情、想象、直觉在整个创作中的作用，“缺乏敏锐的感受性，缺乏想象、激情和创造力即缺乏创作主体的活跃性与能动性的文学工作者……与真正的文学艺术之间，还存在着难以逾越的隔膜”①。

王蒙是20世纪中国文学发展中的具有转折意义的代表性作家，他的创作“是对中国文学整个形式和内容的改造”②。所谓“改造”，主要表现为

① 王蒙：《也说主体》，《王蒙文集》第6卷，华艺出版社1993年版，第231页。
② ［俄］C. A. 托罗普采夫：《王蒙创作探索和收获》，《当代文艺思潮》1985年第1期。

王蒙以一种更富有时代感和现代性的文学规范，取代了原有的文学规范，开创了新时期文学的多元整合的文学规范的新时代。因而，王蒙的文学史意义只有置于20世纪中国文学的发展流变这一大的背景下才能被更清晰地认识，王蒙既是某中心的文学规范的代表，同时也是某个文学时代的代表。所谓“新时期”文学，主要的不是一种历史表述，而是一种性质判断、价值期待。王蒙所开创的这种“新时期”文学的现代性规范，也许仅仅是中国文学发展过程中的一种现代性“方案”，也许这种文学规范同样具有某种无法克服的历史局限性，但是，面对21世纪中国文学特别是即将展开的“全球化”战略，如何既保持中国文学的“个性”，又具有“现代性”，王蒙为我们提供了某种富有历史远见的有益启示。

非理性视野中的现代中国文学①

一

现代中国文学是个开放的系统，无论是作家的主体精神结构，还是作品的审美形态结构，都与传统文学有着明显的差异。究其原因，在于现代中国文学从诞生之日起，就受到现代西方哲学思潮的深刻影响，鲁迅曾说，“新文学是在外国文学潮流的推动下发生的”，“外之既不后于世界之思潮，内之仍不失固有之血脉”，现代中国文学是中西文化、文学交流碰撞的产物，而不完全是个封闭性的自我再造系统。就现代中国文学发生的实际情况而言，对其产生影响的“世界之思潮”“外国文学潮流”主要有三种：一是以易卜生为代表的以个性主义为特征的现代理性哲学思潮；二是以叔本华、尼采、柏格森、弗洛伊德等人为代表的标举“体验”的现代人文主义哲学思潮；三是以杜威、罗素等人为代表的重实证的现代科学主义哲学思潮，即“赛先生”。虽然后来的发展表明，个性主义和科学主义思潮占据了压倒性的主流地位，但就五四时期对中国文学影响的深广度而言，叔本华、尼采等人的现代人文主义哲学思潮的影响更明显、更深远，这是与中国现代文学产生的特殊的历史文化语境密切相关的。鲁迅所指的

① 原载于《北方论丛》2003 年第 4 期。

“世界之思潮”“外国文学潮流”，主要指的就是这种现代西方非理性文学思潮。所以，现代西方非理性文学思潮对20世纪现代中国文学的影响是原初性、内在性、整体性的，在中国现代文学的孕育、诞生期，现代非理性文学思潮作为一种强大的异域文化力量，就参与了现代中国文学的建构过程，非理性文学就构成了现代中国文学的一种结构性存在。

现代中国非理性文学的产生有两个精神源头：一是现代西方非理性哲学、文学思潮的影响、渗透；二是我国传统哲学中的老庄道家哲学和文学的言情传统。现代中国非理性文学就是在中、外这两种非理性思潮的交融、孕育中催生而成的。从文学的精神特质和价值内蕴而言，现代中国文学呈现出两种基本艺术倾向，即追求对现实真实的再现性文学和以表现自我情感、张扬人的价值和力量为追求目标的表现性文学，前者以传统理性和科学理性为哲学基础，后者则以现代西方非理性为特点的现代人本主义为哲学支撑。这两种基本倾向，既相互冲突对峙，又相互交融渗透，共同深层次地内在制约着现代中国文学的发展轨迹和精神特质，并最终共同形成了现代中国文学的独异的审美风貌。所以，现代中国文学实际上存在着以理性为特质的“人本主义”文学和以非理性为特征的“人本主义”文学两种类型，它们都是现代中国文学的内在性本原结构形态。在一定意义上，非理性文学既构成了现代中国文学发展的一个宏大的背景，也是原初的方向性潮流。

非理性人本主义文学思潮，作为一种外来异域思想，对20世纪现代中国文学的影响集中表现在两个时期，即五四时期和新时期。在现代文学的孕育期，以非理性为主要特征的现代人本主义思潮，是通过现代哲学和现代主义文学传入中国，并对中国思想界产生影响的。1902年，梁启超发表了《进化论革命者颉德之学说》，介绍“尼至埃个人主义”，标志着现代非理性思潮在中国的正式“登陆”。之后，王国维、李大钊、蔡元培、陈独秀等人都较为详细地介绍过尼采、叔本华的学说，王国维率先接受并利用叔本华的唯意志论进行文学批评，标志着非理性思潮与中国现代文学批评的最初的“结合”。柏格森的生命哲学、尼采的意志哲学、弗洛伊德的精神分析学、克罗齐的表现主义等，都以各不相同的形式对中国作家产生了深刻的影响。由于五四一代作家，更多的是从比较的视野来看取非理性思潮的意义，因此，也就更多地将其作为一种“功能性”思潮，作为一种可资“利用”的“武器”和“工具”，并没有将其看作一种本体性的结构性存在。五四一代学者在最初的意义上对现代非理性思潮普遍性地存在“误读”，在五四作家眼里，现代非理性思潮也是一种“工具理性”，事实上，他们都普遍地把非理性思潮当作了一种新的理性来对抗传统封建理性。尼采、克尔凯郭尔、叔本华、柏格森、弗洛伊德、霭理士、詹姆斯等人都很容易在中国作家身上发现他们的精神的影子，这些非理性哲学家们的新异的学说和激进的思想正与当时中国思想界求新求异的状况相契合，成为中国作家现代思想的重要构成。在现代非理性思潮的冲击下，鲁迅、郭沫若、胡适、周作人、郁达夫等一大批五四作家从文艺思想到创作实践都受到非理性文学思潮的深刻影响，鲁迅的《阿Q正传》《野草》《不周山》都带有明显的非理性文学影响的印痕，鲁迅早年对尼采的激赏，对“撒旦”“恶魔”精神的称赞是人所共知的，他的《野草》在其精神血脉上与尼采有着深刻的内在性联系。郭沫若的早期小说《残春》《叶罗提之墓》都带有明显的弗洛伊德色彩。现代西方非理性思潮不仅对中国作家的精神个体心理结构有着深刻的影响，而且成为现代中国文学的一种内在性力量，现代中国出现了最初的带有明显非理性色彩的文学形态，有的甚至形成了具有明显异域色彩的文学流派，成为现代中国文学的一种不可忽视的重要力量，如前期创造社、新月派、象征诗派、新感觉派、现代表现派、九叶诗派，以及以无名氏、徐为代表的后期浪漫派，20年代末30年代初在上海的邵洵美、滕固、章克标等组成的“颓加荡”诗人群，40年代的战国策派等，都是20世纪现代中国文学史上具有明显非理性色彩的文学团体或流派。这些非理性文学思潮、流派和社团的绵延出现和曲折发展，构成了现代中国文学发展的一道奇异的风景线，表明非理性思潮在五四前后登陆我国思想界、文学界之后，并非像某些论者所说的“潮汐般迅速消退”，而是渗透、扎根、生长、发展。非理性思潮虽然在20世纪中国文学的不同历史时期有着起伏消长的历史流变，但作为现代中国文学的一种原初性精神结构，却从没有完全灭迹过，它顽强地生长在现代中国文学的肌体上，非理性文学虽为现代西方思想的产物，但它已成为20世纪现代中国文学的一种本原性、精神性存在。

新中国成立之后，非理性文学思潮在隐匿了30年后，终于在改革开放后的新时期再一次以一种更加深刻、完整的形式展现了它的存在。80年代初，随着文坛上“人”的重新发现和“人道主义”思潮的重新高扬，现代人本主义文学思潮重新成为文坛的重要力量，并迅速成为一种主导性潮流。与五四一代作家相比，新时期作家对非理性文学的理解和认识要更加深入和本体化。新时期非理性文学的蔚为大观，既是眼界洞开后的“发现”，也是五四非理性文学思潮在新的历史条件下的重新“复活”，朦胧诗潮、意识流小说、先锋派小说的迅猛崛起，使非理性思潮完成了在新的文化语境中的再一次辉煌展现，并共同构成了非理性文学在现代中国文学新时期存在、发展、壮大的轨迹。非理性文学在新时期的重新崛起，比较早的可以追溯到张贤亮的《绿化树》《男人的一半是女人》等小说创作，在小心“试探”之后得以迅猛发展；王安忆、刘恒、莫言、铁凝等都开始以非理性为观察人性的主要视角；北岛、顾城、芒克的诗歌创作，王蒙的“意识流小说”，刘索拉、徐星、陈染、马原、扎西达娃、残雪、洪峰等的先锋小说，高行健的以《车站》《野人》为代表的试验戏剧，张承志、史铁生的“精神史”创作，贾平凹的《高老庄》《废都》等都带有明显的非理性文学思潮的印痕，只是有时我们在强调它的“现代性”“先锋性”的时候，往往忽略了这种现代性、先锋性的重要思想资源就是现代非理性。这些先锋作家以“反叛”的姿态，重新接续了非理性思潮的当代延续，并再一次在更高的、完整的层次上充分展示了非理性文学的绚烂多姿的审美风貌和新的现代审美形态。在新时期非理性文学发展的前期，作家们关注的重点主要还是对人的非理性心理的表现，注重表现人的直觉、体验、情绪、潜意识等非理性存在，将非理性作为人的一种被压抑的力量来表现，肯定和张扬人的全面的、合理的欲望和正当欲求，如《男人的一半是女人》《绿化树》《小城之恋》《岗上的世纪》《爱是不能忘记的》等，在这一点上，“新潮”作家实际上并不“新”，他们仍然更多地注重非理性作为一种人本思潮的“功能性”意义，这与五四作家并没有根本区别。然而，与五四一代作家不同的是，新时期作家迅速走出、超越了这种对非理性思潮的“功能性”理解，从更加本体的意义上来看待和实践非理性思潮的深层含义，他们的创作也就相应地由单纯的“表现非理性”转移到“表现非理性”与“非理性地表现”的结合上，从内在的文学理念到外在的审美形态，都呈现出一种与传统的理性主流文学迥异的审美风貌，这就是“先锋文学”“新潮小说”的崛起，其“先锋”“新潮”的意义正在于对文学的非理性存在的重视和表现。苏童、洪峰、格非、余华、陈染、残雪等人即是这种非理性创作的代表，非理性已不仅是他们表现的一种向度，而是他们文学创作的全部，他们对非理性的理解、接受和表现，完成了对五四一代的整体性深层次超越。由此，我们可以发现，非理性人本主义文学思潮，实际上已经构成了现代中国文学的一条重要线索，并在20世纪末期越来越成为一种方向性潮流，所以，现代非理性文学思潮和文本形态，是现代中国文学的一种客观的存在形式，是现代中国文学的内在本原性结构形态。

二

现代中国非理性文学是现代中国文学的一种新的审美建构和审美形态，与传统文学形态和现代理性主义文学形态相比在诸多方面都呈现出独特的审美特征和审美风貌。

非理性感觉体验与哲理思辨的浑融结合形成多层次立体式的审美结构。文学的本质是想象的“存在”与现实的“实有”之间的“对应”关系，二者之间存在着不可克服的非“统一性”，确定的形象性的具象世界和不确定性的象征世界存在着意义上的“差异”，这种“差异”是象征意义与具象世界的一种非单一性“对应”关系，这种多元、多层面、多维度“对应”，构成了非理性文学最重要的审美建构。文学的体验性与超越性相结合，是一切文学形态所共同追求的品格，这种结合产生了两种不同的文学类型，即“思之诗”和“诗之思”。所谓“思之诗”，就是文学成了表达哲学观念的理性形式，如伏尔泰的哲理小说和萨特的哲学小说；所谓“诗之思”，就是昆德拉所说的“思索的小说”。昆德拉曾说，“小说不研究现实，而是研究存在。……小说家发现人们这种或那种可能，画出‘存在的图’”①。就非理性文学而言，他们更强调文学的感觉、感性，追求哲理思辨与“文学性”的深层次融合。在现代非理性文学中，文学的感性特质和哲学的知性品格已经融为一体，通过感性的表现，完成了对感性的超越，非理性文学的艺术魅力来自它的多层次立体性的审美结构和多维度浑融性的审美取向。卡缪说小说历来都是形象的哲学，作为非理性的文学，由于其哲学基础的固有本性，这种文学形式就更多地关注人的生命本质、生存意义之类的本原性命题，比仅仅传达一个清晰的理性命题或表现一个明确的社会问题之类的作品，更耐人寻味，也更符合审美的特点。非理性文学的哲理思辨色彩并不是概念的堆积，哲理并不产生于概念，它仍然是形象的产物，是对人生、世界从最高的理念水平上、从最深沉的情感层次上的整体性观照和超越，这种哲理性，更多地产生于“理性达不到的地方”。非理性文学的哲理性审美特质，是对现实层面的整体性超越。无名氏的《海艳》，就是非理性的感觉体验与超验性的哲理思辨完美融合的经典文本。无名氏崇尚感觉，他曾说“人的生活出发于感觉，最高享受也是感觉”，《海艳》在一定意义上体现了他这种“感觉”论。在这部小说中，无名氏把纯主观的个人感觉意象化、意境化，小说中的“大海”既是感觉性、情绪性、体验性的，又是超验性、抽象性、哲理性的，“大海”在“个体的主观性”中孕育着更为阔大雄奇的意蕴，抽象的形式与感觉体验完美地融为一体，在以“大海”为意象中心的对主观感觉体验的淋漓尽致的描写中，同时又有以生命意识为内涵的存在主义思考。正如他在《海艳》中所说，“我们全有着对原始人永恒的迷恋，对生命幻化的惊奇，固执地发掘生命底蕴，放纵最大的想象力，却又企图从这里建立一套固定的观念体系”。无名氏就是这样，把生命意识的哲理思考融入自由的感觉体

① ［捷克］米兰·昆德拉：《小说的艺术》，孟湄译，生活·读书·新知三联书店1992年版，第42页。

验之中，达到一种浑融的境界。鲁迅的《野草》，其长久的艺术魅力就来自对传统理性文学的整体性、单一性、审美质性的超越，表现了一种人类共通的情感体验，《野草》中所表达的孤独、虚无、绝望、悲剧意味，都是一种生命的本体性体验，与人类的深层心理相联系，是种超越阶级、种族、地域的人类“集体”情感，不是如当时许多作品的经过简单的理性处理后的明确的时代性、阶级性、意识形态性主题表述。由于非理性文学破除了唯理论的强固束缚，创作主题摆脱了从概念出发，从主题出发的拘匡，表达的更多的不是一种明确的、单一的主题话语，而是一种模糊的、混沌的、整体的、多维的生命体验和人生感悟，这就为主题意蕴的含混性和理解上的多种可能性奠定了基础。比如，钱锺书的《围城》可以从不同的维度、层面来索解，从“生活描写的层面”，我们发现了钱锺书对 20 世纪 40 年代“新儒林”的生活、精神、心理的精确描绘；从“文化反省的层面”，我们发现了对民族文化、西方文化两种不同文化价值观念冲突碰撞的展现；从“哲理思考的层面”，我们又可以看到钱锺书对人的“围城”式生存境遇的存在主义的思考，就如小说中方鸿渐所说，“人生就是叫他们孤独的……好像一只刺猬，只好保持彼此间的距离，不是你刺破我的肉，就是我擦破你的皮”。非理性的感觉体验与哲理思辨的深层结合，客观地构成了非理性文学的多层次立体式的审美构成。

主题意蕴的超越性、深邃性。非理性文学的另一美学特征，来自它的超越性、深邃性的主题内涵，完成了对现实平面主题的整体性超越，呈现某种抽象性、穿透性、超越性、深邃性的审美特征，成为一种多维立体性主题。现象学美学家伊格尔顿把文学作品看作一个“多层次的结构”，并说在这“多层次的结构”中，存在着一个最高审美属性层次，那就是“形而上品质”，伊格尔顿所称的这种“形而上品质”，也就是我们这里所说的意蕴的深邃性、多维性、超越性。法兰克福学派美学家阿道诺认为，就其本质而言，文学就是要追求那种现实中所没有的东西，它不是对现实的模仿，而是对未来的启示性呈现，所以，文学具有超越性、精神性和无概念性特征，“不升华和超越，就没有光芒照在世间众生和万事万物上面”①。无论是伊格尔顿还是阿道诺，他们都认识到了文学的超越性品格。这种主题本身具有某种抽象性特征，属于“表现性”主题，与“再现性”主题的单一性、平面性、明确性、有限性不同，这类文学产生长久的艺术魅力和强烈的人生启迪意义。后期浪漫派代表作家无名氏小说的超越性和深邃性，就来自他对人作为一个“孤独个体”的生命意识的一种本体性的追踪和探索，对生命形而上本质的存在主义的思考，对生命的荒诞、颓废、神秘、虚妄的本质和自由、痛苦、死亡、绝望等生命超验性存在的本体论思考，他的《海艳》以“海”为载体和意象，探讨人的“自由”“无极”“无限”的生命本质；《野兽、野兽、野兽》则在思索生命意识中不安分的叛逆的本质。萧乾的《蚕》，通过对生存在精致的小盒子中的“蚕”的命运的描写，隐喻了人类的某种普遍性生存困境，具有潜隐性和超越性；废名的《莫须有先生传》《墓》《阿妹》《病》等小说具有强烈的“死亡意识”，在这些小说中，废名通过对“死亡”这种“不可言说的境地”的思考和想象，表现了生命的“忽然”“不可知”而又“必然”的生命过程和意义，努力揭示“死亡”与“美”的内在一致性。九叶派诗人郑敏的《死》《二元论》《鹰》《墓园》等，都在有限的篇幅中表现出了深邃的人生意蕴和生命体验，带有强烈的思辨色彩和意义的抽象性、模糊性，“生”“死”“生命”“智慧”“过去”“必然”“偶然”等主题都是郑敏诗歌关注和表现的对象。史铁生的《命若琴弦》之所以具有长久的艺术魅力，恰在于它的超越性审美品格。这是一个关于人和命运抗争的寓言，师徒两个瞎子艺人靠弹琴说书为生，一老一小都期盼着有一天能重见光明，他们笃信师祖的药方：吃了用一千根弹断的琴弦做药引子的药后，“就能看见东西了”。但当师傅终于熬到弹断了一千根琴弦的这一天，高高兴兴去抓药时，才发现师祖留下的药方原来是一张白纸，他忽然想起了师傅临终前说过的话，“人的命就像这琴弦，拉紧了才能够弹好，弹好了就够了”，他醒悟了，在这个世界上，本来并没有什么目的，人的命运

---

① ［德］阿道诺：《否定的辩证法》，胡经之主编《西方文艺理论名著教程》（下），北京大学出版社1989年版，第20页。

就是一种永不停歇的抗争，任何人都无法摆脱西绪弗斯的命运。王蒙的《杂色》同样具有深邃的哲理内蕴，曹千里和他骑的那匹渺小如老鼠的“老马”构成了“异质同构”关系，其中的“老马”遍体鳞伤，形容枯槁，“渺小如老鼠”，但它却能无意宠辱，不求荣达，在表面的浑浑噩噩中隐藏着智慧、机警、自信、敏捷，甚至对战场的某种向往和驰骋疆场的“腾飞”的热情，“老马”是一种超越世俗、悠然自得、豁达乐观、不骄不躁的老庄式的人生态度的隐喻，将热情寓于无为之中，将奋进隐于淡泊之下，大智若愚，大巧若拙，随心所欲，自由无拘。“老马”的外表疲沓猥琐和内心机警热情，构成了某种深刻的人生启悟，那就是人生的“相对性”和事物的“变动不居”①。20世纪现代中国非理性文学已经完成了对传统理性文学的平面化、单一化主题的整体性超越，显示了深邃的艺术意蕴和恒久的艺术魅力。

博尔赫斯式的玄学色彩。阿根廷小说家博尔赫斯在其《巴比伦的彩票》《圆形废墟》等最具代表性的小说中，由于对死亡、虚无、或然、永恒等主题的一味追索，使它的小说表现出某种多层次的深意和“黑洞式的深邃”，具有明显的玄学特征，故我们把这类主题称为“博尔赫斯式的玄学主题”。非理性文学的超越性正是产生于它的玄学化，玄学化是20世纪现代中国非理性文学的普遍性品格，甚至成了当代先锋作家们的自觉追求，正如格非所言，“必须区分‘存在’和‘现实’这样两个完全不同的概念。……小说争取读者的唯一优势是通过个体存在本身独特的思考去关注那些为社会主题现实所忽略了的存在”②。这种对存在之类主题的自觉追求，使非理性文学不可避免地带上了浓重的玄学意味，不自觉地走向了博尔赫斯式的玄学主题。实际上对生死的静观使纯粹性表现在中国传统文学中是缺乏的，中国的道德理性的传统训教限制了作家们对这类问题的本原性思考，所以在中国文学中，基本上对生、死的生命本质采取回避性态度，甚至对死亡等命题的思考在传统文学中都是一种禁忌，“不知生，焉

① 童庆炳：《隐喻与王蒙的杂色》，《文学自由谈》1997年第5期。
② 格非：《敌人》，中国社会科学出版社2001年版，代跋。

知死”，不语怪力乱神一直是中国作家的一种深层心理意识。然而也有例外，那就是在非理性文学中，生死、存在、虚无之类的命题成了他们最感兴趣的话题。其实，早在鲁迅的《野草》中，如《影的告别》《过客》《希望》等就对生命的虚无、绝望等本质有过深刻的思考和表现。后来废名的《桃园》《桥》《墓》《莫须有先生传》等都有明显的生命意识和死亡体悟。无名氏更是对表现死亡存有宗教般的执着和迷狂，他的《无名书稿》之所以是部“大书”，首先就在于他在这部书中对死亡的哲学思考，并提出了诸多的诸如“死并不是毁灭，也不是虚无，它只是一种蜕变”之类的命题。在《死的岩层》中，无名氏通过印蒂的华山悟道，表现了对生与死、永恒与短暂、存在与虚无、具体与抽象、过去与未来的思考。非理性文学的主体的玄学化在新时期文学创作中的表现则尤为明显，新潮作家们都共同地对人的生命存在、生存情状、人生境遇等给予了深切的关注和深刻的思考及多层面、多向度的表现，如余华小说强烈的“存在的震撼”，就来自对生与死、存在与不存在之类的玄学主题的思考与表现，他的《在细雨中呐喊》《死亡叙述》《世事如烟》《许三观卖血记》等，都对生命的荒谬性、偶然性、宿命性给予了充分的关注；格非则在《褐色鸟群》《陷阱》《追忆乌攸先生》中讨论更多的是存在的“可疑性”和“存在还是虚无”，以及现实的“莫须有”性和存在的命定性；史铁生在他大量的创作中，始终或隐或显地呈露着这样一个主题：人本的困境。在他的《山顶上的传说》《中篇 1 或短篇 4》《务虚笔记》，散文《我与地坛》中都是对人的存在的玄学式思考，表现了命运的不可理喻性，生命的神秘感、宿命感，主体性与先验性，实有性与虚幻性，可证性与荒谬性等，以及对“生命何为”的追问。王安忆、刘恒、莫言、叶兆言等对性爱的表现，残雪的《山上的小屋》《苍老的浮云》，余华的《活着》《现实一种》《呼喊与细雨》，苏童的《飞越我的枫杨树故乡》《米》《1934 年的逃亡》等对绝望的描述等，都赋予了这类作品的强烈的玄学意味。对玄学主题的执着，赋予了非理性文学长久的艺术魅力和丰赡的审美内涵。

三

现代中国非理性文学，艺术上的显著特点是隐喻、象征的成功运用，营造隐喻、象征森林是这类文学的共同追求和显著的审美品格。隐喻是现代中国非理性文学的重要审美特征。作为一种审美构成，隐喻建构了现代中国文学的某种“现代”性因素。在一般意义上，任何的文学形式都是某种隐喻和象征。埃里根纳认为，“美是某种显现的无形物，是某种变得易于理解的不可理解之物”，美是“通过一种至为神奇、无可利于的方式”①完成的。实际上，埃里根纳所谈的就是文学的隐喻实质。人类学家卡西尔认为，“所有的文化形式其实都是符号的形式”，包括文学在内的人类的一切文化活动，“都是人类符号活动的结果”，苏珊·朗格则把文学称为“有意味的形式”，是种“表现符号体系”。其实，无论是卡西尔的“符号”，朗格“有意味的形式”，还是我国古代的“象外之象”“味外之旨”，它们意义的实现在很大程度上就建立在这种隐喻的存在的基础上，只是在非理性文学中，隐喻和象征成为一种更加本体化的存在，并具有独立的“文学性”审美性意义。

“隐喻”(Metaphor)，源于希腊语的“meta”(过来)和“pherein”(携带)，最初仅指一种“语言过程”，是西方修辞学和诗学的研究范畴，是种语言现象和文体现象，与中国传统诗学中的“比兴”相类似，是种“修辞格”。亚里士多德在《诗学》中把隐喻解释为“以种概念代替属概念，以属概念代替种概念，或以种概念代替种概念”②，即亚里士多德认为，“隐喻”就是不同事物间的对比，是一种修饰性的语言使用现象，这是最初的“隐喻”的修辞学含义。自亚里士多德以来，隐喻一直被简单地解释为“暗含的比喻”或“简缩的明喻”，是种语言运用上的“范畴的错误”或

① ［波］沃拉德斯拉维·塔塔科维兹：《中世纪美学》，褚朔维等译，中国社会科学出版社1991年版，第119页。

② Aristotle, *Rhetoric*, New York: Modern Library, 1954, p. 215.

"范畴的混淆"。在西方著名辞典《韦伯斯特辞典》《大英百科全书》中，也都把"隐喻"解释为一种"辞格"。《辞海》则把隐喻简单地解释为"比喻的一种"，都把隐喻仅仅看作语言的"装饰品""修饰物"。作为一种"修辞格"，英国语言学家理查兹认为，"隐喻是要旨（隐喻所要表达的含义）和途径（隐喻所包含的基本类比）相互作用的结果。要旨和途径之间存在着概念上的不相容性及张力，张力推动读者从要旨和途径的相互作用中挖掘出隐喻的意义"①。隐喻在本质上是种语义的转移，是"提供通过某一经历来理解另一经历的某些方面的可能性"②，其指向是"为了使意义的生成从某一点出发又能超出这一点，不断向更深处延伸"③。然而，随着语言学研究的深入，特别是现代认知科学的发展，自20世纪七八十年代，人们逐渐发现"隐喻"并不仅仅是种纯粹的语言现象，它首先是人类的一种思维方式，即与概念逻辑思维不同的另一种思维形式——"隐喻性思维"。德国哲学家卡西尔认为，人类的思维可以分为两大类，即隐喻性思维和逻辑思维，并指出隐喻思维具有直觉性和形象性；美国语言学家乔治·拉柯夫（George Lakoff）和马克·约翰逊（Mark Johnos）在进行了大量的研究后指出，隐喻"不只表现在我们的语言中，而且存在于我们的思维和行动中。我们思维和行动中使用的日常概念系统就其本质而言是隐喻性的"④，"隐喻具有其内在的思维逻辑，它规范着人类对于世界的感知、理解、体验、想象与把握"⑤。理查兹曾指出，隐喻是人类语言"无所不在的原理"（the omnipresent principle of language），语言中的隐喻是由人类思维的隐喻性所决定的。所以，隐喻既是一种语言现象，也是一种思维现象，是人类理解周围世界的一种"感知"和形成概念的工具，语言中的隐喻只是一种派生现象。西班牙哲学家卡塞特也认为，隐喻"不只是表达手段，而且也是重要的思维手段"。尼采更是说，人的认识原则上是隐喻的。

① Richards, A., *The Philosophy of Rhetoric*, Oxford: Oxford University Press, 1965, p. 90。
② 束定芳：《隐喻学研究》，上海外语教育出版社2000年版，第45页。
③ 王宇根：《"比兴"与中国史学意义的动态生成》，《北京大学学报》1996年第6期。
④ 张会森：《论隐喻》，《修辞学习》1994年第4期。
⑤ 季广茂：《隐喻视野中的诗性传统》，高等教育出版社1998年版，第2页。

所以，从思维学的角度讲，隐喻思维的直觉性和形象性特点，决定了隐喻性思维更与文学的特点相一致，许多哲学家认为，隐喻性思维是人类的一种“元思维”形式，是原始类比思维的“遗留物”，隐喻反映了人与自然最初的原始关联，其基础来源于“人与自然的基本相似性，或人与大地的视同对等”，隐喻“是人类本质特性的体现”①。所以，从思维学的角度讲，隐喻思维的直觉性和形象性特点，决定了隐喻性思维的直觉性、形象性，使非理性文学更具有隐喻性和象征性特点，形成了其隐喻、象征化的审美特色。20 世纪现代中国非理性文学在对隐喻和象征的运用上达到了很高的艺术成就，这些隐喻、象征性文本的存在，丰富了文学的审美形式，拓展了文学的审美领域，成为现代中国文学的独特的审美形态。非理性文学的哲理性、超越性和审美内蕴的丰赡性、持久性就来自大量的在隐喻性思维基础上所创造的隐喻、象征意象。20 世纪现代中国非理性文学的隐喻、象征特点表现在两个层面。

意象性隐喻。在语言学意义上，隐喻、象征仅仅是种文学技巧、手法，起一种“修饰”“装饰”的作用，只是种局部的细节化的手法，如鲁迅的《药》中夏瑜坟头上的“花环”“乌鸦”，《秋夜》中的“枣树”“繁星”“奇怪而高的天空”“粉红色小花”“落尽了叶子的枣树”，《故乡》中的“路”，《在酒楼上》中的冷落的废园中兀自怒放的“老梅”，《长明灯》中的“长明灯”，张爱玲的《金锁记》《倾城之恋》中的古老的“钟表”，马原的《冈底斯的诱惑》中的充满神秘感的“冈底斯山”，莫言的《红高粱》中的大片的、疯长的、野性的“红高粱”，《透明的红萝卜》中的“黑孩”和他那“发着金色光芒”“荡漾着银色液体”的“透明的红萝卜”，都构成了一个隐喻、象征的世界。陆文夫的小说《围墙》之所以被王蒙称为“像生活本身一样平实，又像偈语一样深不见底”②，恰在于“围墙”这一意象的深刻隐喻性，张承志的《北方的河》中的“北方的河”，《大阪》中的“赤裸的小孩”，高行健的话剧《车站》中的“车站”，铁凝

① 耿占春：《隐喻》，东方出版社 1993 年版，第 5 页。

② 王蒙：《读一九八三年一些短篇小说随想》，《王蒙文存》第 21 卷，人民文学出版社 2003 年版，第 90 页。

的《没有钮扣的红衬衫》中的“红衬衫”，方方的《灿烂桃花》中的“栖”，苏童的《妻妾成群》中的“灯笼”，邓刚的《迷人的海》中的“海”，王蒙的《蝴蝶》中的“蝴蝶”等，都构成了某种隐喻性存在，但它们都属于局部性象征意象，没有整体性的意义，在其本质上并不是意义的超越，而仅仅是意义的“勉强黏附”，即黑格尔所说的“抽象的理念所取的形象是外在于理念本身的自然形态的感性材料……一方面，自然对象还是保留它原来的样子而没有改变；另一方面，一种有实体性的理念又勉强黏附到这个对象上去，作为这个对象的意义”①，在黑格尔看来，作为传统手法的象征，只是“实体”与“意义”的“勉强黏附”，还不是“意义”对“实体”的超越，是一种简单的“嫁接”，而不是意义的自然生成，所以，曾被亚里士多德称为人类“最伟大的技能”的隐喻和象征，从语言学意义上讲，只不过是一种语言使用中的“偏离”现象，即对语言正常使用规则的一种“偏离”。所以，作为“勉强黏附”的修辞学的隐喻和象征，并没有生成独立审美的能力，没有独立存在的价值和意义，这些隐喻意象的存在，虽然建立并维系着“形象和思想间的联系”，构成了意义的某种超越性和主题的深邃性，但其审美意义是单维度的、显豁的、平面的，它更多地建立在象征载体与象征意义之间的相似性上，所以，对非理性文学而言，我们不但看到隐喻、象征的修辞学意义，更应该看到其思维意义。

主题性隐喻。20世纪现代中国非理性文学在隐喻、象征的运用上，更多的是整体性隐喻。这些隐喻、象征在很大程度上具有独立的意义，已经不仅仅是单一的艺术手法，而是构成了一个独立的隐喻化世界，也就是隐喻和象征已是作为本体性的存在，构成了文本的自足性审美世界，它就是审美自身，而不是作为表现的手段，即英语中的“controling metaphor”，有人称为“通惯大喻”，即贯穿全文的整体性隐喻。鲁迅的《药》之所以是一篇意蕴深刻的小说，首先在于它是一篇典型的现代隐喻小说。“药”在小说中专指华老栓给儿子买来治病的“人血馒头”，但联系鲁迅写这篇小说的特殊用意，可以发现“药”实际上已经成了医治中华民族的“药”。

① ［德］黑格尔：《美学》（第一卷），朱光潜译，商务印书馆1982年版，第91页。

《药》是篇“启蒙”主题的隐喻小说，这篇小说的长久的深层震撼力就来自这种隐喻的力量，《药》开启了现代隐喻小说的先河。钱锺书先生的《围城》中“围城”这一隐喻，小说中的苏文纨的解释是，“被围困的城堡 fortresse assiegee，城外的人想冲进去，城里的人想逃出来”。这里的“围城”，作为隐喻和象征，对整部小说有种整体意义的覆盖性，是种具有整体意义的“象征性意象”，它隐喻了现代人生的某种普遍性困境——“围城”困境。小说家王蒙曾说过，“一篇成功的小说，一篇好的小说，往往具备这样一些特点，而且这些特点不是分裂的：它既有直观性，又有思辨性，既有具体性，又有抽象性，既有纪实性，又有寓意性；它好像暗指着什么东西，又不是非常明确的”①。王蒙所说的直观性、具体性、纪实性与思辨性、抽象性、寓意性的融合实际上就是指小说的象征性、隐喻性。鲁迅的《野草》中的《过客》是一个多重隐喻性文本。“过客”就是一个蕴含深刻、意义复杂的隐喻，“过客”既是当时鲁迅先生的隐喻，更是当时中国文化先驱者的隐喻，“前面”又是个意义模糊的象征，对于“老人”而言，他是坟，是死；对于“小女孩”而言，它则是野蔷薇、野百合，象征着美好和新生；对于“过客”而言，“前面”是光明，象征着理想和未来。在这里，“过客”已经成了一种“绝望的抗争”的象征，是中国当时知识分子精神的“隐喻”化存在。《孤独者》《伤逝》《影的告别》等共同构成了贯穿鲁迅小说的一种人生隐喻，“人在这个相对主义的世界里所感到的精神孤独”②。无名氏的《海艳》也是一个典型的隐喻性文本，其中的“海”就是某种象征性隐喻化存在，在无名氏看来，“海！这个魔迷的存在！伟大的存在！永远是一种汲不涸竭的智慧圣水！永远给他以启示和沉思”，在这里，海，已经成了一种和个人的情绪、体验等内心感觉完全浑融一体的象征性的生命存在，象征着一种博大的生命母体，孕育并勃发着一切的生命万象，海的幽静圣洁、狂酣沉醉、郁悒暴怒、迷茫荒谬等都象征着某种生命存在形态。在现代中国文学史上，这种充满隐喻、象征的文

① 王蒙：《关于小说的一些特征》，《王蒙文存》第 19 卷，人民文学出版社 2003 年版，第 185 页。

② 王富仁：《中国现代主义文学论》（上），《天津社会科学》1996 年第 4 期。

本很多，老舍的《猫城记》《微神》、茅盾的《无法投递的信件》、徐志摩的《火车擒住轨》、许地山的《缀网劳蛛》、张爱玲的《花凋》《金锁记》等都是具有某种更为深刻内涵的隐喻性文本。

新时期非理性文学创作中隐喻化、象征化则愈益明显，出现了一大批以隐喻、象征为主要审美特色的作品，使这些作品在主题意蕴上呈现出更加丰富、多元、深邃的特点。“隐喻总是超出自身而指向另外的东西，使人类也超出自身而趋于更高的存在……隐喻思维式的人类把存在的东西看作喻体去意指那不存在或无形的喻意。”① 新时期许多小说意义的多重性、模糊性、超越性，恰来自本质上是隐喻小说这一特质。贾平凹的《高老庄》是一典型的隐喻性文本，是一部文化寓言小说。“高老庄”在中国文化中是个特殊的称谓，具有特殊含义，“高老庄”“子路”“西夏”等名字都具有某种文化象征意味。子路在高老庄长大，后来虽然进城读大学并成了语言学教授，认同并接受了城市文明，喜欢穿西服，结领带，头梳得光光的，皮鞋也擦得锃亮，文质彬彬，但当他重回高老庄后，一切城市的生活方式和文明习惯，都重新恢复到了原来的生活习惯，不再坚持睡前的洗漱，甚至还想把刷牙的瞎毛病改掉，吃完饭伸着舌头去舔碗，不分时地、无所顾忌地放屁，很不文明地搭在尿桶上拉屎，“真是猪八戒回到了高老庄，完完全全地还原成了一头猪”。尤其令他的妻子西夏无法理解的是，自回到高老庄后，子路的性能力也越来越差，在性方式上也变得粗鲁、草率、简单，完全不是原来的子路了，西夏把子路的这种变化解释为水土原因，并认为高老庄要继续存在下去，就必须“换种”“借种”，在《高老庄》中，作为“纯种”汉人的子路回到高老庄的遭遇，实际上隐喻了传统汉文化、儒家文化的某种生存境遇。进入 20 世纪 90 年代，“新潮小说”崛起，“新潮小说”之“新”的一个重要表现，就在于他们摒弃了传统理性文学的许多奉为圭臬的“真理”，努力营造一个隐喻化象征世界，进入了一种写作的整体性隐喻状态，创作出了许多寓言化文本。这些非理性文学通过大量的隐喻、象征，使作品具有了某种更为含蓄、内蕴的审美性。

---

① 耿占春：《隐喻》，东方出版社 1993 年版，第 5 页。

残雪的《山上的小屋》是一篇表达了现代人存在状态和精神困境的现代隐喻小说，小说中的“抽屉”象征着自我的内心世界，它不但“永远理不清”，而且时时被别人“翻得乱七八糟”；“山上的小屋”象征着永远不存在又永远幻想着的自我存在空间，拥挤、冷酷的家庭则是“我”的现实处境；“父母”则是萨特的“他人即地狱”中的“他人”及对我构成侵犯、伤害的“他者”；“我”的逃走和最终失望，表明人永远都无法真正地从充满痛苦、荒谬、无望的生存中走出——整篇小说都是由这些隐喻构成的。中国台湾小说家陈映真的《归乡》是一篇特殊的隐喻小说，由于大陆与台湾的特殊的地域分离关系和文化上的同根同源性，在台湾作家的心理情感中，有一种深刻的游子飘零感，他们的“移民”“遗民”身份感，使他们在情感深处有一种特别强烈的深沉的“回乡情结”，所以，台湾作家有一种特殊的“乡”“原乡”意识。在陈映真笔下，“归乡”有了某种隐喻意味，即文化、情感的归属感，寻找文化的精神家园。贾平凹的《废都》是一部现代隐喻小说。“废都”“庄之蝶”都有一种特殊含义。《废都》之所以成为“精神史”式的作品，一个最重要的原因，就是表现了一种现代存在主题。《废都》表现了现代人的普遍的“孤独、无权力和无安全”的生命体验，以及试图摆脱焦虑的超越性努力及其最终失败。《废都》隐喻了现代人的一种永远摆脱不了的“不选择的自由”的人生窘境。王蒙的《坚硬的稀粥》、陈忠实的《白鹿原》、林白的《一个人的战争》《说吧，房间》等都是出色的隐喻性文本。

现代中国非理性文学的存在是个不争的事实，它的产生、发展、衍变，进一步拓展、丰富、发展和完善了现代中国文学的“人学”观念，在传统理性文学的基础上，发展出了包含新的异质内容的现代非理性文学观念，这对传统的唯理论文学观是种冲击和完善。同时，现代非理性文学的存在，在一定意义上抑制了传统文学的理性色彩畸形浓重的弊端，从文学生态学的意义上，改变了中国传统文学的旧有样态，抑制了传统的理性文学过分发达的不平衡状态，拓展了传统文学的表现领域和发展空间，增加了新的审美因子，使20世纪现代中国文学的形态结构逐渐趋于合理，并使之成为更具有现代特质的纷繁多姿、异彩纷呈的多维的整体性审美建构。

精神生态视野中的20世纪中国文学[①]

文学作为思维的一种方式，注定属于思想史的范畴。任何文学在一定意义上都是那个时代的心灵史，更是那个时代的精神生态史。因为，从整体上看，文学无论有其多大的特殊性和独立性，仍然是人类思想体系这棵“精神大树”上的一朵小花、一根细枝。把文学仅仅看作某种思想史的记录和图解的观点，显然违背了文学的特性。但是，把文学与思想史完全隔离，则同样是荒谬的。而对于前现代国家的文学，似乎更加注重和强调文学的这种道德性、思想性特质，而相对忽视它的自主性和审美性。著名社会文化学家詹姆逊断言，所有第三世界的文学均带有某种共同品质，即它的“寓言性”。他说，第三世界的作家“讲述关于一个任何个人经验的故事时，最终包含了对整个集体本身的经验的艰难叙述”[②]，在一定意义上都是“民族寓言”。詹姆逊对第三世界文学的这种“寓言性”的认识，从思想史、精神史的角度来看是有其价值和意义的，它们都是那个时代的精神本体的隐喻性表述。20世纪中国文学，无可避免地也同样具有这种精神寓言性和隐喻性特征。

隐喻是20世纪中国文学的重要特征。隐喻作为一种审美质素，建构了20世纪中国文学的某种现代性品格。詹姆逊所谓的“民族寓言”，实际上就是指第三世界文学的普遍的隐喻性质。由于第三世界作家的共同的民

---

① 原载于《文史哲》2006年第4期。

② ［美］詹姆逊：《处于跨国资本主义时代的第三世界文学》，张景媛主编《新历史主义与文学批评》，北京大学出版社1993年版，第235页。

族、国家的历史记忆和生活经验，纯粹语言学意义上的隐喻就超越了“装饰品”“修饰物”的功能，形成一种文学的整体性品格和超越具体文本的意义统摄，在这种统一的意义统摄下，它们就成了某种文化符码（culture code），这种文化符码本质上已经构成了一种整体性的隐喻，连接着一种幽微隐秘的民族文化心理和精神现象。对20世纪中国文学而言，这种隐喻性似乎更为明显。美籍学者王德威曾说：“小说的流变与‘中国之命运’看似无甚攸关，却每有若合符节之处……比起历史政治论述中的中国，小说所反映的中国或许更真切实在些。”① 小说建构着一个更为真实的意义世界。由于20世纪中国文学的特殊历史文化语境，“疾病”构成了20世纪中国文学的一种独特文化语码和精神生态学意义，其自身也具有明显的象喻作用（symbolic function）。苏珊·桑塔格说：“疾病是通过身体说出的话，是一种用来戏剧性地表达内心情状的预言，是一种自我表达。”② 我们试图通过对20世纪中国文学中“疾病”这一文化语码的解读，来探索20世纪中国社会的精神生态和心灵真相，因为，正如黄子平所言，个人的“疾病诗学”乃是了解国家“政治病源学”的关键③。

一

苏珊·桑塔格的《疾病的隐喻》和日本学者柄谷行人的《日本现代文学的起源》，都对“肺结核”给予了特别关照，他们不约而同地从隐喻视角发掘“肺结核”疾病的道德含义和社会批判取向。桑塔格特别指出，结核病在19世纪文学中被描绘为一种使死亡变得“优雅”的“令人肃然起敬的疾病”，是贵族社会的象征。从世界文学的范围来看，小仲马的《茶花女》的主人公玛格丽特，特别是《红楼梦》中的林黛玉是世界文学中肺结核患者体现这种“优雅”和精神性特征的经典形象。但是，无疑由于西

---

① ［美］王德威：《想象中国的方法》，生活·读书·新知三联书店1998年版，第1页。
② ［美］苏珊·桑塔格：《疾病的隐喻》，程巍译，上海译文出版社2003年版，第41页。
③ ［美］王德威：《现代中国小说十讲》，复旦大学出版社2003年版，第112页。

方文化的特殊性，桑塔格在将结核病道德化的同时，更将它意象化、审美化，甚至将结核菌与浪漫主义联系在一起，称为“高雅、纤细、感性丰富的标志”①。然而，20世纪中国文学中大量集中出现的肺结核病患者的形象，在其意义呈现方式上却与之全然不同。虽然20世纪中国文学中的结核病患者形象仍旧带有浓烈甚至更为自觉的道德取向和精神性特征，但是就其“隐喻”意义而言，已经与19世纪时期的文学完全不同了，“肺结核”在20世纪中国文学中完全变成了另一类文化符码，成为一种新的“意义”上的隐喻，并与20世纪上半叶中国的阴暗、沉重、压抑、毫无希望的社会现实形成了意义同构。

结核病又称为“文人病”。事实上，许多作家都患过肺结核病，如卡夫卡、托尔斯泰、契诃夫、加缪、卢梭、雪莱、济慈等；中国现代作家中鲁迅、巴金、瞿秋白、蒋光慈、郁达夫、萧红、林徽因等就患过甚至死于肺结核病。从病理学的角度而言，肺结核主要是由于生活不卫生、营养不良所致。但是，超越这种单纯的病理学的原因，我们会发现更为深刻的社会病因和精神畸态。柄谷行人说：“作为事实的结核本身是值得解读的社会、文化症状。”② 那么，20世纪中国文学中出现大量的结核病患者就不再是一个个孤立的病理学现象，而是反映了一种社会文化的症状。然而，现代作家们对结核病的书写，并没有什么文学治疗之类的“启蒙”意识在里面，而是无意识中的镜像化、符码化。鲁迅的《药》中的华小栓、《父亲的病》中的父亲，茅盾的《追求》中的史循，巴金的《灭亡》中的杜大心、《家》中的钱梅芬、蕙及的《寒夜》中的汪文宣，曹禺的《日出》中的陈白露、黄省三，林语堂的《京华烟云》中的曾平亚、红云，张恨水的《春明外史》中的杨杏园，郁达夫笔下的于质夫，丁玲的《莎菲女士的日记》中的莎菲，沈从文的《三三》中的来乡下养病的年轻人，萧红的《小城三月》中的翠姨，王蒙的《青春万岁》中的苏君，等等。20世纪中国文学特别是新中国成立前国统区文学中出现大量的肺结核患者的形象绝不是偶然的，在其背后，有

---

① ［日］柄谷行人：《日本现代文学的起源》，赵京华译，生活·读书·新知三联书店2003年版，第96页。

② 同上书，第108页。

深层的社会精神病因。在20世纪中国文学的意域场，肺结核与其说是一种器质性病变，还不如说是一种精神、心灵病变更符合真相。

日本作家德富芦花在《不如归》中，对结核病患者的女主人公浪子有一段描写：

> 粉白消瘦的面容，微微频蹙的双眉，面颊显出病态或者可算美中不足，而消瘦苗条的体型乃一派淑静的人品。此非傲笑北风的梅花，亦非朝霞之春化为蝴蝶飞翔的樱花，大可称为于夏之夜阑隐约开放的夜来香。①

而在《茶花女》中，小仲马则写了因肺病消耗的“颀长苗条”的身材和面颊潮红的“玫瑰色”，以及“细巧而挺秀”的鼻子和“对性欲生活的强烈渴望”。

与德富芦花对肺结核病患者的这种带有日本文化特有的精致的“恶之花”的美感的描写及小仲马的《茶花女》中对玛格丽特放荡、冲动、刺激、神经质、毫无节制的特殊的风尘美的描写不同，中国作家对于结核病的描写带有更多的社会意义和道德批判色彩，在中国现代作家笔下对结核病做了“病症”式的详细描写，这种自然主义的描写确实如“写生”，与西方甚至日本文学中的这种“文学”性、审美性十分不同，中国作家笔下的肺结核患者大都带有相当明显的恐惧感、绝望感和死亡气息，大都详细写到了患者的咳嗽、咳痰、咯血的病理过程，特别是精神和心理上的忧郁、恐惧、压抑、敏感、孱弱、偏执和焦虑，实际上这种相对自然主义的描写仍然是一种隐喻化的过程，因为在当时的中国，得了肺结核实际上就是宣布了死亡，恰恰是在中国作家笔下，呈现了当时人们对结核病的真实图景。因而，在现代中国作家笔下，肺结核带有更明显的隐喻功能。如果说《红楼梦》中的林黛玉和《不如归》中的浪子体现了肺结核的病态美，《茶花女》中玛格丽特体现了一种颓废美，那么，至少在她们那里，肺结核

---

① ［日］柄谷行人：《日本现代文学的起源》，赵京华译，生活·读书·新知三联书店2003年版，第95—96页。

更多地表现为一种生理学意义上的病症，与社会文化的隐喻含义较少关联。然而，到了20世纪中国现代作家那里，肺结核的这种病态美和颓废美已经荡然无存，他们都不约而同地赋予这种病症一种更为强烈的社会文化思想的本质性内涵，更加凸显了这种病的压抑、绝望和死亡气息与社会现实的隐喻观照。例如，鲁迅的《药》中对华小栓的几次描写。篇幅短小的《药》前后5次写到了小栓的咳嗽："'小栓的爹，你就去么?'是一个老女人的声音。里边的小屋里，也发出一阵咳嗽"；"那屋子里面，正在窸窸窣窣的响，接着便是一通咳嗽"；"便禁不住心跳起来，按着胸膛，又是一阵咳嗽"；"小栓慢慢的从小屋子走出，两手按了胸口，不住的咳嗽"；"小栓也趁着热闹，拼命咳嗽"①。小栓的这几次咳嗽，读来让人喘不过气来，好像肺在胸膛里撕裂了一般，相当压抑。巴金的《寒夜》里面的对汪文宣的症状的描写则更加惊心动魄，赋予了更为复杂的内涵，令人窒息。张恨水的《春明外史》中对患病的男主人公杨杏园的描写则充满了哀伤、绝望的悲剧情绪。巴金的《寒夜》实际上把这种氛围渲染到了极致。他对汪文宣病情的描写：

> "我——我——"他费力吐出了这两个字，心上一阵翻腾，一股力量从胃里直往上冲，他一用力镇压，反而失去了控制的力量，张开嘴哇哇地吐起来。②

> 他整天躺在床上，发着低烧，淌着汗，不停地哮喘。他讲话的时候喉咙呼卢呼卢地响。他的胸部、喉咙都疼得厉害。但是他并不常常发出呻吟。他默默地忍受一切。③

桑塔格认为，肺结核"是因为人格没有向外表达自己，激情由此而转向内部，惊扰和妨碍了最有深处的细胞"④ 所致，在更深层面上，肺结核

① 鲁迅：《药》，《鲁迅全集》第1卷，人民文学出版社1981年版，第440、443、446页。
② 巴金：《寒夜》，《巴金全集》第8卷，人民文学出版社1989年版，第466页。
③ 同上书，第681页。
④ ［美］苏珊·桑塔格：《疾病的隐喻》，程巍译，上海译文出版社2003年版，第43页。

更是一种“灵魂病”和“压抑病”，是内心压抑、激情受挫、希望破灭、积劳忧思的结果，加之这种病属于“消耗”病型，把人的生命和精力一点点地消耗掉，最后咯血而死，所以这种病本身就带有相当深沉的悲剧感。加之中国人对“血”的特殊恐惧心理，就进一步加重了肺结核的悲剧气氛和死亡气息，实际上这正是黑暗寒冷时代毫无希望的知识分子的自身写照。

与西方文学中对结核病的“浪漫化”不同，20世纪中国文学对结核病的描写带有更多的压抑、窒息的悲剧色彩，充满了更为恐怖的场景描写，在中国作家笔下，“结核病”已经成了与西方文化不同的当时中国社会文化的另一种“符码”（code）。中国作家对于结核病的压抑、绝望和死亡气息的表现，已经完全超越了疾病自身的病症，是来自一种沉重的带有悲剧性的社会文化的暗示。所以，与西方和日本对结核病的“隐喻”内涵不同，中国作家笔下的结核病隐喻着一种寒冷、阴暗、沉重、压抑、毫无希望、毫无温暖、毫无光明的社会现实、时代氛围，甚至作为疾病的“结核病”和作为社会文化“符码”的结核病，在其意义层面已经达成了高度暗合，结核病成为当时社会现实的一种“自我表达”①。

二

如果说“结核病”尚有某种病理学意义，主要是种器质病变的结果的话，那么，疯癫则主要是一种精神性疾病，是人性的狂躁、扭曲和裂变，恰如福柯所认为，疯癫本质上是一种异质性的意义，疯癫绝不是简单的病理现象，而是一种文明或文化现象。疯癫不仅仅是生理病变的产物，更是文明或文化的产物②，因而，疯癫则更直接地关联着某种精神氛围和精神生态。20世纪中国文学中同样活跃着一群“疯子”的形象，他们的生存状态构成了20世纪中国知识分子精神走向的一种价值判断和畸病景观，同样

① 参阅丁琪《中国现代文学种的“疾病意象”探析》，《文艺理论与批评》2005年第5期。

② ［法］米歇尔·福柯：《疯癫与文明》，刘北成、杨远婴译，生活·读书·新知三联书店1999年版。

成为认识20世纪中国社会的某一维度和视角。因为，“疯子”本身也是一种精神的畸变和异质，隐含了20世纪中国社会思想的某种文化情状和占据20世纪中国主流文化的启蒙思想的历史境遇。

中国现代文学的第一篇白话小说《狂人日记》的主人公竟是一个疯子，也似乎并不仅仅是种巧合，而是鲁迅清醒的现实精神烛照下的真切发现与历史真相的暗合，也是对20世纪即将展开的中国社会新的精神之旅的悲剧性预言。鲁迅笔下的疯子，都是一种“命名”的结果①。《狂人日记》中的狂人，《长明灯》中的疯子，《孤独者》中的魏连殳，甚至《药》中的夏瑜；《狂人日记》中的狂人生活在大哥、医生甚至连小孩也“睁着怪眼睛”的文化氛围中；《长明灯》中的疯子生活在由阔亭、方头、庄七光等构成的“吉光屯”，他们都被生活的环境所放逐、所谋杀、所“命名”；《狂人日记》中的狂人之所以是“狂人”，是因为他发现了大哥等人的阴谋，揭穿了他们“吃人”的真相；《长明灯》中的疯子之所以是“疯子”，是因为他要“吹熄”吉光屯社庙里的“不灭之灯”。无论是“狂人”还是“疯子”，相对于他们所置身的那个“无主名无意识杀人团”的生活环境和固有秩序，都是一种异质性存在，都是现存秩序的破坏者、颠覆者及历史文化的怀疑者、反叛者。而悲剧恰恰在于，他们正是未来秩序的建构者和新思想的启蒙者；然而更为可悲的，还不仅仅在于现存秩序的这种“命名”，而是对“疯子”的“重新命名”——疯子被社会所同化，所收编，所“诱杀”，被重新“定义”为正常人——重新被社会所接纳。这些现存秩序的反叛者、新思想的启蒙者，最终结局要么被那个现存秩序做了精神“无害化”处理，如《狂人日记》中的狂人“然已早愈，赴某地候补已”；《孤独者》中的那个年轻时书生意气的魏连殳，承认自己是个“失败者”，做了军阀杜师长的顾问，变得百无聊赖，无可无不可了；要么像夏瑜一样被杀头。启蒙者被“命名”为“疯子”和“疯子”的重新被社会所接纳或杀头，彰显了鲁迅对20世纪初中国社会现实的清醒的怀疑态度和对中国

① 参见王世城《试论鲁迅小说中“疯子”意象及其当代文化象征》，《文艺理论研究》1997年第3期。

现代思想革命的悲剧性命运的思考。这类被“命名”的疯子，实际上都是最清醒的批判者，甚至是勇敢的挑战者。在鲁迅笔下，疯癫者最清醒，最接近社会的本质。当代文学中，《芙蓉镇》中的秦书田——秦癫子，《废都》中的捡破烂、说谣儿的老头，余华的《一九八六年》中的中学历史老师、《河边的错误》中的警察，在精神性上与这类被“命名”的疯子相似，只不过他们表现出的更多的是一种无奈的“佯狂”。与鲁迅笔下的被“命名”的疯子相比，秦癫子等的“佯狂”，首先是种自我“命名”，“佯狂”成为他们借以生存的“护身符”，带有更大的无奈和悲剧感，其批判性也因此更为深沉和猛烈。

如果说鲁迅笔下的“疯子”是种被“无主名无意识杀人团”的封建文化“命名”的结果，那么，曹禺的《雷雨》里的繁漪、路翎的《财主底儿女们》中的蒋蔚祖则是新一代的“疯子”，他们的“疯癫”是自我热情、欲望与那个黑暗、压抑社会冲突的结果。繁漪的“最雷雨”式的任性、热情和“心中郁积的火”，构成了对那个“最圆满最有秩序的家庭”的解构力量，当她的“原始的一点野性”和“狂热的思想”对既成秩序形成挑战和反叛的时候，在周朴园看来，她确实“精神有点失常”“神经病”，甚至在周萍看来也是“疯了”。繁漪的疯癫是心灵负着创伤的困兽的绝望的嗥叫，是她的个性和热情无法见容于那个社会和时代的必然结果；《财主底儿女们》中蒋蔚祖的发疯，似乎包含了更为复杂的社会历史内容，凝聚着更为深广的人生悲剧。蒋蔚祖是个“旧式”知识分子，类似曹禺的《北京人》中的曾文清和巴金的《家》中的觉新。但是，与曾文清和觉新相比，蒋蔚祖的内心世界存在着更为严重的分裂，表面看来他是被大家庭内部的倾轧和放浪不羁的妻子的刺激所致而疯，而在更深的层面，是他的人格特别是文化性格的严重分裂而发疯。例如，一方面他持刀复仇，身染红墨水假装自杀，烧毁了庄园，向火焰叩拜；而另一方面，他又无比清醒，他痛斥“人间太黑暗，这是禽兽的世界，禽兽的父母，禽兽的夫妻”。蒋蔚祖脆弱敏感的神经，经不住那个狂躁亢奋的时代的折磨揉搓，他的个性解放的要求，更是与那个病态社会格格不入，成为社会嘲弄的对象，发疯实在是生活在那个时代的被压抑得喘不过气来的中国知识分子——蒋蔚祖们唯一的“选择”。正如《财主底儿女们》蒋纯祖的叹息：“……我们中国，也许到了现在，更需要个性解放的吧，但是压死了，压死了！……”①在精神流脉上，无论是繁漪还是蒋蔚祖，都有着莎菲的影子。与鲁迅笔下的“狂人”“疯子”相比，繁漪、蒋蔚祖负载着更为痛苦和复杂的心灵重负，他们都是被那个无望的社会和时代“压死了”！因而，他们带有更为强烈的悲剧色彩。

除了以上两类“疯子”以外，20世纪中国文学中还活跃着一群“疯女人”——她们“为爱而疯”。如张恨水的《啼笑因缘》中的沈凤喜，张爱玲的《金锁记》中的曹七巧，当代文学中则有苏童的《妻妾成群》中的颂莲，徐小斌的《羽蛇》中的女主人公羽，张洁的《无字》中的吴为，等等。夏洛蒂·勃朗特的《简·爱》塑造了世界文学中不朽的“疯女人”的形象，沈凤喜、曹七巧、颂莲、羽、吴为等则是那个“阁楼上的疯女人”伯莎·梅森的中国的精神姐妹。她们的生活境遇各不相同，然而，精神—爱情境遇却殊途同归，她们有的看似恶魔一般，阴险、狠毒、恐怖，其实她们又都是一群受害者，敢爱而不得其爱，又过于执着，她们无法熄灭和发泄胸中点燃的爱情之火和不得其爱而带来的压抑、愤懑，理性被冲决，心灵被扭曲，她们是一群绝望的受伤的野兽，永远凄厉地喊叫着。

R. D. 莱恩指出，反常和疯癫的定义则是“社会性的压迫手段……疯狂高于正常，是对病态社会的反抗”②。其实，以上三种类型的疯子，是20世纪中国文学中比较“著名”的疯子，其他类型的疯子、准疯子、伪疯子还很多，他们共同构成了20世纪中国文学疯子的经典形象，他们有的是被“命名”的疯子，有的被外界逼迫而丧失理智，有的被自己的热情、欲望折磨而疯，而有的却是佯狂。索瓦热把疯癫界定为“灵魂对错误的执迷不悟”。从这个意义上，20世纪中国文学中的“疯子”带有更为沉重的悲剧感，因为他们恰恰不是对“错误”的“执迷不悟”，而是对真理、希望、爱情、正义等的“执迷不悟”，这实在不仅是种特殊的文学现象，更是一

---

① 路翎：《财主底儿女们》（第二部），人民文学出版社1985年版，第十三章。

② ［英］R. D. 莱恩：《分裂的自我》，林和生译，贵州人民出版社1994年版。

种特殊的历史文化现象和精神生态现象。“虽然疯癫是无理性，但是对疯癫的理性把握永远是可能和必要的。”[①] 20 世纪中国文学中的“疯子”谱系，隐喻了中国人精神生态曾经的某种真实图景。

三

性从来都是政治的隐喻。无论东西方文化，男性生殖器都代表着一种力量、能力、创造，“标志着阳刚之气和支配能力”[②]。性与革命、政治似乎总是存在着某种隐秘的内在关联。当然，将性解释成为革命的主动因是荒谬的。但是，政治的高涨、革命热情的高涨似乎与性欲的高涨存在一种若有还无的联系。早在 1968 年，法国索邦大学的一面墙上，就有一句口号：“我越做爱越想革命；我越想革命越做爱。”[③] 这当然带有某种嬉皮士色彩，但性的能量、勃起与革命时代的激情、亢奋和非理性似乎具有某种相似性，这也反映在中国现代作家的小说创作中。美国学者王德威，在对茅盾、蒋光慈的“革命加恋爱”小说的研究中对此有所揭示。与之相反，“阳痿”则不但表示生理上的不能兴奋，更隐喻着精神、思想上的“去势”和“阉割”（castration），而这种“去势”和“阉割”又无不寓含着更为深广的社会历史内涵和精神生态内容。从这个意义上说，“阳痿”从来就不是一种单纯的生理疾病，在更深的层面上，它是一种思想文化和社会历史的疾病，而在 20 世纪中国文学中，它更是一种知识分子的精神“病症”。在 20 世纪后 50 年中国知识分子的人物画廊中，不乏阳痿者的形象，他们共同见证和构成了 20 世纪中国知识分子的心灵历程和精神生态。

美国学者凯特·米利特在《性政治》一书中指出，性是构建政治权力

---

① ［法］米歇尔·福柯：《疯癫与文明》，刘北成、杨远婴译，生活·读书·新知三联书店 1999 年版，第 97 页。

② ［美］弗里德曼：《男根文化史：我行我素》，刘凡群、王雪颖译，华龄出版社 2003 年版，第 161 页。

③ ［美］托尼·阿纳特勒拉：《被遗忘的性》，刘伟、许钧译，广西师范大学出版社 2003 年版，第 3 页。

机器的一种体现。性，在20世纪20年代中国文学和新时期文学中似乎有着完全不同的表述，在茅盾和蒋光慈的小说中，性与革命是价值对等的统一体，“革命的狂欢与性的狂欢具有某种气势上的美学对称”①。然而，在中国当代文学特别是新时期文学中，性与革命则完全丧失了这种正面意义上的“美学对称”，成了另一种价值对等，即负面意义上的“美学对称”——阳痿与政治乌托邦：“性……成为‘革命’所要解放或压抑或牺牲的能量。”② 新时期文学中阳痿者的形象，一方面，与政治热情高涨形成了吊诡式的解构；另一方面，又隐喻了政治热情的乌托邦的虚假性。因为，中国特殊年代政治热情的高涨，带来的并不是类似于茅盾20世纪20年代小说描写的性欲的亢奋和冲动，即性的“解放”，而是产生了大量的丧失了性能力的“废人”，在这种表面的政治热情的高涨下面，掩藏的是一种更为残酷的政治禁锢和政治压抑。因此，政治高涨带来的却是禁欲主义和由此而产生的阳痿。性的本质是追求快乐、追求自由、追求个性、反抗权威、反抗禁忌，而性的这些本质力量和要求正是与那个表面狂热的乌托邦集体主义年代中国的政治要求和政治伦理背道而驰的。因此，性在当时的中国被视为一种破坏性力量而被禁锢。这种禁欲主义，既来自外在的政治性禁锢，也来自自我内心的禁锢，在这个意义上，在中国当代文学中，性在很大程度上偏离了它固有的诗性光辉，而成为某种思想文化符码并与那个时代政治直接关联。新时期文学中出现的大量的“废人”，就是这种“身体政治”的病相。张贤亮的《绿化树》《男人的一半是女人》中的“半个人”章永璘，王蒙的《失态的季节》里的曲风明、《青狐》里的杨巨艇，以及贾平凹的《废都》中的庄之蝶等，即是这种病态政治的产物。他们都具有“身体意识形态”的性质，隐喻着特殊年代中国社会的某种政治病相和中国知识分子的心灵病态。

张贤亮的《绿化树》《男人的一半是女人》中的“半个人”章永璘，既是那个非常年代的牺牲者，又是那个年代的一个清醒的救赎者，具有双

① 南帆：《文学、革命与性》，王晓明主编《二十世纪中国文学史论》（下卷），东方出版中心2003年版，第438页。

② 黄子平：《革命·性·长篇小说——以茅盾的创作为例》，《文艺理论研究》1996年第3期。

重的文化“符码”意义。章永璘无疑是那个禁欲主义时代的精神祭品：39岁，童男子，硬汉子，进过两次劳改队，蹲过三次牛棚，恰恰是这种“思想改造”最终把章永璘这样一个本来身体健康，善于思考而又富有热情的知识分子“改造”成了身体和精神的双重“阳痿”。在谈到自己为何变成一个“废人”时，他说：

> 是因为长期压抑的缘故……压抑，就是，就是“憋”的意思……在劳改队，你也知道，晚上大伙儿没事尽说些什么。可我憋着不去想这样的事，想别的；在单身宿舍，也是这样，大伙儿说下流话的时候，我捂着耳朵看书，想问题……憋来憋去，时间长了，这种能力就失去了。①

“憋”，既是章永璘成为“废人”的生理原因，也是精神心理原因，更是当时的政治情势。在那个把人的身体的合理欲望和政治信仰、政治理想都看作“魔障”的年代，一个善于思考的知识分子除了“憋”，还有其他出路吗？因此，章永璘生理上的“去势”，既是身体自我压抑的结果，更是政治和精神压抑的结果，实际上是那个政治年代对知识分子思想和身体的双重“阉割”，中国当代革命政治文化对知识分子个体生命、自由意志的“木质化”和“规范化”处理，这是当代中国的特定政治文化的产物。而另一方面，章永璘实际上仍然带有某种精神贵族和“超人”式能力：清醒、敏锐、有思想。章永璘的身体和精神的“阉割”，相当深刻地折射了当时政治环境的残酷性和非人性。然而，张贤亮的更为深刻之处，还不仅在于他的这种隐喻式发现，更在于他的理性的思考。小说中的章永璘在黄香久的温情抚慰下，最终“治疗”了他的性的饥饿，把他“变成真正的男人”。然而，当章永璘重新焕发了活力、恢复为一个正常人的时候，他却决然地离开了给予他温暖和温情的黄香久，带着满脑子的《资本论》知识，重新投身到革命的政治风暴之中。章永璘被“治疗”后的重新“出

---

① 张贤亮：《男人的一半是女人》，时代文艺出版社2001年版，第102—103页。

走”和张贤亮对中国知识分子的思考，令人深思。

王蒙的小说中，出现了两个特别富有象征意味的阳痿者形象，即《失态的季节》中的曲风明和《青狐》中的杨巨艇。他们一个共同的特点都是理论大师、语言巨人，滔滔不绝，所向披靡。《失态的季节》中的“每一个细胞都流溢着党性和正气”的曲风明，不但是天生的马克思主义理论大师，而且是思想工作的能手，对那些“右派分子”分析起思想问题来说一不二、势如破竹，批评起人来铁面无情、凶悍凌厉，开口闭口要为那些“迷途的羔羊”治疗精神脓疮，割除他们心灵上的恶性肿瘤。然而，就是这样一个理论天才，这样一个自以为掌握了客观规律、客观真理的历史主人，却是一个阳痿患者，“干不成事儿”，个人生活一塌糊涂，无论他的理论威力多么巨大，都无法最终做通他妻子的“思想工作”，动摇与他离婚的意志。《青狐》中的堪称“社会良知代表”的理论巨人杨巨艇，动不动就对人宣讲文学的社会使命，文学的巨大社会作用，满口的民主、人道、智慧、文明、世界、潮流等。然而，“小小的蔫蔫的悬垂的小把戏”与他那雄狮般的头颅、高耸的鼻梁和高大的身躯及高屋建瓴、势如破竹的理论天才，更是形成了鲜明的对比。我们曾生活在一个语言空前发达的时代和理论的王国，对“理论”充满了膜拜之情，许多知识分子就寄生在这种“理论”的空壳里面，滔滔不绝，发空论，说大话，自以为成了“救世主”，而不知已经被这种“理论”所奴隶、所阉割。王蒙小说中的这两个形象，对于极左时代的高蹈的假大空的“理论”对人的扭曲和异化，做了极为深刻的“吊诡”般的描写，曲风明和杨巨艇的“阳痿”病状，其实正是他们在那个特殊年代的人格扭曲、畸变的表现，形象地反映了中国当代知识分子在思想专制主义高压与肆虐下，精神被严重扭曲、摧残、畸变和真正溃败的历史情状，具有巨大的精神深度和思想史意义，精神“阳痿”构成了那代知识分子的最基本的生命形态，正如杨巨艇所言：“由于连年的政治运动和‘极左’路线，特别是由于‘文化大革命’和‘破四旧’，中国的男人至少有百分之七十一是办不成事更办不成好事的。”① 章永璘、

① 王蒙：《青狐》，人民文学出版社2004年版，第175页。

曲风明和杨巨艇，实在是那个时代的最具隐喻性的“历史颓象”，也是那个时代留给人们的最深刻的记忆，在这一“颓象”和记忆中，隐藏着某种荒诞化的历史情景和一代中国知识分子历史性危机的精神秘密。

如果说，张贤亮和王蒙笔下的阳痿针对的是中国当代特殊历史年代革命政治文化对个体生命本能的压抑和阉割，那么，贾平凹的《废都》则揭示了精神“阉割”的另一种方式和可能。贾平凹曾公开否认《废都》是“泄愤”之作，他说：“《废都》通过了性，讲的是一个与性毫不相干的故事。”《废都》无疑是个隐喻性文本。其中的假性阳痿患者庄之蝶则成了一种当代中国知识分子精神生态和存在现状的更为复杂的隐喻。萨特认为，现代人的一个根本特征，就是背离了“是其所是”的“自在的存在”状态，进入了一个“不是其所是和是其所不是”的“自为的存在”状态，从而陷入了对自我身份的深刻怀疑。现代社会的发展，在人的需求日益得到更大满足的同时，人的越来越强烈的“认同的需要”——获得自我身份感的需求，越来越难以有效地满足，人类在一次次的“我是谁”的充满焦虑的诘问中，深刻地咀嚼着因无法获得的个人身份感所带来的失败的经验。《废都》中的庄之蝶即是这一人类“失败经验”的又一例证。

《废都》中庄之蝶陷入了现代人的这种深深的“无名”（“无名”即自我身份的迷失）的焦虑之中，其症状就是他的假性阳痿。一方面，庄之蝶在妻子面前是真正的阳痿，每次与妻子行夫妻之事，都无法真正兴奋，都要讲床笫笑话，看淫秽录像，甚至想象是与另一个女人，以求感官刺激。但是，虽然这样，每次仍以失败告终，被妻子踹下床来。这种性的失败感、挫折感，成为庄之蝶的心头挥之不去的阴影。另一方面，庄之蝶在与其他女人的性交往中，又充满了一种“求证”自己的潜在欲望和由此产生的焦虑。与别的女人的“滥性”，成了庄之蝶宣泄这种焦虑的“阀门”和“求证”自己的方式。例如，庄之蝶在第一次与唐宛儿性交后有一段对话：

妇人说：“你真行的！”庄之蝶说：“我行吗?!”妇人说：“我真还没有这么舒服过的，你玩女人玩得真好！”庄之蝶好不自豪，却认真地说：“……我只说我完了，不是男人家了呢！”唐宛儿说：“男人家没有不行的，要不行那都是女人家的事。”庄之蝶听了，忍不住又扑过去，他抱住了妇人，突然头埋在她的怀里哭了，说道：“我谢谢你，唐宛儿，今生今世我是不会忘记你了。”①

庄之蝶自我求证的焦虑和努力清晰可见，而这正活化出了庄之蝶“无名”的精神状貌。庄之蝶的口头禅是“泼烦”，“无名”和“泼烦”既是庄之蝶个体的精神特征，也成了中国当代知识分子精神生态的某种真实写照，更是“中国式世纪末”（李欧梵语）知识分子的一种特指性生命状态，是20世纪末中国知识分子的某种“寓言性”存在。更具有隐喻意味的是小说的结尾，当庄之蝶所有的努力都无法摆脱失败的命运时，他决定走出“废都”——寻求精神解脱的新途径。但是，他却无可避免地走向了更大的悲剧深渊，在他即将离开“车站”的一刹那，“双目翻白，嘴歪在一边了”，庄之蝶得了中风。“车站”在这里有种深刻的隐喻意味，“车站”本是有车有路的地方，象征着多种选择的可能性，隐喻他期望着精神突围和灵魂自救，然而，就如同庄之蝶除了“选择”与女人的性游戏别无选择一样，他有选择离开“废都”的自由，但他却无法逃遁、无法走出“废都”的宿命，在这一具有巨大历史寓意的细节中，贾平凹将庄之蝶最后一丝希望都给彻底、无情地掐灭了，庄之蝶永远无法走出“废都”。“人是自由的，人就是自由”，这是存在主义对现代人的定义，同时认为，“自由是选择的自由，而不是不选择的自由”。而对庄之蝶而言，他所缺失的恰恰就是这种“选择的自由”，他最后在“车站”的突发性中风，就是他最后的宿命的“选择”。所以，从本质上讲，庄之蝶对与唐宛儿等女性的性游戏的“选择”及他的最后逃离“废都”的“选择”，都是一种“不选择的自由”，而不是“选择的自由”，就在他产生走出“废都”念头的一刹那，庄之蝶走完了20世纪中国知识分子的最后旅途，贾平凹也由此完成了对庄之蝶及其所代表的20世纪中国知识分子的“无名”焦虑的最后历史表述，

① 贾平凹：《废都》，北京出版社1993年版，第86页。

同时也就从本质上宣判了庄之蝶们的精神死刑①。无论是从时间顺序上，还是从逻辑意义上，庄之蝶的假阳痿，与章永璘、曲风明及杨巨艇相比，无疑具有更为复杂、更具现代意义的隐喻性。如果说章永璘、曲风明和杨巨艇还是某种特殊政治氛围中压制性文化的必然结果，那么，庄之蝶则是中国知识分子在新的历史情状下的精神“失重”，因而，更加意味深长。

维特根斯坦说，人的身体是人的灵魂的最好图画。通过20世纪中国文学中结核病患者、疯子、阳痿这些类型的扭曲的“灵魂”，我们可以洞见20世纪特别是20世纪上半叶中国社会的精神生态和社会病相。正如法国心理学家莫里斯·梅洛-庞蒂所言，身体已经超越生物意义范畴，“它是我们对于世界的观点，精神就在这个地方呈现出一定的物理和历史状态”②。结核病、疯子、阳痿似乎都是某种孤立的个体性的精神生态形式，但是，从“种系”的角度，这类畸变的精神生态状貌，则从一个侧面构成和隐喻了20世纪中国知识分子的精神历程和历史真相。

① 参阅温奉桥《非理性的哲理文学》第五节，朱德发等《20世纪中国文学的理性精神》，上海人民出版社2003年版。

② ［美］亚历山大·罗伯逊：《贪婪》，胡静译，上海人民出版社2004年版，第78页。

试论中国当代文学的延安体制[①]

中国当代文学近70年的发展历程[②]，实际上也是延安文学体制从确立到逐步被解构的过程。这个过程大体可分为三个阶段，即1942年到20世纪70年代后期，这是延安文学体制主流化时期；70年代后期至80年代中期，是延安文学体制的调整期；80年代中期以来，是后延安文学时期即消解期。本文分别以赵树理、王蒙、余华为例，论述延安文学体制的流变过程。

一

从1942年到20世纪70年代末，是中国当代文学史上的“毛泽东时代”[③]。毛泽东时代文学的主要特征集中体现为延安文学体制。所谓延安文学体制，本质上是一种文学的军事化，主要表现为文学上的机械反映论、工具论、意识形态论。其中，文学的意识形态化是延安体制的最核心、最本质内涵。意识形态化是毛泽东时代的一个显著特点，文学同样如此，

---

① 原载于《中国当代文学六十年国际学术研讨会论文集》，武汉出版社2010年版。

② 一般文学史都把1949年7月“中华全国文学艺术工作者代表大会”的召开作为“当代文学”的起点，但就当代文学的合法性和自身的规定性而言，其真正源头和逻辑起点应该追溯到1942年5月的延安文艺座谈会，因为毛泽东的《在延安文艺座谈会上的讲话》作为“纲领性”文件，规定了未来中国当代文学的基本发展方向，对当代文学从基本价值取向到文本形态都产生了决定性影响。

③ 关于“毛泽东时代”，可参阅温奉桥《20世纪中国文学的三次现代性转型》，《山东社会科学》2003年第6期。

"在毛泽东等人的观念中，文学不过是一种特殊的意识形态化宣传工具罢了"①。当然，把文学看作"宣传"并非自毛泽东始，早在20世纪20年代，"左翼"作家就提出了"文学是宣传"的命题。但是，1942年后这一命题无疑借助政治威权得到了进一步的强化，"依凭政治强力和新的意识形态话语所具有的某种现代性魅力相结合，把'左联'时期较为抽象、空泛并寄寓了各种知识分子自由想象的马克思主义政治实实在在推进到了与党的权力意志紧密结合的政党政治"②，并逐渐主流化甚至唯一化，毛泽东曾有著名的"两个战线""两支军队"论："文艺是一支军队，它的干部是文艺工作者。"③ 对文学的"工具性之思"在延安文学中达到了登峰造极的程度。

中国当代文学脱胎于延安文学，而延安文学"是30年代左翼文学之内在政治性传统在新的语境中走向极致的结果"④。毛泽东《在延安文艺座谈会上的讲话》，强化了列宁提出的文艺是整个革命机器上的"齿轮和螺丝钉"的观点，明确提出"文艺从属于政治"⑤，并进一步强调文学的"党性"原则，强调作家的"党的立场"及"党性和党的政策的立场"⑥，从而重塑了中国当代作家的文化人格和当代文学的价值诉求。当代文学的延安体制是通过文学组织、文学刊物、文学运动、文学会议等形式确立起来的，特别是新中国成立后通过对电影《武训传》的批判，对萧也牧的《我们夫妇之间》的批判，对俞平伯、胡适的《红楼梦》研究的批判，以及对胡风的"反革命集团"、丁玲、冯雪峰的"反党集团"的整肃等历次文学运动，完成了作家队伍的重新整合和作家思想的"消毒"。如果说20世纪40年代的延安"整风"还算比较温和的话，那么50年代的"整肃"

---

① 袁盛勇：《"党的文学"：后期延安文学观念的核心》，《中国现代文学研究丛刊》2005年第3期。

② 袁盛勇：《延安文学及延安文学研究刍议》，《文学评论》2005年第1期。

③ 毛泽东：《文艺工作者要同工农兵相结合》，《毛泽东文艺论集》，中央文献出版社2002年版，第94页。

④ 袁盛勇：《延安文学及延安文学研究刍议》，《文学评论》2005年第1期。

⑤ 毛泽东：《在延安文艺座谈会上的讲话》，《毛泽东文艺论集》，中央文献出版社2002年版，第70页。

⑥ 同上书，第49页。

则是强制性的，从而以威权的力量完成了文学上的一体化过程，确立了新的文学规范，即“党的文学”的唯一合法性。在“党的文学”的掩护下，中国当代文学彻底摒弃了尚或残存的作家独立的话语立场、话语方式，在一定意义上，当代文学与意识形态的日益同构化、一体化，源于延安体制的内在要求，而这种延安文学体制在根本上掌控、主导了中国文学的未来之路。延安“整风”完成了中国当代文学对五四文学的全面“改造”，政治美学成为延安文艺的最高美学范畴，也成了中国当代文学最主要的价值视域。

自1942年开始的中国当代文学，本质上是一次去主体化过程，高度组织化、一体化也即“格式化”是中国当代文学的最本质特征。当然，这期间也出现了诸多的矛盾和“异动”，如文学思潮上的“写真实”“干预生活”，创作上则出现了如《我们夫妇之间》《洼地上的“战役”》《在悬崖上》《组织部来了个年轻人》等“异端”，但就整体而言，“十七年文学”是一次政治话语的集体行动，是作家与文学的双重失落。有的论者指出，20世纪中国文学有三大“悲剧”：“尊群体而斥个性”“重功利而轻审美”和“扬理念而抑性情”①。这种说法大体符合文学史事实，应该看到，这种“悲剧”在当代文学特别是“十七年文学”中尤甚。这在很大程度上窒息了当代文学的生机和活力，作家也陷入了一种严重扭曲的创作心态，当代文学丧失了其应有的自主性。

赵树理是延安体制的代表性作家，是从延安文学体制内部成长起来的作家，是延安文学体制的无意识的信徒，也是延安文学体制实绩的体现。赵树理因为在20世纪40年代“第一个实践了毛泽东同志的文艺方向”②，成为文艺界的“旗帜”和“方向”，事实上，早在1947年，延安文学界就提出了“赵树理的方向”③，赵树理的创作是“文学为政治服务”的典范。

---

① 谢冕：《百年中国文学总系·总序一：辉煌而悲壮的历程》，山东教育出版社1998年版。

② 周扬：《论赵树理的创作》，黄修己编《赵树理研究资料》，北岳文艺出版社1985年版，第177页。

③ 陈荒煤：《向赵树理方向迈进》，黄修己编《赵树理研究资料》，北岳文艺出版社1985年版，第201页。

所谓“赵树理的方向”，其实就是延安文学体制的某种期待性价值诉求，“老百姓喜欢看、政治上起作用”是赵树理创作的根本旨归。“我写的小说，都是我下乡工作时在工作中所碰到的问题，感到那个问题不解决会妨碍我们工作的进展，应该把它提出来。”① 这构成了赵树理文学创作的原初动力，《地板》为了宣传解放区土改新政，《登记》则是为了宣传新的婚姻法，《李有才板话》提出工作中的主观主义、官僚主义问题，《实干家潘永福》提倡实干精神，《锻炼锻炼》是为了“批评中农干部中的和事佬的思想问题”②，《老定额》意在“反对不靠政治教育而专靠过细的定额来刺激生产积极性”③的工作方式，《三里湾》是热情讴歌农业合作化道路。赵树理几乎每篇小说都有明确而具体的现实目标，也正源于此，赵树理的小说被称为“问题小说”。然而，对文学的过于功利性的追求，实际上把赵树理这样一个自觉、热情地为党写作的作家，也逼到了绝路——新中国成立后他的创作完全处于被动状态，并不时遭到来自各方面的严厉指责和批评。赵树理几乎完全丧失了创作的热情，创作也由原来的“得心应手，左右逢源”陷入了一种“应差拉夫”的心态，这就是后来所说的“赵树理现象”。

“赵树理现象”其实并非赵树理所独有，自觉追求文学的实用性，甚至使用性，也不独赵树理然，如柳青就坦诚，《创业史》“这部小说要向读者回答的是：中国农村为什么会发生社会主义革命和这次革命是怎样进行的”④。也即是说，从“赵树理方向”到“赵树理现象”，是延安文学体制的必然结果，实际上暴露了延安文学体制的某种内在危机。由此可见，文学的过分意识形态化、工具化，已经成为文学自身的“达摩克利斯之剑”，这实际上构成了延安文学体制自身所无法克服的矛盾和悖论。毛泽东自20世纪40年代就探讨“革命性、党性与艺术工作的完全的统一”⑤，应该说，在毛泽东时代这种“完全的统一”并没有实现，而是在很大程度上背离了

---

① 赵树理：《当前创作中的几个问题》，《赵树理论创作》，上海文艺出版社1985年版，第186页。

② 同上。

③ 赵树理：《回忆历史，认识自己》，《赵树理论创作》，上海文艺出版社1985年版，第61页。

④ 柳青：《提出几个问题来讨论》，《延河》1963年第8期。

⑤ 毛泽东：《文艺工作者要同工农兵相结合》，《毛泽东文艺论集》，中央文献出版社2002年版，第90页。

这一原则。季红真曾把“样板戏”的美学理念看作“一场瘟疫之后的病理报告”[①]，现在回过头来看“十七年”及之前的中国当代文学，也似乎并非完全不具有某种“病理报告”的意义。

二

对延安文学体制的质疑和动摇，开始于20世纪70年代末。“样板戏”的出现，标志着20世纪40年代确立起来的延安文学体制已经走进了历史的死胡同，中国当代文学面临着新的变革。

1979年10月30日，第四次全国文代会召开，邓小平在《祝词》中提出文艺要“满足人民精神生活多方面的需要”，不要求文学艺术从属于“临时的、具体的、直接的政治任务”；1980年年初，邓小平更是明确指出：“不继续提文艺从属于政治这样的口号……长期的实践证明它对文艺的发展利少害多。”[②] 这在一定意义上拉开了中国当代文学变革的大幕。1982年6月25日，主管意识形态的胡乔木在中国文联四届二次全委会招待会上发表讲话：“不能把文学艺术这种广泛的社会文化现象纳入党所独占的范围，把它说成是党的附属物，是党的‘齿轮和螺丝钉’。”“我们不能把人类历史上的文学艺术——除掉我们所要剔除的那一部分糟粕以外——都贴上‘为政治服务’的标签，那是做不到的。”[③] 邓小平和胡乔木为即将展开的新时期文学变革做了舆论准备。

新时期以来对延安文学体制的解构，是伴随着思想解放的时代潮流进行的。长期以来被严重忽视的文学的自主性即“主体性”问题，成为当代文学关注的一个焦点。针对延安文学体制特别是“文学从属于政治”的弊端，文学上的一些新的说法如“文学本体论”“纯文学”“文学本性”“让

---

① 季红真：《一场瘟疫之后的病理报告——“样板戏”的美学理念》，《读书》2009年第8期。

② 邓小平：《目前的形势和任务》，《邓小平文选》第3卷，人民出版社1993年版，第220页。

③ 胡乔木：《关于文艺与政治关系的几点意见》，《胡乔木文集》第2卷，人民出版社1993年版，第532—533页。

文学回到文学自身”等逐渐出现，恢复、重建文学的“主体性”，成为冲破延安文学体制的突破口。较早对延安文学体制进行了卓有成效反思的是王蒙。

王蒙是一个具有探索精神的敏锐的作家，他在20世纪70年代末较早地意识到一个新的文学时代的到来，对长期以来占主流地位的文学观念和文学创作上的一些基本理论命题进行了富有时代感的探索。王蒙在文学创作领域较早地践行了“主体性”的思想，他提出“忽视创作主体的作用，就是忽视创作规律”，针对文学创作上的机械反映论，王蒙提出创作是一个“辩证的立体的过程”①，特别强调了激情、想象、直觉在创作中的作用，“缺乏敏锐的感受性，缺乏想象、激情和创造力即缺乏创作主体的活跃性与能动性的文学工作者……与真正的文学艺术之间，还存在着难以逾越的隔膜”②。他直言“我推崇艺术直觉”，“坚信艺术直觉、艺术的感觉在文学创作中的重要作用”③。

对延安文学体制更深层的反思，同时源于王蒙对文学自身的认识。在这种文学观念的启发下，王蒙对文学的本质、价值、意义等都有了较为不同的认识。例如，王蒙赞同文学是一“魔方”的说法，在他的视界中，文学既是阶级的触角、阶级的感官，也是作家的白日梦和一种智力的游戏，他既承认“文学是生活的教科书”的提法的合理性的一面，也承认“文学是一种纯粹的形式”，他甚至为“玩文学”进行“辩护”：

> 我倒想为“玩文学”辩护一下。就是不能把文学里面“玩”的因素完全去掉。人们在郁闷的时候，通过一种形式甚至很讲究的形式，或者很精巧、很宏大、很自由的形式来表达自己的郁闷，是有一种自我安慰的作用，甚至是游戏的作用。过去很多中国人讲“聊以自娱”，写作的人有自娱的因素，有多大还可以再说，至于读文学的人有自娱

① 王蒙：《漫话文学创作特性探讨中的一些思想方法问题》，《王蒙文存》第21卷，人民文学出版社2003年版，第246页。

② 王蒙：《也说主体》，《王蒙文集》第6卷，华艺出版社1993年版，第231页。

③ 王蒙：《我是王蒙》，团结出版社1996年版，第166页。

的因素更加难以否认。也就是你我都有“玩文学”的因素，但是完全把文学看成“玩”会令许多人通不过的。①

甚至，对“文学是大便”的极端性的提法，王蒙也是努力从其积极的意义上来理解其合理性质素。王蒙的关于文学的许多见解，如“文学艺术是人类心灵追求自由的表现”② 及“文学承担了过重的使命感和任务感，反而使文学不能成为文学”的观点，以及“给我们一点游戏性吧，我们实在是够紧张了。……文学本来就是心灵的游戏，当然不仅仅是心灵的游戏，但是，有一部分是心灵的游戏、文字的游戏。我希望我们和文学多一点游戏性，少一点情绪性或者表态性”③ 的呼吁，都在很大程度上拓展了人们的文学视野和精神空间，对于冲破已经严重僵化的文学观念和文学体制的束缚和拘囿，都起到了积极的作用，特别是他的在当时看来极具探索性和实验性的东方“意识流”小说，对后来中国当代小说的发展，具有明显的方向性和示范意义。

然而，王蒙并不是延安文学体制的颠覆者，他总是怀着“爱惜而又嘲讽”④ 的眼光看待文学和社会，这就决定了他是一个文学上的温和的改良者，而不可能成为一个决绝的反叛者。有的论者指出，王蒙是一个“跨过了延河的”作家，其理论情结仍是“延安文学精神”，王蒙是“比较开放、善于变通的延安文学精神之子”⑤。这种评价是非常中肯的。王蒙的政治信仰和革命阅历不可能成为延安文学体制的叛逆者，他的意义在于，正如俄罗斯汉学家谢尔盖·托罗普采夫所言“王蒙将生活带入了文学，将文学回归了生活”⑥。王蒙小心翼翼地回避着延安文学体制的最根本的规约，游走

① 王蒙、王干：《王蒙王干对话录·文学这个魔方》，《王蒙文存》第20卷，人民文学出版社2003年版，第168页。

② 王蒙：《我的几点感想》，《王蒙文存》第19卷，人民文学出版社2003年版，第226页。

③ 王蒙：《清风·净土·喜悦》，《王蒙文存》第19卷，人民文学出版社2003年版，第301—303页。

④ ［德］顾彬：《二十世纪中国文学史》，华东师范大学出版社2008年版，第365页。

⑤ 张钟：《王蒙现象探讨》，《文学自由谈》1989年第4期。

⑥ ［俄］谢尔盖·托罗普采夫：《王蒙心里永存的桃源》，王蒙《苏联祭》，作家出版社2006年版，附录。

在文学和政治的中间地带。

三

真正对延安文学体制形成瓦解的是20世纪80年代中期兴起的先锋文学。先锋文学在今天似乎已经逐渐被人们所遗忘，但是作为一次集中的文学行动，具有重要的文学史意义。“先锋就是针对一种旧秩序的斗争和反叛，表明它不愿再受旧有规则的束缚，而试图达到新的自由与新的真实。”① 先锋作家完成了第二次“文学革命”，他们“真正在中国文学史上完成了一次完全和本质意义上的‘文学革命’”②，其意义也许并不亚于五四文学先驱们。先锋文学作家从不同角度和层面，对延安文学传统和文学体制进行了质疑、疏离和背叛，特别是对一些传统的文学观念形成了强有力的冲击和颠覆，他们以传统意义上的文学“形式”创新为突破口，成为中国当代文学最具活力的存在。

任何文学都是在不断质疑、探索和试验中发展的，中国当代文学也不例外。特别是自新时期以来，打破原先的那种僵化的文学体制，冲破意识形态的霸权，“将文学作为独立的精神事物来追求”③ 成为先锋作家们的持续冲动。与王蒙那一代作家相比，先锋作家更少有精神的负累和羁绊。如果说王蒙小心翼翼地做文学的“扩胸运动”，那么，先锋作家无疑走得更远、更决绝。先锋文学的出现在一定意义上打破了中国当代文学的一元化格局，“改变了已有的文学图景与文学路向。……打破了传统的文学规范，使得极端个人化的写作成为可能”④。自20世纪20年代“普罗文学”出现以来，中国文学就开始出现粗糙化甚至粗鄙化的因子，新中国成立后随着普罗文学的全面主流化，当代文学无论是在文体形态还是审美风格上，更是变得愈益枯燥、枯涩，中国传统文学所特有的灵动性、精致性，被彻底

---

① 谢有顺：《先锋就是自由》，山东文艺出版社2004年版，第57页。

② 吴义勤：《中国当代新潮小说论》，江苏文艺出版社1997年版，第36页。

③ 《残雪谈创作》，《钱江晚报》2006年3月3日。

④ 陈思和主编：《中国当代文学史教程》，复旦大学出版社1999年版，第294—295页。

放逐，中国传统文学的审美性也同时被彻底斩断。这种被斩断了的文学传统，在先锋文学那里得到了某种程度的恢复。

与先锋作家们的文体实验形式创新相比，他们对传统文学观念的颠覆更具意义。在很大程度上，这批作家的“先锋性”其实是相对于传统的现实主义的“训诫”而言的，他们对长期以来形成的庞大的、坚硬的现实主义的迷障，表现出了不满和不屑，他们不屑于做一个“政策阐释者”和“文艺侦察兵”的角色，甚至也不屑于做一个传统意义上的“文艺工作者”，他们是中国当代文学的一批富有才华的痴迷的探险者，是文学的自我立法者。他们的许多“离经叛道”的思考和探索，拓展了中国当代文学的空间，他们的创作赋予中国当代文学以新的内涵、新的审美形式和新的价值坐标。王蒙对先锋文学的意义有过中肯的评价，他说：“没有先锋没有怪胎没有探索和试验就没有艺术空间，从而也就没有心灵空间的扩大。空间的扩大正是先锋艺术大获全胜的标志。”① 在中国当代文学的天空中，先锋作家们是孤独而耀眼的存在。

先锋文学的意义在于它的颠覆性。这种颠覆从艺术形式如语言、叙述开始，其目的在于重建中国当代文学理念，在于“改变了我们的文学艺术的面貌”②。他们极力远离政治、现实，他们并不看重生活之于文学的重要性，他们认为创作“取决于作家自身的心态特质，取决于一种独特的痴迷，一种独特的白日梦的方式”③。与传统的机械反映论相比，他们更愿意认为小说是一种“虚伪的形式”，是一种语言的游戏，除此之外，别无所求。先锋作家们并不追求所谓真实性即与现实的表象的直接同一性，而是追求“虚构的现实”，这样也就在一定程度上与文学的功利性特别是政治功利性拉开了距离，在他们的价值坐标中，文学是一种自足性存在，是一种精神—心灵的形式，他们十分反感所谓文学的客观真实之类，相反，他们认为那种具有普遍的一致性的日常生活经验是不真实的，只有冲破这种所谓生活经验的迷障才能抵达真实，与所谓的普遍经验相比，他们更看重

① 王蒙：《先锋文学失败了吗》，《王蒙文存》第21卷，人民文学出版社2003年版，第462页。
② 同上。
③ 苏童：《周梅森的现在进行时》，《寻找灯绳》，江苏文艺出版社1995年版，第167页。

"个人精神上的"的真实，这种真实永远都比"生活经验"更真实、更可信。余华说："生活实际上是不真实的。生活是一种真假参半的、鱼目混珠的事物。"① 他认为："事物总是存在两个以上的说法，不同的说法都标榜自己掌握了世界真实。可真实永远都是一位处女，所有的理论到头来都是自鸣得意的手淫。"② 余华就传统文学的那种"实事求是"的真实观和"就事论事"的写作态度提出了激烈的批评，与传统文学表现出来的那种"固定的、死去的现实"③ 相比，余华更感兴趣的是一种"内心真实"即"虚伪的真实"。先锋作家公开宣称"个人化"写作，忠于自我的内心体验，而不是所谓客观真实的虚妄是先锋作家创作的唯一律令。余华曾说："文学所表达的仅仅是一些大众的经验时，其自身的革命便无法避免。"④ 这种鲜明的对作家的个体经验的尊重是与延安体制所强调的文学的"大众化"方向背道而驰的。他还说："一个真正的作家永远只为内心写作。"⑤ 这其实是先锋作家共同的声音。

与内容相比，他们似乎对文学的形式更感兴趣。其实，早在"朦胧诗"时期，即已完成从"写什么"到"怎么写"的转变，先锋文学集中凸显了文学的某种独立性品格。语言和形式的"革命"，其目的在于"完成意识形态的颠覆"和文学中的延安体制的自我突围，"在对文学脱离意识形态的控制，走向独立和自律性上，先锋作家们的贡献是巨大的"⑥。先锋文学标志着中国当代文学主体性的一次全面觉醒，他们在创作中的形式主义革命，他们所传达的"形式即内容"的艺术理念，在很大程度上拓展了文学的审美空间，剥离了文学的意识形态内涵，动摇了延安体制中最根本的一点，文学与意识形态的"合谋"。

先锋文学作为一场文学"暴动"，其意义是多方面的。它打破了延安体制从观念到技巧的长期以来占主流地位的文学禁忌，重新赋予中国当代

① 余华：《我的真实》，《人民文学》1989 年第 3 期。
② 余华：《河边的错误》，长江文艺出版社 1992 年版，跋。
③ 余华：《作家与现实》，《作家》1997 年第 9 期。
④ 余华：《虚伪的作品》，《上海文论》1989 年第 5 期。
⑤ 余华：《作家与现实》，《作家》1997 年第 9 期。
⑥ 丁帆、许志英主编：《中国新时期小说主潮》（下卷），人民文学出版社 2002 年版，第 1285 页。

文学某种真正的“文学性”和想象力，把当代文学从延安体制中解放出来，先锋作家不但完成了与传统的中国当代文学的决裂，而且扮演了延安文学体制“掘墓人”的角色，先锋文学所倡导和践行的文学理念，为中国当代文学提供了一种“另类”价值坐标。

论中国当代文学的精神向度[①]

——以《废都》为例

在中国当代文学史上，似乎还没有另一个作家像贾平凹这样，既饱受争议又同时拥有数量庞大的读者群。作为新时期文学的标志性作家，近30年来，贾平凹几乎每部小说都会引发文坛的强烈关注和巨大争议，《废都》尤其如此。这部小说甫一问世，就被卷入巨大的舆论旋涡，对于这部小说的争论，也迅速超越了学术界，演变成了一个社会性文化事件。迄至今日，对于《废都》的争论并未完全停息，也许，还要长久地争议下去。对于这部小说的争议，源于不同的层面，有意识形态、社会文化层面的，也有艺术、精神层面的。可以说，围绕《废都》已形成了一种复杂的文化现象，也形成了一个个悖论奇观。

一

毋庸讳言，《废都》无疑是贾平凹最重要的小说，代表了贾平凹创作所达到的思想和艺术高度，也是中国当代文学最具现代意识的作品之一。透过那些极易引发误解和争议的表层故事，《废都》实是贾平凹的精心之

① 原载于《商洛学院学报》2015第3期。原题为《〈废都〉的悖论——兼论中国当代文学的精神向度》。

作、泣血之作，里面有贾平凹的大悲悯、大寄托、大情怀。套用一句话，如果把贾平凹2000万字的创作比喻成一个高原，那么《废都》就是这个高原的最“高峰”。相对于贾平凹之前的创作特别是长篇小说《浮躁》而言，《废都》是贾平凹小说创作的一次重要“蝶变”，从《废都》开始，贾平凹真正表现出了一个大作家的精神气象，他由对当下现实的热切关注和书写，将思考的目光投向人类精神和历史的幽深处，这在很大程度上决定了这部小说的美学品格和精神向度。

然而，《废都》又是一部被文学史严重忽视、艺术价值被严重低估的作品，这里面有极其复杂的时代、文化等原因。众所周知，《废都》出版后一度被禁17年，但在国外又获得极高声誉，被翻译成日、法、俄、英、韩等多国文字，并曾获法国费米那文学奖；在民间，各种盗版更是从未停止过，据贾平凹自己估算，“正版、半正版和盗版的《废都》超过了1200万册”，他自己收集到的盗版本就多达“六十余种”，也有人估计《废都》的实际发行量应在2000万册以上。这是当代文学史上的一个悖论式奇观：一方面，是禁书；另一方面，大量的盗版书流行。这说明《废都》事实上存在着数量庞大的隐形读者，形成了一种奇特的地下、半地下阅读现象。

与《废都》的这种地下、半地下阅读相映成趣的是，学术界并未因为《废都》的被禁，影响到对这部小说的研究，相反，学术界对《废都》的热情从来就没有消歇过。据笔者统计，从《废都》问世到今天20年时间里，以《废都》为题的学术论文有350篇，其中研究生学位论文13篇；而以《废都》为“关键词”的论文，则多达800余篇。在当代文学史上，还没有另一部小说像《废都》这样，20年来在被禁的情况下，持续激发着研究者的学术热情和兴趣，还没有一部小说具有如此持久的学术效应。这也是“《废都》现象”之一种。然而，这只是“《废都》现象”的一个方面。

与学术界的这种持续热情构成鲜明对比的则是文学史对《废都》描述的极端冷落和缺失。一方面，许多著名文学批评家认为《废都》“是理解中国当代文学的关键作品”①，“《废都》虽不能说是旷世奇书，但它确是一部可入史册的杰作”②。但同时，笔者也做了一个大体的统计，在当下最具影响力的几部当代文学史中，关于《废都》的文字，少之又少，简直到了吝啬的程度。《中国当代文学史》（洪子诚著，北京大学出版社 1999 年版）在文末的“中国当代文学年表”中，注明了“同月（1993 年 6 月——引者注），贾平凹的长篇小说《废都》由北京出版社出版”的字样，也即是说，在洪子诚先生看来，1993 年《废都》的出版是值得关注的文学史事件，但在这部文学史的正文之中，除了对学术界关于《废都》正、反两方面意见的客观介绍外，并无一字评价性语言，且从介绍文字的语调看，作者对《废都》持批判性态度③；而几乎与洪著《中国当代文学史》同时出版的另一部具有广泛影响的《中国当代文学史教程》（陈思和主编，复旦大学出版社 1999 年版），对很多当代小说如《风景》《一地鸡毛》《动物凶猛》等，都做了十分详细的专节介绍，但是对于《废都》只字未提，只在书末“附录二 · 当代作家小资料”之“贾平凹”中有如下文字：“80 年代初的小说《二月杏》《好了歌》曾因‘不健康倾向’而遭批判，90 年代初又因小说《废都》中过多的性描写而引起争议。”④ 而孟繁华、程光炜的《中国当代文学发展史》（修订版）一方面认为“贾平凹是这个时代最重要的作家之一，他已经完成的创作无可置疑地成为这个时代重要的文学经验的一部分”，并把《废都》归为 20 世纪 90 年代“长篇小说热”中出现的“较为重要的长篇小说”⑤，然而，对这部最能代表贾平凹创作水准的小说，却也同样是未置一词。另一部文学史著作《中国新时期文学 30 年（1978—2008）》（陶东风、和磊著，中国社会科学出版社 2008 年版）对《废都》的态度也同样如此。与以上文学史的集体“失语”略有不

---

① 陈晓明：《穿过本土，越过“废都”——贾平凹创作的历史语义学》，贾平凹《废都》，作家出版社 2009 年版，第 10 页。

② 丁帆：《动荡年代里知识分子的“文化休克”》，《文学评论》2014 年第 3 期。

③ 洪子诚：《中国当代文学史》，北京大学出版社 1999 年版，第 329 页。

④ 陈思和主编：《中国当代文学史教程》，复旦大学出版社 1999 年版，第 399 页。

⑤ 孟繁华、程光炜：《中国当代文学发展史》（修订版），北京大学出版社 2011 年版，第 391、377 页。

同，吴秀明主编的《中国当代文学史写真》则对贾平凹和《废都》持比较明确的否定性评价，其关键词是“迷失”，贾平凹是“迷失的时代文魂”，从《浮躁》到《废都》“标明在精神迷失的当下作家消褪了‘浮躁’中的激情，放弃了道德理想与社会责任感，显示出精神上的困惑、无奈”①。

与对《废都》的暧昧态度不同，很多文学史不约而同地对贾平凹早期的创作特别是“商州系列”给予高度评价，有的则对《浮躁》《秦腔》做了重点评析。也即是说，文学史面对《废都》这样一部作品采取了故意“搁置”的策略。事实上，《废都》在文学史叙述中成了一个无法安放的存在，也就是说，《废都》之于中国当代文学史而言，是一个“非合理性”存在，在目前的文学史语境中，《废都》尚难以找到容身之所。这既是《废都》的尴尬，也是文学史的尴尬。

二

那么，何以会出现文学史面对《废都》的集体性“失语”呢？仍要从《废都》这部小说自身谈起。

众所周知，《废都》甫一出版，即被查禁，查禁的理由是“格调低下，夹杂色情描写”②，严格来说，这并不是一个文学性评价，而是一个社会道德层面的说辞。就个人阅读感受而言，笔者不认为《废都》“格调低下”，相反，笔者认为《废都》是一部典型的文人小说，恰如作者贾平凹所言“《废都》通过了性，讲的是一个与性毫不相干的故事”③。绝大多数读者只停留在这部小说“形而下”层面，甚至只看到了其中的“性描写”，至于“性”背后的东西却全然不顾。性之于《废都》是一把双刃剑，也一直是困扰这部小说的一个主要原因。性描写事实上构成了这部小说的一个结构性存在，是这部小说得以“立身”的一个重要支撑和依托，也许正鉴于

① 吴秀明主编：《中国当代文学史写真》（下），浙江大学出版社2002年版，第1005页。

② 蔡震：《〈废都〉没解禁　只出修改版》，《扬子晚报》2009年7月29日。

③ 贾平凹：《答陈泽顺先生问》，《小说评论》1996年第1期。

此，贾平凹对《废都》英文版翻译者提出的唯一要求是“原文一句也不要删”。可见，贾平凹对这部小说包括其中性描写的高度自信。应该特别指出的是，很少有人认真思考《废都》的性描写，《废都》中的性描写一方面走的是《金瓶梅》的路子，甚至，贾平凹故意强化了性描写中的“颓废”成分，然而，与《金瓶梅》之一味客观性描写不同，《废都》中的性描写是充满象征意味的。贾平凹小说如《怀念狼》《高老庄》中的性描写也都是隐喻性的。贾平凹小说中的性描写，大都具有某种逆向意识形态性。事实上，《废都》是一个具有多重意义结构的文本，是一部具有多重意蕴的小说。但是，即便如此，《废都》的精神指向与当代文学史的主流话语和“期待视野”仍存在明显差逆。

贾平凹前后有两部小说名《废都》，一个是中篇小说《废都》（载《人民文学》1991 年第 10 期），一个是长篇小说《废都》（初刊于《十月》1993 年第 4 期，同年由北京出版社出版），一个作家，写两部同名小说，这在文学史上并不多见。由此可以看出贾平凹对“废都”二字是多么欣赏，多么意犹未尽。“废”是贾平凹对世纪末中国社会文化的基本评价和情感态度，既指向现实层面，更指向精神层面。甚至可以认为，《废都》《秦腔》《高兴》构成了贾平凹“废系列”三部曲。《废都》在一定意义上可以看作 20 世纪末中国知识分子的精神自传和心灵史，《废都》与 20 世纪 40 年代钱锺书的《围城》一样，是一部知识分子的“寓言”。从 40 年代的“围城”到 90 年代的“废都”，构成了 20 世纪中国知识分子心灵史的一个绝妙隐喻。当然，《废都》的意义视域并不止于此，而是有更具超越性的解读空间。

然而，《废都》引发争议的根本原因还是源于这部小说的精神指向。读过这部小说的都知道，小说一开头就出现了主人公庄之蝶最经常说的口头禅：“泼烦”。“泼烦”是理解庄之蝶乃至整部《废都》的一个关键词。“泼烦”并不仅仅是指庄之蝶的个人生活状态——作为西京城里“四大名人”之一，庄之蝶一会儿不得不给 101 农药厂做广告，一会儿又被迫给市长杜撰宣传材料，再不就是被好友阮知非捉去做了“捉刀吏”，西京城里到处都有他的影子，然而，也仅仅是“影子”而已，他的灵魂永远都不在

“此处”，他始终无法真正安下心来写他的“长篇”。庄之蝶是典型的“无事忙”，“忙”而“无事”，其实是他找不到自己的位置，是自我背离和迷失，庄之蝶常说自己唯一的所有是自己的名字“庄之蝶”三个字，而这三个字用得最多的还是别人。由此可见，“泼烦”之于庄之蝶，其实并非是由某一桩具体事件引发的烦恼，而是作为一个现代人的一种根本性的精神状貌和本体性生命状态。

《废都》又是一部充满了悖论的小说。权且不说“废都”的象征意味，单是“庄之蝶”三个字，就极富寓意。自“庄生梦蝶”故事起，“蝴蝶”在中国文化中就成了一个极富诗意的意象，是某种精神和心灵自由的象征：轻盈、美丽、自由、灵动。产生于六朝的《梁山伯与祝英台》及《搜神记》中韩凭夫妇“化蝶”的故事，则进一步强化了“蝴蝶”之“自由”内涵。“庄生梦蝶”的意趣是“自由”：“昔者庄周梦为蝴蝶，栩栩然蝴蝶也，自喻适志与!”恰是在“自由”的含义上，《废都》建构了这部小说的哲学品格，也即是说《废都》思考和关注的一个核心命题是自由的问题。“蝴蝶”本是自由的象征，而小说中的庄之蝶恰恰是最不自由的灵魂，这构成了小说的一个悖论。《废都》的第二个悖论出现在小说结尾。当庄之蝶深深厌倦了西京城中这种身不由己的生活时，他决定拼力反击，那就是他要走出“废都”，寻求精神解脱的新可能、新途径，这也符合“庄之蝶”寓意中的“蝶变”内涵。但是，小说结尾给出的却是完全的绝望和不可能，当庄之蝶即将离开“车站”的一刹那，他“双目翻白，嘴歪在了一边”，庄之蝶得了中风。“车站”在这里有种深刻的象征意味，“车站”本是有车有路，意味着多种选择的可能，而庄之蝶的“中风”则无疑更具有象征意味，在这一具有巨大历史寓意的细节中，贾平凹把庄之蝶最后一丝希望都给彻底无情地掐灭了，庄之蝶注定永远无法走出“废都”。就在他决定走出“废都”的一刹那，庄之蝶走完了20世纪中国知识分子的最后旅途。[①] 很少有人注意《废都》的结尾，笔者则认为这是中国当代小说最

① 温奉桥：《“无名”与“焦虑”——论贾平凹小说的现代意识》，《山东省青年管理干部学院学报》2002年第1期。

精彩、最具象征意味的结尾。

然而，作为一个具有深刻内涵的艺术形象，庄之蝶并不能够自然合理地站到中国当代文学形象谱系之中，因为“这样的形象在中国当代文学史中也只是偶然呈现，大多数情形下，它是被深深地压抑在书写遗忘的死角”①。从庄之蝶这一具有浓郁悲剧感的结局来看，贾平凹对当代知识分子的生存困境有着深刻敏锐的体察，传达出的是一种深沉的历史悲剧感和绝望感。因此，在这个意义上，《废都》可以看作中国版的《城堡》，《城堡》中的K至死也未能进入“城堡”，而庄之蝶则是至死也未能走出“废都”。他们面对的具体现实“困境”各不相同，但小说的旨趣深层相通，此时的贾平凹与卡夫卡穿越历史的时空，深情相望。

三

不止一个人从《废都》中读出了《红楼梦》《金瓶梅》等中国传统小说的况味，由之，有人称《废都》为“世情小说”。笔者认为这只是一个方面，过于强调《废都》与《红楼梦》《金瓶梅》之间的关联，也许会遮蔽《废都》的另一更重要的思想维度，那就是它的更为浓烈而鲜明的现代意识。贾平凹在《我心目中的小说》中说：“我主张在作品的境界、内涵上一定要借鉴西方现代意识。”② 贾平凹的这句话并没有引起广泛关注。纯粹就小说的精神向度而言，笔者认为《废都》体现得更接近于贾平凹所说的“现代意识”，虽从未有人将《废都》贴上“先锋小说”的标签，但《废都》无疑是当代真正意义上的先锋小说，它的“先锋性”不是表现为许多似是而非的形式技巧，而是源于其浓烈的现代情怀和现代意识。然而，这又是双刃剑。《废都》的“现代意识”与中国当代文学史的精神向度在很大程度上是背离的，与文学史的主流话语也

---

① 陈晓明：《壮怀激烈：中国当代文学60年》，《文艺争鸣》2009年第7期。

② 贾平凹：《我心目中的小说》，雷达主编《贾平凹研究资料》，山东文艺出版社2006年版，第26页。

并不吻合。也就是说《废都》中所体现出来的“现代意识”，目前尚无法真正进入文学史的价值视野，这也许是这部小说被文学史广泛“忽视”的一个原因。

的确如有的学者所指出的那样，贾平凹《废都》之前的创作“贴现实太紧太近”（陈晓明语），如前所述，诸多的当代文学史喜欢介绍贾平凹的《浮躁》和“商州系列”，因为无论是《浮躁》还是“商州系列”，贾平凹都采取了叙述与现实的同步视角，再说，这类小说十分符合彼时中国社会的主流语境，容易被接受。然而，这似乎并不完全符合贾平凹的艺术个性和追求。恰如索尔仁尼琴所说，一个作家的任务，就是要涉及人类“心灵的秘密”。一个有情怀、有抱负的作家，关注的是人的精神和灵魂。就审美旨趣而言，《废都》无疑是一部真正意义上的现代主义小说，是一部关注现代人灵魂的小说。然而，恰是这部小说的现代感，将《废都》引入了一个尴尬的境地，毋庸讳言，这部小说弥漫着深刻的虚无感和浓郁的悲剧感，根本上与中国传统审美心理特别是与当代文学精神相背离，这构成了《废都》的深层悖论。

《废都》是当代不多的深具哲学意味的小说。有的论者过于强调这部小说产生的20世纪90年代初中国的文化语境即“世纪末”情绪，将庄之蝶直接等同于世纪末中国知识分子，这种过于现实化的理解在一定程度上限制和削弱了这部小说的精神向度和力度，因为《废都》中的诸多颓象并非“世纪末”所独有的症候，而是更多指向一种人类之普遍性精神困境，也就是说，《废都》具有超越性的一面。只有极少数评论家注意到了《废都》的“虚”。李敬泽说，贾平凹“在《废都》中的艺术雄心就是达到《红楼梦》式的境界：无限地实，也无限地虚，越实越虚，愈虚愈实”①。李敬泽之谓“虚”，恰是《废都》的超越性所在。这就是小说的辩证法。

就中国传统审美心理和审美情趣而言，其主流是中庸、节制，是中正平和、温柔敦厚，是怨而不怒、哀而不伤，这深刻影响和制约了中国文学

① 李敬泽：《庄之蝶论》，贾平凹《废都》，作家出版社2009年版，第3页。

的审美趣味和美学品格。按照传统的美学观点，《废都》中的那些诸如“哲学牛”、人鬼对话之类的怪异描写，几近“怪力乱神”，“在精神气质上，它（《废都》——引者注）属于有别于儒家正统的道家邪狎一类”[①]。在一定意义上，《废都》有异于中国文学的审美传统。特别是相对于当代文学传统和文学精神而言，《废都》更是一个异质性存在。当代以来，中国文学陷于一种乌托邦式的乐观主义和理想主义的迷思之中，其主流是形成于20世纪40年代的工农兵文学传统，“三红一创”（《红岩》《红日》《红旗谱》《创业史》）“山青保林”（《山乡巨变》《青春之歌》《保卫延安》《林海雪原》）等文学“经典”，奠定了当代特别是“十七年文学”的审美趣味。新时期以来，在迅速超越了伤痕、反思等控诉型文学潮流后，改革文学的兴起，使新时期文学又重新回到了“三红一创”的审美老路上去，陈晓明用“壮怀激烈”[②] 来描述中国当代文学是基本妥切的。从大的审美范畴看，中国当代文学的基本精神是理想主义，而《废都》却是一部典型的现代主义小说，风格较为晦暗。整体而言，《废都》呈现出的颓废审美情调、虚无的精神氛围，相对于中国当代文学的理想主义传统，实为“另类”。

也就是说，《废都》无论是与中国传统审美心理还是当代文学精神，都龃龉难谐。且不说庄之蝶这一艺术形象与中国当代小说文学形象相距甚远，《废都》的“颓废”美学和整体性的虚无主义，之于中国传统审美心理特别是当代主流审美情趣而言，都是一种“破坏性”质素。也就是说，《废都》不仅是对中国当代文学精神的挑战，事实上也构成了对中国传统文学精神的解构。这是《废都》在当代文学史遭遇的深层原因。然而，这也正是《废都》的价值和意义所在。

---

① 陈晓明：《穿过本土，越过“废都”——贾平凹创作的历史语义学》，贾平凹《废都》，作家出版社2009年版，第13页。

② 陈晓明：《壮怀激烈：中国当代文学60年》，《文艺争鸣》2009年第7期。

20 世 纪 中 国 文 学 新 视 野

作家论

论王蒙“自传”[1]

王蒙作为中国当代文学独特的个体性存在，或作为具有特定意义的文学“符码”，由何而来？王蒙这只当代文坛上的“蝴蝶”，究竟是中国当代文学发展的“异数”“变数”，抑或必然？《王蒙自传》在相对完整的意义上，感性地体现了王蒙的个性及精神特征的形成历程。在个体的意义上，这部长篇传记，向我们展示了王蒙如何从一个“北方农村的土孩子”[2]“一个落后的野蛮的角落里的宠儿”[3]成长为共和国文学的一代大家，如何由一个理想主义者最终成了经验主义者，以及这种思想转变的现实合理性和实践根据；而在更为广阔的意义上，从王蒙思想的形成、衍变过程，可以发现当代知识分子如何走向革命，以及在革命的洪流中如何被政治化与组织化的过程。自传中的王蒙，不仅为我们了解和认识作为精神个体的作家王蒙，而且为我们了解和认识新中国一代知识分子精神成长及思想形成衍变的过程提供了可能。

托尔斯泰因其创作真实地再现了俄国社会的变迁和革命的进程，曾被列宁称为“俄国革命的一面镜子”。任何大作家，就其思想和作品反映现实的深广度而言，在一定意义上其实都是他所生活时代的“镜子”。王蒙

---

① 原载于《文学评论》2008 年第 2 期。

② 王蒙：《大块文章》，花城出版社 2007 年版，第 204 页。

③ 王蒙：《半生多事》，花城出版社 2006 年版，第 26 页。

是当代中国最具历史感的作家之一。作为一个“历史主义的角色”①，王蒙生活在20世纪这个急剧变动的大时代，其生活和思想上的许多“拐点”②，与半个多世纪以来中国社会的某种思想变化息息相关。单纯从文学的意义上，作为新中国的第一代作家，王蒙参与了共和国文学的完整过程，从20世纪50年代的“百花时代”，中经“文化大革命”，到改革开放的新时期，共和国文学的这段变动频仍的历史，王蒙都是亲历者、见证者，同时也是“反刍者”和“忏悔者”③。因此，《王蒙自传》在一定意义上既是王蒙对自身文学历程、思想历程的总结，也是对共和国文学的一种总结，《王蒙自传》无论是对其个人还是特定的时代而言，同样带有某种“镜像”意义。

一

王蒙是个复杂的存在。然而，自传中的王蒙更复杂。“自传”其实就是“通过历史境遇来定义我自身”④。然而，在更多的时候，传主对“历史境遇”的兴趣超越了对“自我”关注的程度。“以《史记》为开端，中国传记的写作实际上形成了在广阔的社会历史背景中写人的宏大叙事传统，后继的传记作者所关注的大多是与历史有关的大局、大事、人物大节，而对于个人的身边琐屑，传主的内心世界一般都不给予过多的关注。”⑤ 自传当然离不开“大局、大事、人物大节”之类的“宏大叙事”，但是，真正有价值、有意义的还不是这些，而是人物的“内心世界”。《王蒙自传》也写了诸如“文化大革命”、改革开放等当代中国的“大局、大事”，甚至不无总结中国当代社会历史经验教训及思考人与历史关系的宏大意味。“通

---

① 王蒙：《共建我们的精神家园——与陈建功、李辉的对话》，《王蒙文存》第17卷，人民文学出版社2003年版，第75页。

② “拐点”的说法，是2006年9月在“王蒙文艺思想学术研讨会”上王万森教授提出的。王蒙在《大块文章》中认同了这一说法。

③ 王蒙回答陈德宏访谈时所言。此资料复印件保存于中国海洋大学王蒙文学研究所。

④ ［法］萨特：《词语》，潘培庆译，生活·读书·新知三联书店1989年版，第310页。

⑤ 辜也平：《论中国现代传记文学的民族特色》，《文学评论》2005年第2期。

过自己看出一个时代”[1]，几乎是一切自传作者的“初衷”。但是，在这部自传中，王蒙对自我“内心世界”即个性精神的关注和表现，超越了对外部事件即时代风云的兴趣，由此，使这部自传不但具有了一般意义上的真实的品格，同时展示了王蒙自我心灵的多维真相，王蒙为自己画了一幅真实的“肖像”——一幅多维的、复杂的，甚至矛盾的精神和心灵的肖像。

那么，自传中王蒙的“自我”是如何形成和“定义”的呢？王蒙是通过“审父”来“定义”自我的，这是王蒙呈现给读者的第一副“面孔”。新时期以来，王蒙一直是一个颇具争议的人物，这是毋庸讳言的。王蒙引发“争议”的原因是多方面的，其中有一点即是“过于聪明”“世故”等。而在《王蒙自传》中，我们却看到了王蒙的另一面，一个决绝的王蒙，这是与王蒙通常留给人们的“印象”所不同的。中国具有悠久的史传传统，司马迁的《史记》所体现出来的“实录”品格，一直是中国史传自觉追求的楷模，但这更多地表现为一种理想性境界，事实上，“虚美隐恶”，为亲者、尊者、逝者讳，对传主的“理想化”，已经成为传统文化的一部分，似乎也已经成为传记的“自然”伦理，特别在我们这样一个对历史深怀敬畏又具有某种文字崇拜的民族，尤显突出。“坦白事实是自传叙事的最高叙事伦理。”[2] 在一部充满了严肃历史责任感的传记中，所涉及的一切已经超越了道德评判的价值坐标，真诚本质上不仅仅是对良知的挑战，更需要道德和意志的力量。从这个意义上而言，自传中的王蒙，将无可避免地面对几千年的文化传统和某种道德甚至审美定式。王蒙已经不自觉地将自己置于传统的对立面。

英国传记作家李顿·斯特拉齐认为“不偏不倚地追求真实”[3] 是传记的“三大信条”之一。王蒙曾称张洁的小说《无字》所表现出来的那种“坦白得不能再坦白，真诚得不能再真诚，大胆得不能再大胆”的书写为

① 郭沫若：《我的童年》前言，《郭沫若全集》第11卷，人民文学出版社1992年版，第7页。
② 王成军：《“事实正义论”：自传（传记）文学的叙事伦理》，《外国文学研究》2005年第3期。
③ 转引自朱文华《传记通论》，复旦大学出版社1993年版，第93页。

"极限写作"[1]，在这个意义上，王蒙已经逼近了这种"极限写作"。王蒙说自传是他在年逾古稀后写下的一个"留言"，"想说出实话的愿望像火焰一样烧毁着樊篱"[2]。面对历史的真相，虽然王蒙也表现出了某种游移和不自信，如他自问道："你能够做到完全的就是说百分之百的真实吗？不，我没有能够完全做到。但是我做到了，在我的自传里完全没有不真实。"[3]但是，这种逼近真相的"火焰"，最终还是"烧毁"了王蒙的"理性"防线，那个"聪明"的、"世故"的王蒙开始走向反面，王蒙开始"审父"。如果说《活动变人形》是王蒙在文学的意义上"审父"的话，那么，在他的自传中，王蒙却是站在更高的、更理性和现实的层面，"把一个人的真实面目赤裸裸地揭露在世人面前"[4]。

王蒙的决绝甚至达到了残酷的程度。虽然王蒙深知"对于先人，逝者，保持一点敬意，不是不必要的"[5]，但王蒙更清醒地知道"我的回忆面对祖宗，面对父母师友，面对时代的、各方的恩德，也面对着历史，面对未来，面对天地日月沧海江河山岳，面对十万百万今天和明天的读者"[6]。王蒙对那个"受了启蒙主义自由恋爱全盘西化的害""从来没得到过幸福，没有给过别人以幸福"的父亲——王锦第的"审判"，成为王蒙自传中一件惊心动魄的"事件"。特别是对某些隐私如"外遇"[7]的描写，"昨夜宿于日本暗娼家……"[8]日记的披露，以及父亲如何与母亲、姨妈、姥姥的家庭纷争，直到大打出手以至"脱裤子"的细节等，这在通常的伦理的意义上，确实"是忤逆，是弥天的罪，是胡作非为"[9]，这不但形成了对世俗伦理的挑战，而且也形成了对传统传记伦理的挑战。"审父"已经成为王

---

① 王蒙：《极限写作与无边的现实主义》，《王蒙文存》第22卷，人民文学出版社2003年版，第186页。

② 王蒙：《大块文章》，花城出版社2007年版，第141页。

③ 同上。

④ ［法］卢梭：《忏悔录》（第一部），黎星译，人民文学出版社1980年版，第1页。

⑤ 王蒙：《大块文章》，花城出版社2007年版，第323页。

⑥ 同上书，第25—26页。

⑦ 同上书，第12页。

⑧ 同上书，第18页。

⑨ 同上书，第14页。

蒙的一种庄严的使命：“书写面对的是真相，必须说出的是真相，负责的也是真相到底真不真。我爱我的父亲，我爱我的母亲，我必须说到他们过着的是什么样的生活，我必须说到从旧中国到新世纪，中国人过的是什么样的生活。不论我个人背负着怎样的罪孽，怎样的羞耻和苦痛，我必须诚实和庄严地面对与说出。我愿承担一切此岸的与彼岸的，人间的与道义的，阴间的与历史的责任。如果说出这些会五雷轰顶，就轰我一个人吧。”① 这是王蒙内心最激荡的声音，也是迄今我们在自传中所能见到的最坦诚、最光明的文字。王蒙多次谈到自己的“不忍之心”②，然而，无论是在他的《活动变人形》，还是自传中，他却“起诉了每一个人”③。王蒙的“审父”甚至超出了读者所能够接受的心理承受能力④。这是一个超越了世俗伦理的决绝的义无反顾的王蒙。

自传作为一种“最富有刺激性”的文学形式，其魅力恰恰来自作家“毫无遮掩地对待他的一生”⑤。然而，这并非是一件容易的事。这需要克服人性的例如不自觉的自我美化、自我掩藏的弱点，还能够有勇气和力量面对道德的责问，这并不是每一个人都能做到的。因此，在文学作品特别是传记中，与那些表现个体性隐私相比，人们更愿意表现那些“世俗伟大的功业和事变”⑥，这就形成了“中国文人写自传，归根到底都是强调自己的正确”⑦ 的倾向，这实际上是一种文化性格的缺陷。王蒙在努力超越这种文化的力量。与传统自传中的“圣徒”意识不同，王蒙在自传中毫不留情地“揭露”了自己某种并不光明的思想和做法：王蒙被打成“右派”在京郊劳动时，夫人崔瑞芳“精神奕奕、仪态从容”地来到劳动农场看他，王蒙则“面红耳赤，无地自容”，并告诫崔不可对“右派”们“太热

---

① 王蒙：《半生多事》，花城出版社 2006 年版，第 14 页。

② 同上书，第 350 页。

③ 王蒙：《大块文章》，花城出版社 2007 年版，第 225 页。

④ 同上书，第 174 页。

⑤ Stephen Spender, “Confessions and Biography”, *Autobiography: Essays Theoretical and Critical*, ed. James Olney, Princeton University Press, 1980, p. 116.

⑥ 辜也平：《论中国现代传记文学的民族特色》，《文学评论》2005 年第 2 期。

⑦ ［日］川合康三：《中国的自传文学》，蔡毅译，中央编译出版社 1999 年版，第 206 页。

情"[1]；"文化大革命"一开始，王蒙害怕"祸从笔出"，烧掉了所有的字纸，"不论接到什么尊长的信，我都立即用来如厕，很少在家中保存超过三个小时的"[2]。这也反映了王蒙在"文化大革命"中的某种真实心态。

同时，自传中的王蒙表现了一种严肃的反思精神——一种真正的历史理性精神，即对自我的审视和拷问。在中国文化中，我们在个体"私德"方面不乏反思精神，但是在许多历史的大事件中，往往更习惯于"成者为王败者寇"的思维，而不是理性认知。"文化大革命"之后，每个人都认为自己是特殊年代的无辜"受害者""被冤枉者"，一味地控诉、批判时代的罪愆，忽略了或者更正确地说不敢正视自己当时真实的内心世界。王蒙在回顾、反思自己被划为"右派"时，认为自己之所以被划为"右派"，并非由于思想上的"右"，实与自己"见竿就爬，疯狂检讨，东拉西扯，啥都认下来"的"一套实为极'左'的观念、习惯与思维定式"有极大关系，"最后一根压垮驴子的稻草，是王蒙自己添加上去的"，是"王蒙自己把自己打成'右派'"[3]。王蒙"反躬自问"，在"文化大革命"中，"如蒙上峰赏识，如果被召被宣，冷宫里耗得透心凉的我会不会叩头如捣蒜做出不得体的事情，丢人的事情，我实无把握"[4]。王蒙的这种自我忏悔，所需要的并不仅仅是真诚，还需要真正的敢于面对自我的勇气和力量。

王蒙的决绝和"冒傻气"还表现在对韦君宜等人的描写方面。作为"恩师，恩人，恩友"的韦君宜，王蒙其实是完全可以不这样写，或至少可以写得"含蓄"一点的，但王蒙没有这样做，在友情和真实之间，王蒙选择了"冷冰冰的真实"。还有，王蒙"甘冒天下之大不韪"对刘宾雁《人妖之间》的"悍然爆弹"，同样也是遵从内心的声音，而不是通常意义上的道德观念。

王蒙的反思并非完全面对自己，而是说出了一种至今我们还不能正视的文化或人性的真相。《半生多事》中记述一位老导演，本来在"文化大

① 王蒙：《半生多事》，花城出版社2006年版，第187页。
② 同上书，第319页。
③ 同上书，第173页。
④ 同上书，第350页。

革命”中平安无事，但是他不甘寂寞，不甘被“忘却”，“不甘置身于伟大的革命运动之外”，自己跳出来给自己贴大字报，终于被关入牛棚的故事①。王蒙认为在“反右”运动中“相当一部分不是由于右，而是由于太左才找了倒霉”②，这是王蒙的一个发现。王蒙在回忆“反右”期间对知识分子“思想改造”时坦言，相当一部分知识分子确实具有某种“原罪心理”，对工农“欠着账”，“必须通过自我批判改造，通过自虐性的自我否定，救赎自己的灵魂”，真诚地认为自己“应该晾晒灵魂”③，这在一定意义上揭示了相当一部分“右派”的思想真相及“反右”运动的某种深层的心理动因。再如，王蒙认为“众‘右派’们也有一种受虐狂，有一种积极性，愿意（?）互相批斗，尤其愿意至少是习惯于把自己身受的一切强梁粗暴施之于人，己所不欲（而不得不接受后），（驾轻就熟地）转施于人。不欲已受，必授他人。不欲，则授受最亲”④。王蒙并没有“把自己打扮成苦主，而把有关的人装扮成魔鬼”⑤。在那个特殊年代之中，“右派”的“受害者”身份中也同时流露出某些更为复杂的人性内容：受害者同时也是害人者、施虐者。这个发现其实是相当残酷的。王蒙对那种执于一念的“书生”知识分子是不以为然的，然而，在这里王蒙所表现出来的执拗和“傻劲”超越了一般“书生”知识分子。这是一个陌生的、决绝的王蒙。

二

评论家王干说王蒙是“新中国的一面镜子”⑥。王蒙并非是一个单向度的存在，而是一个文学家、政治家、思想者等多种精神质素的混合体，这

① 王蒙：《半生多事》，花城出版社2006年版，第353页。

② 同上书，第179—180页。

③ 同上书，第173页。

④ 同上书，第180页。

⑤ 同上书，第25页。

⑥ 王干：《关于王蒙的八个问题》，崔建飞编《王蒙作品评论集萃》，中国海洋大学出版社2003年版，第100页。

是王蒙的独特之处。当然，王蒙首先仍然是作家。作为一个作家，王蒙不仅具有极好的生活感、文字感，而且具有极好的政治感。作家的革命化、政治化甚至组织化是新中国成立后中国作家所共同面对的时代课题，不独王蒙然。然而，这种革命化、政治化无疑在王蒙身上表现得更执着、更强烈，这是王蒙独特的生活、政治阅历所塑就的品格。

在自传中，王蒙对自己有一个独特的定位："桥梁"和"橡皮垫"。王蒙要"充当中央与作家同行之间的桥梁"①，"充当一个减震减压的橡皮垫"②。王蒙的这种定位深刻地影响了他创作的价值取向和审美形态。王蒙谈到自己的创作倾向时说："让我写民俗？大概也就能说说新疆，因为我在那里生活工作过。让我写遗老遗少？我没研究过清史。让我写性爱脱衣？别说裤衩了，就是让我脱上衣光着脊梁，我也扛不住。……我也想书卷气，如兰似菊，可我气韵不对！你让我学富五车？那就是让我裤腰上缠死耗子，假充猎人。我只能写政治生活下的人们，因为我的特点就是革命。"③ 王蒙曾不止一次地感叹自己的经历"太历史了"，"虽然我主张作家写得可以个人一点，也可以写得花样多一些，但实际上我做不到，我的作品里，除了历史事件，还是事件的历史"④。王蒙甚至曾羡慕贾平凹的《废都》"把社会政治意识形态给你洗得干干净净"⑤，自己却永远做不到，"我无法淡化掉我的社会政治身份社会政治义务"⑥。

那么，王蒙的这种"桥梁意识"或者说"桥梁心态"，是由何而来呢？笔者认为这源于王蒙的"独一无二的少年革命生涯"⑦ 所塑就的"干部的心理和习惯"⑧ 即"少共情结"。"少共"经历及其所带来的新中国成立初期的准"革命家"的心态，塑就了王蒙的某种远比一般作家更为强烈的主

---

① 王蒙：《大块文章》，花城出版社 2007 年版，第 335 页。

② 同上书，第 165 页。

③ 杨澜：《杨澜访谈录》（第九辑），辽宁人民出版社 2002 年版，第 77 页。

④ 王蒙：《我们是世界的希望和果实》，《海南作家报》1996 年 5 月 8 日。

⑤ 夏冠洲：《生活・创作・艺术观——王蒙访谈录》，《用笔思考的作家》，新疆大学出版社 1996 年版，第 245 页。

⑥ 王蒙：《大块文章》，花城出版社 2007 年版，第 79 页。

⑦ 王蒙：《半生多事》，花城出版社 2006 年版，第 122 页。

⑧ 王蒙：《王蒙自述：我的人生哲学》，人民文学出版社 2003 年版，第 22 页。

人意识和政治意识。革命是王蒙的“起点”①。20世纪40年代后期，少年王蒙曾“怀着一种隐秘的与众不同和众相悖的信仰，怀里揣着那么多成套的叛逆的理论、命题、思想、名词”②，积极投身到进步学生运动之中。王蒙在少年时代就接受了“左倾”思想的影响，阅读了大量革命文艺作品及艾思奇的《大众哲学》、华岗的《社会发展史纲》和毛泽东的《新民主主义论》等革命理论书籍，革命成了王蒙的“童子功”。王蒙的这种早年的地下斗争经历特别是后来的共青团“背景”，构成了王蒙的第一个政治“身份”，也几乎是影响王蒙一生的最重要的精神“徽记”。王蒙后来在回答某些诸如对历史和现状不够决绝的责备时说：“我的起点、出发点、思考的角度就是有所不同。”③ 王蒙的“起点、出发点”就在这里，这在很大程度上决定了王蒙的精神走向，也决定了王蒙的价值观念甚至思维方式。

在更为深刻的意义上，“审父”为王蒙“自我”的形成和发展规定了方向。王蒙在父亲的身上，已经找到了后来“走向革命”的依据。父亲（其实就是《活动变人形》中倪吾诚的“原型”）的“清谈”“大而无当”及“树立高而又高的标杆”“绝不考虑条件和能力”的“理想主义”④，对所谓诸如“喝咖啡”“讲哲学”等新潮和“西洋文明”的“痴迷”以至被讥为“外国六”⑤ 的做派，以及最终“一事无成”的命运，都在一定意义上成了王蒙的“反面教材”。“父亲”的形象，成为王蒙内心深处的一种永久的自我提醒，也促使王蒙走出那种互为“石碾子”⑥ 的生活轨迹，寻找“别样”的人生。这是王蒙最终走向革命的原初的动力。

“少共”和共青团的经历，在王蒙身上留下的精神“遗产”是多方面的。共和国的第一代青年之所以是“相信的一代”⑦，在于他们经历了20世纪50年代那个激情满怀的理想主义的时代，王蒙曾深受这种理想主义的

① 王蒙：《大块文章》，花城出版社2007年版，第187页。
② 王蒙：《半生多事》，花城出版社2006年版，第61页。
③ 王蒙：《王蒙自述：我的人生哲学》，人民文学出版社2003年版，第9页。
④ 王蒙：《半生多事》，花城出版社2006年版，第10页。
⑤ 同上书，第16页。
⑥ 同上书，第12页。
⑦ 同上书，第246页。

影响，并使之成为王蒙文学创作的一个重要特色。然而，还有另一方面。王蒙作为一名地下革命工作者，除了地下革命所带来的隐秘的兴奋，更面对着许多实际的、复杂的，甚至是危险的斗争。新中国成立前夕，为迎接解放军进入北平，年轻的王蒙曾经佩戴北平市军事管制委员会的胸标和袖标，配备左轮手枪值夜班①，散发传单，发动学生参加“护民护城”运动，后来参加开国大典，取缔一贯道，“镇反”“三反”“五反”，这种经历是一般作家所没有的。这一方面强化了王蒙的作为革命者的心态；另一方面，也使之变得清醒与冷静、理性与务实，不可能简单地从教条出发，从书本出发，而会更注重实践的矛盾性、复杂性。许多学者都充分注意并论及了王蒙创作中的“革命情结”或“政治意识”②，其实这是与王蒙这种独特的政治身份紧密相连的。在当代作家中，像王蒙这样与革命和政治发生如此密切关系的并不多见。革命或政治，对于王蒙而言，绝不是一种外在的东西，绝不是一种单纯的文学叙事对象或叙事策略，王蒙对革命或政治的兴趣，是一种“宿命”：“我不能够做出一副‘我不喜欢政治’的样子，那是虚假的。我从小就热衷于救国救民”③，“中华人民共和国对我从来就没有是身外之物”④。因此，王蒙拒绝对现实和历史采取决绝的态度，拒绝成为“对立面”，甚至拒绝鲁迅式的“横站”⑤ 和成为索尔尼仁琴式的批判型知识分子。这才是完整意义上的王蒙。

除此之外，王蒙的前后十年的“中委”身份和三年的部长生涯，则进一步强化了他的这种“桥梁”心态。政治经历之于一个作家并非必需，但有无这种经历却并不一样。王蒙的这种政治经历，其实是他“少共”和共青团经历的一种延续，这不但极大地拓展了王蒙的“生活经验面”，构成了王蒙“重要的政治经历、政治资源、理论资源、生活资源与文学资源”，而且，更为重要的是，这种政治生活实践，使王蒙在很大程度上改变了观

---

① 王蒙：《半生多事》，花城出版社2006年版，第69页。

② 对王蒙的“革命情结”论述，可参阅吴三冬《解不开的革命情结——王蒙小说的思想轨迹》一书，北京出版社、文津出版社2002年版。

③ 杨澜：《杨澜访谈录》（第九辑），辽宁人民出版社2002年版，第60页。

④ 王蒙：《大块文章》，花城出版社2007年版，第24页。

⑤ 王蒙：《王蒙自述：我的人生哲学》，人民文学出版社2003年版，第83页。

察社会和看待问题的立场、心态或角度，使王蒙获得了一种使命意识、全局意识，能够更为宏观地、建设性地看待问题，“要当个和谐的因素而不是生事的因素，要当一个稳定的因素而不是搅乱的因素”[①]，“起一些沟通的作用，健康的作用，照顾大局的作用，缓解矛盾增进团结的作用而不是相反”[②]。王蒙的这种独特革命经历，赋予了他“革命者的一种骄傲与特殊身份感”[③]；同时，王蒙对那些“抓住头发就想上天”的“书呆子”[④]，以及脱离实际端坐云端的大言欺世者，也表达了他的不苟同。在根本的意义上，是社会实践塑造了作家的思想。王蒙精神个性、思想性格及价值取向的形成，是与当代中国社会特别是王蒙独特的实践经历分不开的。

然而，这仅仅是王蒙的一个方面。王蒙的复杂性恰恰在于除了这种“桥梁”的角色，王蒙同时还拥有另一个“身份”——“界碑”。也即是说，王蒙除了“左右逢源，前后通透”的一面，也面临着“不完全入榫”“不完全合铆合扣合辙”[⑤]的一面——“我好像一个界碑……站在左边的觉得我太右，站在右边的觉得我太左，站在后边的觉得我太超前，站在前沿的觉得我太滞后。”[⑥]这其实就是王蒙所说的“相差一厘米”[⑦]。20世纪的中国社会始终激荡着两种声音，那就是激进主义和保守主义，在这两种思潮激荡中，王蒙确实有“左右逢源”的时候，但同样也有“左右夹击”的窘迫，“‘左派’把他当‘右派’，‘右派’把他当‘左派’”[⑧]，其实是王蒙必须面对的处境。王蒙在《大块文章》中坦言，他比胡乔木周扬们多了一厘米的艺术气质与包容肚量和随和，比作家同行们多了一厘米政治上的考量和成熟，比书斋学院派精英们多了也许多于一厘米的实践。王蒙的这种“界碑”式的不被理解和认同的尴尬和窘境，其实正源于他的这种“相

---

① 王蒙：《大块文章》，花城出版社2007年版，第266页。

② 同上书，第165页。

③ 同上书，第43页。

④ 同上书，第61页。

⑤ 同上书，第175页。

⑥ 同上。

⑦ 同上。

⑧ 董健：《简论王蒙的人生哲学》，温奉桥编《多维视野中的王蒙——第一届王蒙文学创作国际学术研讨会论文集》，中国海洋大学出版社2004年版，第2页。

差一厘米”。王蒙说：“我不是索尔仁尼琴，我不是米兰·昆德拉，我不是法捷耶夫也不是西蒙诺夫，我不是（告密的）巴甫连柯，不是（怀念斯大林的）柯切托夫，不是（参与匈牙利事件的）卢卡契，也不是胡乔木、周扬、张光年、冯牧、贺敬之，我同样不是巴金或者冰心、沈从文或者施蛰存的真传弟子，我不是也不可能是莫言或宗璞、汪曾祺或者贾平凹、老李锐或者小李锐……我只是，只能是，只配是，只够得上是王蒙。”① 王蒙之所以不是这些人中的任何一个，在于他的这种思想和精神的独特性。

同时，王蒙的这种“界碑”感，也反映了20世纪80年代以来中国知识界的某种思想现实。新时期“复出”后的王蒙与“青春万岁”时代的王蒙甚至与同时代的作家相比，似乎变得复杂了、游移了，甚至欲言又止了，不再那么“纯粹”（虽然“组织部”时代的王蒙已不那么“纯粹”），不再那么理想主义了，实际上王蒙开始了思想转型。王蒙的某种政治上的主流感和“本质是文人”② 的特性，使他容易陷于某种思潮的旋涡之中。对于生活和文学的敏锐，使他不满足于当时文学的主流说教，迅速超越了“伤痕文学”和“反思文学”阶段，率先进行了文学上的一些探索和实验，王蒙事实上一度成为80年代中国文坛的“风向标”和“现代派”在中国的代言人，这引起了文坛的某种忧虑，甚至连文学上十分内行的“贵族马克思主义者”③ 胡乔木也“教育”王蒙“不要在意识流上走得太远太偏太各色”④，“少来点现代派”⑤。对当时文坛的主流意识形态而言，那个“党性特强”⑥ 的王蒙，无疑已经成了一个文坛和思想界的“远行的叛徒”⑦；而对于某些“简单而又片面的人”⑧ 来说，王蒙反复强调的又是“我已经懂得了‘凡是存在的都是合理的’的道理。懂得了讲‘费厄泼赖’，讲恕

① 王蒙：《大块文章》，花城出版社2007年版，第230页。
② 王蒙回答陈德宏访谈时所言。此资料复印件保存于中国海洋大学王蒙文学研究所。
③ 王蒙：《不成样子的怀念》，《王蒙文存》第17卷，人民文学出版社2003年版，第211页。
④ 王蒙：《大块文章》，花城出版社2007年版，第152页。
⑤ 同上书，第162页。
⑥ 同上书，第156页。
⑦ 孙郁：《王蒙：从纯粹到杂色》，《当代作家评论》1997年第6期。
⑧ 王蒙：《大块文章》，花城出版社2007年版，第70页。

道，讲宽容和耐心，讲安定团结”[①]；到了20世纪90年代，王蒙更是开始讲“理性”，讲“理解”，讲“躲避崇高”，王蒙确实成了他们“前进脚步的羁绊”[②]，王蒙正好站在思想上这“两个不能对话的世界”[③] 的中间。虽然王蒙反复告诫自己“做一个健康、理性、平衡与和谐的因子”[④]，事实上，就王蒙思想的特点和80年代以来当时中国知识界、思想界意识形态价值动荡的现状而言，王蒙成为“界碑”不可避免。

三

就王蒙的思想和精神完成性而言，半个多世纪以来，王蒙从一个理想主义者转变成了“经验主义者”[⑤]，从20世纪50年代的“少共”转变成了一个“不可救药的乐观主义者”[⑥]，从一个革命者转变成了“后革命时期的建设者”。王蒙虽有新中国成立前后的参加地下学生运动及共青团工作的经历，对那种天真的乌托邦思想具有某种“免疫力”，但就王蒙的精神个性而言，那种文人的伤感和理想的一面，要明显于理性和务实的一面。那么，王蒙是如何从那种带有乌托邦色彩的理想主义中走出来，最终变成了一个理想主义的疏离者、审视者，甚至质疑者？王蒙是如何完成了这种“换心的手术”的呢？《王蒙自传》在展现王蒙个性的形成即精神的自我成长方面，给我们提供了丰富的参照。

法国学者菲力蒲·勒居恩认为自传是“人格的故事”[⑦]。王蒙的“换心的手术”源于“反右”特别是“文化大革命”的“十年生聚，十年教

① 王蒙：《我在寻找什么》，《王蒙文存》第21卷，人民文学出版社2003年版，第26页。

② 王蒙：《大块文章》，花城出版社2007年版，第70页。

③ 孙郁：《王蒙：从纯粹到杂色》，《当代作家评论》1997年第6期。

④ 王蒙：《大块文章》，花城出版社2007年版，第215页。

⑤ 王蒙：《沪上思絮录》，《王蒙文存》第23卷，人民文学出版社2003年版，第220页。

⑥ 王蒙：《王蒙自述：我的人生哲学》，人民文学出版社2003年版，第9页。

⑦ Philippe Le jeune, *On Autobiography*, Minneapolis: University of Minnesota Press, 1988, p. 6.

训”。“十年生聚，十年教训”既是王蒙思想发展过程中最大的“拐点”，也是王蒙后革命时期思想的真正来源和逻辑起点。王蒙说：“在我的生活经验中，不但有清明的、真实的、可以理解乃至可以掌握的过程，也有许多含糊的、不可思议的、毫无根据的，乃至骇人听闻的体验。”① 王蒙的“右派”生涯和“文化大革命”记忆无疑主要是后者的“体验”。这十年的“生聚”和“教训”，成了王蒙思想转变的某种契机：“十年生聚，十年教训，我已经不那么年轻，我已经不那么相信概念的区分，命题的转换必定能够决定一切。我知道了一个与方针政策理论同样同时强大的力量：这就是生活，这就是常识，这就是现实”②；当然，也可能在特定的意义上限制了王蒙：从前者而言，这十年“生聚”和“教训”，在很大程度上“重塑”了王蒙，使他走向了人生和思想的另一境界；从后者而言，这十年“生聚”和“教训”，事实上成了王蒙的某种心理和思想另样的出发点和参照系。

对于一个经过了“反右”“文化大革命”的中国知识分子来说，理想主义已经成为乌托邦的代名词，起码当人们回过头来再看20世纪50年代的理想主义的时候，虽然在情感上可能仍旧难以忘怀（这一点王蒙同样如此，甚至更强烈。《恋爱的季节》即是这一情感的产物和明证），但在理性上已经增加了某种警惕性和反思性的成分。“反右”和“文化大革命”不仅改变了一代人的人生轨迹，更改变了一代人的思想走向。经过了“十年生聚，十年教训”后的王蒙，已经从那种单纯的“少共情结”中走了出来，明白了“单纯的理想易于通向假大空的自欺欺人”③ 的道理，明白了“激情常常是和思想的贫乏而不是智慧的丰富联系在一起”④，更洞彻了“对于天堂的理想也可以把人们驱赶到地狱里”⑤。王蒙迎来了一个新的思想转型——向经验主义的转型。

---

① 王蒙：《王蒙荒诞小说自选集》序，《王蒙文存》第21卷，人民文学出版社2003年版，第123页。

② 王蒙：《大块文章》，花城出版社2007年版，第190页。

③ 王蒙《理想与务实》，《王蒙文存》第15卷，人民文学出版社2003年版，第362页。

④ 王蒙：《半生多事》，花城出版社2006年版，第272页。

⑤ 王蒙：《王蒙自述：我的人生哲学》，人民文学出版社2003年版，第269页。

王蒙说：“经验塑造着不同的人。”① 王蒙是一个历史的经验和内心的经验都很丰富的人。从历史经验层面而言，王蒙可谓“半生多事”，经历丰富，阅世极深，是个深味中国国情、世态、人心的知识分子。王蒙后来的很多思想，特别是不要太“形而上”，要认同生活的世俗性、此岸性的一面；不要走向教条主义，不要大言欺世，要认同常识、常情、常理；不要走极端，不要相信简单化，要认同事物的中间状态、过渡状态等，既与他早年经历有关，更与他十年的“生聚”和“教训”有关，“王蒙思想上的成熟，应当说是从新疆那里开始的。他从底层人的苦难中，意识到了什么，感悟到了什么，他的理想主义，用世的儒家情感，开始饱受着风雨的侵袭”②。王蒙曾说新疆生活是他的“独一无二的创作本钱”③。其实，在更深刻的意义上，这不仅是他创作的“本钱”，而且是他思想的新的“出发点”，“是他返观革命的一个新的角度，新的价值参照，新的智慧的援助”④。王蒙作为20世纪50年代“反右”运动中折翅的北京文坛“四只黑天鹅”之一，与刘绍棠、从维熙和邓友梅相比，他的新疆之行的确具有“逍遥游”的性质。50年代的“右派”生涯和60年代的中年赴疆使王蒙在很大程度上做到了“行万里路，识万种人，做百样事，懂百样道理，千样行当万种风物”⑤，特别是那种世事变幻、荣辱得失，使王蒙从一种更为开阔的价值坐标和更具实践意义上重新看取和审视人与社会、历史的关系。

同时，王蒙的长期生活在社会底层的经验，使他真切地感受到现实的力量、实践的力量和民间的力量。16年的新疆生活，特别是在伊犁同底层各族劳动人民长期生活在一起，使王蒙“完全改换了视角”⑥，从那种极左

① 王蒙：《纽约诗草（三首）》之《致 A. W. ——并答〈纽约时报〉》，《王蒙文存》第16卷，人民文学出版社2003年版，第19页。

② 孙郁：《王蒙：从纯粹到杂色》，《当代作家评论》1997年第6期。

③ 王蒙：《大块文章》，花城出版社2007年版，第50页。

④ 郜元宝：《当蝴蝶飞舞时——王蒙创作的几个阶段和方面》，《当代作家评论》2007年第2期。

⑤ 王蒙：《半生多事》，花城出版社2006年版，第224页。

⑥ 同上书，第231页。

政治的虚妄中解脱出来，从那种凌空蹈虚的意识形态的“亢奋性”[①] 中解脱出来，认识到生活和存在的“坚实性”，认识到“活着的力量”才是“天下最顽强最不变的力量”[②]。王蒙后来回忆这段经历时说：“劳动给我最大的感悟就是要关注生存问题，关注粮食、蔬菜、居室、燃料、工具、医药、交通、照明、取暖、婚姻、生育、丧葬、环境……诸种问题。”[③] 王蒙洞见了“理论”、大话、空话的极端虚妄性，更是对那些脱离实际、脱离生活，捏着鼻子将一切现实生存问题都蔑称为“形而下”的“不可救药的空谈家”和“准精神疾患者”[④] 的云端高论极为反感。王蒙曾多次劝告那些喜欢发空论的理论家，要多多注意和联系“中国革命运动的背景”和“特别的中国”，不能闭着眼睛沉迷于与现实毫不搭界的自我循环之中。王蒙这种更具世俗和实践理性思想的形成，是与这近20年的社会底层生活经历密切相关的。王蒙曾说：“我得益于辩证法良多，包括老庄的辩证法，黑格尔的辩证法，革命导师的辩证法。我更得益于生活本身的辩证法的启迪。”[⑤] 这种“生活本身的辩证法”使王蒙远离了脱离实践的教条主义，避免了凌空蹈虚、偏执乖张，而是注重生存、现实和实践，对现实始终保持了一种务实的理解性的建设姿态。王蒙意识到在一个建设时期，人们更需要的是务实和理性的点滴建设，不再是理论的豪华化，“瞎浪漫”，大言和悲情主义。王蒙后来强调人生之“化境”，人生的艺术化，应该说“文化大革命”的经历，才是通向王蒙人生“化境”的“酵母菌”。

从内心的经验而言，“文化大革命”当然是一种乖戾的、痛苦的记忆，但这段经历对王蒙个人而言，却成了一种思想“酵母”，发酵、催化出了另一种崭新的思想，这大概就是王蒙所说的生活的“辩证法”。“文化大革命”的痛苦经历和建立在这一痛苦经历基础上的对现实和历史的深刻理解和洞悟，是促使王蒙走向一个新的精神世界的思想资源。曾有一位美国人

① 王蒙：《半生多事》，花城出版社2006年版，第216页。
② 同上书，第256页。
③ 王蒙：《王蒙自述：我的人生哲学》，人民文学出版社2003年版，第3页。
④ 同上。
⑤ 同上书，第236页。

问王蒙：“50 年代的王蒙和 70 年代的王蒙，哪些地方相同，哪些地方不同？”王蒙回答说：“50 年代我叫王蒙，70 年代我还叫王蒙，这是相同的地方；50 年代我 20 岁，70 年代我 40 岁，这是不同的地方。”[①] 王蒙的“回答”，似乎在开玩笑，其实，在这种“玩笑”的后面，蕴含了诸多的人生体味。新疆生活使王蒙沉于生活最底层，懂得了生活的辩证法，也赋予王蒙某种真正“王蒙式”的精神“徽记”：“将近 20 年过去了，王蒙还是王蒙，依旧是布尔什维克，但是一个清醒的、经过各种磨炼的布尔什维克。依旧是一个赤子，但是一个成熟的赤子。依旧心头热血奔流，但他不会再为生活中美丽而晃眼的假象所迷惑，单纯又傻气地冲动起来。依旧充满社会责任心，但他更懂得这种责任的严峻性和怎样去尽自己的职责。”[②] 新时期“复出”后的王蒙，曾不止一次表达过类似的观点：“二十岁的时候，生活和文学对于我像是天真烂漫、美好纯洁的少女，我的作品可以说是献给这个少女的初恋情诗。初恋的情诗可能是动人的，然而它毕竟是太不够太不够了啊！”[③] 王蒙的这种“清醒”，其实是源于现实的经验，特别是源于“文化大革命”的经历。在特定的意义上，可以认为“少共”+“右派”才构成了后革命时代的王蒙。

王蒙说：“每一代人都有自己的机遇与局限。”[④] 那么王蒙的“机遇”特别是“局限”又在哪里呢？其实，任何的所谓“机遇”和“局限”都是社会实践的产物，“机遇”可能同时也是“局限”。王蒙坦言“我不是书斋型的知识分子。”[⑤] 其实，在一定意义上这就是王蒙的“机遇”，也是王蒙的“局限”。20 世纪中国社会的大变动、大激荡和王蒙政治上的早熟及对革命的兴趣，使他不可能成为“书斋型的知识分子”；但同时，王蒙的“亲革命性”的特点，又限制了他对许多重大问题的更具深度的思考。王蒙的“右派”生涯和“文化大革命”记忆，一方面为他后来思想特别是

① 冯骥才：《话说王蒙》，李扬编《走近王蒙》，中国海洋大学出版社 2003 年版，第 56—57 页。
② 同上书，第 57 页。
③ 王蒙：《我在寻找什么》，《王蒙文存》第 21 卷，人民文学出版社 2003 年版，第 25 页。
④ 王蒙：《半生多事》，花城出版社 2006 年版，第 75 页。
⑤ 王蒙：《我只是只文化蚯蚓》，《羊城晚报》2000 年 7 月 1 日。

他的极富辩证色彩和实践理性的文艺思想的形成提供了契机和可能，但又在另一方向上强化了王蒙的“局限”性一面。例如，有的学者认为王蒙后革命时期对极左充满“警惕性”的思想，源于他的“恐惧性思维”：“内心的恐惧使王蒙总把噩梦一般的岁月时时加以警惕，时间长了，这种警惕就不再成为一种有意识的理性思维，而是一种无意识的自觉支配。”① 这种说法也并非完全没有道理。

王蒙说：“历史扮演着人，人表演着历史。”② 王蒙作为一个独特的精神个体，其复杂性、矛盾性在一定意义上都是历史的“回音”；同时，又是他独特的生活阅历和个性禀赋的产物。王蒙曾以“蝴蝶”自喻：“你抓住我的头，却抓不住腰，你抓住腿，却抓不住翅膀。”③ 王蒙这只“蝴蝶”其实也是特定时代的产物。从王蒙身上，我们的确可以发现更多的社会和时代的影子。在这个意义上，王蒙不仅仅代表了一个独特的文学时代，也代表了一个中国社会思想文化特定的历史时期。

① 谢泳：《内心恐惧：王蒙的思维特征》，《中华读书报》1995年5月10日。

② 王蒙：《梁有志他》，《王蒙文存》第21卷，人民文学出版社2003年版，第92页。

③ 王蒙：《蝴蝶为什么得意》，《王蒙文存》第21卷，人民文学出版社2003年版，第97页。

蝴蝶·桥梁·界碑[①]

——论王蒙20世纪80年代的精神现实

20世纪80年代是一个属于王蒙的时代。王蒙已经成为中国当代文坛的一个"符号"，而其符号化的过程则主要是在20世纪80年代完成的，80年代之于王蒙具有独特的意义。在这一时期，王蒙的创造性、自由性及其精神困境都达到了极致状态，无论是作为一个作家、官员还是文化学者，王蒙都完成了"自己"，唯其如此，王蒙在自传中充满自信地说："我的一九八〇年代!"

一

"写小说最大的乐趣之一是，尽情书写，抡圆了写，立体地而不是平面地写。小说从东向西射击完了再从西向东扫射。丢完了原子弹再丢大刀片。大鲍翅与红烧肉与哨子面与老虎霉素全部上席。掰开了再粘起来。辗成片再揉成球涂上不干胶。横看成岭侧成峰。F调C调降D大调与G小调，加上非调性，然后提琴与三弦，破锣与管风琴一起奏。预备，起!"[②]这是王蒙在《大块文章》中的一段话，以此来形容80年代王蒙的创作是

① 原载于《当代作家评论》2009年第3期。

② 王蒙：《大块文章》，花城出版社2007年版，第332页。

再合适不过了。80年代对于中国作家而言，是一个“狂欢的季节”，对于王蒙，则尤其如此。王蒙这只当代文坛的“大蝴蝶”①，在80年代终于“化蛹为蝶”，振翅高飞，自由自在，一飞就是10年，王蒙这只蝴蝶“飞”过了整个80年代中国文学的天空。

80年代是个思想解放的时代，也是一个知识和思想重构的年代，当然，更是文学重构的年代，而这种文学的“重构”在一定意义上是从王蒙开始的。王蒙在80年代扮演了一个文学“探险家”的角色。80年代中国文学的发展和繁荣，王蒙做出了独特贡献，也在这一过程中，王蒙找到并最终完成了“自己”。

1979年10月底召开的第四次文代会拉开了新时期文学的大幕。在这次会议上，“‘文艺民主’的要求和想象，得到热烈的表达”，邓小平代表中央郑重提出“文艺这种复杂的精神劳动，非常需要文艺家发挥个人的创造精神。写什么和怎样写，只能由文艺家在艺术实践中去探索和逐步求得解决。在这方面，不要横加干涉”②。之后不久，中国文联通过的《文艺工作者公约》更是明确提出：“解放思想，实事求是，勇于探索，勇于创新，精心地从事艺术创造。”③ 作为一个“阅历很深、生活感受丰富、头脑十分勤快又机敏的人”④，王蒙无疑更为敏感地感受到新的社会思潮、文学思潮的涌动。走过了“年轻人”时代，也结束了20年的“另册”生活的王蒙，此时正站在一个新时代的门槛上。王蒙终于迎来了一个属于自己的文学时代。从20世纪70年代末到80年代末，即1979—1989年这10年是属于王蒙的，80年代之于王蒙的创作具有独特的意义，那种锐气，那种酣畅淋漓，那种艺术感觉，都仅仅属于80年代，都是那个时代所赋予的。王蒙曾说文学是一种记忆和挽留，那么，王蒙的《夜的眼》《春之声》等小说无疑是对那个时代的最好的记忆和挽留。

王蒙既是一个思想型作家，也是一个感觉型作家，特别是在生活感、

① 王蒙：《蝴蝶为什么得意》，《王蒙文存》第21卷，人民文学出版社2003年版，第97页。
② 洪子诚：《中国当代文学史》，北京大学出版社1999年版，第226页。
③ 《文艺工作者公约》，《文艺报》1982年第8期。
④ 冯骥才：《王蒙找到了自己——记与英国人的一次对话》，《文学评论》1982年第3期。

语言感方面，王蒙极具天赋。冯骥才曾说王蒙是一个“能站在时代前面，抓住时代精神、时代感和时代的审美特征来写作的作家”①。王蒙与同时代作家相比，无疑对“生活的声息”更为敏感。王蒙80年代的作品，或严肃，或幽默，或轻松，或讽刺，实际上“总是有一条无形的脐带同时代的脉搏息息相通”②，这是王蒙80年代小说引起关注的最重要的原因。王蒙80年代的小说探索“推进了中国当代小说的现代性进程”③，探索和创新是王蒙80年代的代名词。王蒙80年代小说的一个重要意义就是使中国当代文学重新获得了文学感觉，重新获得了想象力和自由感。当诸如“接受着那各自彬彬有礼地俯身吻向她们的忠顺的灯光，露出了光泽的、物质的微笑”“城市的上空是夜晚的太阳”（《风筝飘带》）这类我们之前未曾熟悉的语言出现在王蒙80年代初小说里的时候，一股新的文学之光已经开始出现在当时沉闷的文学的天空，一场文学风暴已经不可避免。

王蒙的80年代风格独异的小说，为中国当代小说的发展特别是当代小说艺术的探索和实验，提供了新的经验，确如当时的评论家所言“是新中国成立以来小说创作中所无的艺术新探索”④，不但开启了王蒙文学创作的一个新时期，也为后来中国当代文学的发展产生了重要的启迪和引领作用，也许正是在这个意义上，作家赵玫称王蒙为80年代中国文学的“旗手”⑤。从整个20世纪中国文学史的角度讲，王蒙的《夜的眼》《春之声》《风筝飘带》《海的梦》《蝴蝶》《杂色》等都是以感觉见长的小说，这类小说灵动、自由、舒展，赋予当代小说某种真正的艺术“感觉”。俄罗斯汉学家谢尔盖·托罗普采夫说“王蒙将生活带入了文学，将文学回归了生

① 冯骥才：《王蒙找到了自己——记与英国人的一次对话》，《文学评论》1982年第3期。

② 徐怀中：《追随着时代前进的步伐——致王蒙同志信》，《文学评论》1982年第3期。

③ 童庆炳：《作为中国当代小说艺术的“探险家”的王蒙》，温奉桥编《多维视野中的王蒙——第一届王蒙文学创作国际学术研讨会论文集》，中国海洋大学出版社2004年版，第122页。

④ 克非：《引人注目的探索——评王蒙的近作兼论创作方法的多样性》，《学习与探索》1980年第6期。

⑤ 赵玫、任芙康：《旗手王蒙》，温奉桥编《多维视野中的王蒙——第一届王蒙文学创作国际学术研讨会论文集》，中国海洋大学出版社2004年版，第48页。

活"①，王蒙更是将感觉回归了文学。王蒙以他的新异小说记录了当时正在苏醒的中国，一时间，令人眼花缭乱、目不暇接，"在中国文坛上，刮起了一股四五级间六七级的王旋风。评论家纷纷著文揄扬，不少青年作者王门立雪，八零年在创作和评论上都出现了一个王蒙热"②。"王旋风"的说法可能带有一些文学化色彩，但是"王蒙热"确实是20世纪80年代的一大文学现象，也是一大文学景观。王蒙的这一系列新异小说，就像天外来客一样，引发了文坛和读者的极大兴奋，引起了读者情感和心灵上的极大震动。同时，又在这种兴奋之中隐含着某种不安，这种不安当然来自对当时封闭、狭窄、模式化的创作方法和创作格局的强有力的冲击和挑战。正如王蒙自己所言，真正的创造是令人"不安"的："创造性本身对于随大流、对于安全系数、对于跟着走，就造成了挑战。"③ 王蒙的艺术感觉和创作状态在80年代达到了巅峰，"四面开花，八面来风"④，这种状态持续了10年。王蒙后来用"文思泉涌"来形容这时期的创作："我像一个足球队的守门员，左一球，右一球，高一球，低一球，边一球，角一球，我在捕捉生活灵感的袭击，我左扑右抓，头顶脚踹，东蹿西蹦，我前后左右上下四肢五官六腑七窍望闻问切都是小说。"⑤ 王蒙的这种状态连同他80年代的创作，已经成了一种"绝响"，那是独特的历史文学语境与作家精神结构、艺术个性的完美融合，而在一定程度上是可遇不可求的。

王蒙80年代的文学使命是"革命家"。在当代文坛上，似乎还没有另一个作家像王蒙这样对探索、创新如此感兴趣，如此执着一念，孜孜不倦，王蒙像躲避瘟疫一样，躲避着文学上的平庸、单调和重复。因为在内心深处，王蒙深怀畏惧，他害怕失去"自己"，害怕被平庸所淹没，这一点其实从《组织部来了个年轻人》即已开始。王蒙此时的探索，是继《组

① ［俄］谢尔盖·托罗普采夫：《王蒙心里永存的桃源》，王蒙《苏联祭》，作家出版社2006年版，附录。

② 刘绍棠：《我看王蒙的小说》，《文学评论》1982年第3期。

③ 王蒙：《文学的挑战与和解》，中国海洋大学王蒙文学研究所编《王蒙研究》2006年5月号（总第4期）。

④ 王蒙：《大块文章》，花城出版社2007年版，第94页。

⑤ 同上。

织部来了个年轻人》、事隔20多年之后一个更为自觉的文学活动，他对当时文坛的震撼和对中国文学的“改写”的努力，正如英国的评论家菲里克思·格林所言：“王蒙以他的作品取得了并且正在取得一个非同寻常的突破。在他那里中国文学似乎摆脱了像枷锁一样束缚着它的种种形式和陈规陋习，他现在可以在灿烂的阳光下自由地选择自己的道路了。”① 在王蒙的所有的小说创作中，此时的作品特别是《夜的眼》最为灵动、最具神采，它是“小说的精灵”，是一篇当代小说中少有的真正富有文学性和表现力的作品，我们甚至要说这是中国当代文学的第一篇真正意义上的“感觉主义”的作品。王蒙曾在几乎与《夜的眼》同时期的一篇文章中说过：“复活了的我面临着一个艰巨的任务：寻找我自己。在茫茫的生活海洋、时间和空间的海洋、文学与艺术的海洋之中，寻找我的位置、我的支持点、我的主题、我的题材、我的形式和风格。”② 应该说，《夜的眼》标志着此时的王蒙已经找到了“自己”：自己的位置及自己的形式和风格，那就是王蒙自己所说的“标新立异，另辟蹊径，花样翻新”③。在这篇篇幅短小的作品中，王蒙完整地、淋漓尽致地实现了“自己”，他把生活方式、思维方式、感受方式近乎完美地结合在了一起，这是一次大胆的、不可重复的艺术的“冒险”，也是一次不可重复的艺术的极致状态。艺术评论家阎纲用“酣畅淋漓、神驰魄动”④ 来形容它，恰如其分。令人遗憾的是，这篇小说至今不知被多少高明的读者和评论家错过了。王蒙20世纪80年代的创作具有重要的文学史意义，它标志着中国当代文学在新的历史文化条件下的新选择、新追求、新风貌。实际上，王蒙此时的小说标志着中国当代文学真正意义上的“转型”：“从政治向文学自身、从外部规律向内部规律、从历史要求向美学要求的转移。”⑤ 在这个意义上，王蒙开启了一个新的文学时代。

然而，蝴蝶并不总是自由的。王蒙说：“文学艺术是人类心灵追求自

① ［美］菲里克思·格林：《格林给戴乃迭的信——关于〈蝴蝶及其他〉》（摘录），《钟山》1984年第5期。

② 王蒙：《我在寻找什么》，《王蒙文存》第21卷，人民文学出版社2003年版，第24—25页。

③ 王蒙：《短篇小说创作三题》，《王蒙文存》第21卷，人民文学出版社2003年版，第156页。

④ 阎纲：《小说出现新写法——谈王蒙近作》，《首都师范大学学报》1980年第4期。

⑤ 尹昌龙：《1985：延伸与转折》，山东教育出版社1998年版，第137页。

由的表现。”[①] 自由同时也是危险。王蒙对生活和文学的敏感，使他不满足于长期以来所形成的关于文学理论与创作的教条，使他勇于探索，勇于冒险，突破艺术禁区，王蒙的探索和创新事实上对当时的文学理论、观念、方法形成了某种挑战性力量，王蒙事实上已经成了20世纪80年代的“风向标”。王蒙在《对一些文学观念的探讨》《是一个扯不清的问题吗——谈文学的真实性》《漫话文学创作特性探讨中的一些思想方法问题》等文章中，对一些失去了生命力的文学观念、理论教条进行了反思和廓清，对文学的一系列重大文学理论命题进行了更符合时代精神的思考和探索。在某种意义上，这种探索超越了当时某种习惯性的审美心态和心理承受能力。

80年代的王蒙，充满了一种锐气、豪气及面对未来的勇气，充满了一种真正的自由感，也显示了一种自信和力量，这源于王蒙占据了80年代文学的主流位置。王蒙的文学探索和试验契合了80年代思想解放、勇破禁区的时代潮流。然而，王蒙太自信了，这种自信带来了某种心态上的失衡。王蒙一次一次地向读者、文坛的容忍力挑战，等到《焰火》(1984年)、《铃的闪》(1986年)、《来劲》(1987年)、《一嚏千娇》(1988年)、《球星奇遇记》(1988年)等，王蒙的小说探索已经迹近“走火入魔”。《来劲》开头是这样的：

> 您可以将我们的小说的主人公叫作向明，或者项铭、响鸣、香茗、乡名、湘冥、祥命或者向明向铭向鸣向茗向名向冥向命……以此类推。三天以前，也就是五天以前一年以前两个月以后，他也就是她它得了颈椎病也就是脊椎病、龋齿病、拉痢疾、白癜风、乳腺癌也就是身体健康益寿延年什么病也没有。十一月四十二号也就是十四月十一、十二号突发旋转性晕眩，然后照了片子做了B超脑电流图脑血流图确诊。然后挂不上号找不着熟人也就没看病也就不晕了也就打球了游泳了喝酒了做报告了看电视连续剧了也就根本没有什么颈椎病干脆说就是没有颈椎了。亲友们同事们对立面们都说都什么也没说你这么年轻你这么大岁数你这么结实你这么衰弱哪能会有哪能没有病呢！说

① 王蒙：《我的几点感想》，《王蒙文存》第19卷，人民文学出版社2003年版，第226页。

得他她它哈哈大笑呜呜大哭哼哼嗯嗯默不作声。①

中国当代难道还有比这更惊世骇俗的小说吗？如鱼得水的王蒙开始“为所欲为”了，这种叙述已经隐隐透出某种“不祥”之兆，王蒙面临着巨大的“危险”了。

二

王蒙是一个复杂性存在，王蒙的意义从来就不是纯文学的。王蒙的复杂性，源于其多维的精神现实。桥梁是王蒙呈现给20世纪80年代的第二副面孔。历史上许多伟大的文学家是反叛者、思想或体制的反叛者。他们大都对某种思想、社会现实发出了激烈的批判，如卢梭、托尔斯泰、鲁迅等，恰恰是在“反叛”的方向上，成就了他们的思想高度。但王蒙是不同的，与这些思想和体制的反叛者相比，他走的是另一思想路线。

谈论20世纪中国知识分子与革命、政治的关系，将是一个极为复杂的话题。然而，试图与革命、政治“撇清”，又无疑属于揪着头发离开地球。王蒙从不讳言自己与政治、革命的联系，“我的特点就是革命”②，“我无法淡化掉我的社会政治身份社会政治义务”③。脱离20世纪中国革命和社会的具体实践，谈论王蒙是不现实的。即使与那些所谓“有机知识分子”相比，王蒙无疑距离政治和体制更近。“归来”后的王蒙一直“游走”在首都文化知识界的上层。王蒙一直与政治保持着密切联系，一直是“在组织”的，是体制内作家（1979年10月，王蒙当选为中国作协第三届理事会理事；1981年10月，担任作协书记处书记；1983年8月，担任《人民文学》主编；1985年1月，在中国作协第四次代表大会上当选为常务副主

① 王蒙：《来劲》，《王蒙文存》第12卷，人民文学出版社2003年版，第231页。
② 杨澜：《杨澜访谈录》（第九辑），辽宁人民出版社2002年版，第77页。
③ 王蒙：《大块文章》，花城出版社2007年版，第79页。

席、第四届理事会理事[①]；1982年9月，当选为中共中央候补委员；1985年9月，当选为中央委员；1987年10月，再次当选为中央委员；从1986年3月至1989年9月，担任文化部部长；1993—1998年，担任全国政协委员；1998—2008年，担任全国政协常委；从2005年2月至2008年3月，担任全国政协文史和学习委员会主任）。可能对一个作家而言，是否担任中央委员或部长，并不重要。但是，事实上，有无这种政治经历，对一个作家的影响是不一样的。政治生活构成了王蒙80年代的重要维面。

王蒙的这种独特的政治身份和文学身份的融合，在一定意义上决定了王蒙80年代的桥梁“身份”，同时也进一步强化了王蒙共青团时代就已经形成的主人意识和责任意识，“要当个和谐的因素而不是生事的因素，要当一个稳定的因素而不是搅乱的因素”[②]，自觉“充当中央与作家同行之间的桥梁”[③]，“充当一个减震减压的橡皮垫”[④]。“桥梁”和“橡皮垫”是王蒙对自己的一个非常独特的“定位”。王蒙这种“桥梁”心态、“橡皮垫”意识是一般作家所没有的。王蒙对于80年代始终怀有一种理解和建设性姿态。

王蒙在一首诗中说：“经验塑造着不同的人。”[⑤] 王蒙的“中委”身份，不但使他开阔了眼界，有机会接触到了上层政治人物，更重要的是在参与许多关系国家民族命运、国计民生的大事的过程中，进一步了解了当代中国的国情、政情、世情，特别是政治甚至权力的运作，这在极大程度上拓展了王蒙的“生活经验面”。这种政治经验，不但构成了王蒙“重要的政治经历、政治资源、理论资源、生活资源与文学资源”，而且，可以“去魅、去偏见、去谎言，透过表层看到内里。它使我对许多事不再感觉那样陌生，以及因陌生而神魔化、夸张化、恶意化”[⑥]。王蒙是一个“入世极深”的作家，更是一个深味世态人情的作家。这一方面引发了某些具有精英知识分子及思想激

① 参阅曹玉如编《王蒙年谱》，中国海洋大学出版社2003年版。

② 王蒙：《大块文章》，花城出版社2007年版，第266页。

③ 同上书，第335页。

④ 同上书，第165页。

⑤ 王蒙：《纽约诗草（三首）》之《致A. W.——并答〈纽约时报〉》，《王蒙文存》第16卷，人民文学出版社2003年版，第19页。

⑥ 王蒙：《大块文章》，花城出版社2007年版，第186页。

进主义者的不满；另一方面，使王蒙“学会用更为务实的态度考虑许多事”[①]。王蒙在《大块文章》中坦言，他“比作家同行们多了一厘米政治上的考量和成熟，比书斋学院派精英们多了也许多于一厘米的实践”[②]。这两个“一厘米”其实正是王蒙的独特之处，这得源于王蒙与一般作家及书斋学院派精英们相比独特的政治生活阅历。王蒙曾说：“我轻视那种哩哩啰啰，抱残守缺，要丑售陋，自足循环，只知其一而不知其二其三的死脑筋。”[③] 这实际上就是王蒙“与主流亲密无间，我多了一厘米”[④] 的结果。王蒙是一位具有政治意识、政治情怀和政治眼光的作家，是“以政治家的目光叙述与写作，以文学的方式参政议政”[⑤] 的作家。从政治的高度看问题，这其实是王蒙的“童子功”，这使王蒙与那些“不可救药的空谈家”[⑥] 拉开了距离。

一个人思想的形成，受诸多因素的制约，既“决定于历史的大手笔时代的大潮流人生的大际遇”[⑦]，更决定于个体的实践和经验。王蒙列身政治权力中心的经历，在很大程度上改变了他观察社会和文学的立场、心态、价值坐标，使王蒙获得了一种更为高迈超拔的全局意识和一种理解性、建设性的文化心态。在当代作家中，王蒙的“政治感”是最强的，这不仅表现为他的明显强于一般作家的政治眼光、政治意识，也表现为对现实政治和生活的一种“和解”态度，即“做一个健康、理性、平衡与和谐的因子”[⑧]。王蒙把自己定位为“后革命时期的建设者”[⑨]，这一定位决定了王蒙20世纪80年代思想的整体走向。“桥梁”心态就是一种建设性姿态，一种“和解”姿态，这种心态使王蒙没有成为当代鲁迅，也没有成为中国的索尔尼仁琴或切·格瓦拉。

---

① 王蒙：《大块文章》，花城出版社2007年版，第181页。

② 同上书，第175页。

③ 王蒙：《王蒙自述：我的人生哲学》，人民文学出版社2003年版，第236页。

④ 王蒙：《大块文章》，花城出版社2007年版，第175页。

⑤ 徐妍：《王蒙小说“八十年代”叙事的意义》，温奉桥编《王蒙·革命·文学——王蒙文艺思想研究》，人民文学出版社2008年版，第206页。

⑥ 王蒙：《王蒙自述：我的人生哲学》，人民文学出版社2003年版，第23页。

⑦ 王蒙：《大块文章》，花城出版社2007年版，第197页。

⑧ 同上书，第215页。

⑨ 参阅郭宝亮《王蒙小说文体研究》，北京大学出版社2006年版，第150—156页。

“和解”成就了20世纪80年代的王蒙。王蒙的“桥梁”心态构成了王蒙文学思想的某种资源或背景，并在深层制约着王蒙文学实践的总体风貌和价值取向。王蒙此时的心态和创作，都充满了一种特有的“光明”和硬朗，洋溢着一种乐观主义、理想主义，呈现出一种特有的明亮之色，“有着光亮的和充满着希望、思想力量的东西”①。王蒙创作中所闪耀的这种“光亮”和“希望”，源于他与时代主流话语的“联盟”，《布礼》曾得到胡乔木等高层人物的激赏即是一例。王蒙早年的“少共”经历及其日后形成的主人翁意识在80年代特有的时代氛围中“复活”了。

作为“桥梁”的王蒙连接的是两个截然不同的世界——政治和文学。在80年代，政治和文学这两个世界的关系是相当微妙而复杂的。因此，无论是“桥梁”还是“橡皮垫”，也时常面临“窘态”。王蒙的某种政治上的责任感，使他努力与主流话语保持一致，不出格，不添乱；而另一方面，他的“本质是文人”② 的个性，又使他对80年代出现的某些诸如《苦恋》《晚霞消失的时候》《飞天》《你别无选择》等所谓“有错误倾向”的作品，表示了某种理解和支持。事实上，80年代的许多新锐作家、先锋作品是在王蒙的扶持、干预下诞生的，王蒙也因此受到来自各方面的责难。有的学者指出，王蒙是一个“跨过了延河的”作家，其理论情结仍是“延安文学精神”，是“比较开放、善于变通的延安文学精神之子”③。还有的学者称王蒙为“左翼自由主义者”④，“左翼”和“自由主义”这种双重身份，正是将王蒙置于“窘态”的一个原因。当然，就深层而言，王蒙的“窘态”其实是那个时代特有的价值激荡的必然结果。

王蒙的“窘态”，实际上是一种价值分裂，特别是80年代后期，这种分裂已经日益明显，而此时的王蒙无论是作为官员还是作家，都确实达到了人生的巅峰状态，对这种潜隐的价值分裂缺乏足够的重视和警惕，未能

---

① 许觉民：《谈王蒙近作》，崔建飞编《王蒙作品评论集萃》，中国海洋大学出版社2003年版，第1页。

② 陈德宏：《也有风雨也有晴》，作家出版社2011年版，第300页。

③ 张钟：《王蒙现象探讨》，《文学自由谈》1989年第4期。

④ 李钧：《“狐狸”王蒙》，温奉桥编《王蒙·革命·文学——王蒙文艺思想研究》，人民文学出版社2008年版，第158页。

及时弥合这种裂痕，王蒙正面临着第二次被“抛弃”的危险。

三

20世纪80年代既是一个思想解放的时代，也是一个各种思潮、各种力量空前交锋冲撞、喧哗骚动的时代，特别是“左”“右”两种思潮、两种力量，更是较量翻覆，成为那个时代独特的标志。查建英在《八十年代访谈录》中用激情、贫乏、热诚、反叛、浪漫、理想主义、肤浅、疯狂、天真、简单、启蒙、真理、膨胀、思想、权力、使命感、精英、争论等“关键词”建构了那个充满理想主义的时代。① 作家李陀曾说，“八十年代一个重要特征，就是每个人都有一种激情”，并讲述了这样一件事情：大概是1987年，也许是1988年了，记不清了，在一次会议上，对“全盘西化”还是“中体西用”争论很激烈，包遵信突然问我：“你直说，别拐弯抹角，你赞成不赞成全盘西化?”看着他热切的眼光，我犹豫了一下，回答说：“我赞成全盘西化!”包遵信听了很高兴，说：“好，这我就对你放心了。”② 这就是80年代的某种思想现实，赞成或反对，泾渭分明，痛快淋漓。但是，这种“激情”往往与非黑即白、非敌即友、你死我活的二元对立思维更为接近，“激情”往往导致偏激、专制、不宽容，甚至导致悲剧。激情是80年代最重要的精神徽记，80年代尚缺乏一种理性和宽容。

在一定意义上，王蒙的痛苦源于他的敏感和前瞻性，究其原因，在于80年代从其思维方式、价值理念而言，还是“革命时代”——虽然这个时代对“革命”已经充满了不屑、不以为然——而此时王蒙的思想就其主导面而言应该说已经进入了“后革命”时代③，这其实是两个互不通约的时代。因此，王蒙置身于20世纪80年代这种独特的文化氛围中，受到“左”“右”两种力量的“夹击”，也就在所难免。“左”派认为他“右”，

① 查建英：《八十年代访谈录》，生活·读书·新知三联书店2006年版，封底。

② 同上书，第253、258页。

③ 详见温奉桥《后革命诗学——王蒙文艺思想散论》，《当代作家评论》2007年第2期。

搞“自由化”，是“现代派”，“右派”则认为他“左”，已经“官方化”，厕身庙堂，不够决绝。身处“左”“右”两种力量的中间地带，王蒙却不愿把自己绑在任何一方的战车上，他致力于沟通、缓和、平衡乃至“抹稀泥”，这决定了王蒙的处境：左右逢源、左右夹击、“左防右躲”① 同时并存，“前后通透”和“不完全入榫”“不完全合铆合扣合辙”② 同时并存，这就是王蒙作为“界碑”的“窘境”：“我好像一个界碑……站在左边的觉得我太右，站在右边的觉得我太左，站在后边的觉得我太超前，站在前沿的觉得我太滞后。”③ 王蒙“成了一个桩子，力图越过各面的人，简单而又偏面的人都觉得我脱离了他们，妨碍了他们，变成了他们的前进脚步的羁绊，而且是维护了效劳了投奔了对方”④。王蒙说：“每一代人都有自己的机遇与局限。”⑤ 这其实就是80年代王蒙的独特的“机遇”和“局限”。王蒙的这种“界碑”感，反映了80年代以来中国知识界的某种思想真相。

在文坛上，王蒙也面临同样的境遇。新时期“复出”后的王蒙与“青春万岁”时代相比，不再那么“纯粹”（虽然“组织部”时代的王蒙已不那么“纯粹”），不再那么理想主义了，实际上王蒙开始了思想转型。对于生活和文学的敏锐，使他不满足于当时主流文学的现状，迅速超越了“伤痕文学”和“反思文学”阶段，率先进行了文学上的一系列探索和实验，王蒙事实上一度成为80年代文坛的“风向标”，并被视为“现代派”在中国的代言人，这引起了文坛的某种忧虑，甚至连文学上十分内行的“贵族马克思主义者”⑥ 胡乔木也“教育”王蒙“不要在意识流上走得太远太偏太各色”⑦，告诫王蒙“少来点现代派”⑧，对文坛上的“异论”“新论”充

① 王蒙：《大块文章》，花城出版社2007年版，第186页。
② 同上书，第175页。
③ 同上。
④ 同上书，第70页。
⑤ 王蒙：《半生多事》，花城出版社2006年版，第75页。
⑥ 王蒙：《不成样子的怀念》，《王蒙文存》第17卷，人民文学出版社2003年版，第211页。
⑦ 王蒙：《大块文章》，花城出版社2007年版，第152页。
⑧ 同上书，第162页。

满了警惕[①]。对当时文坛的主流意识形态而言，那个“党性特强”[②]的王蒙，无疑已经逐渐成了一个“远行的叛徒”[③]；而对于某些“简单而又片面的人”来说，王蒙反复强调的又是“已经懂得了‘凡是存在的都是合理的’的道理。懂得了讲‘费厄泼赖’，讲恕道，讲宽容和耐心，讲安定团结”[④]。就王蒙思想的特点和80年代以来当时中国知识界、思想界意识形态价值动荡的现状而言，王蒙与20世纪80年代既有“共识”，也有“分裂”，王蒙成为“界碑”不可避免。

王蒙的摆脱不了的“书生气”[⑤]，在某些“主流”看来，已经逐渐成为80年代的一种异己性甚至异端性力量。1980年，王蒙发表了《论“费厄泼赖”应该实行》，引起了轩然大波，甚至有人据此把王蒙看作鲁迅的“对立面”。在这篇文章中，王蒙提出“‘费厄泼赖’意味着和对手的平等的竞赛，意味着一种文明精神，一种道德节制，一种伦理的、政策的和法制上的分寸感，一种民主的态度，一种公正、合理、留有余地、宽宏大度的气概”[⑥]。然而，在80年代初那个尚停留在“痛打落水狗”、缺乏“费厄”精神土壤的时代，王蒙的“费厄”论，招致的只能是误解。还有诸如《论“眼不见为净”》（1979年）、《反面乌托邦的启示》（1988年）等，都具有某种思想的意义。从整体而言，80年代的中国还没有从那种第二次“思想解放”的情感冲动中走出来，这决定了20世纪80年代既是一个激情的年代，也是一个偏激和简单化的年代。人们来不及也不愿意对许多命题进行理性探究，整个80年代缺乏从容的氛围。他提出了诸如理性、宽容等价值概念，但并不被理解。90年代，王蒙的《躲避崇高》（1993年）、《从“话的力量”到“不争论”》（1994年）、《不争论的智慧》（1994年）、《人文精神问题偶感》（1994年）、《沪上思绪录》（1995年）、《我们这里会不会有

---

① 王蒙：《大块文章》，花城出版社2007年版，第163页。

② 同上书，第156页。

③ 孙郁：《王蒙：从纯粹到杂色》，《当代作家评论》1997年第6期。

④ 王蒙：《我在寻找什么》，《王蒙文存》第21卷，人民文学出版社2003年版，第26页。

⑤ 王蒙：《大块文章》，花城出版社2007年版，第176页。

⑥ 王蒙：《论“费厄泼赖”应该实行》，《王蒙文存》第14卷，人民文学出版社2003年版，第418页。

奥姆真理教?》(1995 年)及《绝对的价值与残酷》(1999 年)等,都闪耀着某种思想的光辉,但也同样是屡遭“争论”,90 年代的王蒙已经与时代价值彻底决裂。

“界碑”的命运是孤独的。1988 年,王蒙发表了一篇奇特的小说《十字架上》。20 年后,王蒙在《读书》上又围绕这篇小说连续发表了两篇文章:《困难与跨越:关于弥赛亚》(上、下),通过《十字架上》这篇小说,可以看到王蒙80 年代的某种深深的寂寞感——不被理解的寂寞——以及矛盾的心态。

王蒙在这篇小说中,实际上探讨的是弥赛亚——使命——的尴尬和悖论,即“使命的承担者与承担者心目中使命的受惠者之间,永远有一种难以沟通的痛苦”,原因是“使命与使命感,常常会受到质疑。而使命的受惠者往往会怀疑自身受到欺骗,感到迷惑”。“使命的结局是上十字架。”①其实,这是一个极为大胆的命题。小说的深刻之处在于,它所揭示的弥赛亚及“弥赛亚情结”的窘境:

> 你为什么还没有上十字架呢?如果不上十字架,如果和众人一样地饮水、穿衣、吃未发酵面饼和羊羔肉,如果和众人一样地在夏天的烈日下流汗在冬天的寒风中发抖,那还有什么区别,有什么神圣,有什么发言权和感召力?②
>
> ……
>
> 教育别人宽恕的人是最难于得到宽恕的。因为要别人宽恕,就把自己摆到了高于一切的地位,摆到了圣人的地位,摆到了再无还手还口之力的不设防的地位,于是你便变成了众矢之的。宽恕是困难的,让斗红了眼的人宽恕比要他们的命还难,他们不愿意宽恕不能宽恕,他们就更要睁大眼睛看你能不能宽恕,你能不能容忍。简单地说,如果罗马总督彼拉多将我释放,不出十天,我的忠诚信徒们就会把我凌迟处死活埋。③

① 王蒙:《困难与跨越:关于弥赛亚》(上),《读书》2008 年第 2 期。

② 王蒙:《十字架上》,《王蒙文存》第 12 卷,人民文学出版社 2003 年版,第 371 页。

③ 同上书,第 372—373 页。

在这篇小说中，王蒙不但揭示了人之子与普通信徒之间的冲突，更为深刻的是揭示了“弥赛亚们”内心的冲突：

> 走上十字架台，我才想到我还有许多话没有对信徒们说，还有许多道理没有思考透彻。……宗教是为人间而准备的。没有人间，又在哪里宣讲宗教？又从哪里走向天国？我爱的是谁人？我怜悯的是谁人？我宽恕的是谁人？我准备为之而受尽一切苦难的是谁人？不正是这些血肉之躯，这些肉体凡胎的众人吗？当我死去以后，我还能爱他们吗？我还能超度他们吗？我还能为他们而流泪并接受他们的崇拜和忏悔吗？当我复活以后，我还是我吗？我还能以肉身与众人的肉身通消息吗？
>
> 我心乱如麻，但是我还是狂呼大叫：不要释放我！①

弥赛亚们已经把自己摆在了相当危险的境地，正如小说中的一句话：“上了十字架就别想再下来。”弥赛亚们已经注定要成为悲情主义者。

王蒙是一个“跨代”② 的典型。所谓“跨代”主要指价值取向上的错位，这种错位既是一种超越，也是一种不被理解的尴尬。就80年代的王蒙而言，这种错位一方面成就了他，使之成为某种包含改革、创新等积极内涵的符号；另一方面，也把王蒙置于一种广泛性“误读”之中，这构成了王蒙80年代的真实境遇。

① 王蒙：《十字架上》，《王蒙文存》第12卷，人民文学出版社2003年版，第373页。

② 林贤治：《五十年：散文与自由的一种观察》，《书屋》2000年第3期。

后革命时代诗学[1]

——王蒙文艺思想散论

每一个时代都有它文学上的代言人。如果说鲁迅是中国现代文学“反封建思想的一面镜子”，那么，王蒙就是共和国文学特别是新时期的一面旗帜，他们分别代表了两个不同的文学时代——革命时代文学与后革命时代文学。从文艺思想史的角度而言，从鲁迅到王蒙，中经“十七年文学”，完整地构成了20世纪中国文学产生、发展、衍变的精神脉络和历史轨迹。然而，鲁迅与王蒙属于两个异质的思想价值体系。任何思想都是一定时代的产物，鲁迅无疑是中国革命时代文艺界最杰出的代表，他思想最主要的特点无不带有革命时期的影响，比如绝望的战斗、“费厄泼赖”应该缓行、峻烈甚至偏执的性格等。在中国现代作家中，没有一个人比鲁迅更明显地体现了这种革命时代的精神特征和思维特征。王蒙虽然不满14岁就参加了地下革命斗争，具有独特的“少共”经历，但就其思想的形成及最主要的精神特征和思维方式而言，仍是后革命时代的产物，具有明显的后革命性特点。因而，王蒙文艺思想中的诸如理性、宽容、多元等核心价值理念，只有置于后革命时代这一具体语境中才能更好地理解和认识。因此，从“后革命”视角来探析王蒙文艺思想的一些特点，会更符合王蒙文艺思想的实际。

---

① 原载于《当代作家评论》2007年第2期。

一

“后革命”（Post-Revolutionary）一词在后现代语境中，具有“以后”（after）和“反对”（anti）两重含义[①]。我们这里所说的“后革命”中的“革命”主要指一个阶级推翻另一个阶级的暴烈行动，即以暴力改变现存政治秩序的激烈变革。因而，“后革命”时期即指始于20世纪70年代末的中国社会思想与实践的转型，确切地说，是指“以阶级斗争为中心”转变到“以经济建设为中心”的社会时期；另外，“后革命”不单纯是时间性概念，也指称某种思想特征和价值取向。因此，从鲁迅到王蒙，从革命文学到后革命文学，既构成了一个文学史的链条，又构成了一个思想史的链条。

20世纪之于中国是一个变革的世纪，“革命”成为一种主导性价值理念，甚至在思想界一度出现了某种“革命崇拜”的现象[②]。基于20世纪中国社会和革命特殊的历史语境，激进主义成为最重要的社会文化思潮之一，从康有为、谭嗣同到陈独秀、胡适，再到毛泽东，完整地构成了20世纪中国激进主义文化思潮的主脉。激进主义产生的背景极为复杂，与20世纪中国社会的后发现代性语境互为因果，又与20世纪浓烈的“革命”氛围相互依存，但是激进主义对20世纪中国的影响却是不容置疑的。从五四时代的全盘反传统主义，到毛泽东时代的“破字当头”、不破不立及中国作风、中国气派，直至“文化大革命”中的“与传统观念实行最彻底的决裂”等，都是这种激进主义文化思潮不同形式的表现。但是，自20世纪90年代后，随着改革开放所带来的中国社会的巨大转向，特别是市场经济的务实性和世俗化，在社会文化思潮的各个领域，都对激进主义形成了根

---

① ［美］阿里夫·德里克：《后革命氛围》，王宁等译，中国社会科学出版社1999年版，第83页注释。

② 张灏：《中国近百年来的革命思想道路》，许纪霖编《二十世纪中国思想史论》（下册），东方出版中心2000年版，第385页。

本性瓦解，人们逐渐从激进主义和乌托邦理想主义的思想辖域中走了出来，由激进主义所带来的乌托邦理想主义的合法性不断遭到质疑，其自身的缺陷也越来越被人们所认识、所正视，这其中，王蒙是一个先行者。

作为一个具有“独一无二的少年革命生涯”① 的“经验主义者”②，王蒙对历史特别是20世纪中国革命实践充满了自觉的反思意识和理性精神。王蒙一方面基于“少年革命生涯”的革命经历，另一方面从自身的痛苦经历特别是新中国成立后的历次政治运动中，不断汲取历史教训，从而完成了精神突围，超越了激进理想主义，达到了一种“清明的理性”。王蒙对于20世纪中国激进主义文化思潮，有着深刻的体悟和认识。事实上，早在20世纪80年代初，王蒙对文学上的乌托邦理想主义的反思和警惕，就已经初露端倪。王蒙对激进主义更为深入和全面的反思，则始于20世纪90年代中期以后。王蒙说：“中国近百年以来，都常常在万众一心的兴奋灶下面使人们精神亢奋。”③ 王蒙对中国文化、现实社会中的“戾气”④“乖戾亡命的邪气”⑤ 的批判，是非常具有针对性的，凝涵了他的一种历史经验主义的批判性眼光。针对20世纪中国文化中的这种激进主义和反世俗化倾向，王蒙在价值理念和思想方法上努力倡导和维护一种平等、宽容、多元的氛围，认为绝对的价值是一种残酷，提出了“费厄泼赖”应该实行的观点。他说：“近百年来，中国社会矛盾、民族矛盾空前激化、斗斗斗、杀杀杀之风席卷神州大地，妥协、宽容、爱心、费厄泼赖（公平游戏）之属备受嘲笑。极端主义常常易于在我国走红，而平实和顺之论却被视为不中用的表现。”⑥ 王蒙的这种警觉意识，体现了他对中国历史和文化的深刻理解和洞悉。

---

① 王蒙：《半生多事》，花城出版社2006年版，第122页。

② 王蒙：《沪上思絮录》，《王蒙文存》第23卷，人民文学出版社2003年版，第220页。

③ 王蒙、王干：《王蒙王干对话录》，《王蒙文存》第20卷，人民文学出版社2003年版，第266页。

④ 王蒙：《论和谐》，中国海洋大学王蒙文学研究所编《王蒙研究》2006年5月号（总第4期）。

⑤ 王蒙：《王蒙自述：我的人生哲学》，人民文学出版社2003年版，第305页。

⑥ 王蒙：《我们这里会不会有奥姆真理教》，《王蒙文存》第15卷，人民文学出版社2003年版，第433页。

激进主义和理想主义是一对孪生姐妹，只不过理想主义更容易带有明显的正义性和合法性，其实在这种表面的正义性、合法性的下面，掩藏的是一种激进主义的话语霸权和乌托邦情绪。对此，王蒙更是有着清醒的认识。对于理想主义，王蒙曾有一个惊人的论断："二十一世纪的一大遗产正是理想主义的碰壁。"[①] 其实，这是一个典型的"经验主义者"的命题。王蒙看到了理想主义的乌托邦与偏执的一面，"人们需要理想主义的光辉却不要理想主义的偏执与狂妄自大。单纯的务实易于通向平庸；……单纯的理想易于通向假大空的自欺欺人。通向天堂的理想实际上却把人们引向了泥沼，假大空的结果反而使人们倒向另一个片面——怀疑一切与犬儒主义"[②]，"对于天堂的理想也可以把人们驱赶到地狱里"[③]。用乌托邦代替现实，用乌托邦枪毙现实之类的事情，在20世纪的中国不知发生过多少次，对此，王蒙是深有感触的。因此，只有真正深刻地理解了中国社会近一个世纪的独特历史，真正理解了中国近现代革命的独特性，才能真正深刻地理解和把握王蒙思想的关键点。因为，王蒙的思想是这种独特国情和历史实践的产物。王蒙曾多次劝告那些喜欢发空论和大话的理论家，要多多注意和联系"中国革命运动的背景"和"特别的中国"，不能闭着眼睛沉迷于与现实毫不搭界的自说自话之中。显然，王蒙与他的那些所谓的反对者的思想并不属于同一个时代，其所持价值理念也绝不相同，一个是属于革命时代的激进主义思想体系，一个是后革命时代的价值多元的思想体系，因此隔膜和误解也就难免，他们处于"两个不能对话的世界"[④]。这种由于王蒙思想的超前性而带来的与同时代的无法通约与"对话"，使王蒙成为20世纪90年代中国思想界的一个寂寞的孤独者。

20世纪中国文学无法摆脱这种激进主义思想的影响，甚至在一定意义上，20世纪中国文学就是这种激进主义思潮的产物。激进主义对20世纪中国文学的价值取向、审美形态、文体类型等，都产生了深刻的决定性影

---

① 王蒙：《沪上思絮录》，《王蒙文存》第23卷，人民文学出版社2003年版，第221页。
② 王蒙：《理想与务实》，《王蒙文存》第15卷，人民文学出版社2003年版，第362页。
③ 王蒙：《王蒙自述：我的人生哲学》，人民文学出版社2003年版，第269页。
④ 孙郁：《王蒙：从纯粹到杂色》，《当代作家评论》1997年第6期。

响。激进主义在文学上衍化为一种激进的理想主义，并一度成为中国文学最主要的价值取向和精神追求，这是自左翼文学到革命文学、社会主义文学一脉相承的精神“徽记”，也是最显著的美学品格。可以说，自20世纪20年代左翼文学产生以来，理想主义长期成为20世纪中国文学的主流价值观念，并在新中国成立后一度成为文学上唯一合法的价值观念。同时，由于20世纪中国文学产生、发展的独特境遇，使理想主义带有强烈的意识形态色彩。

20世纪是中国文学上一个空前的理想主义的时代，道德理想主义、革命理想主义等各种形态的理想主义绵延不断，成为20世纪中国文学最主要的价值视域，这或许与激进主义思潮和“革命崇拜”的价值取向所塑就的“乌托邦性格”① 有关，理想主义成为一种强势意识形态在20世纪不可避免。王蒙曾深受这种理想主义的影响，并成为20世纪中国文学最执着的理想主义者，这仍然与他的“少年革命生涯”有关。“少共”经历及其所带来的新中国成立初期的准“革命家”的心态，使王蒙必然地带有相当明显的理想主义的精神特征，此其一；其二，苏联文学在深刻的意义上影响了王蒙，其中最重要的一点就是苏俄文学中的理想主义，苏联构成了王蒙青年时代的“关键词”②。苏联文学的理想主义精神对王蒙的影响是相当内在而深远的。

然而，王蒙是一个痛苦的理想主义者。作为文学家的王蒙，无疑是个理想主义者；作为一个思想者和革命者，王蒙无疑又对理想主义充满了某种本能的警惕性。因此，王蒙同时又是20世纪中国文学理想主义最大的疏离者、审视者和反省者。一方面，作为一个敏感的作家，他天然地倾向理想主义并曾身沐理想主义的光辉，这在他早期的《青春万岁》中有相当的表现；另一方面，作为一个思想者，一个智者，王蒙又相当敏锐地洞悉了理想主义的狭隘性所带来的弊端。“少共”在王蒙身上留下的精神“徽记”是多方面的，除了理想主义之外，更有一种清醒与冷静、理性与务实。而

① ［美］林毓生：《二十世纪中国的反传统思潮与中式乌托邦主义》，许纪霖编《二十世纪中国思想史论》（上册），东方出版中心2000年版，第464页。

② 王蒙：《苏联祭》，作家出版社2006年版，告读者。

在一定意义上，这种清醒与冷静恰恰是对理想主义的质疑和疏离。从精神完成性的角度而言，革命的理想主义—“文化大革命”—后革命时代的经验主义，构成了王蒙思想发展的历史轨迹。“文化大革命”的痛苦经历和对现实的洞悟是促使王蒙由一个理想主义者转变为经验主义者最根本的原因。基于这种历史经验主义，王蒙较早地摆脱了激进主义偏执理论的束缚，完成了从某种偏执性思维到对话型思维，从革命文化心态到后革命文化心态的转变。这在深刻意义上决定了王蒙思想的后革命性特点。

二

伴随着从理想主义者到经验主义者的“转变”，王蒙从价值观念、思维模式到认识方法等都发生了巨大转变：从简单走向复杂，从一体走向多元，从绝对走向相对，从本质论走向价值论。王蒙由此走向了一个新的价值世界，这就是王蒙后革命时代“人生哲学”的主要内涵。

丹尼尔·贝尔曾说：“真正的问题都出现在‘革命的第二天’。那时，世俗世界将重新侵犯人的意识。”①“反世俗化”一直是中国现代知识分子特别是激进主义人文知识分子的特权，也成为20世纪中国思想史的一大特征，躲避世俗就像躲避瘟疫一样，因为革命与世俗是对立的，对世俗的厌恶和恐惧，以及对“清洁的精神”的追求，寓含了20世纪革命文化的某种道德感，反世俗化在20世纪的中国具有独特而丰沛的思想资源。关于“人文精神”问题的讨论，其实质既是20世纪中国激进主义知识分子反世俗化的一次延续，也是激进主义文化思潮在20世纪中国的最后“谢幕”。围绕王朔的评价和“人文精神”所展开的讨论，是20世纪90年代中国社会转型期文化界、知识界最重要的“文化事件”之一。这一“事件”看似尘埃落定，但是其深层根源并未真正被正确认知。所谓“人文精神”的讨

---

① ［美］丹尼尔·贝尔：《资本主义文化矛盾》，赵一凡、蒲隆、任晓晋译，生活·读书·新知三联书店1989年版，第75页。

论，“从价值目标看，它是着眼于理想的乌托邦与认同现实的‘辩护士’的冲突”①。王蒙既是这一“事件”的亲历者、参与者，又是最主要的“对话者”之一。王蒙的《躲避崇高》《人文精神问题偶感》《沪上思絮录》等文章，向人们展示了他与年轻的激进主义者的思想距离，再一次显示了他思想的经验主义和实践理性的后革命性特点。

王蒙曾坦言，自己“不是一个空洞的清谈家”②。王蒙不但是一个具有相当政治智慧、政治经验的革命者，一个深刻而敏锐的思想者，而且是个深味中国国情、世态、人心的知识分子，这种丰富的人生阅历使他绝不因循，绝不抱残守缺，也绝不空言、故作激烈姿态。他对中国的历史和现实、革命和政治、思想和实践的理解，使他超越于一般知识分子之上，并形成了独特的认识历史、理解现实的价值坐标和思维通道。王蒙曾说：“我得益于辩证法良多，包括老庄的辩证法，黑格尔的辩证法，革命导师的辩证法。我更得益于生活本身的辩证法的启迪。”③ 这就是王蒙的独特之处，也是他的许多不被理解的思想产生的根源。王蒙认为，所谓“人文精神”的失落说，其实质是“精英们面对世俗化的抗拒与因应措施”④。王蒙与那些激进主义者的最大分歧，在于对待“世俗化”的态度上，激进主义者用“人文精神”对抗“世俗化”，体现了一种道德理想主义的一体化价值理念和二元对立的思维模式，而王蒙更多强调的却是二者的相通性，“平庸不是罪，通俗不是罪”⑤，王蒙甚至认为，人文精神也具有世俗性的一面。面对社会文化明显的世俗化趋势，王蒙并没有简单地批判和拒绝，而是理解和宽容，“我们对于世俗化，恐怕还得接受、包容、引导和提高或暂时挂起来而不宜一味咒骂拒绝”。王蒙坚持认为，“反世俗不要反过了

① 孟繁华：《1995：文化论争的检讨与回应》主持人的话，《文艺争鸣》1995年第6期。

② 王蒙、王干：《王蒙王干对话录》，《王蒙文存》第20卷，人民文学出版社2003年版，第197页。

③ 王蒙：《王蒙自述：我的人生哲学》，人民文学出版社2003年版，第236页。

④ 王蒙：《革命、世俗与精英诉求》，《王蒙文存》第17卷，人民文学出版社2003年版，第360页。

⑤ 王蒙：《王蒙自述：我的人生哲学》，人民文学出版社2003年版，第235页。

头，这是五十年来全民族的一个重要经验”①；对世俗化的正视、承认和宽容，是20世纪中国思想的一大“转型”，事实上，世俗化成了价值一体化的最深刻和最根本的解构力量。王蒙警告那些激进主义者，慎用“纯洁”两个字，王蒙对“纯洁”的警惕，是与对“崇高”的致意沿着相同的思路展开的。然而，并非所有的人都充分注意到了在特定历史语境中所形成的“纯洁”和“崇高”背后的虚伪性及反人道的本质。事实上，王蒙与他的反对者是从不同的思想路径和价值范畴来理解“纯洁”和“崇高”的。清醒者永远都是孤独的，在20世纪90年代中国文化的语境中，王蒙注定是一个“远行的叛徒”②。

所谓世俗化其实质是一种价值民主，即承认价值的多元性，承认事物的相对性、模糊性，以及不可预测性。王蒙提倡党同喜异，党同学异，而不是一味“党同伐异”，“提倡多元互补，不要动不动搞你死我活”③。一切激进主义都漠视和否定价值民主原则，其价值一体化所体现出来的霸权意识从根本上否定了世界的多样性和复杂性，形成了本质主义对个体价值观的辖域化和规范化，并最终形成压抑人格的统治性的价值结构。治疗激进主义极端论的最好药方就是多元开放。所谓价值民主，就是提倡一种多向度、多视角、多层级的价值体系，将世俗、个体、低端等价值选择从这种一体化的价值结构的压抑中解放出来，建立一个更为合理的价值结构体系，正视和承认每一个体自我选择的合理性和正当性，而不是相反。王蒙倡导的价值民主的理念，打破了革命时代对“齐一性思维”的迷恋，反映了后革命时代的一种“尊重差异”的价值理念和诉求。

这种“尊重差异”的价值民主，本质上属于“后革命”的价值范畴。因为“革命”在一定意义上就是一种“规范化”运动——行为的与思想的。这种“规范化”既是对个体欲望和价值诉求的尊重，也是另一种意义上的遮蔽和压抑。从这个意义上，“后革命”也就是对“革命”的解构和

---

① 王蒙：《革命、世俗与精英诉求》，《王蒙文存》第17卷，人民文学出版社2003年版，第364、359页。

② 孙郁：《王蒙：从纯粹到杂色》，《当代作家评论》1997年第6期。

③ 王蒙：《王蒙自述：我的人生哲学》，人民文学出版社2003年版，第233页。

重塑。王蒙所力倡的价值多元与20世纪后半叶“尊重差异”的人本主义潮流相契合。“与其搞二元的对立极端，不如努力去做多元的互补”①。王蒙反复告诫人们“不要相信简单化”，“不要相信极端主义与独断论”，“世界上绝对不是只有黑白两种颜色”②。因此，王蒙一方面既尊重“精英”价值的合理性；另一方面，则更珍视“精英”价值的“常识性世俗性的精神”的一面，反对将“精英”与“世俗”对立，更反对将“精英”价值标准、价值理念绝对化。王蒙强调了“精英”和“世俗”的相通性和亲和性而非排他性，超越了二极对立价值观及其思维模式。王蒙强调人文精神的多元性，“不要搞精神价值的定于一与排他性”③。王蒙对这种一元论的价值中心主义的危害性高度警醒。鉴于此，王蒙高度警惕“人文精神”“精英诉求”“壮烈意识”等“宏大叙事”事实上对世俗价值的否定和压制，警惕这类“精英”价值所形成的反世俗力量，强调“因人而异的意义选择”，强调人生价值的常态化、多元性。价值民主、价值多元既是对个体人生丰富性的体认，更是对人的生命价值和精神自由的尊重和呵护。后现代主义理论家利奥塔说：“后现代主义……增强我们对于差异的敏感，促进我们对不可通约事物的宽容能力。”④ 王蒙的价值民主的思想在其精神实质上相通于后现代主义的基本价值理念，但是又明显地体现了某种建设性的态度和精神，以及中国当代社会的具体性，特别是价值多元、反对文化专制主义的思想具有相当的现实针对性，又与一般的西方后现代主义有明显的不同。王蒙建立在经验主义之上的价值民主对激进主义的“终极”价值论形成了巨大的解构力量。然而，在这一问题上，王蒙仍然是孤独的，他的思想并没有得到广泛的认同，甚至招来了许多精英知识分子责难的目光，其中的原因十分复杂，但是王蒙的清醒和冷静触及了知识分子某种“终极关怀”的隐秘情感，是一个重要的原因。

---

① 王蒙：《文化性格漫谈》，《王蒙文存》第19卷，人民文学出版社2003年版，第359页。

② 王蒙：《王蒙自述：我的人生哲学》，人民文学出版社2003年版，第231—232页。

③ 王蒙：《人文精神问题偶感》，《王蒙文存》第23卷，人民文学出版社2003年版，第216页。

④ ［法］利奥塔：《后现代状况：关于知识的报告》，转引自王岳川主编《中国后现代话语》，中山大学出版社2004年版，第163页。

三

意识形态与文学的关系极为复杂，每一时代的文学都有其特定的意识形态内涵。其实，所谓意识形态，“并非简单地指人们所持有的那些深固的、经常是无意识的信念”，而是“给我们的事实陈述提供信息和基础的潜在价值观念结构”①。但是，由于20世纪中国文学特殊的历史背景，我们在对意识形态的理解上，更多关注的是文学所直接面对和表现出的思想意义、价值体系，而忽视了意识形态表现形式的多样性。革命时代的意识形态本质上就是话语和理论的权力化，文学上同样如此。革命时代，文学就是革命这架机器上的“齿轮和螺丝钉”，关于文学的所有特性都要符合革命这一总体目标和价值诉求，这就是革命时代文学意识形态的最主要内涵。但这同时在一定程度上也形成了革命对文学丰富性的某种遮蔽和压抑。新时期以来，王蒙较早意识到了一个新的文学时代的到来，并努力探索和建构了一种新的后革命时代的意识形态诗学，并在一定意义上成为这种新的意识形态诗学的代言人。

王蒙后革命时代意识形态诗学首先表现为对传统的“武器文学”“工具文学”的单值性价值观的超越上。在王蒙看来，“文学是一种开放的东西，而不是封闭的”②。在对于文学的认识中，王蒙由本质论走向了价值论。王蒙拆除了关于文学的许多“本质”的想象。其实，早在20世纪80年代初，王蒙在《对一些文学观念的探讨》《是一个扯不清的问题吗——谈文学的真实性》《漫话文学创作特性探讨中的一些思想方法问题》等文章中，就对一些失去了生命力并变成了限制和禁锢文学创作和发展的条条框框的文学观念进行了反思和廓清，对文学的一系列重大理论命题进行了

---

① ［英］伊格尔顿：《二十世纪西方文学理论》，伍晓明译，陕西师范大学出版社1987年版，第16—17页。

② 王蒙、王干：《王蒙王干对话录》，《王蒙文存》第20卷，人民文学出版社2003年版，第170页。

更符合时代精神和文学规律的重新思考和探索。例如，在文学的本质问题上，王蒙破除了那些简单化、单一性的理解，认同文学的多样性，认同文学是一个“魔方”的说法，王蒙在承认“文学是生活的教科书”的前提下，也认同“文学是一种生命现象”“文学是一种纯粹的形式”，“文学作品，无害便是有益”①。在这里，王蒙追求的是文学的多样意义，而不是唯一意义，追求的是文学的多样合法性，而不是唯一合法性。王蒙的这种探索，对于校正长期以来特别是革命时代在文学的认识和观念上所形成的思维模式、理论偏执，以及建立后革命时代的文学哲学等，都具有重要意义。

革命时代的文学由于承载了过多的非文学性因素，特别是屈服于“革命”的本质性要求，在一定意义上形成了“革命”对于创作主体和文学自足性的忽视和压抑，文学必然沦为“革命”这一宏大叙事的工具。而在后革命时期，随着对文学的革命性价值诉求的降低，带来了对人的价值、意义等本体范畴的重新思考，汇集成一股主体论的人道主义思潮，反映在文学上，就是对文学创作中主体性、个体化的尊重和重视。在这其中，王蒙既是先觉者，又是积极的探索者和倡导者，并一度成为文学界思想解放的风向标。

主体性构成了王蒙后革命时代的意识形态诗学的最重要的价值特征，也同时成为王蒙文艺思想体系中最核心的概念。在关于文学的本质等重大问题上，王蒙始终坚持马克思主义反映论，坚持生活第一的观点，坚持“一切创作来自生活”，“生活是文学最大的参照系”；同时真正坚持并发扬了马克思主义反映论的辩证法思想，这正是王蒙文艺思想主体性的理论起点和思想资源。王蒙从主体性的角度，继承了马克思主义的文艺观，体现并弘扬了马克思主义文艺思想的当代价值和意义。针对20世纪80年代特殊的历史语境，王蒙鲜明地提出了“只有人才是生活的主体”② 的观点，提出了“没有创作主体的作用，就没有艺术的灵魂”“忽视创作主体的作用就是忽视艺术规律”③ 的一系列富有鲜明时代特色的命题。正是在这一

① 王蒙：《文学三元》，《王蒙文存》第23卷，人民文学出版社2003年版，第170页。

② 王蒙：《漫谈文学的对象与功能》，《王蒙文存》第23卷，人民文学出版社2003年版，第50页。

③ 王蒙：《学文偶拾》，《王蒙文存》第23卷，人民文学出版社2003年版，第130页。

思想的统摄下，王蒙对前革命时代、革命时代的一系列重要的文学理论问题进行了富有深度的反思和大胆的探索，这种艺术探索和理论创新，为打破长期以来束缚作家的清规戒律，解放文艺生产力都起到了重要的作用，这既显示了王蒙对生活的敏感，更表现了一个共产党人的胸怀和马克思主义文艺家巨大的理论勇气和胆识，闪耀着思想解放的光芒。

王蒙后革命时代的意识形态诗学，与理论上重视和强调文学的主体性相一致，在其创作实践中，同样有着明显的自觉追求。这在王蒙文学语言风格上表现得尤为明显。因此，透过王蒙小说的文体和语言，发掘其透释出来的深层内涵，同样成为理解王蒙文艺思想的一个维面。语言不仅是一种符号系统，还是一种独特的意识形态。从语言哲学的角度而言，革命时代的文学语言是一种透明的、坚固的、凝定的所指系统，它的威严性、宏大叙事性事实上代表着一种专制主义的意识形态诗学，而在王蒙的文学创作中，追求的则是自由的、开放的、动态的语义场，代表了一种多元的审美的意识形态诗学。王蒙文学创作中这种“语言转向”代表着一种文学意识形态诗学的“转向”。

在王蒙的语言中，有两点应该引起格外关注，那就是幽默与“杂语”。虽然在原初的意义上，幽默指向某种性格类型和精神特征，但幽默从来就不单纯是语言现象，在其深层正如莫洛亚所言，幽默是哲学的一种形式。幽默既是一种价值观，一种作家对自我与现实关系的理解和选择，同时还是一种意识形态，具有多方面的意义关联。从文学史的角度而言，“幽默”在现代并没有好的名声，特别是鲁迅对幽默的反感更是人所共知。丹纳在其《艺术哲学》中特别强调了时代“精神的气候”对文学艺术的影响，认为在文学艺术的发展中，“精神气候”——“时代的趋向始终占着统治地位”[①]。鲁迅对幽默的反感和王蒙对幽默的提倡，折射了现代以来“精神气候”的某种转变。正如鲁迅对幽默的反感，代表了革命和前革命时代特定的文学氛围和价值取向一样，王蒙对幽默的认同和提倡，则代表了另一时代——后革命时代的文学氛围和价值取向。

① ［法］丹纳：《艺术哲学》，傅雷译，人民文学出版社1963年版，第35页。

王蒙的幽默是人所共知的。从意识形态的视角来观照王蒙的幽默，会有新的深入的发现，正如德国学者顾彬所言，王蒙借助于幽默完成了“对统治秩序的质疑”，“用智力来向一个不人道的体制示威”①，在一个思想专制的时代，一个极端主义、教条主义盛行的时代是不允许笑的，更没有幽默的存在，王蒙对此有清醒的认识。幽默本质上是种解构的力量，是对权威和强权的动摇和不信任感，是后革命时代意识性形态的表征之一。王蒙小说话语的幽默，就超越了语言学的意义，带有相当明显的后意识形态的价值特性。王蒙说“幽默是成人的智慧，与悲愤的孩子无关，与自以为是的师爷无关，与只会做小葱拌豆腐的五级厨师无关，与拯救为己任的这功那功无关”②，并强调说“笑也是一种生命力”③。王蒙幽默的出现，在一定意义上是一种预言和象征，是一个文学“事件”，它标志着一种文学上新的叙事方式的开始，也标志着一个新的文学时代的到来。

王蒙小说语言的另一特点即是杂语与狂欢。在20世纪中国文学中，由于过分强调语言的纯洁性和符号性，过分追求能指和所指的直接同一性，在一定意义上忽视了文学语言的多样意识形态性。新时期以来，对于文学语言“纯洁性”和明晰性的挑战，构成了许多当代作家的一种自觉行为，王蒙是其代表者。王蒙试图通过这种语言实验，建立新的意识形态诗学。有的学者用“杂语喧哗”和“语言狂欢”来形容王蒙的小说语言。无论是“杂语喧哗”还是“语言狂欢”，都是对传统语言学及其意识形态的疏离，这种变化相对于“十七年文学”，无疑具有相当的革命性和颠覆性④。所谓“杂语”（heteroglossia），主要指向意义的分裂、破碎所带来的语言的异质化现象，在这种异质性语言并置中，完成意义的去本质化过程，从而完成对意识形态的唯一性和绝对性形成颠覆和解构，走向一种多元、多重、多维的意义建构，语言的个性化，本质上就是意识个性化的外在形式，语言

① ［德］顾彬：《圣人笑吗——评王蒙的幽默》，温奉桥编《多维视野中的王蒙——第一届王蒙文学创作国际学术研讨会论文集》，中国海洋大学出版社2004年版，第26—27页。

② 王蒙：《回眸锁记》，《王蒙文存》第21卷，人民文学出版社2003年版，第520页。

③ 王蒙：《相声的文学性》，《王蒙文存》第17卷，人民文学出版社2003年版，第101页。

④ 参阅郭宝亮《王蒙小说文体研究》，北京大学出版社2006年版。

结构“是一种投射到个体心灵之中的对于复杂而稳定的社会经济结构状况所做的确定的意识形态解释”①。在这种“立体化语言”② 中，一切固定的、唯一的、专断的语言和价值关联彻底崩毁，语言的所指与能指关系彻底瓦解，成为一种飘浮性存在，这既是对传统意识形态话语的疏离和解构，也是对一种新的意识形态话语的探索和试验。王蒙通过他的杂语喧哗式的“狂欢”语言，建构了一种新的人与世界、人与人的关系，这种关系破除了单一性、明确性、所指和能指的直接同一性，走向了一种复杂性、未知性和不确定性，在这种语言面前，秩序和权威、中心论和本质论纷纷解构，世界呈现出新的图景；也重建了另一种语言和存在（我们更习惯称为现实）的关系，重塑了语言与存在的一种动态的多向性、无序性和模糊性，存在在这种语言流中呈现为一种无限性的意义敞开。王蒙的这种语言追求是自觉的，具有明确的“意识形态性动机”③。王蒙的幽默、杂语和狂欢，寄寓了王蒙对后革命时代文学意识形态的一种新的理解和“想象”，更是一种表现和达成。

维特根斯坦说，思想的河床会变。王蒙的写作是一个充满了历史感的过程。从 20 世纪 50 年代的《青春万岁》，到 80 年代的《春之声》，以至 90 年代的“季节系列”等，相当完整地勾勒出了王蒙从一个理想主义者到一个经验主义者的心路历程。王蒙之于 20 世纪中国思想史、文学史的意义，不在于他是一个理想主义者，而恰恰在于他是一个理想主义的疏离者、审视者，甚至批判者。王蒙从一个理想主义者到经验主义者的转变，其文艺思想从革命意识形态诗学到后革命意识形态诗学的转变，构成了 20 世纪中国思想史、文学史上某种具有过程感的“事件”，具有某种独特的意味。王蒙是 20 世纪中国思想史、文学史的一个“标本”。

---

① ［俄］巴赫金：《马克思主义与语言哲学——语言科学中的社会学方法基本问题》，钱中文主编《巴赫金全集》（第二卷），河北教育出版社 1998 年版，第 440 页。

② 王一川：《汉语形象美学引论》，广东人民出版社 1999 年版，第 161 页。

③ 孟悦：《语言缝隙造就的叙事——〈致爱丽丝〉、〈来劲〉试析》，崔建飞编《王蒙作品评论集萃》，中国海洋大学出版社 2003 年版，第 340 页。

王蒙与老庄[①]

道家作为先秦“显学”之一种，其对中华文化的影响是本原性的。林语堂曾说：“道家及儒家是中国人灵魂的两面。”[②] 道家文化不但铸就了中国人独特的思维方式、生命方式，而且塑造了独特的民族性格、文化心理。中国文人在情感层面对老庄的喜爱，胜过孔子。鲁迅曾说：“我们虽挂孔子的门徒招牌，却是庄生的私淑弟子。”[③] 这可能与道家文化对现实所采取的超越性审美态度有关。

在一般读者印象中，作为共和国第一代作家的王蒙是非常革命甚至是“现代派”的，似乎与传统文化特别是道家文化相距甚远，因而，相对忽视了王蒙与道家文化的深层关联，其实，道家文化对王蒙影响至深。王蒙从十几岁开始“迷上了《老子》”，到晚年集中地谈老说庄（相继出版了《老子的帮助》《老子十八讲》《庄子的享受》《庄子的快活》等），王蒙与老庄相伴一生。王蒙在向意大利国家电视台电脑博物馆推荐的10部中国典籍中，就有《老子》[④]，可见，在王蒙看来《老子》之于中国文化的典范性意义。在当代作家中，对道家文化体味之深，似乎还没有超过王蒙的。然而，值得注意的是，同为道家文化代表性人物的老子和庄子，其对王蒙

---

① 原载于温奉桥主编《老庄的流韵——王蒙与道家文化》，安徽教育出版社2011年版。

② 林语堂：《信仰之旅》，四川人民出版社2000年版，第114页。

③ 鲁迅：《“论语一年”——借此又谈萧伯纳》，《鲁迅全集》第4卷，人民文学出版社1981年版，第570页。

④ 王蒙：《兰气息，玉精神》，《王蒙文存》第15卷，人民文学出版社2003年版，第222页。

的影响又具有某种差异性，老子对王蒙的影响主要表现在价值观念、思维方式的层面，而庄子则主要表现为精神—心灵即艺术层面。本文拟从人生态度、文艺思想、文学创作三个不同的层面，来探讨王蒙与老庄的关系。

一

王蒙不到14岁就已参加地下革命，并立志成为“职业革命家”，后来更是与革命与政治产生了千丝万缕的联系，并一度列身权力中心，其积极入世的一面是人所共知的，王蒙也认为自己“入世极深”。然而，对于王蒙的另一面即道家文化制导下的超越性一面，却面影模糊，研究较少。

道家文化深刻影响了王蒙的人生态度。道家文化本质上是一种具有东方智慧的生命哲学，其核心价值是对人生意义的独特体认。中国文人对老庄的喜爱，根源于此。王蒙曾说自己真正读过的书有两本：一本是《红楼梦》，一本是《道德经》。20世纪90年代初，经过了诸多人生顿挫的王蒙，对老庄由单纯的兴趣喜爱开始上升到实践理性层面，“无为”“逍遥”等开始成为其“人生哲学”的重要内涵，这大概与王蒙此时的经历、心境等有关，没有一定的人生阅历做底子，是无法真正理解老庄的。王蒙的“人生哲学”，在实践层面涉及很多处世方法和原则，但在更高的层面，则是对“道”——“生存常道”即规律的体认和遵从。王蒙曾提出“人生之化境”的概念，所谓“化境”，即“随心所欲不逾矩，庖丁解牛，如入无人之境，治大国如烹小鲜，信手拈来，俯拾即是，百战百胜，左右逢源”①，也就是我们通常所说的“自由王国”，而王蒙的所谓“化境”，是建立在“道”之基础上的。王蒙曾自撰箴言：大道无术（王蒙同时还有大智无谋、大德无名、大勇无功的提法），并曾指出中国人“太讲心术”，而“大道无术”则是要超越“术”的层面，达到与“大道”的完全合一。在王蒙看

① 王蒙：《王蒙自述：我的人生哲学》，人民文学出版社2003年版，第50页。

来，理解、认同、尊重大道，才能“无往而不适”①，才能从容淡定，明朗澄澈，也才能达到“人生之化境”。

从王蒙的处世哲学，可以看到道家的“无为”的思想。王蒙充分领悟了老子“无为”思想产生的“社稷无常，君臣无常”的时代背景及其某种无法言明的无奈感。王蒙说，人最重要的是知道自己“不做什么”②，同时，又特别指出，“无为，就是有所不为”，就是“大量地不为，大量地放弃，少量地为，为则有成”③，即不要陷入抠抠唆唆、嘀嘀咕咕的无聊人事纷争之中。王蒙总结自己七十多年的人生经验时说：“幸亏有那么根弦：无为的弦，无事的弦，拒绝人际纠纷、拒绝拉帮结派、拒绝青云直上、拒绝大言欺世、拒绝装腔作势、拒绝跟风起哄的弦。”④ 王蒙的“拒绝”就是“无为”，就是道家所提倡的“勇于不敢”。王蒙曾提出好人和坏人的区别在于“好人就是有所不为的人。坏人就是无所不为的人”⑤。老子喜欢从反面立论，如无为、不言、不始、不有等，而王蒙的处世哲学特别是他的“二十一条人际准则”，基本也都是“否定式”立论，属于“无为”的范畴。同时，王蒙反对从被动和消极意义上来理解“无为”，他指出：“无为，不是什么事情也不做，而是不做那些愚蠢的、无效的、无益的、无意义的，乃至无趣无味无聊，而且有害有伤有损有愧的事。”⑥ 王蒙的“无为”是一种主动的不为，是一种积极的不为，即力戒虚妄、焦虑和急躁、盲目。与“无为”相似，老子的“不争”对王蒙的处世态度同样产生了影响。王蒙是当代文坛上较早提倡“宽容”“多元”的人，“宽容”其前提和实质就是“不争”，王蒙曾告诫世人，凡事不要一味地“为”和“争”，要“善于等待”，要学会放弃，学会“随他去吧”⑦。

庄子“安时而处顺”的思想，在一定意义上内化为了王蒙对现实所采

① 王蒙：《王蒙自述：我的人生哲学》，人民文学出版社2003年版，第174页。
② 同上书，第93页。
③ 王蒙：《老子的帮助》，华夏出版社2009年版，第342页。
④ 同上书，第256页。
⑤ 同上书，第50页。
⑥ 王蒙：《无为》，《王蒙文存》第15卷，人民文学出版社2003年版，第331页。
⑦ 王蒙：《王蒙自述：我的人生哲学》，人民文学出版社2003年版，第91页。

取的某种超越性心态。《庄子·大宗师》说："得者，时也；失者，顺也。安时而处顺，哀乐不能入也。"所谓"安时而处顺"，就是顺应自然，顺应时势，特别是在逆境中，不计一时荣辱得失，要有一种达观态度。晋代郭象提出了"适性即逍遥"的命题，"安时而处顺"本质是"适性"。王蒙曾自称是一个"不可救药的乐观主义者"，其实即是一种安时处顺的人生态度。王蒙特别喜欢"逍遥"二字，他认为"逍遥"既是一种处世原则，更是一种"审美的生活态度"，是对现实的超越。庄子的"安时而处顺"及"逍遥"，使王蒙对人生采取了一种审美态度和超越精神，这在根本上塑造了王蒙乐观、宽容、洒脱的人生态度。王蒙曾多次遭遇人生的重大变故，饱尝人生的艰险困厄，但仍能保持一种积极乐观、超然豁达的心态，"安时而处顺"的人生态度，帮助王蒙度过了人生的困厄期特别是新疆16年的生活。这16年对于王蒙是人生的一大考验。一方面，这段沉入社会最底层的生活，使王蒙"见人之未见，学人之未学，知人之未知"①；另一方面，则是忍受人之未忍受，体验人之未体验（痛苦和迷茫），既是一次精神的自我放逐、自我"废黜"，也是一次严酷的心灵炼狱。王蒙是以"文艺界的大'右派'"之身来到新疆的，是个"无罪的罪人"②，对王蒙这样一个年轻的"老革命"而言，被剥夺了写作及参加政治生活的权利，这在其思想、心灵上留下的重压和创伤是难以想象的。但是，就是在如此困厄的环境中，王蒙没有沉沦，而是积极融于当地维吾尔族人的生活，与少数民族同胞同吃、同住、同劳动，并从平凡中寻找生活的乐趣：游泳、养鸡、烹饪、酿酒、学维吾尔语，可以说，在某种意义上，"安时而处顺"的人生态度拯救了王蒙，拯救了他的肉身，更拯救了他的心灵。王蒙曾把"为什么没有疯狂和自杀"的原因归结为对生活的爱及对革命的信念等。除此之外，笔者以为还有更深层的原因，就是这种"安时而处顺"的人生态度带给王蒙的随遇而安和超越心态。王蒙认为："择其相同者而相同之，择其平等者而平等之，择其不同者而不同之，择其高妙者而高妙之，择其

---

① 王蒙：《半生多事》，花城出版社2006年版，第258页。

② 同上书，第256页。

物质者而物质之，择其哲理者而哲理之，是为道。”同时，王蒙把什么事都要耍心眼、玩花招，什么事都瞪眼、都找别扭，视之为“妖”“拗”[①]。在日常生活中，王蒙重视本色和“常态”，反对“假招子的心术，花架子的取巧，沽名钓誉的闹腾，急于求成的浅薄”[②]，因为在他看来，所有这些都是不能“安时而处顺”的表现，也即违背了“道”。那么，王蒙如何调适自己，保持自我与社会、时代的平衡，进而保持自我内在的平衡？是道家文化帮助王蒙完成了这种平衡，老庄在一定意义上成了王蒙心灵、心理的平衡调适器，使他在逆境中看到希望，在顺境中保持清醒，不颓丧，不放纵，无论是出世入世，顺逆通蹇，都能够认清并保持自己的“常态”。王蒙积极汲取了老庄“顺任自然”的思想，老子的“无为”，庄子的“自然”，都给王蒙以极大的暗示和启迪。王蒙后来曾深有感触地说：“出世，实在是一种精神享受，如果没有这种精神的享受，如果不能摆脱俗务，不能摆脱世俗，如果不能想一些神秘莫测的、遥远的、不可琢磨的东西，就受不了。”[③] 在现世中享受出世的快乐，是老庄给予王蒙的馈赠。

同时，从王蒙的思维方式上看，也可以看到老庄的影子。老庄特别是老子的思维方式有两大特点：一是辩证性，二是逆向性，这两点形成了其独特的辩证性逆向思维。思维方式的独特性构成了道家文化的魅力之一。王蒙说老子是“中华民族智慧的一个高峰”[④]，应该看到，在辩证思维方面，老子同样是一个“高峰”。《道德经》中关于有无相生，难易相成；生也柔弱，死也坚强；强大处下，柔弱处上等思想，都无不体现了朴素而精妙的辩证法思想。道家的辩证思维，构成了中华民族的某种原发性思维方式，赋予中国传统文化一种灵变之气，灵动之美。王蒙认为，《道德经》中隐含了“机变”的思想，其“整个的思想都是辩证的”[⑤]，早在近20年前王蒙就注意到“老庄思想中有考虑到这一面，也考虑到另一面的辩证因

① 王蒙：《王蒙自述：我的人生哲学》，人民文学出版社2003年版，第180页。

② 同上。

③ 王蒙、王干：《王蒙王干对话录》，《王蒙文存》第20卷，人民文学出版社2003年版，第348—349页。

④ 王蒙：《老子十八讲》，生活·读书·新知三联书店2009年版，封底。

⑤ 同上书，第37页。

素，使你不至于过分的偏执而走向极端”①。老庄的这种绝不走极端的思维方式，给予王蒙深刻的启发，使他深谙辩证法的奥妙。王蒙曾自比一只得意的“蝴蝶”：“我很得意，因为我作为小说家就像蝴蝶。你扣住我的头，却扣不住腰。你扣住腿，却抓不着翅膀。你永远不会像我一样知道王蒙是谁。”② 之所以“扣不住”，与他的辩证思维不无关系。老庄教会了王蒙从反面、多面来考虑问题的思维自觉。王蒙一向反对“只知其一不知其二其三的死脑筋”③，因为在他看来，所有这些“死脑筋”在其思维方式上都是单向度的，在其价值观念上都是绝对论的，都过于“执”。王蒙说：“看事物至少看两面，正面与负面，前面与背面，效果收益与损失危险。任何事物都不是只有一种解释、一个后果、一个方向的。”④ 辩证思维，使王蒙避免走向极端，避免偏执，这大概是王蒙立于不败之地的思维方式之起点。

“正言若反”的逆向思维是道家的另一显著特点。老子的致思方式是逆向的，即从反面思考问题，展开论述，这是一种很独特的思维方式，这大概与“无”的命题相一致。王蒙领悟了这种逆向思维的魅力和威力。从王蒙的话语方式中，能够感受到这种“正言若反”致思方式的痕迹，如针对“人文精神失落”说，王蒙提出，从来没有的东西，怎么会失落？再如王蒙谈到《红楼梦》的“虚无”时说，《红楼梦》中的“虚无”“是什么都有过了以后的无”⑤，其致思方式是一种逆向思维，都体现了王蒙“从反面琢磨道与理”⑥ 的思维特点。但是，也应看到，这种逆向式思维，一方面，容易收到奇效；另一方面，也容易招致误解。王蒙的一些说法如“无是最高境界的有”⑦“不奴隶，毋宁死”等之所以容易引发争议，与这种逆向式思维不无关系。

---

① 王蒙：《“空中百花园”直播记录》，《王蒙文存》第20卷，人民文学出版社2003年版，第41页。

② 王蒙：《蝴蝶为什么得意》，《王蒙文存》第21卷，人民文学出版社2003年版，第96—97页。

③ 王蒙：《王蒙自述：我的人生哲学》，人民文学出版社2003年版，第236页。

④ 王蒙：《老子的帮助》，华夏出版社2009年版，第237页。

⑤ 王蒙：《可能性与小说的追求》，《青岛海洋大学学报》2002年第3期。

⑥ 王蒙：《老子的帮助》，华夏出版社2009年版，第29页。

⑦ 同上书，第48页。

金庸曾说王蒙是“快乐的君子”①。然而，王蒙说自己曾经“是一个性格急躁敏感易怒的人”②，并为此从年轻时代就反复读《老子》《孟子》关于抱冲、养气的理论。从一个“急躁敏感易怒的人”到“快乐的君子”，王蒙的这种转变，得益于道家文化的滋养和调适。王蒙“亦官亦文、亦进亦退、亦庄亦谐、亦仕亦隐”③ 的文化人格，在其晚年实现了稳定和平衡，王蒙在这保持自我的平衡方面，老子、庄子都使王蒙受益匪浅，革命者的理想主义、积极进取精神，与道家的超越、实现了融合，革命知识分子心态与道家文化心态达到了某种奇妙的平衡，这是王蒙之为王蒙的关键。

二

梁实秋曾提出道家思想是中国文学“不健康的症结”④，然而，我们必须看到，道家文化构成了中国文学精神的一个源头，它孕育了中国文学的某种自由精神和超越意识。在中国知识分子的精神构成中，都能够或隐或显看到老庄的影子。具体到王蒙，老庄对其文艺思想的影响，是内在而深潜的。

道家文化对王蒙文艺思想的影响首先表现在主体意识方面。老子的“道”，由庄子予以艺术地呈现，庄子则把“道”某种程度地具象化、文学化了，因此，“道”到了庄子，即演变为一种主体精神。因此，道家哲学可以看作一种主体性哲学。《庄子》开篇即呈现出了一个巨大的充满了力量和主体感的形象：“北溟有鱼，其名为鲲。鲲之大，不知其几千里也。化而为鸟，其名为鹏。鹏之背，不知其几千里也。怒而飞，其翼若垂天之云。”王富仁指出：“《逍遥游》既是庄子哲学的自由论，又是庄子哲学的

---

① 《做“快乐的君子”——王蒙、金庸漫话人生》，《小说界》2004 年第 1 期。

② 王蒙：《王蒙自述：我的人生哲学》，人民文学出版社 2003 年版，第 138 页。

③ 郭宝亮：《艰难的建构——整合与超越》，温奉桥编《多维视野中的王蒙——第一届王蒙文学创作国际学术研讨会论文集》，中国海洋大学出版社 2004 年版，第 110 页。

④ 梁实秋：《梁实秋论文学》，台北时报出版公司 1978 年版，第 19 页。

主体论，讲的是主体的精神自由的问题。”[①]《齐物论》中“大泽焚而不能热，河汉冱而不能寒，疾雷破山、飘风振海而不能惊”的“至人”，以及“圣人”“真人”“神人”等，都是充满了主体感的形象，《庄子》中大量出现的诸如“逍遥”“游心”“天游”等，也是充满了主体感的概念。道家文化的“独与天地精神往来”，既是一种主体精神，也是一种自由精神，《庄子》中有很多关于自由创造的故事，如《庄子·田子方》：“宋元君将画图，众史皆至，受揖而立，舐笔和墨，在外者半。有一史后至者，儃儃然不趋，受揖不立，因之舍，公使人视之，则解衣般礴，裸。君曰：‘可矣，是真画者也。’”在庄子看来，只有实现心灵的自由，才能进入创造的境界。《庄子》中奇特而蓬勃的想象——其实是自由和创造精神的表现，深刻地影响了中国文学艺术精神，构建了中国作家深层审美文化心理，滋养了中国文学自由和想象的品格，也潜移默化为王蒙文艺思想中的主体性品格。

主体性即自由和创造的自觉精神，构成了王蒙文艺思想的灵魂，其精神资源之一是道家文化特别是庄子。构成王蒙文艺创新理论的“关键词”主要是一些充满了主体性的词语，如思索、探求、发现、发展、试验、创造、想象、感觉、虚构、情绪、趣味、触觉、触发、直觉、激情、燃烧、灵魂、倾吐、搏动、升华、精神活动、内心体验、艺术个性等。王蒙认为“文学的方式”，主要是指想象的方式、主观的方式、虚拟的方式。王蒙说，“作家即创造”[②]“作家的任务是创造”[③]。王蒙曾多次强调“创作是一种燃烧”“创作乃是心灵的搏动与倾吐”[④]。王蒙在这里所强调的实际就是创造主体的重要作用。王蒙说，“忽视创作主体的作用，就是忽视创作规律”，“没有创作主体的作用，就没有艺术的灵魂”，一切的文学艺术都是创作主体的“心智的伟大创造”，都是创作主体的激情的燃烧。王蒙警告

---

① 王富仁：《庄子的平等观（上）——庄子〈齐物论〉的哲学阐释》，《社会科学战线》2009年第6期。

② 王蒙：《我们的责任》，《王蒙文存》第19卷，人民文学出版社2003年版，第130页。

③ 王蒙：《论风格》，《王蒙文存》第21卷，人民文学出版社2003年版，第195页。

④ 王蒙：《我的几点感想》，《王蒙文存》第19卷，人民文学出版社2003年版，第227页。

切莫把生活和文学变成“互不贯通的死水两潭”[①]。那么，把生活和文学贯通起来的力量是什么呢？王蒙认为是作家的主体创造性。创造就是“从现实生活的记忆里，飞跃到想象的艺术的世界里”[②]，那么，如何才能完成这个“飞跃”过程呢？王蒙的回答是“精神的奔突”，特别是“大胆的、奇突奔放”的想象，以及激情和作家的“人格力量”。王蒙在谈论文学创作过程时，更喜欢使用的词语是灵感、热情、想象、趣味等，这其实就是文学的主体性、创造性表现的一个方面。

其次，与重视作家的主体性相联系，王蒙对文学的自由品格始终高度珍视，他认为“文学艺术是人类心灵追求自由的表现”[③]。自由和游戏是紧密相连的，道家文化的自由精神，产生了某种灵变气质和游戏精神。庄子自由的思想，影响了王蒙的文学功能观即对文学之游戏与趣味的重视。庄子喜欢用“游心”“游心于淡”“游心于无穷”“游心于物之初”等概念，其实这里指一种自由的状态。与儒家相比，道家体现了更多的游戏心态。“无用之用”的思想，衍变成了中国文学的一种游戏精神。《庄子》中的大量匪夷所思的寓言，本身充满了某种游戏性。庄子的“无用之用”为中国文学的游戏精神的产生提供了启发。“无用”着眼于文学的本质和特性的非实用性而言,“用”则强调了文学作用于人心、情感的一面，“用”以“无用”为前提和条件。王蒙曾指出“文学是有为的无为，无为的有为”[④]。他说：“文学本来就是心灵的游戏，当然不仅仅是心灵的游戏，但是，起码有一部分是心灵的游戏、文字的游戏。我希望我们和文学多一点游戏性，少一点情绪性或者表态性。”[⑤] 他甚至公开为“玩文学”的恶名做了“辩护”。

王蒙之所以为“玩文学”辩护，在于他看到了文学的另一面——“玩”的因素，也即庄子所说的“无用之用”。王蒙在《你为什么写作》

① 王蒙:《致习作者》,《王蒙文存》第21卷，人民文学出版社2003年版，第341页。

② 王蒙:《当你拿起笔……》,《王蒙文存》第21卷，人民文学出版社2003年版，第167页。

③ 王蒙:《我的几点感想》,《王蒙文存》第19卷，人民文学出版社2003年版，第226页。

④ 王蒙:《我的写作》,《王蒙文存》第21卷，人民文学出版社2003年版，第105页。

⑤ 王蒙:《清风·净土·喜悦》,《王蒙文存》第19卷，人民文学出版社2003年版，第301—303页。

中，列举了世界上许多大作家关于“为什么写作”的回答，从这些回答中，王蒙对如塞内加尔作家比拉戈·狄奥普的“主要还是为了个人消遣”、瑞士作家弗里施的“写作首先是为了游戏”的说法表示了某种认同甚至欣赏。他甚至认为文学是“梦的近邻”“文学不具备正面的可操作的行动特质”①，其对生活的作用是“曲折的”，是通过作用于读者的心灵和精神来实现的。王蒙曾提出“文学在本质上是业余的”② 观点，他认为文学的“业余”性主要表现在两个方面，即文学是人生的“副产品”，以及文学的非急功近利性，因此，王蒙把“非具体实用性”看作文学的一个核心特征。王蒙还极力恢复在当代文学中久已湮灭的趣味性。与文学史上许多谈“趣味”而色变的作家不同，王蒙把“趣味”看作人性之健康的表现：“趣味是一种对于人性的肯定与尊重，是对于此岸而不仅是终极的彼岸、对于人世间、对于生命的亲和与爱惜，是对于自己也对于他者的善意、和善、和平。趣味是一种活力，一种对活生生的人生与世界的兴趣、叫作津津有味，是一种美丽的光泽，是一种正常的生活欲望，是一种健康的身心状态。”③ 因此，他极力倡导文学的趣味性，认为“趣味是小说的一个重要的因素”④。

再次，道家文化影响了王蒙自然文学观的形成。道家文化所强调的“无为”“无智”“无欲”“无私”等，从根本而言即是“道法自然”思想，在老庄看来，自然是美的最高境界。《庄子·应帝王》中关于“混沌之死”的故事：“南海之帝为倏，北海之帝为忽，中央之帝为混沌。倏与忽时相与遇于混沌之地，混沌待之甚善。倏与忽谋报混沌之德，曰：‘人皆有七窍，以视听食息，此独无有，尝试凿之。’日凿一窍，七日而混沌死。”徐复观说：“庄子所把握的心，正是艺术的主体。庄子本无意于今日之所谓艺术，但顺庄子之心所流露而出者，自然是艺术精神，自然成就其艺术的

① 王蒙：《苏联文学的光明梦》，《王蒙文存》第21卷，人民文学出版社2003年版，第440页。

② 王蒙：《敞开心胸，欣赏与接纳大千世界》，《王蒙文存》第20卷，人民文学出版社2003年版，第121页。

③ 王蒙：《难得明白》，《王蒙文存》第17卷，人民文学出版社2003年版，第332页。

④ 王蒙：《漫话小说》，《王蒙文存》第21卷，人民文学出版社2003年版，第208页。

人生，也由此可以成就最高的艺术。”[1] 在道家看来，美的本质即是“法天贵真”，即自然，反之则是对美的破坏和毁灭，因此，道家文化反对一切雕琢、伪饰。

王蒙在文学上接受了道家“道法自然”的观念。王蒙在《文学三元》中坦称：文学是一种生命现象。所谓“生命现象”也即指文学是一种“自然”现象。王蒙反对创作中过分炫耀技巧的做法，对“吟安一个字，捻断数茎须”的“苦吟派”，王蒙并不欣赏，因为在他看来，这违背了文学的自然的原则，他主张的是“文无定法”“无法之法”[2]。王蒙曾多次说过，最好的技巧是无技巧，“最好的技巧和手法，应该是让读者和作者本人完全忘掉了世界上还有技巧和手法一说”。庄子之《庖丁解牛》，深刻论述了“道”与“技”的关系，对此王蒙深有体悟。王蒙说：

> 写文章，应该是有结构有起承转合而无定型、无定则、无安排巧思的任何痕迹的。文无定法，大匠运斤。……好的作品，其作者的感觉绝对不是自己怎么呕心沥血、惨淡经营，而是天假尔手，踏破铁鞋无觅处，得来全不费工夫。
>
> 好文章的力透纸背处也是见不到用力的姿态与斧凿的痕迹的。越是有经验的作家，越不会在要紧的地方拼命煽情、拱火、咬牙、谩骂、胳肢人以逗笑、糟践人以出气、哭天抹泪以求同情、大话连篇以壮声势。好的作家越到关键处越是写得相对平静和不动声色。[3]

在《致高行健》一文中，王蒙表达了他心目中文学的“最高境界”——无技巧境界。他说：

> 得心应手，行云流水，浑如天成，行于所当行，止于所不得不止，古今中外，融于一炉，笔走龙蛇，心生万象，既能忠于生活，又

---

① 徐复观：《中国艺术精神》，华东师范大学出版社2001年版，第42页。

② 王蒙：《倾听着生活的声息》，《王蒙文存》第21卷，人民文学出版社2003年版，第49页。

③ 王蒙：《老子的帮助》，华夏出版社2009年版，第279页。

能驰骋想象，“下笔如有神”，绝无任何斧凿、雕琢、为形式而形式、为技巧而技巧的痕迹。是谓“无技巧”的境界也。①

所谓“无技巧”就是自然，在王蒙看来，自然是文学的最高品格。“文学像生命一样，具有着孕育、出生、饥渴、消受、蓄积、活力、生长、发挥、兴奋、抑制、欢欣、痛苦、衰老、死亡的种种因子、种种特性、种种体验。”② 王蒙在许多文章中，喜欢用游刃有余、行云流水、妙手偶得、神来之笔等来描述创作的过程，这实际上也是文学的自然观。

最后，庄子之“齐物论”思想，也对王蒙文艺思想产生了影响。何谓“齐物”？“齐物”即是“天下莫大于秋毫之末，而太山为下；莫寿于殇子，而彭祖为夭。天地与我并生，而万物与我为一”。有的学者指出应看到其“双重性”：“它可以在泯灭是非中蜕化为庸人哲学，也可以在消解顽梗独断中赋予价值体系以开放性。”③ 在现代意义上“齐物”是一种价值观，即“万物本无差别”④，“‘齐物论’者平等也”⑤。虽然庄子的“齐物”主要指悟道的方法和途径，但是同时也包含了价值平等的观念和思想。王蒙正是从后者接受了庄子的“齐物”思想。“齐物”即王蒙所说的“价值民主”：“不轻言绝对的价值，更不能以一己的价值为天下法，并以之剪裁世界。”⑥ 庄子的“齐物论”促使王蒙形成了某种价值平等的自觉，他明确提出“承认价值标准的多元性与选择取向的多样性”，反对“定于一”，在艺术口味、艺术手法上，更是提倡“党同好异、党同喜异、党同求异”⑦。对“异”的尊重和认同，是王蒙思想的一大特点。王蒙把文学从一种平面式单维度的理解中解放出来，在文学家中和功能上，实现了庄子的“齐物”。

---

① 王蒙：《致高行健》，《王蒙文存》第22卷，人民文学出版社2003年版，第33—34页。
② 王蒙：《文学三元》，《王蒙文存》第23卷，人民文学出版社2003年版，第174—175页。
③ 杨义：《道家文化与中国现代文学》，《中国社会科学》1997年第2期。
④ 王蒙：《庄子的享受》，安徽教育出版社2010年版，第10页。
⑤ 章太炎：《国学概论》，曹聚仁整理，上海古籍出版社1997年版，第34页。
⑥ 王蒙：《王蒙自述：我的人生哲学》，人民文学出版社2003年版，第106页。
⑦ 王蒙：《倾听生活的声息》，《王蒙文存》第21卷，人民文学出版社2003年版，第46页。

三

作为小说家的王蒙和“作为小说家的庄周”有许多相似、相通之处，王蒙曾感叹：“陌生化即高度的创造性、奇异的想象力、与众不同的独特思路、取譬的广泛与不拘一格，创意的颠覆性乃至刺激性，这是作为小说家的庄周的不二特色。”[①] 道家文化在情感方式、文风、语言等方面影响了王蒙的创作。

庄子对王蒙文学创作的情感方式和审美品貌产生了潜移默化的影响。王蒙的小说创作，体现了一种“内倾型的思维图式”[②]，无论是情感基调还是思维模式、叙述语调，都呈现为内倾型特点，这在他的中短篇小说创作中表现得尤为明显。无论是20世纪80年代的中短篇小说创作还是后来的《歌声好像明媚的春光》《春堤六桥》，以及近几年的《秋之雾》《岑寂的花园》《太原》等，王蒙小说的语言是宣泄式、扩张性的，但其主导的情感基调和叙事风格却是内敛式、内倾性的。

我们习惯于某种简单化的思维方式如把王蒙的某些小说命名为“意识流”小说，其实，所谓“意识流”主要指的就是王蒙小说风格的内化倾向及直觉性思维，细究王蒙小说的这种情感方式和创作方法，其实并非出自西方文学，而是源于传统文学的暗示。与故事相比，王蒙更喜欢、更擅长的是一种感受、情致、氛围和意绪的营造，这与王蒙的性格有关，更与王蒙从庄子那里得到的某种启悟有关。王蒙的许多小说“来自一种说不清道不明的感觉”，“它传达的是一种作者本人也不甚了了的心灵的涟漪”[③]。王蒙曾明确地拒绝过“意识流”的帽子，并对评论界把他的80年代的某些小说归结为意识流而感到“悲哀”[④]。王蒙多次表示对心理学和当代外国文

① 王蒙：《庄子的享受》，安徽教育出版社、时代传媒股份有限公司2010年版，第363页。
② 吴士余：《中国文化与小说思维》，上海三联书店2000年版，第77页。
③ 王蒙：《大块文章》，花城出版社2007年版，第48页。
④ 王蒙：《倾听着生活的声息》，《王蒙文存》第21卷，人民文学出版社2003年版，第45页。

学是“外行”，对于意识流为何物更是“不甚了了”：“有人认为我是意识流专家，我从来是不敢当的。到现在为止，我对福克纳的作品只看过一篇，说实在话我也没有认真地去读过几本意识流的作品。”[①] 而在《小说的世界》中，王蒙更是否定与“现代派”的联系，他说：“现代主义的经典之作我一个也没有完整地看过，看不下去。”[②] 相反，王蒙曾多次提到李商隐的诗和《红楼梦》的“意识流的因素”[③]，“李贺、李商隐的诗就很有点意识流的味道，李白的《梦游天姥吟留别》也有意识流的味儿”[④]。如果往前追溯，道家特别是庄子，深刻地影响了中国文学的情感方式、思维方式，也影响到了王蒙小说的创作。此其一。

其二，王蒙从道家的“有”“无”“虚”“实”概念的辩证统一中，领悟了文章之道。《老子》第五章：“天地之间，其犹橐籥乎。虚而不屈，动而愈出。”第十一章：“三十辐共一毂，当其无，有车之用。埏埴以为器，当其无，有器之用。凿户牖以为室，当其无，有室之用。”再如《庄子·天地》关于“象罔”的寓言：“黄帝游乎赤水之北，登乎昆仑之丘而南望，还归，遗其玄珠。使知索之而不得，使离朱索之而不得，使吃诟索之而不得，乃使象罔，象罔得之。黄帝曰：‘异哉，象罔乃可以得之乎！’”都给了王蒙小说创作方面的启发，因为无论是老子还是庄子，这里所讲的其实就是“有”“无”“虚”“实”的关系问题，而这也是小说创作乃至结构的问题。

王蒙在一篇文章中曾批评当代文艺的“影结石”“文结石”现象，他说：“称颂或者暴露，讴歌或者鞭挞，赞美或者控诉，宣告或者声讨，迎合或者颠覆，煽情或者沉闷，大树特树或者深揭猛批……使某些已经浓得化也化不开的中国电影，更是生硬得成就了一个个死疙瘩，不妨戏称为‘影结石’‘文结石’。”[⑤] 王蒙所批评的“影结石”“文结石”，在一定意

① 王蒙：《漫谈小说创作》，《王蒙文存》第19卷，人民文学出版社2003年版，第89页。
② 王蒙：《小说的世界》，《王蒙文存》第19卷，人民文学出版社2003年版，第378—379页。
③ 王蒙：《倾听着生活的声息》，《王蒙文存》第21卷，人民文学出版社2003年版，第47页。
④ 王蒙：《对一些文学观念的探讨》，《王蒙文存》第23卷，人民文学出版社2003年版，第65页。
⑤ 王蒙：《伊朗印象》，山东友谊出版社2007年版，第162—163页。

义上是文学创作之“有”“无”“虚”“实”的关系问题。王蒙特别重视并强调小说的想象、感觉、情绪等因素，王蒙认为“文学的方式”主要是一种想象的方式，这些其实与现实性、故事性等拉开了距离，强调的即是文学的“无”和“虚”。王蒙对庄子之“无”“虚”的领悟，赋予王蒙创作一种开阔感、自由感和超越感。

其三，庄子影响了王蒙小说的语言和文体。王蒙对庄子怀有独特的喜爱之情，王蒙认为庄子是中国历史上的“不二奇才”，特别是对作为“文章家”的庄子，更是推崇之至，王蒙认为庄子的内心世界“堪称奇绝，纵横驰骋，流星满空，鲜花遍地，电光石火，波纹巨浪，高大卑微，智智愚愚，疯疯傻傻，大块噫气，野马尘埃，像风一样自由，像雾一样弥漫，像湖海一样茫茫，像高山一样耸立，像罔两一样模糊，像朝三暮四与朝四暮三一样狡猾，像混沌一样难得糊涂，翩若游龙，疾如闪电，奔如脱兔，巧若织锦，坠若天花，彩如云霞……”① 庄子是“想象力的巨匠”②，是“幻想家”③。王蒙对《庄子》更是“爱不释手”④。《庄子》汪洋恣肆的文风和奇诡超拔的想象力，整体上影响了王蒙重激情、重感觉、重文气的创作风格。王蒙深深佩服庄子的“思想、辞藻、幻想和感触”，说庄子“妙喻如星，念头如奇花异草”⑤ 王蒙曾感叹庄子“有着太多的文采感情”：“他写起来如山洪奔放，如油井喷涌，如电光石火，如机枪扫射，如大风起兮云飞扬，四方猛士兮全扫光，它抡得浑圆，夸张极致，溅射四面八方。他的文字如钱塘江涨潮，后浪前浪，你推我涌，浩浩荡荡，势不可当，它有一种将现有一切的期待淹没冲刷的辉煌与恐怖。”⑥ 并把喜欢庄子的最直接原因归结为其语言的吸引：“我喜欢庄子的原因是他的洒脱和语言上的造诣，包括他的那些比喻特别吸引人。”⑦ 鲁迅曾用“汪洋辟阖，仪态万方”

---

① 王蒙：《庄子的享受》，安徽教育出版社、时代传媒股份有限公司2010年版，第157页。
② 同上书，第6页。
③ 同上书，第13页。
④ 王培元：《“一个人远游”：王蒙小说的一个模式》，《当代作家评论》1995年第6期。
⑤ 王蒙：《庄子的享受》，安徽教育出版社、时代传媒股份有限公司2010年版，第246页。
⑥ 同上书，第247页。
⑦ 王蒙：《“空中百花园”直播记录》，《王蒙文存》第20卷，人民文学出版社2003年版，第41页。

来概括庄子的文风，王蒙则用“奇谲恣肆”①来形容庄子的文体。王蒙的小说特别是其长篇小说，那种汪洋恣肆的文风、排山倒海的气势、遣词造句的神异，都有庄子之风。甚至，王蒙的幽默也带有庄子的某些遗风，《庄子》中的许多寓言充满了智慧和幽默。早在20世纪80年代，王蒙就表达过他对幽默的理解，他认为幽默“所表达的是一种人生的智慧，是对许多事情的一种彻悟”②，许多人认为庄子太过狡猾、油滑，这与庄子的机智和幽默不无关系。林语堂在《论幽默》中说：“庄生可谓中国之幽默始祖。”《德充符》中的“丑人”如支离疏、申屠嘉、哀骀它等，都是极具幽默感的，他们的故事同样具有幽默感。

王蒙小说如《蝴蝶》《杂色》和《逍遥游》《鹰谷》等与庄子的联系是显而易见的③。《蝴蝶》《相见时难》《庭院深深》中引用《庄子》里的典故，王蒙的“玄思小说”更是处处透出庄子的意趣和神韵。《蝴蝶》描写主人公张思远在“文化大革命”中的经历时，直接化用了“庄生梦蝶”的故事。有的学者指出：“《蝴蝶》的成功、深刻之处，就在于它充满了庄子式的对比、反思及悖论。”④但《蝴蝶》中张思远的感受与“庄生梦蝶”并不相同。“庄生梦蝶”意旨在于突出“栩栩然”“蘧蘧然”的“自喻适志”的超然和自由的状态，而王蒙的《蝴蝶》则借主人公张思远一会张书记，一会老张头，一会张副部长的形象转换，既表达了“生命的飘忽与短暂”⑤的人生普遍性命题，更表达了许多当代中国特有的无奈和难以言传的况味。至于中篇小说《鹰谷》中对天山深处山峰和怪石的描写甚至其中的某些比喻句式与《庄子·齐物论》也极为相似⑥，从这些山水林木石花草的描写“能发现庄子的影响”⑦。其实，就大的方

① 王蒙：《庄子的享受》，安徽教育出版社、时代传媒股份有限公司2010年版，第267页。

② 王蒙：《创作是一种燃烧》，《王蒙文存》第21卷，人民文学出版社2003年版，第258页。

③ 如张啸虎：《王蒙与庄子》（《当代作家评论》1985年第3期）；时曙晖：《从〈杂色〉看庄子思想对王蒙的影响》（《伊犁师范学院学报》2006年第3期）；王培元：《“一个人远游”：王蒙小说的一个模式》（《当代作家评论》1995年第6期）。

④ 陈德宏：《庄子注王蒙——读〈庄子的享受〉断想》，温奉桥主编《老庄的流韵——王蒙与道家文化》，安徽教育出版社2011年版，第202页。

⑤ 王蒙：《庄子的享受》，安徽教育出版社、时代传媒股份有限公司2010年版，第362页。

⑥ 参阅张啸虎《王蒙与庄子》，《当代作家评论》1985年第3期。

⑦ 王蒙：《庄子的享受》，安徽教育出版社、时代传媒股份有限公司2010年版，第61页。

面而言，王蒙的《杂色》特别是主人公曹千里和他所乘的那匹外形丑陋、渺小如老鼠而内心充满了警觉和力量的杂色老马，似乎更体现了庄子的神韵，既体现了庄子“安时而处顺，哀乐不能入”的意境，又特别是符合《庄子》中那些外貌丑陋而道德高尚的审美取向①。从维熙在《走向混沌》中曾为“右派”王蒙描画了一幅“肖像”：“他似乎什么都知道，又好像什么都不知道；他貌似在合眼睡觉，其实在睁眼看着四周，与其说是他表现出不近人情的冷酷，不如说他对这个冷酷的世界有着相当的警觉。”② 王蒙的这幅“肖像”，颇为传神，在一定意义上，《杂色》中的老马、王蒙与庄子达到了合一。

王蒙在谈到中国诗词与中国文化关系时说：“中国的诗词是我们整个民族的精神大树，你的一首诗一首词只是这棵树上的一个叶子或者是一朵花或者是一个小枝，所以如果你不熟悉这棵大树，你写出来的东西和这棵大树就不匹配。”③ 王蒙与道家文化的关系，与之相似。“每一个民族都有自己的一些大师级的思想家、文学家，他们的思想与文学具有一种原创性，后人可以不断地向其反归、回省，不断地得到新的启示，激发出新的思考与创造。”④ 王蒙及其文学创作，体现了道家文化这棵“大树”在新的历史境遇下的新生机。

---

① 王培元：《“一个人远游”：王蒙小说的一个模式》，《当代作家评论》1995年第6期。

② 从维熙：《从维熙回忆录：走向混沌》，花城出版社2007年版，第42页。

③ 王蒙、叶嘉莹：《中国传统诗词的感悟》，中国海洋大学王蒙文学研究所编《王蒙研究》2005年10月号（总第3期）。

④ 钱理群：《鲁迅作品十五讲》，北京大学出版社2004年版，第1页。

昨夜西风凋碧树[①]

——论新中国成立后的丁玲

许多人谈起丁玲时，都喜欢引用瞿秋白的话："冰之是飞蛾扑火，非死不止。"然而，纵观丁玲的一生，这句话是不全面的；有时我们忍不住这样猜测，晚年的丁玲忆及瞿秋白这句话时会做何感想？仍然认同，还是已生反感？丁玲是高举着个性解放的旗帜走上文坛的，但从其后半生来看，至少从延安整风运动开始，丁玲已不再是"扑火"的"飞蛾"了。尤其是新中国成立之后，身为中国作协副主席、中宣部文艺处处长、文学讲习所所长的丁玲，已越来越少见早年大胆、泼辣与率真的激情。1957 年，丁玲虽然被打成"右派"，但主要是因为被怀疑有历史问题，并非因为有什么过激言论。特别值得注意的是，即使丁玲在经历了多年的屈辱，于 20 世纪 80 年代复出之后，仍被许多人称为"左派"。丁玲何以如此？内心深处隐藏着怎样的秘密呢？

一

1979 年 10 月，在第四次全国文代会上，当满脸刀刻般皱纹的丁玲走进会场时，全场爆发出长久、热烈的掌声，人们向这个历经磨难而终于得以复归文坛的老作家表示了热烈欢迎。然而，就是在这次会上，丁玲满怀

① 原载于杨守森主编《昨夜星辰昨夜风——中国当代著名作家的精神旅途》，河南人民出版社 2003 年版。

激情地发出了感谢党的心声。呼应丁玲的是，下面有人喊出了“红衣主教”的口号。实际上，不少人也许还没有注意到，就在这年“七一”前夕，尚未恢复党籍的丁玲，在被增补为全国政协委员之后，就以同样的感激之情，在《人民日报》发表了《“七·一”有感》。读到这篇文章的一些人，开始背后议论“丁玲死了”，并悄悄把“马列主义老太太”的帽子戴在了她的头上。对此，丁玲不可能一无所知。但对于人们的不满与非议，丁玲表现出了另一性质的倔强。在1980年7月召开的一次学术研讨会上，丁玲告诫作家：“不要跟着那些自诩为理论家的人跑……有时间不如多读几本马列主义的著作。”也是在这次会上，丁玲讲了这样一件事：“1954年，一位身居要位的领导人对我和周立波等人说：‘作家有什么了不起，党叫你当，你就是作家，党不叫你当，你什么也不是……我当时就想不清楚，后来才从实践中知道，真有这么回事。”① 1984年8月，中共中央发出了《关于丁玲同志恢复名誉的通知》，丁玲再次动情地写了一封呈给中央的信：“这真如一轮红日从浓雾中升起，阳光普照大地，我沐浴在明媚的春光中对党的感谢之情如热泉喷涌，我两手高举，仰望云天，满含热泪，高呼：‘党啊！母亲！你真伟大！’”② 此后，丁玲在许多场合都多次强调，自己“首先是个党员，后才是作家”，并明确把作家定义为“政治化了的人”，宣称“创作本身就是政治行为”。显然，正是与固守这样的信念有关，面对“文化大革命”结束之后蓬勃兴起的“伤痕”文学，丁玲并没有像当时许多人那样热情支持，而是指责“伤痕”文学“格调究竟过于低沉，哭哭啼啼，凄凄切切”，“令人心灰气馁，意志消沉，感到前途渺茫”，并表示“不打算写‘伤痕’作品”③。

对于自己原来的作品，丁玲亦进行了反思。她在延安时代写下的那篇《“三八节”有感》，本是闪烁着可贵的个性解放光彩的，新时期当人们重审历史，为其遭到批判愤愤不平时，丁玲本人则表示：“四十年之后，现在我重读它也还是认为有错误的。”为此，1985年香港三联书店出版的

① 丁玲：《作家是政治化了的人》，《丁玲选集》第3卷，四川人民出版社1984年版，第586页。
② 周良沛：《丁玲传》，北京十月文艺出版社1993年版，第806页。
③ 陈明：《丁玲在推迟手术的一年里》，《新文学史料》1991年第1期。

《中国现代作家选集·丁玲卷》拟收录这篇杂感时，丁玲表示坚决不同意。晚年的丁玲不再喜欢别人谈论她的《莎菲女士的日记》《在医院里》《我在霞村的时候》等作品，而是将她歌颂北大荒女模范的《杜晚香》视为自己最好的作品。充满讽刺意味的是，恰是这部丁玲自己称为“最好作品”的《杜晚香》最初发表时，却遭到了前所未有的“麻烦”——几家杂志社都让丁玲“改一改”，丁玲不得不一次次把《杜晚香》压在箱子最底下。

20 世纪 80 年代，丁玲对沈从文《记丁玲》一书的态度更是让人难以理解。1980 年，丁玲在一篇名为《也频与革命》的文章中，对沈从文的《记丁玲》进行了全面清算。在这篇文章中，丁玲毫不留情地指责《记丁玲》是“一部编得很拙劣的小说”，并对沈从文下了这样的断语：“类似的胡言乱语，连篇累牍不仅暴露了作者对革命的无知、无情，而且显示了作者是十分自得于自己对革命者的歪曲和嘲弄。”① 丁玲、沈从文这对共同走过几十年风雨的老朋友，终于在 80 年代走到了他们友谊的尽头。1982 年5 月，沈从文返归湘西，一天，他到张家界游玩，一位陪同人员讲，听说丁玲也想到张家界看看，沈从文一听，脸上的笑容立刻一扫而空，说不想提到她。②

丁玲的“正统化”不仅表现在与沈从文的关系上，也表现在与新时期许多中青年作家的精神隔膜上。丁玲多次表示对中青年作家各种风头正健的“表演”“上火”，对“了不得”的中青年作家“不服气”。在一次文艺座谈会上，丁玲就以前所未有的激烈态度，批评张贤亮的《绿化树》“太过分”，“使人感到是共产党把人变成了兽”；不仅如此，丁玲对 80 年代文坛上蓬勃兴起的“意识流”小说和“新潮”小说更是进行了严厉指责，甚至称那些写“意识流”小说的作家为“民族虚无主义者”③。丁玲不止一次地指斥发表新潮作品的刊物“尽发那些不三不四的东西”，说“新潮”小说是“胡编乱造”，并在讲话中多次指责 20 世纪 80 年代的文坛“自由主义泛滥”④。

① 丁玲：《也频与革命》，《诗刊》1980 年第 3 期。
② 西方氏：《十年等待——忆沈从文在张家界的日子》，《张家界》1992 年第 1 期。
③ 丁玲：《扎根在人民的土地上》，《丁玲文集》第 8 卷，湖南文艺出版社 1995 年版。
④ 丁玲：《增强党性，去掉邪气》，《我的生平和创作》，四川人民出版社 1982 年版，第 118 页。

二

是否可以这样说，从丁玲在新中国成立后特别是20世纪80年代复出后的言行来看，她已不再是“扑火”的“飞蛾”了，那个曾经“扑火”的“飞蛾”甚至已经成为后来丁玲思想中一缕极力想抹去而又无法抹去的心灵阴影。作为“扑火”“飞蛾”的丁玲，是“莎菲时代”的丁玲，是延安时期写《“三八节”有感》时的丁玲。而早在新中国成立之初，谈到自己的过去时，丁玲就曾决绝地宣称：“那是死了的丁玲的面子，我早已看见那具尸身漂过去了，我对那具死尸也是无情的，而且高兴它漂得远远的……”①丁玲决心告别自己的过去，这也就必然地包括了在她心目中属于过去那个时代的一切。她对老朋友沈从文的疏远，便是从这时开始的。当时，陷入“灵魂迷乱”中的沈从文去找丁玲，“从文原以为丁玲与他有多年友谊，能够推心置腹地对他说几句真心话，说明白人民政府的政策，向他交个底，让他放心。谁知道见了面，从文大失所望。他受到的是一种非同寻常的冷淡。站在他面前的已非昔日故旧，而是一个穿上人民解放军棉军装的俨然身居要津的人物”②。此时，在已成为革命阵营中胜利者的丁玲看来，不久之前被郭沫若斥为“桃红色”的“反动”作家沈从文，当然不再是无话不说的朋友了，对其表示冷淡也就在情理之中了。新中国成立后的丁玲，相当看重自己在新时代的政治形象。1952年初秋的一天中午，丁玲满面春风地从外面回到家，把黑皮手提包往沙发上一扔，站在房子中间高兴地说：“我今天在会上又受表扬啦，周扬同志说我工作有成绩，党性强。”③ 由此可见丁玲对自己政治形象的珍视。在后来的言行中，坚守党

① 陈徒手：《丁玲在北大荒的日子》，《人有病天知否》，人民文学出版社2000年版，第147页。

② 刘祖林：《忧伤的遐思——怀念沈从文》，《新文学史料》1991年第1期。

③ 蒋祖林：《回忆母亲丁玲——1957年前后》，牛汉、邓九平主编《原上草》，经济日报出版社1998年版，第344页。

性、维护自己的政治形象，正是丁玲考虑问题的重要出发点。

在这一点上，多年的“流囚”生活似乎并没有对丁玲产生任何影响。人们发现在重新活跃于文坛的丁玲身上，那原有的才华、热情、独立性格和自由追求等属于她自己的精神徽记更是难以见到了。她的发言和文章丧失了原有的批判力度和尖锐个性，变得机械了，充满了在延安时期曾被她讥讽为滥调的套话。人们禁不住要问，那个有着大胆的叛逆精神、敢于批判现实的丁玲，哪儿去了呢？

实际上，丁玲的真正变化是从延安时代开始的。1936年冬天，丁玲设法从国民党当局的软禁中逃了出来，到了革命圣地延安。毛泽东给予了她异乎寻常的热情礼遇。当时也在延安的美国人里夫在《女战士丁玲》一书中，对丁玲与毛泽东的关系做过如此生动的描述：“毛泽东坐在他们睡的土炕上同丁玲闲谈，背靠在墙上，一只脚就跨在炕沿上，不断地抽着烟，上天下地地乱扯，这情形就像是一家人吃了晚饭闲谈消遣，而毛泽东就像是一个家长……毛泽东似乎就是丁玲的父亲，而丁玲就是一个他喜欢的大女儿。”① 丁玲甚至可以对毛泽东开玩笑说，延安就像个“小朝廷”。1936年年底，在战争形势非常紧迫严峻的情况下，毛泽东甚至以他特有的诗人的浪漫方式以电报的形式，把他著名的《临江仙》拍送到在前线的丁玲手里，由此可见丁玲在毛泽东心目中的地位。在1942年的整风运动中，她那篇无意中流露出早年有过的“自由个性气质”的大胆针砭现实的《“三八节”有感》，虽曾与王实味的《野百合花》相提并论且曾招致毛泽东的不满，但王实味后来被枪毙了，而丁玲仍然被重用。这不能不令丁玲大为感激，从而使她更坚定地站到党和领袖的立场上看问题。

丁玲大概无论如何也没有想到，从1955年开始，她这样一位努力坚守党性的“红色作家”，身兼数职的文学界重要人物，一夜之间，会成为“反党集团”的“头目”并终于被打成“右派”开始了长期的流囚生涯。对此，丁玲当时就意识到：出面整她的是周扬，而真正决定惩处她的是毛泽东；没有毛主席的“御笔”，周扬他们是不敢整她的。事后周扬自己也

① 周良沛：《丁玲传》，北京十月文艺出版社1993年版，第366页。

说，批判丁玲、冯雪峰的斗争“是毛主席亲自抓的”。但丁玲更愿意相信这是因为党和毛泽东受了周扬等的蒙蔽。丁玲在给儿子的信中就曾谈道“现在社会上不乏贾雨村式的人物”，又谈道“人的忌妒心之可怕，出于这种阴暗心理，可以不择手段”①。明眼人一看就知道丁玲指的是周扬。1979年10月，全国第四次文代会之后，关于恢复丁玲党籍的报告送到了中央，胡乔木做了批示，要求把它送给当时主持丁玲一事的几位负责同志看看，林默涵、刘白羽都在这份报告上签了字，唯独周扬没有作声，没有表态；当丁玲的女儿蒋祖慧去见周扬，要求解决丁玲的问题时，周扬回答说，丁玲“40年的表现，可以除掉疑点，但不能排除污点”。所有这些，自然也进一步加强了丁玲对周扬的恶感。所以，平反复出之后，在满怀激情地表示感谢党的同时，丁玲又公开宣称，对于周扬“我不饶恕。我永远都不饶恕，直到我死去那一天”。

与周扬之间的历史积怨，对丁玲晚年心态的影响是深刻的，周扬抓住丁玲的历史“污点”不放，这是丁玲最不可容忍的。此外，新时期的周扬，已经举起了思想解放的大旗，正在为新时期文学鸣锣开道，俨然已成为新的文坛领袖。按当时另外一些人的观念，这时的周扬，倒是显得有点儿“叛逆”意味了。比如丁玲关于“文艺与政治关系”的讲话，就明显是针对周扬的，是故意与周扬唱反调。丁玲这样一种自证清白的动机，以及与周扬“对着干”的情绪，实际上已不自觉地将自己置于一个相当尴尬的位置上。同时，也模糊了丁玲观察现实的眼光，影响了她对历史的反思。

此外，联系到丁玲的个人经历，我们可以发现，丁玲独立个性丧失的另一重要原因是心有余悸。当年《“三八节”有感》遭到批判之后，虽然很快得以解脱，但毕竟一度令她惊恐不安，而且，又正是《“三八节”有感》，给周扬等留下了自己难以言辩的把柄，一个曾被说成“屡教不改的反党分子”“以革命者的姿态写反革命的文章”② 的历史罪证。1957年，《人民日报》重新发表了这篇文章，进行了“再批判”。这样一篇不过是讲

① 蒋祖林：《回忆母亲丁玲——1957年前后》，牛汉、邓九平主编《原上草》，经济日报出版社1998年版，第336页。

② 1958年1月26日《文艺报》编者按语。

了点真话的文章竟屡遭批判，对丁玲的影响无疑是深远的。后来的丁玲，似乎一直未能走出由此而造成的心理恐惧的阴影，直到1998年，丁玲仍在日记中写道：文章要写得深刻一些，生活化些，就将得罪一批人，中国实在还未能有此自由。正是这篇《“三八节”有感》使我受几十年的苦楚。[①] 1980年，丁玲在给友人的信中这样说过：“难道二十多年还不能有点经验教训？不学一点乖吗？”从她复出之后特别推崇《杜晚香》可以看出，丁玲是要尽力“学一点乖”了。丁玲决定把《杜晚香》作为自己重回文坛的亮相之作，显然是经过左思右想、反复掂量的，对于这部作品，她自己最后的判断是：“不论将来政局发生什么变化，《杜晚香》这样的主题精神是不会遭到非难的，所以，她将它作为复出文坛的首篇作品与读者见面。”[②] 丁玲原有个性的丧失，与这样一种谨慎心态，显然也是有关系的。

在20世纪的中国文学史上，丁玲曾经是一个时代的弄潮儿，曾经无所顾忌地发出过追求个性自由的时代强音，但后来的丁玲，特别是80年代之后复出中国文坛的丁玲，已经判若两人了。她不再是一个独具个性的惊世骇俗的叛逆者，而是成为一个“马列主义老太太”了。综上所述可以看出，丁玲的变化，其中心理原因是复杂的，既有源于对党与事业的赤诚，又隐含着得之于历史“经验教训”的“乖”；既有自证历史清白的动机，又有不无故意与周扬“对着干”“唱反调”的偏激情绪。

三

一个人，深入骨髓的东西有时是很难彻底排除的。丁玲毕竟是写过《莎菲女士的日记》，沐浴着五四时代精神走上文坛的作家，因此，即使在她晚年的“正统化”的外表下，仍然不时散发出五四精神的光芒。20世纪80年代以后，在一些文章中，不止一个人写到了“复出”之后的丁玲的眼

---

① 丁玲1978年10月8日日记。见《丁玲文集》第8卷，湖南文艺出版社1995年版。

② 张永泉：《走不出的怪圈——丁玲晚年心态探析》，《华北水利水电学院学报》1999年第1期。

神。1979 年，白夜在一篇采访录中写道，她“眼仁中还凝聚着明亮的光芒”①。1979 年 10 月，美国作家李黎也写到了丁玲“赤子的眼神”：“那双圆而亮，爽朗而清澈的眼神，超越了空间与岁月，一切的颠沛与磨难，都没有写在那双眼睛里。那是一池不干涸的活水，几十年的春夏秋冬和风霜雨雪来而复去，依然还是那一潭天光云影。”② 80 年代初期，丁玲与别人谈起在延安编辑《红色中华》副刊和《解放日报》文艺版的情景时，“老人的眼睛，蓦地亮起来，好似一束阳光透进了深潭之中”③。周良沛在《丁玲传》中，也曾这样写道：“老太太多年的风风雨雨，处理事情自有她的艺术，可她那作家纯真的天真占上风时，办起具体的事来也是不多顾忌的。”④ 正是在丁玲晚年那双仍然“圆而亮”的眼睛中，在那有时可见的“纯真的天真”中，我们仍能窥见那个热情大胆，有着叛逆性格的丁玲的影子，使我们想起那个曾是“五四”女儿的丁玲。

1980 年，在党中央还未对瞿秋白平反的情况下，丁玲写出了她的长篇怀念散文《我所认识的瞿秋白同志》。文章说，重读瞿秋白的《多余的话》，“非常难过，非常同情他，非常理解他，尊重他那坦荡的胸怀”，并称瞿秋白是“大勇者”和“真正的布尔塞维克”⑤。对瞿秋白的文人情怀给予了充分的理解。瞿秋白是中共党史上的一位重要人物，也是丁玲 20 世纪二三十年代的好友。然而瞿秋白就义前在狱中写的《多余的话》，却长期遭到误解，特别是其中的“当中国共产党的领袖确实是一个历史的误会”，“捉住老鸦在树上做窝”之类的话，以及文中流露出来的“一场噩梦”般的疲惫伤感情绪，更被认为是瞿秋白“变节”的“铁证”。丁玲的怀念文章，在当时是需要勇气与胆识的。

晚年的丁玲有时甚至表现得相当率直。80 年代中期在一次为短篇小说评奖做准备而召开的《人民文学》编委会上，一位老大姐作家根据当时的

---

① 白夜：《当过记者的丁玲》，袁良骏编《丁玲研究资料》，天津人民出版社 1982 年版，第 58 页。

② 宗诚：《风雨人生——丁玲传》，中国文联出版公司 1998 年版，第 276 页。

③ 赵浩生：《周扬笑谈历史功过》，《新文学史料》1979 年第 3 期。

④ 周良沛：《丁玲传》，北京十月文艺出版社 1993 年版，第 790 页。

⑤ 丁玲：《我所认识的瞿秋白》，《丁玲选集》第 3 卷，四川人民出版社 1984 年版，第 265 页。

形势特别强调要严格要求作品的思想性，话还没说完，丁玲就以不容置疑的口气说："什么思想性，当然是首先考虑艺术性。小说是艺术品，当然先要看艺术性……"丁玲在给青年作家学员讲话时，更是语出惊人"什么思想解放？我们那个时候，谁和谁相好，搬到一起住就是，哪里像到现在这样麻烦？"① 还有一次，几个大学讨论"两个口号论争"，夏衍、李何林、沙汀等参加，按原定计划沙汀发言之后，是李何林发言，但沙汀发完言后北大党委的某领导却宣布散会，实际上剥夺了李何林的发言权。谁都知道，李何林与夏衍、沙汀等是有不同意见的。丁玲听说后，咬着嘴唇闷了一阵后，气愤地说："《儒林外史》里的人物，比起这些事来算什么呀，真该有人写部现在的文坛丑史！"② 在列席参加中国共产党十二大会议上，她质疑说，党在人民群众心目中的形象，一天比一天坏，为什么我们共产党却鼓励人、强迫人说假话？致使编辑会议简报的人十分为难，不知是否把这些带"刺"的话写到简报上去。这些锋芒毕露的话，又几乎叫人难以置信竟出自晚年的丁玲之口。

在20世纪80年代中期创办并主编《中国》期间，更是相当集中地体现了丁玲固有的人格。作为主编，丁玲多次强调，《中国》没有"门户之见"，可以"容纳不同的风格流派，给在艺术上有所创新，在思想上有所创见的作品留出很大的篇幅"，"要注意多发一些在复杂的情况下还不能冒尖的新人新作品"，"不提倡的，有时也要允许存在，给它一定的生存空间"③。这种办刊方针显示了丁玲的独立意识和创新勇气。作家白桦当时因为创作《苦恋》受到批判，一般刊物都不敢发表他的作品，《中国》却顶住压力，发表了他的《秋天回旋曲》。丁玲虽批评过"新潮"小说，却在自己主编的《中国》上发表过庞天舒、王家斌、迟子建、残雪等一批"新潮"作家的作品。此外，《中国》还大胆地发表了遇罗锦、刘晓波、北岛等被认为"倾向不太好"的作品，因此当时中国作协的某领导人认为

① 王蒙：《我心目中的丁玲》，牛汉、邓九平主编《原上草》，经济日报出版社1998年版，第382页。

② 周良沛：《丁玲传》，北京十月文艺出版社1993年版，第796页。

③ 杨桂欣编：《观察丁玲》，大众文艺出版社2001年版，第340页。

“《中国》办得很糟”。

丁玲，就是这样一位20世纪文学史上少有的复杂人物。她一度大呼猛进，驰骋于历史的长河。后来她自觉不自觉地禁锢了自己的个性，却又于潜意识中不甘于禁锢，而希冀着新的挣脱。丁玲似乎无法承受这复杂的重负，这位曾被毛泽东誉为“昨日文小姐，今日武将军”的作家，于生命的晚年，终于深深地体味到了一种难言的无奈与虚空，进入了一种看破红尘的境界。她曾多次说过“过去的事情是空，是无”。1985年五六月间在给孙犁的一封信中，曾流露出了“真的想出家”的伤感情绪。在她生命垂危之际，她甚至说过死后会成佛的话。

丁玲的一生曾被历史与她的时代贴上过多种标签：“莎菲女士”“叛徒”“反党集团的头目”“右派”“马列主义老太太”，而所有这些标签，显然都是对于一个完整而又复杂的人格的粗暴撕裂。任何人都无法超越历史，都是历史的产物，人的自我，也只能在历史中完成。我们只有走进浑然的历史，走进人的复杂的心灵世界，才能更好地认识丁玲、理解丁玲、评价丁玲。

一条离开河流的鱼[①]

——论新中国成立后的赵树理

“农民作家”赵树理在延安时期即获得了巨大成功，他的作品在那个特殊的战争年代曾产生了广泛而深远的影响，他也因之被誉为文坛的“铁笔”“圣手”。而新中国成立后，他的创作却处于迟缓状态，究其深层原因，是赵树理的创作心态发生了变化。新中国成立前，赵树理创作心态轻松、自由，他的思想与时代精神合拍，他尽情讴歌那个伟大的时代，批判与时代精神不相适宜的落后观念。而新中国成立后，极“左”思潮泛滥，他的创作心灵空间时时受到各种人为“套套”的拘囿，感到“压力”重重，很多时候处于一种想写而又不能写的尴尬境地，心情极为复杂、矛盾和痛苦。

一

1949年年初，赵树理离开了生活多年的农村，随着浩浩荡荡的人民解放军队伍“进城”了。

在这之前，赵树理的《小二黑结婚》《李有才板话》等，由于最具代

---

① 原载于杨守森主编《昨夜星辰昨夜风——中国当代著名作家的精神旅途》，河南人民出版社2003年版。原题为《恂恂如农村老夫子》。

表性地反映了中国农村的变革，被誉为那个时代的“纪念碑”；赵树理也因为是“第一个实践了毛泽东同志的文艺方向的人”，被周扬誉为“具有新颖独特的大众风格的人民艺术家”[①]，成为当时中国作家“最有声望的人物之一”。甚至美国记者杰克·贝尔登在他著名的《震撼世界的中国》一书中，称赵树理是“共产党地区除了毛泽东、朱德之外最出名的人”[②]。事实上，早在1947年，晋冀鲁豫边区文联就号召作家们“向赵树理的方向大踏步前进”[③]。“地摊文学家”赵树理，成了新中国成立初期文艺界的“旗帜”和“方向”，是文坛上的“明星”人物，文坛也对他表示了“极大的推崇和尊敬”。

然而，进城后的赵树理很快就有了一种被“展览”的感觉，正如他的好友孙犁所说的一样，“他有些不适应”[④]，他经常情不自禁地回忆起在抗日根据地时，那些以诚相待、淳朴无私的农民朋友和那无忧无虑、轻松愉快的生活。赵树理就像一株从山地和旷野中移到城市里的花木，他当年开放的花朵，颜色就有些渐渐地黯淡了下来。赵树理没能和他的同事们一样很快进入“角色”，然而，正如周扬所说，赵树理“懂世故”，面对新中国成立之初复杂多变的政治斗争形势，他感到“太行老区经验在北京用不上”，他变得谨小慎微，兢兢业业，唯恐有什么过失，引来灾难。然而，即便如此，赵树理也很快听到了人们对他作品的“异议”声。

首先是石家庄一家印刷厂的一个排字工人，在读了赵树理的《邪不压正》后，给《人民日报》写信，“要求”赵树理描写工人的生活。不久，上级领导也要求赵树理将创作题材由农村转移到工厂来。离开了农村、农民的赵树理，面对完全陌生的城市生活，第一次有了无所适从的惶惑不安。最后，他不得不跑到北京的一家生产喷雾器的小工厂去“体验生活”。

---

① 周扬：《论赵树理的创作》，黄修己编《赵树理研究资料》，北岳文艺出版社1985年版，第177页。

② ［美］杰克·贝尔登：《赵树理》，黄修己编《赵树理研究资料》，北岳文艺出版社1985年版，第32页。

③ 陈荒煤：《向赵树理方向迈进》，黄修己编《赵树理研究资料》，北岳文艺出版社1985年版，第201页。

④ 孙犁：《谈赵树理》，高捷编《回忆赵树理》，山西人民出版社1985年版，第34页。

但他很快就发现，原来在农村的那一套，根本就用不上，连一个与工人聊天的机会都找不到，更不用说深入生活了。结果，“住了一个月，毫无收获”，赵树理陷入了百无聊赖而又“无路可走”的窘境，心情郁闷的赵树理，常常到附近的天桥去闲逛，一逛就是一整天。

对赵树理影响更大的是发生在《说说唱唱》上的一件事。新中国成立后，赵树理曾任北京大众文艺创作研究会主席，并担任《说说唱唱》主编。《说说唱唱》创刊不久，收到一篇署名孟淑池的小说《金锁》。赵树理认为，《金锁》虽存在一些缺陷，但作者“真正了解未解放前的农村”，小说写出了“革命势力来到之前自然状态下的农村”①，便决定在《说说唱唱》三、四期上发表。然而，出乎赵树理意料的是，《金锁》给他和《说说唱唱》带来了无尽的“麻烦”。赵树理很快就收到了读者对《金锁》的“意见”：“人物不真实，侮辱了劳动人民”，有人甚至在《文艺报》上著文说，这篇小说“看不出对地主有什么憎恨，有的只是对地主的羡慕”②，甚至一个“非常愤怒”的青年，“要提出严重的抗议”。赵树理第一次尝到了他后来一再说的“压力”的滋味。赵树理和他领导的大众文艺创作研究会，不得不开了三次讨论会，把《金锁》“逐字逐句检查了一番”，赵树理在不得不做检讨的同时，适当为《金锁》做了一点“辩解”，但这一“辩解”很快又招来了更大权威的更严厉指责：态度不好。赵树理不得不接二连三地在《人民日报》《文艺报》上“再检讨”，并承认为《金锁》辩护，是因为自己思想上有一个“熟悉农村的包袱”。1950 年《说说唱唱》第 6 期发表了《半年来编辑工作的检讨》，并附载了赵树理的《〈金锁〉发表前后》和《对〈金锁〉问题的在检讨》两篇文章。几乎与此同时，有人对赵树理的大众文艺创作研究会的工作，也提出了尖刻的批评：“不能更好地与当前的工作重点结合，对北京市的建设配合不够，反映工人的不多，思想性不强，缺乏生活，挖掘不到问题的本质，写不出人物。”③ 然而，事情并没有结束，不久，赵树理就由《说说唱唱》的主编降为副主编，并不得不在

① 赵树理：《赵树理文集》（第 4 卷），工人出版社 1980 年版，第 1417 页。

② 邓友梅：《评〈金锁〉》，《文艺报》第 2 卷第 5 期。

③ 坪生：《北京大众文艺创作研究会半年来工作情况》，《文艺报》第 2 卷第 5 期。

1952年1月号的《说说唱唱》上发表《我与〈说说唱唱〉》一文，检查自己主编《说说唱唱》两年来所犯的“错误”，赵树理原来创作上的“三件宝”，现在都无一例外地成了他的“负担”。

1953年9月，全国第二次文代会召开。赵树理这位新中国成立初期文艺界的“明星”此时已黯淡无光了，几个重要的报告再也见不到赵树理的名字，距把赵树理称为文艺界“方向”的第一次文代会，仅四年之久。在这次文代会上，中国作协主席茅盾对赵树理提出的要与农民“共事”的理论提出了批评。在这之后的1956年召开的中国作协第二次理事会扩大会议上，刘少奇再一次批评了“只懂得关于百姓的一点东西，不知道世界知识”的“土作家”①。明眼人都知道，赵树理就是这“土作家”中最“土”的一个。时隔半年，毛泽东又在一次谈话中，把只懂中国不知外国的人称为“半瓶醋”，说“半瓶醋是不行的”。

任何作家都属于特定的时代，赵树理的时代已经过去。然而，他那根深蒂固的“农民意识”和“地摊文学家”的“执拗劲”，正日益使赵树理陷于左右失据的尴尬境地。新中国成立初期，当时主管全国意识形态的胡乔木就曾指出，赵树理的东西“不大（没有接触重大题材），不深，写不出振奋人心的作品来”②。1951年年初，赵树理在胡乔木的安排下，调往中宣部，“尽心读书”，给思想“整流”“充电”。胡乔木并亲自给赵树理选定了包括契诃夫、屠格涅夫在内的外国作家作品，以及《新民主主义论》《在延安文艺座谈会上的讲话》等书目。然而，据当时与赵树理对门而居的严文井讲，他们两人几乎天天都在辩论中外文学的优劣。

赵树理就像是一条离开了河流的鱼，再也找不到原来的那种自由自在的感觉了。正如孙犁所说，新中国成立后赵树理的创作，迟缓了，拘谨了，慎重了，因此，也失去了当年的幽默泼辣的气象。1960年，赵树理创作了当时得到许多人称誉的《套不住的手》，但在这篇小说中，赵树理原来的那种明朗的风格已荡然无存，我们已见不到赵树理最擅长的故事了，

① 刘少奇：《关于作家的修养等问题》，《文艺研究》1980年第3期。

② 董大中编：《赵树理年谱》，山西人民出版社1982年版，第104页。

老舍当时就敏锐地指出，这篇小说“不像赵树理同志以往文章那么有趣”，而是处处体现出一种“控制”、一种拘谨和一种小心翼翼的无奈。赵树理在他晚年《回顾历史认识自己》长文中，对1958年之后的创作“总结”道：《锻炼锻炼》是“半自动写的”；《灵泉洞》上半部“是响应‘大跃进’号召（每个作家都写）写的”；《老定额》是“半自动写的”；《互作鉴定》，是“半自动写的”；《套不住的手》，是《人民文学》“动员”写的；《张来兴》，是“林默涵同志要我写的”；《杨老太爷》，是《解放军文艺》“动员”写的，“半自动写的”；《卖烟叶》，是“半自动写的”[①]。新中国成立后不久，赵树理已几乎完全丧失了创作热情，创作也由原来的“得心应手，左右逢源”，变为“处处棘手，左右为难”了，赵树理曾把新中国成立后的创作称为“应差拉夫”。其实，早在20世纪50年代初期，赵树理就直言说，自己对写作的兴趣“逐渐减低”，并有一种“不敢下笔”的顾虑。不仅如此，新中国成立后，赵树理的创作实际上已处于动辄得咎的境地，几乎每一部作品都遭到了来自各方面的一片责问声。最初，当赵树理把曾被认为是“一章历史，一面镜子”的《传家宝》作为见面礼献给新中国文坛的时候，立即就有一个读者“提意见”，责问赵树理，为什么没给李成娘指出一条出路；《三里湾》出版不久，有个读者就质问，为什么没写地主捣乱；1958年，《火花》杂志发表了《锻炼锻炼》，一篇署名武养的文章《一篇歪曲现实的小说——〈锻炼锻炼〉读后感》，便很快在《文艺报》上发表了。之后创作的《实干家潘永福》被称为“攻击、影射党”，“宣扬反党的顶风精神”；《张来兴》是“借炊事员之口骂党”；《互作鉴定》被指斥为“辱骂党的领导”。其实，赵树理曾不止一次地说，“有压力，来自社会，来自批评界”[②]，并感叹自己的创作面临着“从此停止”的危险。有一段时期，赵树理除了每天接受批判外，几乎无事可做，他甚至多次向作协领导人刘白羽、张光年等表示，他想下去搞农业。据康濯的夫人王勉思回忆，当时中东局势动乱，赵树理常唠叨说，还不如出去打游

---

① 赵树理：《赵树理文集》（第4卷），工人出版社1980年版，第1833页。

② 黎之：《文坛风云录》，河南人民出版社1998年版，第82页。

击，去支援世界革命。到了“文化大革命”前后，赵树理几乎完全停止了创作，他每天的“工作”，除了去看大字报，就是听那些学《毛泽东选集》的青年人“灵魂深处爆发革命”的“训示”。一次，在他读了红极一时的《欧阳海之歌》后，老老实实地说：“这些新人新书给我的启发是，我已经了解不了新人，再也没有从事写作的资格了”。新中国成立之初，赵树理虽然不时地受到批判，但尚能写作，并不断有作品问世；到了60年代，赵树理几乎就只能下下乡、改改戏了；“文化大革命”前后，赵树理已是“无乡可下，无戏可改”了。“农民作家”赵树理已走完了他的时代。

二

赵树理永远属于农村，属于农民。赵树理曾戏称自己是家庭农业大学毕业。在中国作家中，还没有一个人像赵树理那样，真正了解农村，热爱农民，并最出色地表现了一个时代的农民。据康濯回忆，进城以后，赵树理几乎任何事情都要联系到农民头上，买一块表，他默算一下，说“够农民买五头驴呢，这是五驴表”；一本小说拿了稿费，他也要算够不够买抽水机。丁宁讲过这样一个故事，有一年夏天，作协党组书记邵荃麟正主持一个会议，突然天空乌云密布，接着冰雹就乒乒乓乓地敲打着玻璃窗，当时正是麦收季节，赵树理立即从座位上不安地站起来，走到窗前，望着天空，口中念念有词：“老天爷胡闹……”邵荃麟正在专注地慢条斯理地讲话，根本没注意到天气的变化和赵树理的表情，突然发现赵树理站在那里，以为老赵听得不耐烦了，便说，“老赵，你坐下说说吧”，那老赵竟倔抖抖地来了一句：“该死！”邵荃麟惊住了，问怎么回事，老赵转过身，指了指天说“麦子完了”①。胡青也说过，赵树理“一身农民气质由始至终都没有变”②。新中国成立后，赵树理这种对农民执着的情感和固执的性格，

---

① 丁宁：《大树必将成林——回忆赵树理同志》，高捷编《回忆赵树理》，山西人民出版社1985年版，第151页。

② 胡青：《老舍和赵树理》，高捷编《回忆赵树理》，山西人民出版社1985年版，第97页。

已成为了赵树理的一种“负担”，这种与土地、农民的血肉情感，注定了新中国成立后赵树理的独特命运。

1956年第1号《文艺报》，刊登了一幅由丁聪等人创作的漫画《万象更新图》，图中赵树理、马烽、沙汀、魏金枝等坐着年轻车把式刘绍棠赶着的胶轮大车，走在乡间路上。事实上，赵树理已很难再以平静的心情走在乡间的路上了。对农村实际生活的了解，使赵树理深深地陷入了对农村、农民的忧虑中。

康濯曾说，他对赵树理有个鲜明的感觉，“他把农村实在已提到了第一等最重大的随时随地都无微不至地关心的位置上”。赵树理的女儿赵广建回忆，有一次，她对爸爸的笔记本禁不住好奇，“想看一看一个作家的笔记”，结果，里面记录的全是“返销粮：指标到户，分期付粮，凭证领粮……管好储备粮，要先备种子……”① 之类的话。赵树理曾不止一次地说过，只要能使每亩地多打30斤粮食，他宁愿领导农业生产而不当这个作家。一个生产队的一口井打不出水来，他竟急得吃不下饭。但赵树理这种对农民的深厚情感，已不自觉地将自己置于一种非常矛盾而又危险的境况之中。

有位熟悉赵树理的人曾这样评价，老赵在农业初级合作化时期是积极的、卖命的、热情的，高级化时期他就好提意见，到了人民公社化时期，他就老是沉默不言了，于是就认真地向中央提出他的建议——“万言书”了。戴光中在《赵树理传》中，记录了这样一个故事：1951年秋天，中共中央在华北召开农业合作化问题会议，毛泽东对主持会议的陈伯达说：“一定要请赵树理同志参加会议，别的人缺一个两个不要紧，赵树理可千万不能少。他最深入基层，最了解农民，最能反映农民的愿望。”然而，就是在这次会议上，赵树理“大唱反调”：“石（实）打石（实）地说，老百姓有了土地翻了身，真心感谢救星共产党，但并不愿意急着交出土地走合作化道路，都愿意一家一户，吃吃劲劲，自自在在地好好干几年，再

① 赵广建：《回忆我的父亲赵树理》，《中国当代文学研究资料·赵树理专集》，福建人民出版社1981年版，第87页。

走集体化道路。”① 虽然赵树理在现实生活中，不止一次尖锐批评过农业合作化种种“瞎指挥”“共产风”，一次下乡时，他甚至拍着桌子，指着县委书记的鼻子，怒斥瞎指挥是“不顾农民的死活的瞎闹，简直是国民党作风”。但是在《三里湾》中，他还是热情讴歌了农业合作化道路。1958 年 2 月 18 日《人民日报》上，他更是发表了《“春”在农村的变化》一诗，为当时正在全国轰轰烈烈展开的农业合作化运动热烈欢呼。但同时赵树理也发现，他的许多不同意见已经不能公开发表了，这个曾自称“通天彻地而又无固定岗位”，最宜于充当向上反映情况的角色，此时只能选择中国传统文人的方式——“上书”——来表达他的意见了。

1959 年 4 月，全国人大会议期间，陈伯达请赵树理为刚创刊的《红旗》杂志“写小说”，时隔不久，赵树理寄给陈伯达的却是一篇后来震惊全国文艺界同时也给赵树理本人带来无数厄运的“万言书”——《公社应该如何领导农业生产之我见》。赵树理将“万言书”寄给《红旗》杂志的同时，附了两封写给中央领导人的信，信中赵树理谈到了写“万言书”的心情：“因为要避免批评领导的口气，曾换过四五次写法……即使如此，这文章仍与现行的领导方法是抵触的，我估计不便发表。”又说，面对农村存在的严重脱离实际的瞎指挥，“我不但写不成小说，也找不到点对国计民生有补的事，因此我才把写小说的主意打消来把我在农业方面（现阶段）的一些体会写成了意见书式的文章寄给你”。不久，赵树理的“万言书”，就与庐山会议上彭德怀的“万言书”一起，被称为反党“姐妹篇”。历史有时也开玩笑，十几年前，赵树理的《小二黑结婚》在太行解放区被讥为“长在野地里的豆芽菜”无处发表时，就是这位彭大将军亲笔题了“像这种从群众调查研究中写出来的通俗故事还不多见”的批示，才得以出版。现在，俩人又出于敢为人民“鼓”与“呼”的精神，不约而同地写了“万言书”，成了“反党分子”。

其实，早在“万言书”之前，赵树理就通过各种渠道反映他对当时农村情况的看法。1956 年，他在给山西长治地委负责人的信中指出：“农业

① 戴光中：《赵树理传》，北京十月文艺出版社 1987 年版，第 287 页。

社发生的问题，严重的十分惊人……试想，高级化了，进入社会主义了，反而使多数人缺粮、缺草、缺钱、缺煤，烂了粮、荒了地，如何能使群众热爱社会主义呢？生活比前几年困难得多，如何能使群众感到生产的兴趣呢?”① 当时许多人都对赵树理这种“大唱反调”的做法不理解，甚至称他“神经病”。“万言书”寄给《红旗》后，一位编辑就曾在来稿处理单上写上了这样的话：“我觉得这篇文章中的一些观点很怪，有的甚至很荒谬。”② 赵树理已经陷入了深刻矛盾之中，并且，他在农村待得越久，这种矛盾心情就越重。有一次，赵树理在听了庐山会议精神传达后对邵荃麟说，他不敢看彭德怀给主席的信，“怕引起共鸣”。本来，赵树理“下乡”是带着“反映大跃进和人民公社带给农村的巨大变化”的创作任务而来的，结果，他在农村的所见所闻，令他困惑不已，迟迟不能动笔，在给当时中国作协党组书记邵荃麟的信中，表露了他的矛盾心情：“目前的生产任务虽然也按时进行着，但因为新的制度、新的生产方式不够健全，干部和群众对它不够熟悉，所以群众生产的积极性不像我们理想的那样高，不合乎更大更全面的跃进精神……及时把这些情况反映在文艺作品中，我以为还不是时候，因为公社的主要优越性还没有发挥出来，在工作中也没有发现先进的、成功的例子。作品无非反映人和事，而这两方面现在都没有新的发现。”③ 赵树理无法改变他的务实精神和固执性格，为了抵制当时的“浮夸风”，他创作了《实干家潘永福》，提倡实干精神，然而，小说发表后，除了侯金镜的一篇评论文章外，全国各大报刊都一律保持了沉默。

赵树理的“万言书”和他下乡时的许多言论，很快就在“反右”运动中遭到了激烈批判。但赵树理拒不接受批评，他说别人不了解农村情况，无权批评。就连一向温和、书生气十足的邵荃麟，在一次会议上，再也无法“心平气和”地问赵树理：“真理只有一个，是党对了还是你对了？中央错了还是你错了?”又说：“赵树理的态度很不好，到了使人不能容忍的

① 赵树理：《赵树理文集》（第4卷），工人出版社1980年版，第1514—1515页。
② 陈徒手：《人有病天知否》，人民文学出版社2000年版，第156页。
③ 赵树理：《赵树理文集》（第4卷），工人出版社1980年版，第1633、1637页。

地步了。他对党和党中央公然采取讥讽、嘲笑和诬蔑的态度，实在太恶毒了。”[①] 面对这暴风雨般的猛烈批判，赵树理曾伤感地说：“我是农民中的圣人，知识分子中的傻瓜。”1960年，中国作协再次指出，赵树理“身上保留着狭隘保守的农民观点”。但批判并没有使赵树理退却，相反，在1962年的大连“农村题材短篇小说座谈会”上，赵树理再一次做了更加锋芒毕露的发言，以至于二十几年后，当时参加会议的李准回忆起来仍忍不住说：“赵树理了不起，大胆反思，敢于说心里话，精彩极了。没人能赶上他，他走在知识分子的前头。”[②] 在这次具有深远影响的会议上，赵树理“侃侃而谈”：“统购以后，对子愈贴愈窄，以后三个门贴一副对子，连窗纸也糊不上，只好补补”，“生产队成了‘劳改队’，日子愈过愈困难”，“哪里卫星多，那里就没有粮食”。赵树理在这次会议上似乎显得特别兴奋，在做了专题发言后，别人发言时他又曾多次插话，对当时的农村形势，他打了一个著名的赵树理式的比喻：农民入了社，本来俊妇女婚姻美满嫁了个好丈夫，可是一瞎指挥，这个丈夫又变成了旧社会从没见过面的生人丑汉，只得好赖过下去。[③] 就在这次会议上，邵荃麟代表中国作协党组宣布1959年对赵树理的批判“是错误的，主观主义的，全部搞错了”，然而，邵荃麟话音未落，毛泽东在隔海相望的北戴河，已对《刘志丹》开始了猛烈批判，又一场暴风雨即将到来。

三

“《小二黑结婚》没有提到一个党员，苏联写作品是外来一个人，然后有共产主义思想，好像是外面灌的。我是不想套的。……农村人物如果落实点，给他加上共产主义思想，总觉得不合适。什么‘光荣是党给的’这

① 陈徒手：《人有病天知否》，人民文学出版社2000年版，第165页。

② 赵树理：《赵树理文集》（第4卷），工人出版社1980年版，第1711页。

③ 同上书，第1715页。

种话，我是不写的。”[①] 这是赵树理在大连会议别人发言时的一段插话。其实，自新中国成立后赵树理就一直处于写“中间人物”的困扰中，特别是1964年对邵荃麟的“写中间人物论”的批判，更是几乎剥夺了赵树理写作的权利。

1959年，中国作协在批判赵树理时，“请”赵树理回答的一个问题就是：“为什么看不见大量存在的先进事物?”在一次批判会上，萧三更是建议赵树理要有“新鲜事物感”，要破除思想深处的“马其诺防线”，“多快好省地改变世界观”[②]。胡乔木也曾对赵树理说过：“如果不去体会群众新的生活脉搏，凭以前对农村的老印象，是仍不能写出好东西来的。”赵树理表示对写“新事物”，“我也正使出吃奶的劲头儿，在找，在发现呢”。《实干家潘永福》和《套不住的手》就是赵树理“找”和“发现”新事物的结果。然而，这两部作品已失去了赵树理作品的原有风貌，已经不能算是“赵树理”的作品了。赵树理曾在他的《我的水平与宏愿》中称，“我的‘文化水’是落后的……‘政治水’稍好一点儿”，现在看来，正是他的“政治水”出了问题。

赵树理晚年在他长达2.3万字的《回忆历史　认识自己》中，对自己创作中的“缺点”总结道：“忽略了以歌颂光明为主”，“忽略了塑造正面人物。”其实，赵树理对自己的这一“缺点”早有认识，1964年，赵树理从北京举家迁到山西时，“便下定了写英雄的决心”。赵树理经常下乡的一个“任务”就是，发现新人物、新事物。然而，实际情况却是，“所见所闻尽是我不再想要的材料”。1963年，赵树理的小说《卖烟叶》受到批判后，“决心写一个赞颂社会主义新人新事，描摹英雄人物”的作品，这就是倾注了赵树理晚年心血和生命的上党梆子《十里店》。

《十里店》这部赵树理晚年“自以为重新体会到政治脉搏，接触到了重大主题”的作品，仍旧没有走出赵树理创作的“惯性”，就如赵树理后来在一次座谈会上所说的“我没有胆量在创作中更多加一点理想，我还是

① 赵树理：《赵树理文集》（第4卷），工人出版社1980年版，第1718页。
② 陈徒手：《人有病天知否》，人民文学出版社2000年版，第161页。

相信自己的眼睛”。这部戏在最初排演时，赵树理就曾“预言”：“我这部戏在农村演，没问题；到县里、专区，就会有人提意见；到省里就通不过，更不能招待外国朋友。”果不出赵树理所料，《十里店》上演不久，立刻就有人指责说“太阴暗了”。1964 年，《十里店》在太原演出后，更是“受到许多批评”，意见单子订成了“一本”。赵树理根据这些意见改完以后，送给当时山西省委宣传部负责人看，“看后又指出若干处要改的地方，叫改一下”；改完重排后，赵树理下乡所在的地委领导“仍有意见”；后来又收到“地、县两级对《十里店》提的意见”，“又作了一番修改”。虽然赵树理自己认为《十里店》“说出了贫下中农心里的话”，但这部戏自始至终都未能获准公演。赵树理仿佛又回到了 20 世纪 40 年代毛泽东《在延安文艺座谈会上的讲话》发表之前的时代，那时候，赵树理的许多主张，很难为一些知识分子所理解，赵树理的作品则被他们称为“豆芽菜”。《在延安文艺座谈会上的讲话》发表后，赵树理说自己的想法得到了“批准”，“就像翻了身的农民一样感到高兴”，十几年来始终没有得到人们认同的东西，现在成了“合法”的了。然而，此时的赵树理仿佛比那时更孤独、更苦闷。新中国成立后的赵树理像风雨中的树叶，找不到自己的方向了。

一次次的批判，已经使赵树理疲惫烦躁，不堪重负，他总有一种思想跟不上形势发展的沉重感，许多事情他都无法做出判断，他迷惑不安。1959 年反“右”中，当他连夜赶写几千字的“检讨”时，他总是迷惑不解地问：“我怎么五十多岁了，还写这种东西。”当时参加过批判赵树理、后来任中国作协书记处书记的杨子敏在 20 世纪 90 年代回忆说，每逢开斗争会，赵树理有一个动作，就是嘴上叼着烟，手上不断划火柴，有时一盒火柴都划完了，烟还没点着；侯金镜的夫人胡海珠也说，那时空气非常紧张，“老赵有压力”，每次“斗争会”散会后，大家都急于回家，老赵往往在那儿发愣，想半天，动作很迟缓。

还有一次，赵树理到老友康濯家吃饺子，赵树理忽然深有感触地说，公社搞食堂，像饺子这类费劳力的事怕不好办，社员吃饺子就困难。康濯则认为发明了大机械工具，吃吃饺子完全不成问题。康濯还没说完，赵树理就立刻改变看法，连忙说一些公社食堂的优越性。此时，赵树理正由于看不到人民公社的"优越性"受到批判。赵树理曾有写一部长篇小说《石头底》的打算，他说，《红楼梦》又叫《石头记》，他想把这块"石头"翻过来，看看社会的底层，奴隶们是怎样受压迫受剥削，与封建社会、与封建统治者作斗争的，意图是反映农业合作化政治的伟大胜利，但他的这一愿望最终也没能实现。1959年，赵树理受到批判后，开始酝酿一部80万字的长篇小说《户》，以反映人民公社化以后的人、事变迁，但最终也未能写一个字。据赵树理的女儿赵广建回忆，在赵树理去世半个月前，她到山西省高级法院去看他，在谈到自己的一生时，赵树理愤愤地说："近些年来，我几乎没有写什么。因为，真话不能说，假话我不说，只好不写。"①

1968年，在批判赵树理的高潮中，山西大学中文系的一名学生偷偷地去看他，赵树理用疑惑不解的目光看着他，问道："农家子弟，你说，我的小说在农村到底是毒害了人还是教育了人"，"我最怕农村人也说我是黑帮；我一辈子都是为他们写作啊！"② 面对强加在他头上的不实之词，赵树理恳请有关部门"作为学术问题，以主席《讲话》及其他有关文件为尺度，彻底清查一番"，又说，"我以为这过程可能与打扑克有点相像。在起牌的时候，搭子上插错了牌也是常有的事，但是打过几圈来就都倒正了。我愿意等到最后洗牌的时候，再被检点"③。但是赵树理终于没有等到"倒正"过来的那一天就含冤死去了。

新中国成立后的赵树理，在"压力"和"套套"的双重控制下，创作一直处于一种高度不自由的状态。其清醒的现实主义批判精神和当时盛行的极"左"思潮产生了激烈冲突，并一再受到后者的压制，在很多时候，他无法发出真正属于自己的声音，这其中的痛苦、无奈和苦闷恐怕只有他本人体会最深。赵树理无法摆脱的历史遭际和悲剧命运实际上是那个时代的作家共同的遭遇。赵树理使我们无法回避曾经走过的那个梦魇时代。

---

① 赵广建：《旧居门前——回忆我的父亲赵树理》，高捷编《回忆赵树理》，山西人民出版社1985年版，第53页。

② 李辉：《清明时节——关于赵树理的随感》，《收获》1996年第4期。

③ 赵树理：《赵树理文集》（第4卷），工人出版社1980年版，第1844页。

苦雨丝丝入梦凉[①]

——论新中国成立后的周作人

八道湾，在北京是个不起眼的小胡同，或许很多人已经无法准确说出它的位置，但在中国现代文学史上，八道湾却是个无法回避的话题。一代文豪鲁迅曾在这里生活过，20世纪20年代初在北大图书馆工作的毛泽东曾来这里拜访过，俄国著名盲诗人爱罗先珂曾在这里上演过“鸭的喜剧”。周作人，这位五四新文化运动的斗士，后来的文化汉奸，曾长期是这里的主人。在中国现代文学史上，周作人是一个“半截人”：五四时期，他曾因《人的文学》《思想革命》等名文，成为那个时代的弄潮儿；然而，在他生命的后期，终因参加日伪政权，成了现代文坛上的李陵，为世人所唾弃。1949年后，这位年逾60、身负汉奸恶名、已被排除在“人民”之外的老人，自然已无法找回往昔的荣耀了，他不得不努力地改造自己，希望能够融于新的时代，然而无法抹去的历史污点，又注定了他只能在精神的重负中苦度寂寞的残生。

一

1949年1月26日，在中国人民解放军已大举南下、南京政权危在旦夕之时，因通敌叛国罪被国民党政府判处有期徒刑10年的周作人，得以保

① 原载于杨守森主编《昨夜星辰昨夜风——中国当代著名作家的精神旅途》，河南人民出版社2003年版。原题为《风雨八道湾》。

释出狱。出狱之后的周作人，先是盘桓于上海，后经多方探试之后，终于回到了阔别已久的北平八道湾。此时的八道湾，早已不是早年周作人清谈之所的“苦茶庵”了，而是已成为被没收的汉奸财产，有一个排的解放军驻守在这里，每天早上升旗、吹号，甚至偶尔还能听到擦枪时的走火声。在决定回到八道湾之前，周作人在“很经过些踌躇”之后，曾给周恩来写了一封信，毛泽东在看完周作人的信后发话：“文化汉奸嘛，又没有杀人放火。现在懂古希腊文的人不多了，养起来，让他做翻译工作。”① 此后，周作人承蒙“党的照顾”，开始了新中国成立后的新生活。然而，由于文化汉奸的恶名，他的处境又是可想而知的。

为了摆脱精神的重压，周作人首先想到的是试图改变自己的汉奸身份。实际上，他在那封致周恩来的信中，就已为自己的附逆行径进行了全面辩护。按周作人的说法，他这封信可分为“拍马屁”和“丑表功”两部分。在“拍马屁”这部分中，周作人大谈自己对共产党的“认识”：中国共产党的理论与实践的合一，打破了过去统治界的传统空气，以农民的质朴的作风来推行政治，它的意义与价值之大，的确不容易估计。然而，周作人写这封信的真正意图，还是“私人的一点事情”，即他所说的“丑表功”。为了摆脱罪名，周作人首先对自己的“思想与行为”的“缘由”进行了认真梳理，强调了王充、李卓吾、俞理初的“疾虚妄”理论对他的影响，然后总结说：“我的反礼教的思想后来行事有些与此有关，因此说是离经叛道，或是得罪名教我可以承认，若是得罪民族，则自己相信没有这意思。”对于任伪职一事，周作人辩解说，自己向来反对“说空话”“唱高调”，主张“道义之须事功化”，故而与其跑到后方去，还不如在沦陷区替学校和学生做一点实际事情更实在，并表示“我不相信守节失节的话，总觉得做点与人有益的事总是好的，名分上的顺逆是非不能一定”。在这封信的最后，周作人强调自己与日本人是“虚与委蛇”，并有“明的暗的抗争”，不是“合作”，并以片冈铁兵的“扫荡反动老作家”证明自己不是“合作得来的人”。从这封信中，的确看不出周作人丝毫的忏悔之意，相

① 唐弢：《关于周作人》，《鲁迅研究动态》1987 年第5 期。

反，周作人把自己打扮成未成功的准烈士，甚至还有点民族英雄的意味。但是“翻破五车书”的周作人无法解释许多铁的事实：1938 年 2 月 9 日，长袍马褂的周作人出席了日本每日新闻社召开的“更生中国文化建设座谈会”，《每日新闻》发了照片，周作人毫无愧色地跻身于身着戎装的日本特务头子与汉奸文人中间；1941 年 4 月，周作人赴日本东京出席东亚文化协议会文学部会议，并以伪华北政务委员会教育总署督办及伪东亚文化协议会会长的身份，晋宫问候日本天皇，并参拜了靖国神社，到医院慰问了在侵华战争中负伤的日本士兵；1942 年 12 月 8 日，周作人头戴日本军帽，身穿日本军装，在天安门检阅了由大汉奸王揖唐任统监、他自己任副统监的“中华民国新民青少年团中央统监部”“红部”组织的青少年团训练式。不仅如此，周作人任伪职期间，每到一处“视察”“访问”，必首先拜见当地日本宪兵队及特务机关，甚至多次赠送慰问品。对于这些事实，周作人竟一概避而不谈。

或许因自知摘掉汉奸帽子无望，或许出于对宽容他的新政权的感激之情，新中国成立后的周作人，在心态上进行了某种程度的自我调整，尽力表现出对新社会新政权的积极认同感。我们在周作人此时的日记里可以发现诸如对毛泽东、刘少奇、陈伯达等著作“细读不倦”的记载。周作人阅读毛泽东著作这一“习惯”，此后竟一直保持着，直到他去世前几个月的日记中，仍有“上午阅毛泽东语录”“上午阅毛泽东论文艺”的字样。在《亦报》上发表的大量署名“十山”的文章中，诸如“人民”“人民时代”“为人民服务”“人民本位主义”“人民本位的社会平等观”等字眼，频频出现在周作人的文章中。

五四时期的周作人，曾激烈地批判过传统文化中的“大团圆”思想，大力鼓吹西方“个人自由主义”，而现在，为了顺应时势，他开始进行自我批判了。他说中国的“大团圆”思想，“虽是幼稚，却是比近代怀疑的个人主义要好得多”，并称大团圆“是对于人生很好的态度”，“应当拥护”。而“个人自由主义”之所以失败，是因为它脱离了中国传统文化的“根”，脱离了中国“顾虑家庭的安全，喜欢大团圆”的根本观念。总之，周作人把他几十年来所信奉、推崇的东西，又反过来重新批判了一番。周作人曾写过一篇名为《弄潮》的文章，表示要“迎接新潮流，要迎头赶上”。“弄潮”，对此时的周作人来说，似乎已不太可能，但他此时确有赶潮的味道，却是事实。

此外，周作人的文章中还表现了一种明显的复归“平民化”的倾向和自觉的平民意识、平民趣味。他一再盛赞“人民的智慧无限”“民间艺人能力的伟大”，肯定劳动人民的见解非一般知识分子所能及，同时表示要进行“自我改造”，扔掉“包袱”，彻底改造自己小资产阶级知识分子的“依存性”。也许是急于“表态”，他的文章中甚至时常夹杂着一些很“革命”的字眼，如他在一篇名为《关于“梁祝”》的文章中，对越剧《梁山伯与祝英台》的改编发表了这样的意见：既然《梁山伯与祝英台》的目的在于反封建，主张婚姻自由，就“必须有些斗争性”，“不可不有革命的气魄”，态度之激烈，实在有点出乎意料。在另一篇文章中，周作人甚至把蒋介石直称为“蒋二秃子”，这已经是人身攻击的谩骂，毫无敦厚闲适之言了。总之，周作人此时的许多言论，给人一种故意“迎合”之感，甚至叫人感到近乎献媚。

1956 年 1 月，中共中央决定对知识分子政策进行调整，随之而来的是文化界对那些曾被打入“冷宫”的知识分子开展“挖掘”运动。当时主持文联日常工作的阳翰笙提出要照顾那些“阳光照不到的人”，以使他们“化腐朽为神奇”，这其中就包括周作人。不久，在周扬等人的关照下，中国文联安排周作人等到西安进行游览，并参观访问了工厂、农村。这件事，后来在“文化大革命”中曾被许广平称为周扬与大汉奸周作人相勾结，成为周扬的一大“罪状”。在参观西安桃溪堡村时，周作人一边走一边与农民交谈，打听农民生产生活情况，“兴趣很浓”。周作人表示，对共产党的领导“最是佩服”，“还是共产党领导的有成就”，说“在今日的世界上最伟大的人物就数毛润之了”，并向陪同他的中国作协的同志表示，“向往延安很久了”，“很想去看一看”[①]。1961 年 8 月，周作人写了一封题为《本人从不反对共产主义》的信，托人转交给周扬，再一次表明了自己

---

① 佟韦：《我所认识的周作人》，陈子善编《闲话周作人》，浙江文艺出版社 1996 年版。

靠拢新政权的态度。

在文学活动方面，周作人也表现出了极大的热情。遵照有关方面的指示，周作人除了写文章之外，将主要精力用在了外国文学的翻译方面。就实际情况言，周作人此后的翻译工作是取得了突出成绩的，仅从1952年至1955年，他就翻译了13部外国文学作品。周作人对待翻译工作，不只是十分勤奋，而且努力做到一丝不苟，每译一部作品，都尽可能地多找几种版本，然后选定自己认为最可靠的版本。每部译稿，都加上详细的注释，并在前言、后记中交代作者生平、作品的历史背景、艺术特色等。[①] 周作人自己曾说，翻译对他来说“未始不是晚年所不易得的快乐”。周作人在给友人的信中，也曾不止一次地诉说翻译给他“野僧般枯寂”的生活所带来的“惬意”。翻译希腊作家路吉阿诺斯的《对话集》是周作人几十年来的夙愿，当这部书最终在1965年3月15日译竣时，周作人在当天的日记中以少有的愉快心情写道：“《对话集》全了，对话20篇共约计47万言，大功告成，炳烛之明亦殊可庆矣。”似乎意犹未尽，在他4月26日改定的遗嘱中再次提及：“余一生文字无足称道，唯暮年所译希腊对话集是50年来的心愿。识者当自知。”[②] 可见周作人对他的翻译工作的珍爱之情。令周作人没有想到的是，他这一时期翻译的大量外国文学作品，真正以“周作人”的名字出版，却是到了80年代中后期的事情了，有的作品，甚至至今未能出版。

二

周作人毕竟是曾经代表了一个时代的自由思想家，虽然那个时代早已成了人们的记忆，但它的精神血脉，仍然流淌在周作人的血管里。就如一个生命垂暮的老人，他走过了童年，但儿时的旧事仍然留存在记忆里。新

---

① 文洁若：《晚年的周作人》，陈子善编《闲话周作人》，浙江文艺出版社1996年版。

② 钱理群：《周作人传》，北京十月文艺出版社1990年版，第587页。

中国成立后的周作人，一方面不得不遵守不能“乱说乱动”的训令，而另一方面，他无法完全抛弃那个时代在他身上打下的深深烙印和精神徽记，他身上的那个撵不走的“流氓鬼”也偶露狰狞，使我们仍能不时感觉到那个一生崇尚思想独立自由的周作人的影子。20世纪20年代初，周作人在那篇著名的《两个鬼》的文章中宣称，在他的心头住着两个“鬼”：“其一是绅士鬼，其二是流氓鬼”，并多次声称自己喜欢“流氓精神”。多年之后，在周作人的心中，这两个“鬼”实际上仍在经常打架。虽然，在不能“乱说乱动”的训令下，那个“绅士鬼”日渐占据上风，但从周作人“满口柴胡”的绍兴师爷的习气里，从他身上的那种“不可拔除的浙东性”中可知，那个“流氓鬼”并没有死去，而是仍然活在他内心深处的某个角落里。

尽管周作人在主观上力图顺应时势，公开批判过个人主义、自由主义等，但他的某些言论，有时仍给人不识时务的感觉。比如在那个早已把鲁迅神化的年代，周作人就多次谈过鲁迅的“谿刻”“偏执”，以及“好立异唱高，故意的与别人拗一调”[①] 之类。1956年，香港的曹聚仁将他的《鲁迅评传》寄赠周作人，周作人看后在给曹聚仁的信中说鲁迅也如平常人一样，也难免做作，常有故意的与众不同之举。又说，在一些文章中有鲁迅“文人成分多”“非给青年崇拜不可”的话“虽似不敬，却也是实在的”[②]，并对“现在人人捧鲁迅”的现象予以直言批评，认为“说是纪念，其实有些实在是戏弄”，又说，“我从照片上看见上海的坟头所设塑像，那实在可以算作最大的侮辱，高坐在椅上的人岂非即是头戴纸冠之形象乎？假如陈西滢辈画这样的一张像，作为讽刺也很适当了”，如果鲁迅“九泉有知，不免要苦笑的吧”[③]。再如，一般认为，在20世纪20年代《每周评论》针对胡适提出的“少谈主义，多谈问题”而进行的斗争中，鲁迅是健将，周作人则指出鲁迅并没有参加，这只是后人“追加的神话”。这对当时全国轰轰烈烈的鲁迅研究来说，自然只能被视为“满口柴胡”了。而其

① 张菊香主编：《周作人年谱》，南开大学出版社1985年版，第680页。

② 周作人致曹聚仁信。《周曹通信集》，香港南天书业公司1973年版，第32页。

③ 同上书，第49—52页。

实，周作人坚持的不过是他早就形成的对鲁迅研究的看法。早在鲁迅去世不久“吃烈士”的风潮中，周作人就曾指出，希望把鲁迅“当作‘人’去看，不是当作‘神’——即是偶像或傀儡”①，并在接受记者采访时说，鲁迅的个性不但很强，而且多疑，“旁人说一句话，他总要想一想，这话对于他是不是有不利的地方”②。周作人不是不清楚，对于后来在鲁迅研究中进一步加剧的“造神”现象，继续予以指正，是不合时宜的，但他实在不愿意随波逐流改变自己的看法。

不仅对鲁迅，在对同时代许多人的评价上，周作人也力图坚守自己的独立性。比如对胡适，周作人就曾指出，“胡博士亦非可全面抹杀的，作为学者成分多，亦是实话”，“胡君确有他可爱处”③。谈到徐志摩、梁实秋时，也承认“确有可取的地方”。在与友人的一次通信中，周作人甚至称“语堂与梁实秋皆系美材”“陈西滢亦是颇有才气的人”④。要知道，在周作人为胡适、徐志摩、梁实秋、陈西滢等说好话的时候，这些人已被视为中国新文化运动乃至中国革命的“大敌”了。周作人的这种不因时废人的态度，显示作为一个独立思想者的本色。更为值得注意的是，周作人在给友人的一封信中，竟对当时新中国文坛上的领袖人物郭沫若予以严厉指斥，他说：“《创造十年》上那么攻击鲁迅，随后鲁迅死后就高呼‘大哉鲁迅’”，这与歌颂斯大林“你是铁，你是钢”的做法一样，“同样的令人不大能够佩服”。⑤ 此外，1956年中共中央提出“双百”方针，有一种论调说“毒草不许放”，周作人著文反驳：“凡是花都应放，不论毒草与否，不能以这个剥夺他的权利。”⑥ 从这些言论中，我们仍能在周作人身上发现与五四相通的某种东西，即周作人仍在不自觉地坚持他一贯的独立思考的自

① 周作人：《瓜豆集·关于鲁迅之二》，转自雷启立《苦境故事——周作人传》，上海文艺出版社1986年版，第202页。

② 原载南京1936年10月27日《新民报》北平通讯，转自雷启立《苦境故事——周作人传》，上海文艺出版社1986年版，第202页。

③ 张菊香主编：《周作人年谱》，南开大学出版社1985年版，第672页。

④ 同上书，第674页。

⑤ 周作人：《与鲍耀明谈鲁迅》，钟叔河编《周作人文类编·八十心情》，湖南文艺出版社1998年版，第245页。

⑥ 周作人：《谈毒草》，《人民日报》1957年4月25日。

由主义立场。

周作人的人格独立和思想自由，有时甚至给人以“傲慢”“不合时宜”的印象。1952年，周作人受上海文化出版社之托，为从事日译中工作的日本女翻译家萧萧校订高仓辉的《箱根风云录》，周作人曾感慨系之地对别人说：“没想到我今天竟落魄到为萧萧之流校订稿子了。”言下流露出不屑之意，致使有人认为周作人“始终也不曾忘掉早年享有的盛名”①。这或许也可以看作周作人晚年未被彻底“改造”掉的“名士气”与“流氓精神”吧。

周作人对于自己的“事伪”及早年兄弟失和，也一直采取与众不同的态度。他以倪云林的“一说便俗”为托词，尽量不谈论。对前者，他辩解不成之后，即以若无其事，甚至麻木不仁的态度对待之。王士菁在一篇文章中说，有一次，周作人偶尔谈到自己“落水”一事，“并无惋惜，也无自责，好像谈的是别人的事一样”，“毫无悔意”②。对于早年与鲁迅失和，人们通常认定周作人“罪大恶极”，对此，他同样也是持“不后悔”“不欲谈”态度。在写给香港友人曹聚仁的信中，针对许广平在《鲁迅回忆录》中所披露的兄弟失和“内情”，周作人表示：“拼出自己挨骂，不愿与‘魑魅争光’……此等家庭内幕发表出来，为辩解之资料，亦似乎有伤大雅也。”③并说，一想起这件事，就“如有吃到肥皂的感觉”。直至1966年5月23日的日记中，周作人仍讥讽许广平关于兄弟失和的推测是“妄妇浅见”④。

1918年5月15日，《新青年》第四卷第五号上刊载了周作人翻译的日本女批评家与谢野晶子的《贞操论》。在这篇文章中，与谢野晶子大声疾呼，要人们去争取一种“脱去所有虚伪，所有压制，所有不正，所有不幸，实现出最真实最自由，最正确而且最幸福的生活”。这其实也是周作人自己的心声。然而，就周作人的一生来看，他的这一追求又是苦涩的。

① 文洁若：《晚年的周作人》，陈子善编《闲话周作人》，浙江文艺出版社1996年版，第221、227页。

② 王士菁：《关于周作人》，《鲁迅研究动态》1985年第4期。

③ 张菊香主编：《周作人年谱》，南开大学出版社1985年版，第655页。

④ 转自钱理群《周作人传》，北京十月文艺出版社1990年版，第542页注释2。

周作人曾在生前最后一本书的后记中说："我是一个庸人，也就是极普通的中国人。"对于自己的一生，周作人大概也只能做出这样的自我评价了。

三

不论周作人怎样讳言，也无论周作人如何表现自己，他的附逆历史与汉奸身份毕竟是无法改变了。新中国成立后，周作人的日记中，我们时常可见到法院"应传问话"，到法院递交"悔过书"等文字，1953年12月19日，北京市法院又一次判决，宣布剥夺周作人的政治权利。有一次选举人民代表，街道上照例用红纸贴出基层居民的选民名单，选民榜上列出的八道湾11号的选民是周信子、周芳子，没有周作人的名字，为此周作人曾多次向法院申请恢复他的选民资格，终于未能获准。20世纪60年代后，阶级斗争的风声日紧，周作人不仅未能得到政治方面的宽宥，反而进一步受到管制改造，常常是三天两头要去街道开会受训。

除了这种政治上的待遇给了周作人一种不属于人民的感觉之外，无时不在的经济上的穷困，也加剧了周作人的焦躁与烦闷。虽然1955年以后，有一段时间周作人可以从人民文学出版社按月预支400元的稿费，但因新中国成立后周作人不属于任何工作单位，再没有其他的经济来源，仅此400元稿费是无法维持周作人一家生活的。为了摆脱穷困之忧，周作人实际上不得不过着半是卖文半是乞讨的生活。为了多换稿费，他拼命写文章，仅1950年，就在上海的《亦报》《大报》上发表了484篇文章，这对于年逾60岁的周作人来说负担是可想而知的。此外，为了贴补家用，周作人还不得不时常变卖充公之后所剩无多的图书及其他家产。每逢过年过节，周作人都派他的儿子周丰一送一大包图书，让中央美术学院图书馆议价收下。在周作人的日记中，我们会时常发现诸如"卖德国闹钟得六万元""昨售床及大桌廿三万元""乘公共汽车往访耀辰兄借三十万元"① 之

① 转自钱理群《周作人传》，北京十月文艺出版社1990年版，第547页。

类的记载。

也许是可卖之物日渐减少，发表文章也越来越难，自20世纪50年代末开始，周作人几乎以“乞食”为主要生存方式了。本来周作人的写作空间就十分有限，在那个动辄得咎的年代里，他这样一个刑余之人，除了写一些无关宏旨的闲话随笔之外，别的文章是不怎么敢轻易动笔的。至于译著，早在50年代初，他就收到过开明书店中断译书合同的通知，通知称由于“改变营业方针”，周作人正在翻译的希罗多德的书稿也就“用不着了”。于是，在他此后与外界朋友的通信中频频出现了“承蒙续赐方糖”“承惠寄花生”“又赐酥糖”“乞寄油糖一二公斤”“乞再为赐寄”之类字样。我们仅从曹聚仁的《周曹通信集》之“乙编”中，即可真实地看到周作人当时求援请助的窘态：“本月中未知能有款到否？甚念之。前来信说有林君寄出油糖若干斤，唯此宗货物迄今尚未收到……便中能为一问，甚所望也。”① 对于别人的惠施之物，周作人已在反复催问了，可见他的生活已经到了何种地步。“承兄月寄猪油而此，深属‘过分’，闻糖亦将减少，乞赐寄二磅。”② 这已经是在公开乞讨了。

对于周作人而言，随着政治形势的变化，精神压力越来越大。1952年，在全国反资产阶级“猖狂进攻”的热潮中，周作人在《亦报》上发表不到一半的《〈呐喊〉衍义》被突然“腰斩”，这件事对周作人的打击很大。他此时的日记中，一连写下了“精神不统一”“精神不振”“不快”“甚不愉快”“极不愉快”等字样，在很长一段时间，他无法安静下来写作。而他的两篇纪念鲁迅的文章，也使许广平“大为不满”。1960年《文艺报》上发表了一篇署名夏羽的文章《周作人有无产阶级思想吗》，在这篇文章中对周作人下了这样的“判语”：“周作人前期作品在思想内容上无甚可取，后期作品更是极端反动。”面对这样的“判语”，周作人不得不辍笔，陷入了沉默。

到过八道湾的人都发现，晚年的周作人，内心已陷入了巨大的无可排

① 周作人致曹聚仁信。《周曹通信集》，香港南天书业公司1973年版，第124页。
② 同上书，第134页。

遗的寂寞与凄凉之中，用他自己的话说，过的是一种“老僧似的枯寂生活”。不止一个人谈到过周作人晚年那“冷冷”的神情：“脸上没有笑容”，喜怒哀乐从不形之于色，常常使人“想到日本古典能剧演员所戴的面具”①。虽然早年周作人也曾因寡言少语，在日本留学时被同学们谑称为“鹤”，且他自己也用过“鹤生”的笔名，但那时的“鹤生”之冷中，分明隐含着自由追求的热切，而晚年的“面具”之冷中，体现的则只能是作为孤苦无告的刑余之人的无奈了。

周作人晚年，除了另一个文化汉奸钱稻孙，由于“臭味相投”，偶尔带一壶酒到周作人的书房，自斟自酌，与周作人神聊一番之外，八道湾的门外已“可设雀罗”了。即便与钱稻孙“神聊”，周作人也难得露出笑容。曾有人问过钱稻孙，他与周作人都聊些什么，钱稻孙回答说，他们经常谈论的话题是他的叔父钱玄同。周作人自然不会忘记，几十年前，就是在八道湾11号，留学日本时的莫逆之交钱玄同，经常左臂夹着黑色公文包，右手拄着拐杖，从北大下课后，直接来八道湾的情景。然而，物是人非，斗转星移，如此困境中谈论钱玄同，也只能愈发唤起周作人的悲凉之感了。周作人早年曾自称“寻路的人”，说“在悲哀挣扎的正是自然之路”，“路的终点是死”。而在此时难耐的寂寞中，周作人咀嚼到的，或许只能是更为茫然的生命的虚空了。可以想象，此时的周作人，是多么想重温一下他编编笑话、写写打油诗、玩玩古董、吃吃苦茶的“洞里蛇”生活，而这分明已绝无可能了。

友情既少，亲情亦无多。晚年的周作人，常与羽太信子争吵不休，几乎到了“不可与语”的地步，令他常常感到的是“极不快”“大不快”“终日不快”。周作人甚至在日记中写下了这样的话：“早是病态，然破坏所有感情，不惜破釜沉舟，真恶魔也。”另外，他与三弟周建人的关系也几近破裂，两人虽同在北京，但互不“通问”，形同路人。郑振铎曾讲过这样一件事：一次，郑振铎、茅盾、叶圣陶等人，想劝周作人、周建人和

① 文洁若：《晚年的周作人》，陈子善编《闲话周作人》，浙江文艺出版社1996年版，第227页。

好，有一天，三人合坐了一辆汽车，拉周建人到了八道湾。周作人当然招待他们，可是兄弟二人仍互不搭理。①

1964年3月6日，周作人于孤寂凄凉中写了一首《八十自寿诗》："可怜老翁垂八十，行为端的似童痴。剧怜独脚思山父，幻作青毡羡野狸。对话有时装鬼脸，谐谈犹喜撒胡荽。低头只顾贪游戏，忘却斜阳上土堆。"这首《八十自寿诗》已全无早年《五十自寿诗》中的讽世之意，消极颓唐情怀跃然纸上。尤为值得注意的是，周作人对其中的"山父"做了详细的注解："山父乃山魈之属，一目独足，能知人意。有箍桶匠冬日在屋外工作，忽见山父站在面前，大惊，心想这得非山父耶。山父即知之，曰你想这莫非山父吗？又想能知心中事这就糟了。山父亦即知道了，照样说了出来，其人窘甚不知所措，又此时手中所持箍桶的竹片因手滑脱，正打在山父的脸上，山父乃大骇曰，心里没有想却会干出来，人这东西真是危险，如在此地说不定要吃怎样的亏，赶快地逃回山中去了。""人这东西真是危险"，这也就是周作人80年人生阅历所得出的最终结论了。

1966年，挂了多年的周作人母亲的牌位被砸了个稀巴烂。而与此同时，在距八道湾不远的西三条胡同鲁迅博物馆，鲁老太太的巨幅遗照，正在接受千万人的瞻仰。在儿媳张菼芳的苦苦哀求下，小将们方允许周作人住进洗澡间。周作人的生活费是每月10元，而负责照顾他的保姆则是15元。此时的周作人，除了阅读毛泽东著作外，被允许做的唯一一件事是：从小孙子那里借来砚台、半截墨和一支秃笔，坐在铺板上，把从垃圾堆里翻拣出来的废纸摊在案板上，吃力地写交代材料。周作人的学生辈朋友孙旭升，在回忆中这样描述了他当时拜访八道湾的情景："我进去的时候，知堂已经从炕上起来，穿着黑色的短棉袄裤，帽子也不戴，俯着头默默地站立在炕那边的地上，我从他那样子可以看得出，他一定以为又是有什么人来找他的麻烦了，所以预先做出'挨斗'的姿势，默默地站在那里"，

① 刘哲民：《我和周作人交往点滴》，陈子善编《闲话周作人》，浙江文艺出版社1996年版，第143页。

"脸容黄瘦，精神萎顿"[①]。早在五四时期，就曾预言过人类还会堕落到"动物之下"的周作人，留给这个世界的最后形象是：脸色苍白，身穿一件黑布衣，衣服上钉着一个白色的布条，上面写着他的名字……[②]周作人早年曾在一篇《闲话》中说"忍辱与苦恐怕在人类生活上是一个重要的元素"，而此时的周作人，深深体味到的则只有人生的辱与苦了。面对无法忍受的精神和肉体的残酷折磨，周作人曾两次"上书"公安机关，恳请"准予赐死"。有一次，周作人甚至嘱托孙旭升，来信不要再写"周遐寿"，他已经"实在活得太久了"，"对于世味渐有厌倦之感"[③]。

周作人去世前的几个月，除了阅读毛泽东著作外，读的更多的却是鲁迅的书，无人知道此时的周作人在想什么，但我们从他那"人死声销迹灭最是理想"的遗嘱中不难看出人生的幻灭感、虚无感和生命悲凉感。周作人年轻时曾多次引用日本作家永井荷风的话："凡是无常、无告、无望的，使人无端嗟叹此世只是一梦的，这样的一切东西，于我都是可亲，于我都是可怀。"[④] 面对周作人这样一个特殊人物的幻灭、虚无与悲凉，使人不能不陷入关于人生之路的沉思。

---

① 孙旭升：《我所知道的知堂》，陈子善编《闲话周作人》，浙江文艺出版社 1996 年版，第 185 页。

② 叶淑穗：《周作人二三事》，《鲁迅研究动态》1988 年第 2 期。

③ 钟叔河编：《周作人文类编·八十心情》，湖南文艺出版社 1998 年版，第 244 页。

④ 《周作人回忆录》，湖南人民出版社 1980 年版，第 178 页。

与生命对话[①]

——毕淑敏小说漫论

毕淑敏的名片是很独特的，是蓝色的，蓝色是大海的颜色，天空、天堂的颜色（毕淑敏有本书就叫《蓝色天堂》），生命的颜色，同时，也是医院病房的颜色。在这个蓝色的名片上，毕淑敏赫然标着：一级作家、主治医师、文学硕士。同时，我也注意到，几乎在所有的“毕淑敏简介”中，这三个“角色”都是不可或缺的，这说明毕淑敏相当重视自己这三重身份，其实，这正是毕淑敏的独特之处。在当代，作家很多，但同时是医生/心理师的很少；医生/心理师很多，但同时是作家的很少；在这很少之中，毕淑敏成就了她的唯一。毕淑敏在《不言放弃，只是暂别》一文中说：“这个世界上，有三门主要以人为研究对象的学问——医学、文学、心理学，蒙命运垂青，我一一涉足。虽是浅尝辄止，但融会在一起，相互比照，十分有趣。”[②] 也可以说，作家+医生/心理师=毕淑敏。王蒙将毕淑敏誉为“文学界的白衣天使”，是很恰当的。

毕淑敏在一次演讲中说，自己“更像文学队伍中的一个异类，因为我觉得我看起来还比较正常”[③]。毕淑敏关于“异类”的自我认定，基本符合事实，只不过这里的“异类”源于她独特的创作，而不是什么“看起来还

---

① 原载于《中国作家》2011年第9期。

② 毕淑敏：《不言放弃，只是暂别》，《我的五样》，江苏文艺出版社2006年版，第137页。

③ 毕淑敏：《文学与人生》，温奉桥主编《中国当代文学演讲录》，齐鲁书社2011年版，第247页。

比较正常”。当然，毕淑敏文学创作上的“异类”，是由她颇具传奇色彩的人生经历所决定的。11 年的军旅生活和 22 年的从医经历在很大程度上决定了毕淑敏的“异类”。在毕淑敏的人生经历中，曾有 11 年的时间每天面对着喀喇昆仑山亘古不变的冰雪，每天吃的是罐头和脱水菜，每年洗一次澡都是盛大的节日，更不用说高寒缺氧等。异常艰苦的生存环境，使毕淑敏“在花季的年龄开始严峻、郑重地思考死亡的问题”①。其实，难以忍受的还不是物质上的极度匮乏和严酷的外在环境，而是精神上的迷茫和“极端的寂寞”，也许人在寂寞的时候更能够思考和看清生与死的问题。

医学与文学是“近邻”，在中国有医学背景的作家很多，现代作家如鲁迅，当代作家如余华、池莉等，但是，这种医学背景对创作影响之深之巨似乎没有超过毕淑敏的。从部队卫生员到内科主任医师，22 年的医生生涯对毕淑敏的小说创作的影响是极其深远的。毕淑敏说：“经历为我的创作涂上了浓厚的背景。”其实，并不仅仅是“背景”，经历在很大程度上决定了毕淑敏创作的整体风貌和价值取向，可以说，没有医生毕淑敏，就没有作家毕淑敏。

毕淑敏的文学“出场”，带有横空出世的味道。《昆仑殇》（1987）挟裹着奇异的喀喇昆仑山的风雪，一下子震撼了文坛，征服了读者。随后，毕淑敏通过《补天石》（1989）、《阿里》（1993）等昆仑系列小说，让人们认识了藏北高原一个叫作阿里的地方及一群年轻的女兵，她们的欢乐与梦想，以及她们的生与死，就连刊物的编辑也被《昆仑殇》“磅礴的气势和沉重的主题所震撼”②，以至于怀疑这篇小说是否是毕淑敏写的，因为他们不相信一个女作家能够以如此平静的心态和笔致面对和书写死亡。毕淑敏在谈到自己的处女作时，特别提到了“取材的特别和文笔的不拘”③。其实，这正是毕淑敏向文坛展示的第一副面孔。

评论家陈骏涛说毕淑敏的创作有两个割不断的情结，一个是“昆仑山

---

① 毕淑敏：《毕淑敏文集——哑幸福》，群众出版社 2002 年版，第 47 页。

② 毕淑敏：《文学与人生》，温奉桥主编《中国当代文学演讲录》，齐鲁书社 2011 年版，第 250 页。

③ 毕淑敏：《我的故事》，《毕淑敏自述人生》，时代文艺出版社 2010 年版，第 5 页。

情结”，一个是“白衣情结”[1]。毕淑敏的小说创作，大体分两个阶段，即从1987年发表处女作《昆仑殇》始，到20世纪90年代前期，代表性作品有《昆仑殇》《补天石》《阿里》《藏红花》《君子于役》《伴随你建立功勋》等；第二阶段，大体从短篇小说《女人之约》（1992）开始至今，代表性作品有《教授的戒指》（1993）、《生生不已》（1993）、《预约死亡》（1994）、《最后一支西地兰》（1996）、《红处方》（1997）、《血玲珑》（2001）、《拯救乳房》（2003）、《女心理师》（2007）等。这前后阶段的创作，无论从小说题材还是风格类型而言，都有较为明显的区别。当然，也有一以贯之的东西，那就是对死亡、尊严、人性的思考，死亡、尊严、人性构成了毕淑敏小说创作的持续热情和动力。

一

无论是作为军人，还是作为医生，死亡都是毕淑敏必须也是最经常面对的课题，“面对死亡简直成了生活的一部分”[2]，因此，对死亡的思考和描写就自然成了她小说创作的首要主题。西藏11年的军旅生活，毕淑敏几乎每天都面对“近在咫尺的鲜血和死亡”[3]，不知多少次与死神擦肩而过。毕淑敏是中国文学中在自然的意义上第一个直面死亡的作家，在世界文学中也并不多见。作为一个作家，毕淑敏写出了死亡的真相，特别是表现了死亡的尊严和某种程度的诗意，这是毕淑敏的最大贡献。我们是一个具有浓烈死亡禁忌的民族，“不知生，焉知死”的古训，使死亡成为中国传统文化的一大盲点和黑洞，我们的古人对死亡采取了沉默、搁置、闪避的态度，死亡不可说、不能说，借用《拯救乳房》中的话：死亡是睡着的魔鬼，大声叫醒，它就暴跳如雷。我们的文学作品充斥着大量道德性死

① 陈骏涛：《走不出白衣——毕淑敏〈没有墙壁的工作间〉跋》，毕淑敏《没有墙壁的工作间》，四川人民出版社1996年版。

② 毕淑敏：《凝视崇高》，《毕淑敏自述人生》，时代文艺出版社2010年版，第236页。

③ 毕淑敏：《我的故事》，《毕淑敏自述人生》，时代文艺出版社2010年版，第5页。

亡——比泰山还重、比羽毛还轻的死亡——而没有真正意义上的死亡。因为，对死亡的描写是不被允许的。毕淑敏对死亡书写怀着一种高度自觉，她说："在中国走向现代化的今天，对精神的一个如此重要的领域，不去考虑它、不去说它，不是一个现实的态度。"① 毕淑敏在其小说中，第一次以一种平静的心态、非道德化的立场书写了死亡。毕淑敏的《拯救乳房》等后期小说，剥离了死亡的社会学、道德性内涵，展示了纯粹意义上的死亡真相。西方有一门科学"死亡学"（Hanatologys），毕淑敏的小说，可以看作中国的"死亡学"启蒙读本。

毕淑敏对"死亡"有一种特殊的"嗜好"。海德格尔说："艺术的本质就是揭示生命存在的真理。"死亡，也是"生命存在的真理"之一，死亡是通向"生命存在真理"的一条幽暗的隧道。毕淑敏从生命的价值和意义层面来重新思考和书写死亡，她说："人的生存是一个向着死亡的存在……只有对死亡有了更深入的了解，人才可能更深地把握生命。死亡其实是一切的本质。"② 鉴于此，毕淑敏一方面对死亡表现出了异乎寻常的兴趣，她在作品中写了各种各样的死亡，她的小说几乎就是死亡博物馆。书写死亡的"嗜好"，在毕淑敏的小说创作中产生了双重的美学效果。另一方面，她对死亡的正视和描写，令人不快、恐惧甚至战栗；同时，毕淑敏的死亡"嗜好"又把人们引入了一个充满了神秘气息的人性"黑洞"。正如她自己所言："崇高这块燧石在死亡之锤的击打下，易于迸溅灿烂的火花。"③ 透过死亡，毕淑敏看到了人性的崇高和美好。

毕淑敏多次说过："医学是我的童子功。"④ 医生的角色不但决定了毕淑敏对死亡书写的热衷，而且也影响了她对死亡乃至整个文学创作的写作姿态，那就是某种冷静的近乎冷酷的叙事态度。毕淑敏认为她这种冷静的态度和医生的职业有关，和写过太多的病例有关，"你见过一个医生在病

① 毕淑敏：《预约死亡》，《生命》，群众出版社1996年版，第30页。

② 同上。

③ 毕淑敏：《凝视崇高》，《毕淑敏自述人生》，时代文艺出版社2010年版，第236页。

④ 毕淑敏：《走出白衣》，《毕淑敏自述人生》，时代文艺出版社2010年版，第197页。

历里热情奔放、抒情咏叹吗”①。王蒙认为毕淑敏“有一种把对于人的关怀和热情悲悯化为冷静的处方的集道德、文学、科学于一体的思维方式、写作方式与行为方式”②。这种写作方式集中表现为她对死亡的书写。笔者必须承认，阅读《拯救乳房》《红处方》等作品，特别是《生生不已》中对恶性脑瘤发病、挣扎等的病理描写，曾多次引起笔者强烈的不适感，笔者想这种阅读上的不适，一方面，源于毕淑敏对癌症、吸毒等病理学意义上的描写引起的生理反应；另一方面，更源于我们的恐惧、逃避和拒绝的心态。我们的文学已经习惯了对癌症等疾病的逃避和审美化的描写策略，毕淑敏对死亡的正视和描写，显示了一种科学精神。毕淑敏通过她的小说，建构了一种科学意义上的死亡观念，她既打破了关于死亡的恐惧心态，也打破了面对死亡的虚妄态度。

与死亡紧密相连，尊严特别是死亡的尊严构成了毕淑敏小说的另一重要主题。尊严的主题在毕淑敏前后期小说中有一个衍化过程。她的前期小说包括“昆仑系列”和后来的《女人之约》《女工》等，所着力表现的是人的生命尊严，《昆仑殇》其实讲的并不是死亡的故事，而是通过死亡的表象阐释“尊严”的主题。“一号”执意在海拔五千公尺以上的高原冻土地带，冒着零下四十摄氏度的严寒，进行冬季长途野营拉练，并徒步穿越无人区。其实，他所挑战的不仅仅是严酷的自然条件及所谓军人的意志，在其内心最隐秘的角落，促使他做出这一决定的是因为他的尊严受到了漠视和挑战，他要通过这种艰苦的自虐式的拉练，捍卫作为军人特别是作为边防部队最高指挥官的尊严。金喜蹦、李铁、肖玉莲等人的死，并不完全是被自然的严酷所吞噬，在某种意义上，他们是为了军人的尊严和荣誉而死。《阿里》同样如此，那个“在一团明亮的光明之中，走向那片幽静的水域”的漂亮女战士游星，临死前“很仔细地洗脸洗手，然后换上一身新军装，飒爽英姿”，她的死既是为了保住父亲作为司令员，更是为了自己作为一个军人的尊严。其实，如果稍加注意，毕淑敏在其小说中已经涉及

① 毕淑敏：《女心理师》，漓江出版社 2008 年版，自序。

② 王蒙：《作家——医生毕淑敏》，《王蒙文存》第 22 卷，人民文学出版社 2003 年版，第 167—168 页。

了一些敏感的悖论：尊严和生命。在毕淑敏的诸多小说中，都表达了这样一个事实：尊严是通过死亡得以完成的。“尊严”通过死亡得以体现，这是生命的悖论。可能同为女性的缘故，毕淑敏对女性的尊严似乎格外敏感。《女人之约》《女工》等，集中表现了日常生活中最普通甚至最底层女性的尊严。只不过与《昆仑殇》《阿里》等小说相比，毕淑敏在《女人之约》这篇小说中涉及了一个更为复杂的尊严伦理问题——“坏女人”的尊严。郁容秋是全厂出了名的“坏女人”，因而得了“大篷车”的绰号，虽是普通人家的女儿，却长得“像年画一般艳丽”，“偏巧又生得心比天高”，“想做个出类拔萃的女人”。在一个男性主导一切的社会中，她的命运可以想象，这其实是她一切“过错”的根源。郁容秋费尽周折，用尽一切手段，终于为濒临倒闭的工厂讨回了债，然而她不但没有得到女厂长鞠一个躬的诺言，反而全厂沸腾：“这是‘大篷车’卖×挣回来的钱。”女厂长是郁容秋“最敬佩的女性”，因为在郁容秋眼里，厂长是一个“活得最高贵的女人”，女厂长“不仰仗任何男人，凭着自己的本事，堂堂正正地立在这个世界上”，在讨债的过程中，她找到了一个女人的自信和价值感，“从未有过这样的神采飞扬，走路的时候腰杆笔直”。她之所以渴望得到厂长的鞠躬，源自她内心深处的“我渴望也光荣一次”的强烈愿望。“我渴望也光荣一次”集中表现了一个背负坏名声的下层女人的尊严渴求。在毕淑敏的小说中，这是最震撼人心的一句话，然而，她至死都没有等到那个鞠躬。这是一个渴望尊严而不得的女人。

毕淑敏的后期小说如《拯救乳房》等则集中思考了死亡尊严的问题。虽然《拯救乳房》的书名，令人瞠目，具有某种效应，但真正的读者还是能够发现作家的苦心：其拯救的当然并不仅仅是“乳房”，而是人的最后的尊严——死亡尊严。《拯救乳房》所着力宣扬的其实就是小说中的一句话：“死亡是宁静和安详的……死亡是我们成长的最后阶段。”这其实是一个更具挑战性的命题，她挑战的是几千年来所形成的传统文化心理和死亡伦理。毕淑敏说：“在中国，死亡的尊严是个盲点。”毕淑敏的许多小说写的就是这个“盲点”。道德化的死亡建构的是一种虚假的死亡尊严，即一切的所谓崇高、壮烈、贞洁的死亡，都只不过是一种道德化的美学叙事，而毕淑敏告诉我们的是，即使最普通最卑微的死亡，也具有同样的尊严感。对于个体生命而言，“死同生一样，是人类存在、成长及发展的一部分”，死亡是最后的礼仪，任何的死亡都应该得到平等的尊重和敬畏。

毕淑敏的一篇文章名曰《亲自写作》，所谓“亲自”写作，毕淑敏认为就是要写出自己面对世界和人生的“真感受”“真体验”，包括对于死亡的感受和体验。毕淑敏曾说自己“充满着探索自我的愿望”，为此，她甚至亲自到临终关怀医院去“体验”死亡，与那些行将离世的老人住在同一屋子，品尝死亡的滋味，在现实层面上做到了海德格尔所说的“先行到死”。毕淑敏说她特别希望通过她的小说传达关于死亡的观念：“人的生存就是一个向着死亡的存在”“只有死亡才是永恒的”。因而，毕淑敏笔下的死亡，一反常态，剥离了死亡的恐惧、不祥及“死亡气息”，赋予了死亡某种尊严和诗意，如《教授的戒指》中对死亡的描写：“高远的天空，有五色的祥云逶迤。金色的霞光从云隙中麦芒般地撒下，将峰峦剪出黛青的绿影。远处有辉煌的屋宇，飘渺的音乐像香花的气息弥漫而来。在莽莽苍苍的白雾之中，有一颗红色的玻珠跳荡起伏。一种像羽毛一样温暖而洁白的神韵，源源不断奔涌而来，涤荡寰宇。”在《拯救乳房》中写到安疆老人的死：“安疆就这样安静得仿佛空气一般平静地走了。死亡被她演绎成了一泓秋水，在这冬末春初的夜里。”《预约死亡》中：“死亡是轻飘飘暖洋洋的羽毛一般。那个瞬间是飞翔的感觉，一切痛苦都不复存在了，极为舒服。”毕淑敏通过她的小说，不仅唤醒了人们的死亡意识，建立一种正确的面对死亡的态度，更重要的是毕淑敏完成了对死亡的诗意书写，对读者进行了一次死亡教育的启蒙。

二

休谟说，一切科学都同人性有关。文学对人性的痴迷和执迷超越其他学科，对人性本身的探讨成为文学创作最为持久的深层动力。对人性的思考构成了毕淑敏小说的第三个主题。医生和作家的显著区别之一，即表现在医生更多关注的是人的肉身，而作家更感兴趣的是完整意义上的“人”——探讨人的社会性存在和人性内涵。作为一个医生、心理师，毕淑敏无疑具有更为便利的条件进入人性的深处，探寻人性的奥秘。在文学失却轰动效应的时代，毕淑敏的《红处方》《拯救乳房》《女心理师》等小说都取得了某种程度的“轰动”效应，当然，这种“轰动”效应有很多方面的因素诸如小说题材的奇特等。但是，对人性的深刻揭示是其“轰动”效应的更重要的因素。毕淑敏说：“如果不超拔于琐碎之上，文学就丧失了照耀的力量。”① 就毕淑敏小说而言，其超拔的力量却是源于对人性的不懈探讨和深刻表现。

《女心理师》的成功并非偶然，这部小说的魅力一方面源于故事自身的悬念——其实，毕淑敏追求悬念并非从这部小说始——另一方面，则是源于这部小说的人性内涵。《女心理师》在本质性上类似于美国精神病学专家斯考特·派克的《邪恶人性——一个心理治疗大师的手记》，只不过斯考特·派克是通过一个个真实的病例，思考、揭示人性之邪恶，毕淑敏则是以小说的形式通过一个个扑朔迷离的心理案例故事来探讨人性的“黑洞”而已。许多读者把这部小说看作心理治疗小说，相对忽视了毕淑敏在这部小说中对人性展开的深层探索。在这部小说中，毕淑敏以其医生的冷静、心理师的耐心和缜密、作家的仁者情怀，从多侧面特别是从人性畸变的视角，观察、展示了日常生活帷幕掩盖下的人性畸态。《女心理师》中的很多故事，其实并非完全是心理病案，而恰恰是人性的复杂性超越了人们的经验和想象。因此，我们在这部小说中所看到的其实并不仅仅是心理的畸态，更是人性的丰富和斑斓。特别是小说中大芳和老松的故事，惊心动魄，大芳变态的“宽容”——处心积虑地让自己的丈夫有外遇，并把这些女子想方设法请到家中，让他们在自己的眼皮底下蝇营狗苟——并非完全来自大芳心底遥远的呼喊：你一定要做“大”（大老婆），而且具有深刻的人性内涵。

在《红处方》中，毕淑敏通过简方宁和庄羽这一对对立的形象，展开

① 毕淑敏：《女心理师》，漓江出版社2008年版，自序。

了对人性两极——善与恶、美与丑的思考。简方宁在某种程度上是一种理想性的人性范式，代表了人性中的神性光辉，是善与美的化身：美丽尊严，医术精湛，热爱事业，热爱生命，然而，最终被阴谋和邪恶所毁灭。庄羽这一艺术形象，是人性恶的化身，是盛开在阴暗人性土壤上的“恶之花”：出身高贵，美貌惊艳，精神空虚，放荡不羁，为追求刺激，沦为毒品的奴隶，其原初美好的人性也随之彻底湮灭。庄羽就像一只黑色的邪恶的蝴蝶，面对简方宁的美丽、善良、尊严，她更加感到生命的绝望，彻底的绝望生长出的是邪恶：“要是有一天，把院长也变成病人就好了。”因此，她千方百计接近简方宁，目的只有一个，使简方宁也染上毒瘾。庄羽的邪恶源于其人性的嫉妒与自卑：我不能变成和她一样的人，她太高尚，太尊贵了。我今生今世，永攀不上。但是我可以把她变成和我一样的人……通过庄羽的形象，毕淑敏深刻地表现了人性的令人战栗的阴郁，抵达了人性冰冷的内核。

《拯救乳房》中由于罹患乳腺癌只有一只乳房的周云若，把玩弄男人当作精神的荷尔蒙，她认为精神的性欲可以战胜癌症的痛苦，在一次次近似疯狂的玩弄男性的游戏中，她得到了自我确认——我仍然活着，我仍是女人，仍具有女性的魅力——并完成了对死亡的暂时超越。其实，周云若的超越方式表明她已经不自觉地陷入了可怕的人性黑洞无法自拔。因为周云若陷入了巨大的羞愧之中：“从我知道得了乳腺癌那一刻起，我就觉得自己不是女孩了。我变成了不男不女的怪物。”正如桑塔格在《疾病的隐喻》中所言，世俗的成见使癌症“不仅被看作了一种不治之症，而且是一种羞耻之症”①。乳腺癌则尤其如此，历史上还没有另一种疾病像乳腺癌一样具有如此的道德方面的内涵，所以《拯救乳房》的癌症患者，都具有强烈的羞耻感甚至罪恶感，在一定意义上，她们不是被作为疾病的癌症所虐杀，而是死于这种比癌症自身不知强大多少倍的强烈的羞愧感。

毕淑敏有一篇惊心动魄的小说，没有引广泛关注，这就是她的《白杨木鼻子》（独具慧眼的是著名学者严家炎先生，他在“北大教授最喜欢的

---

① ［美］苏珊·桑塔格：《疾病的隐喻》，程巍译，上海译文出版社2003年版，第53页。

书”中，推荐的9部著作就包括《白杨木鼻子》，严先生把《白杨木鼻子》与《阿Q正传》《尤利西斯》等小说并列）。这个小说很短，刚6000字，但其包含的巨大的人性内涵远远超越了它的篇幅。在毕淑敏的所有创作中，这篇小说尤显得突兀而奇崛。故事很简单：年轻貌美的小茶嫁给了丑陋的木匠老姜，木匠人虽丑陋，但手艺好，且深爱小茶，然而，小茶却不愿为老姜添一个孩子。有一天，当老姜手提斧锯外出而归的时候，看到一个高大俊俏的小伙子，正在吻小茶鼻梁上的那颗痣……于是老姜第一次用推木头的刨刀剃掉了妻子的鼻子。由于教授鬼斧神工的精湛医术，把鼻子重新“栽”到了小茶的脸上，小茶又拥有了她那“像浮出海面的一段象牙，闪着晶莹的光润”的鼻子。然而，面对妻子完美如初的鼻子，老姜表现出的并不是感激和欣喜，而是“双眼时不时露出凶狠的敌意”。因此，当老姜第二次把妻子的鼻子用刨子剃下来的时候，用脚后跟在地上狠狠地碾着踩了一圈，无论多么高明的医生，这次再也不能把鼻子“栽”到小茶那张美妙绝伦的脸上了，从此小茶只能戴着丈夫老姜用最白最细的白杨木做的同样美丽精致的木鼻子……老姜从此感到安全了，因为在老姜看来，“没有鼻子的女人，比老母猪还要丑。别人不要，我不嫌”。更让人困惑和震惊的是，小茶和老姜二人对待“剃鼻”的态度，老姜剃掉了小茶的鼻子，不但不为自己的举动恐惧、悔恨，反而出奇的平静，甚至透出某种自豪和骄傲，当医生问用什么干的时候，他回答说：“用刨刃，剃的。推木头的那种。”第二次“剃鼻”后，面对医生的极端愤怒，他仍平静如初：“是。还是上回用过的那种，我觉着挺好使。”当医生问小茶“疼吗”的时候，小茶竟回答说：“一点也不痛。那刨刀是新磨的，很利。嗖的一下，凉凉快快，像雨后的风。”《白杨木鼻子》让人联想起福克纳的经典小说《圣殿》。《圣殿》里有一细节：相貌丑陋、身材矮小的“金鱼眼”是个丧失了性能力的男人，为了满足自己的变态的“占有”欲，他用玉米芯强暴了谭波尔。《白杨木鼻子》和《圣殿》共通之处在于两部小说都表现了人性中某种极端的扭曲的存在。在《白杨木鼻子》这篇小说中，毕淑敏以一个战士的冒险精神和医生的好奇心态，向人性的幽暗处突进，达到了前所未有的深度，以冷静得近乎残忍的笔调写出了人性的阴骘和扭曲，爱的专横与恐怖，以及占有欲的疯狂与怪异，每每想起“剃鼻”后老姜和小茶的平静都令人不寒而栗。《白杨木鼻子》是中国当代小说中不多的最具人性深度和艺术震撼力的作品之一。

《女人之约》除了表达了女性尊严的主题，还有容易被忽略的另一主题——人性的内涵。女厂长之所以不向郁容秋鞠躬，除了冠冕堂皇的理由——“她不是一般的工人。她不如一般的工人，她受过处分，名声很坏……”“厂长向这样一个卑贱的女人屈膝，会成为厂内经久不息的新闻”——还有人性的因素在里面。同为女性，女厂长对郁容秋的态度极为复杂，厂长虽然是个“干练的女强人”，是个“威风凛凛的女人”，“有一股端庄的威严，从这个女人身上逼射而出”，然而厂长是个“姿色平平的女人”，而全厂最低贱的女工郁容秋却“很妖媚，是那种眼睛里抛出绊马索的女人”，“女厂长不喜欢漂亮的女人”。郁容秋曾对兰医生说过一段痛彻心扉的话：“看着昨天还在我胯下受辱的男人，今天变得冠冕堂皇，当着众人讲大道理，大家还挺服气他。我就想，我征服了这个男人，也就征服了所有佩服他的人。”无论是女厂长还是郁容秋，在她们的决绝和包含着恶毒的快感后面都隐含了诸多人性的内容。《血玲珑》中的卜绣文，身上集中体现了最无私和最自私的母爱，母性有其光辉、圣洁的一面，也有极端残忍、狭隘的一面，当然，这种极端的狭隘和残忍，是通过无私的形式表现出来的，母性也是人性的表现形式。

三

毕淑敏在《我的五样》中说：“我清晰地得知什么是我生命中的真爱——就是我手中的这支笔啊。它噗噗跳动着，击打着我的掌心，犹如我的另一颗心脏，推动我的一腔热血四肢百骸。”[①] 由于自身身份的影响，毕淑敏的小说创作大都以描写军人、医生和病人的生活经历见长，其中的主

① 毕淑敏：《我的五样》，《毕淑敏散文精选》，长江文艺出版社 2009 年版，第 81 页。

人公也基本都是以女性形象为主，而且像《预约死亡》《红处方》《拯救乳房》等引起比较大反响的作品并没有一条明晰的故事线索，这对毕淑敏是一个极大的挑战，因为以“疾病”为视角来探索人性的复杂和灵魂的挣扎，这种尝试在中国当代文学的叙事中是比较少见的，仅有史铁生的《我与地坛》《病隙笔记》和贾平凹的《病相报告》等涉足过这一领域。毕淑敏与史铁生、贾平凹的“疾病”叙事不同的是，一个是以“医生”的身份进行叙述，另一个却以“病人”的身份对自我生存之境的思考。德国社会学家曼海姆在论述“视角”与“思想”的关系时说：“‘视角’在这种意义上表示一个人观察事物的方式，他所观察到的东西及他怎样在思想中建构这种东西，所以，视角不仅仅是思想的外形的决定，它也指思想结构中质的成分。”① 两种不同的叙述视角就决定了其作品思想内容的深度，虽然两者都显现出了对人的生命和死亡的理解，但毕淑敏毕竟不是一个“病人”，虽然她也到戒毒医院（《红处方》）、临终关怀医院（《预约死亡》）等体验过病人的生活。当然，这并不是说不是病人就写不出以“疾病叙事”为核心的深刻文本，毕淑敏的经历已经告诉我们她已经做了非常出色的努力，所以，我们所要做的就是要把毕淑敏的文学世界中的“隐喻系统”揭示出来，探索毕淑敏的灵魂世界。

毕淑敏的作品中有大量的医生和病人，他们成为毕淑敏小说的主要叙述对象，表面上看，这样的叙述空间显得略感狭窄，但在笔者看来，探讨人的生死问题，选择医生和病人作为叙述对象是一种非常可行的方式，因为病人是离“死神”最近的群体，而医生则是与“死神”搏斗的中坚力量，代表着“生”的一方，两者的所作所为可以视为两种终极价值的体现，正是这种对终极价值的不懈追求让毕淑敏无形中建构起了一种新的写作伦理。

毕淑敏曾说：“我只敢写我大致经历过的事情，我只敢描述那些我确有把握的情景。这真是我的悲剧，它们像两块坚硬的石头，缀在我想象的

① ［德］卡尔·曼海姆：《意识形态与乌托邦》，黎鸣、李书崇译，商务印书馆2000年版，第277页。

翅膀上，使它无法飞翔。”① 所以，毕淑敏的小说里写的是极为密实的、通俗的、日常化的当代生活，其中的人物虽以病人居多，但毕淑敏作品中人的世界不仅仅是病人的世界，而首先是一个正常的、活生生的人的世界，比如《预约死亡》中即将寿终正寝的老人们，《红处方》中的张大膀子、庄羽等人，《拯救乳房》中的卜珍琪、周云若等。毕淑敏把他们的日常生活一五一十地全部告诉了读者，他们的生活是琐碎的，轻如雪花，但给人以强烈的“在场感”，这种弘扬日常生活精神、反“宏大叙事”的写作方式写出了日常生活的内在真实，而人恰恰需要“诗意地栖居”在这样的“真实”中。或许，相当一部分人对于这种通过对日常生活的描写来探讨人的生存之境的写作方法是不能认同的，批评如“叙述过于充实，缺少空白；隐喻的缺失”等②，也就是说毕淑敏的写作过于“务实”，没有达到“务虚”或者是“大虚”的境界，这种说法是有道理的，但这种批评可能源于一种评价标准问题。毕淑敏小说中的日常生活是丰富的，有普通市民的生活，有高干子女的生活，有知识分子的生活，有底层人民的生活，为我们提供了一个真实的生活世界，而不是概念化的、被简化的生活世界，在这个世界生活的人有喜怒哀乐和爱恨情愁，这样的人便有了挂靠，不至于虚空，人的存在意义也是首先通过日常生活来指认的。但是，毕淑敏并没有把生活在日常中的人本质化，而是把笔触伸到了人的存在的另一维度——面对生死，对话灵魂。

《预约死亡》中的齐大夫说：“生命是一条无尽的链条，在太阳闪烁的那一截就是生，隐没在无边黑暗中的就是死。它是一个环，没有截然的区别。”如果说日常生活是“在太阳闪烁的那一截”，那么隐没在无边黑暗中的就是非正常的生活，即面对生死考验的时刻，这是任何人都无法逃避的。探讨人的这一极的存在，灾难和疾病都可以作为到达的途径，毕淑敏选择的正是后者。毕淑敏作品中所描写的疾病可分为两种：生理疾病和心理疾病。在毕淑敏看来，两者之间没有不可逾越的罅隙，它们可以互相转

① 毕淑敏：《别把你的秘密告诉我》，《小说月报》1992 年第 11 期。

② 刘俐俐：《“书写他者”的困境和批评的失语——论毕淑敏文学创作及其现象》，《文艺争鸣》2000 年第 4 期。

化，互为因果。比如，《红处方》中的琪仁，他是一个靠单身母亲拉扯大的孩子，母亲是他童年世界的唯一“资源”，自身的生理需求和精神想象都得从母亲那里得来，长此以往，他患上了一种心理疾病——“恋母情结”，为了缓解这种疾病的焦虑，琪仁选择了吸毒和同性恋，在由一个“花季少年”到“问题少年”的堕落过程中，疾病就像一只无形的魔爪折磨着他的躯体和心灵，最终导致了他的孤僻、暴躁，并背叛了自己的母亲。这是一个由心理疾病向生理疾病转化的例证。在《拯救乳房》中，那些患有乳腺癌的人们不敢正视自己生理上的疾病，反而遮遮掩掩、自暴自弃，由此而得了严重的心理疾病，成慕海男扮女装，应春草成为“暴力成瘾者”……如上文所说的那些因为患上乳腺癌而有羞愧感的人们。疾病在现代社会其实是一种隐喻，在苏珊·桑塔格那里被解释为：“为现代幻象所包围的那些疾病则被视为自我审判的一种形式，自我背叛的一种形式。”① 这些人患上疾病以后，就犹如打开了“潘多拉魔盒”，所有的苦难和不幸都接踵而来，让他们的灵魂无所依傍，无法确认自身存在的意义，在疾病的纠缠下，他们开始了“自我审判”，发出了对自我存在的狐疑，进而背叛了自己日常中的亲情、爱情和理想。实际上，对于生活在社会中大多数人而言，这些人在疾病面前的表现具有十分重要的“镜像”意义。

疾病是无处不在的，是任何人都要面对的事实，但“疾病并非隐喻”，只要我们找到一个合适的缓解疾病的方法。在毕淑敏的文学世界里，疾病是死亡的隐喻，乳腺癌、吸毒、先天性白血病，这些都是象征死亡的“符号”，不敢正视疾病，就是不敢面对死亡，只要敢于面对死亡，疾病的隐喻特征便不攻自破，要达到这种目的，理解人的生与死的辩证关系就显得尤为重要了。

毕淑敏说：“我希望对死亡有重新的解释，死亡在我们的概念中不再是肮脏的、悲惨的，它并不可怕，有时只是我们不能接受死亡而已。死亡是生命最后一个过程，有它的存在，生命才得以完整，我们不是要挑战死

① ［美］苏珊·桑塔格：《疾病的隐喻》，程巍译，上海译文出版社2003年版，第38页。

亡，而是接纳死亡。”① 毕淑敏把死亡日常化、平常化，这在中国当代文学的叙事中是比较罕见的，但这不是对死亡的亵渎，而是对灵魂的敬畏，不把这一层面的意义揭示出来，很容易把毕淑敏的写作视为俗物，很难进入毕淑敏真正的心灵世界。当我们进行正常的生活时，我们很难感到灵魂的存在，这是因为我们的灵魂已经与身体、生活融为一体，它就是我们的喜怒哀乐。而当面对像疾病这样的生死考验时，我们会突然发现不能再进行正常的生活，灵魂也从我们的身体中游离出来，它无所依靠，它好像是另外一个自己，无法确认自身，进而变得孤独、冷漠。毕淑敏给我们的启示是：让游离出来的灵魂重新回到自身，回到日常，不能让我们的灵魂任意地游荡和遭到践踏，欲做到这一点，必须把死亡日常化。只有这样，疾病才不会成为隐喻，我们才能懂得生命的意义，那就是善待灵魂，敬畏灵魂。所以说，毕淑敏的写作是敬畏灵魂的写作、光明的写作。

除了日常生活叙事外，毕淑敏的写作还有一条明显的身体叙事线索。身体，并不单单是指肉体，而是充满欲望的肉身，人也并非只是“下半身”动物，它也有头脑、躯干和感情，人的欲望也不只是“下半身”的欲望。与“下半身”写作不同，有的作家在其文学创作中开始试图建立一种新的整体的身体观，毕淑敏的《红处方》《拯救乳房》等几部作品就是不错的尝试。斯宾诺莎说，欲望是人的本质自身。毕淑敏的写作并没有回避人的欲望。比如，《红处方》中集天使与魔鬼于一身的庄羽，她有着天使般的面孔，却同样具有“邪恶”的心灵，她之所以是“邪恶”的，完全是由于戒毒医院这个特殊的场所和吸毒病人这种特殊的身份所决定的，因为，她的欲望如爱美的欲望、性的欲望、渴望自由的欲望等，完全是一个正常人所应具有的欲望，但是现在看来，这一切都变成了不正常的需求。这时，戒毒医院的医务工作者们治疗的只是他们的肉体，而不是身体，如同那些实验室里的猴子和小白鼠一样，并无限压抑庄羽们的欲望，想彻底拯救他们就彻底成了虚妄，所以，有了频繁的复吸者，戒毒医院也成为一

① 毕淑敏：《我敬畏生命的过程——答〈读书〉记者问》，《我敬畏生命的过程》，花山文艺出版社2006年版，第113页。

个充满罪恶的场所。与其在虚无中抵抗，还不如让它灭亡，这就造成了庄羽的悲剧，简方宁则充当了这种虚无的治疗中的“殉道者”。

毕淑敏在论及女性身体时曾说道：“最理解女性自身的，是我们自己。我们熟悉我们的身体，我们了解我们的欲望，我们知道我们的长处，我们洞悉我们的弱点。”① 庄羽的悲剧是由两方面造成的，一是因为她太放纵自己的欲望，忽略了自己的肉身，二是因为在拯救她的肉身时而忽略了她的欲望，对于一个人的身体来说，两者缺一不可。其实，这也反映了科学与人的本质之间的一种悖论，用数据和实验来说话的科学只关心人的身体的各项生命指标，与人的本质之间存在一条难以弥合的裂隙。毕淑敏的写作同时也触及了这一悖论。比如，《预约死亡》中临终医院里那些因痛苦而死去的老人们，除了“安乐死”，科学对他们的肉身已经无能为力，此时，他们有一种结束自己生命的欲望，但却得不到科学的给予；再如《血玲珑》中对那个襁褓中的婴儿的处理，这个婴儿的身上寄托了太多人的感情，但也是为科学而生的工具，最终还是人的情感占据了上风，却是由于另一个女孩夏早早的离开。因为夏早早找到了她灵魂的落实之处——这个婴儿身上，死亡对于她来说已经意味着新的生命的开始，所以她选择了“向死而生”，这不失为毕淑敏的一个叙述策略。这种修辞不仅避免了夏早早痛苦地死去，而且也使那个婴儿扑朔迷离的命运有了归属，也不至于使作品带有很浓重的悲剧感。

梳理毕淑敏的创作历程，她总是试图为面对生死考验的人找到一条拯救之路，从死亡前的“临终关怀”到“心理小组”，这一嬗变过程充满了曲折，发生过许多悲剧，从表面上看，导致这些悲剧的原因是病人不敢正视自己的疾病，但本质上是他们没有一个正确的身体观，意识到的只是孤零零的肉体，这样就放逐了他们的欲望和灵魂，最终走向扭曲，更是无法确认自身存在的意义。一个不能确认自己的人就不能正确地把握现实，毕淑敏的创作努力首先表现为让生活在疾病的折磨中不能确认自己的人能够确认自己，进而把握现实的本真世界，达到这一目的的途径就是凝视自己

① 毕淑敏：《女人，谁为你呼唤》，《我很重要》，时代文艺出版社2005年版，第147页。

的身体，确认自己的存在。这种通过凝视身体而达到确认自己的目的的创作倾向是毕淑敏新的话语实验，是一种叙述的“原点”，一种“私密话语”。之所以称为“私密话语”，首先是因为这一话语结构是潜藏在文本内的，其次是因为身体，尤其是女性的身体是私密的，有尊严的，毕淑敏的《拯救乳房》就很好地诠释了这种“私密话语”。“乳房”作为人的身体的一部分，是男人和女人共有的，它不但有生理上的意义，而且还代表着一种伦理，它是女性的第二性征，是确认女性性别最直观的存在，如果它出了问题，无疑会给女性带来沉重的精神压力，它还是男性最不重视的一个身体部位，但它一旦出现了差错，同样也会给男性的自身确认带来困难，小说中成慕海这个人物形象就充分证明了这一点。因此，就“乳房”替代“人”的功能而言，是身体其他部位所不具备的。此时的“人”不是抽象和虚空的人，而是有血有肉、有情感、有灵魂的具体的人，它的核心意象是指人的身体。

《红处方》中人物的身份是多种多样的，并都分布在各个年龄阶段，他们在迷惘和忐忑中加入了程远青组织的心理治疗小组，后来的事实证明，这个心理小组是患者由阴暗走向光明的一座桥梁，在接受心理治疗以前，他们没有意识到自己身体的完整性，只是单单看成肉体或者是欲望的化身。比如，小说中让人又爱又恨的小五，为了给哥哥治病出卖了自己的肉体和灵魂，得病以前，小五完全把自己的身体视为一堆死死的肉体，供男人取乐和自己赚钱的工具，而得病后，她又把身体完全当作欲望的化身，全然不顾病情的恶化，只是为了满足自己当一名“名妓”的变态欲望。经过心理治疗后，她猛然发现自己的人生世界里没有灵魂，只有非常态的欲望，这首先就是因为她没有发现和善待自己的身体，即使她曾经把自己的灵魂寄托在对哥哥的美好的爱情想象上，当她知道哥哥并不真心爱她的时候，才知道自己的灵魂一直挂着空，自身的存在意义也就没有了。所以，她醒悟后选择的第一步就是治疗自己的疾病，善待身体，回到正常人的生活轨道。小说中的其他人物如卜珍琪、周云若、应春草、成慕海等与小五的处境有着本质的相通之处，他们都不敢正视自己得病后的身体，或者把身体当作肉体的等身，疾病在他们的身上变成了隐喻，由此而进行了自我审判和自我背叛，最终失去了灵魂。毕淑敏所要告诉我们的是要找到自己的身体，并凝视身体，“它不是灵魂的虚化，也不是肉体的崇拜，而是肉体紧紧拉住灵魂的衣角”①，在生活中自由地安居。毕淑敏是个有责任的作家，它建构的这种“私密话语”并不仅仅对疾病患者有效，实际上，它的精神内涵指向了人的共通生存处境。毕淑敏总是努力地去书写中国现实中所熟悉和关注的领域，这充分表明毕淑敏是一个有自觉担当意识的作家，作为一个军人、医生、作家，她对自身的境遇有着深切的自知，面对死亡，面对生活，毕淑敏始终活在自己的真实经验里，这样的写作才是对现实发声的写作。

王蒙曾指出毕淑敏的“清澈如水的医心”，毕淑敏也谈到作为一个作家“胸膛里该跳动温暖的良心”②。无论王蒙的“医心”还是毕淑敏“良心”，其实在毕淑敏的小说里是同一个东西，那就是一种人道主义情愫。只不过，在毕淑敏的小说中，其人道主义是通过对于死亡主题表现出来的。毕淑敏在对死亡的凝视中，完成了与生命的对话。

① 谢有顺：《文学的常道》，作家出版社2009年版，第71页。
② 毕淑敏：《凝视崇高》，《毕淑敏自述人生》，时代文艺出版社2010年版，第237页。

一个文学的朝圣者[①]

——王海创作论

陕西作家是中国当代文坛上独特的一群，他们朴实、沉默、坚忍，但一旦爆发，就发出耀眼光芒。在一定意义上，陕西已经不仅是个地理概念，也是个文学概念，是中国文学的一块沃土。远的不说，新时期以来就涌现出了诸如路遥、陈忠实、贾平凹等代表性作家，成为当代文学的一支谁都不能轻视的重要力量，与他们相比，王海则是近几年陕西文学天空中升起的又一颗引人注目的新星。

说王海是“新星”，并不是就创作时间而言，而主要是指王海近几年的文学创作成就。王海不是那种一出现便才华逼人、光华夺目的作家，而是经过了一个漫长的探索过程。事实上，从最初的《鬼山》（1993），到《老坟》（2001）、《人犯》（2002）、《天堂》（2006），再到最近的《城市门》（2012）、《新姨》（即将出版），王海的创作已逾 20 年，20 年来王海怀着一颗朝圣般的心，向文学的圣殿迈进，将其全部热情、才智和心血都倾注在了文学特别是长篇小说创作上，取得了令人瞩目的成就，并逐渐建立起了自己的文学世界。最近十年，王海的创作更是一步一个脚印，写作的路数越来越广，对小说的认识也越来越深，《新姨》更是标志着王海的创作越上了一个新境界，达到了一个新高度。像他笔下的“守陵人”一样，王海也是文学的虔敬的朝圣者和守护者，无论是《老坟》还是《城市

① 原载于《小说评论》2014 年第 2 期。

门》，每次新作问世，都在黄土地上刮起一股“王海风”，在一定程度上，王海正改变着陕西的文学生态。

一

文学本质上是人类经验的审美性表达。王海通过自己的方式，执着地发掘和表达着一种黄土地上独特的生存经验、文化记忆和生命景观。中国文学具有丰富的乡土叙事传统，可以说，乡土构成了中国文学最主要的叙事脉络，陕西作家更是具有强烈的乡土情怀。陈忠实说故乡就是我心中的那片“白鹿原”；贾平凹也说过类似的话：“对我而言，商州那个地方不仅是我的故乡，更是我的小说世界。”① 乡土构成了陕西作家最深的心灵记忆，王海同样如此，“五陵塬”就是王海心灵的故乡，更是文学的家园。王海绝大多数小说都可以看作“五陵塬”叙事，如同陈忠实笔下的“白鹿原”、贾平凹笔下的“清风街”，王海正把黄土高原上的“五陵塬”变成一个文学性存在，“五陵塬”构成了王海小说最鲜明的文化胎记。

陕西作家大都具有一种似乎与生俱来的为文学献身的殉道情怀。一方面，这种文学殉道情怀，使他们的创作呈现出独特的精神特质和审美品格；另一方面，历史上长期的文化中心地位，又赋予陕西作家一种自觉而强烈的文化担当意识和使命意识，这形成了陕西作家独特的史诗心态，客观上又使他们对现实采取了强烈的批判精神和介入姿态，这是陕西作家的优秀传统和宝贵财富。事实上，《创业史》《白鹿原》《平凡的世界》《浮躁》等都带有鲜明的史诗气质。作为陕西作家的后起之秀，王海秉承了老一代作家的精神血脉和文学精神。英国文学史家泰纳在《艺术哲学》中提出了文学创作上“地理环境决定论”的命题，在当代文学中，还没有另一个地域的作家像陕西作家那样受这种“地理”因素的影响如此强烈而鲜

① 贾平凹、王彪：《有关〈秦腔〉的几个问题》，《文汇报》2005年1月15日。

明。然而，在不同的作家那里，这种影响又各不相同。同为陕西作家，王海与贾平凹、陈忠实的创作却呈现出完全不同的风貌：贾平凹生于商州，山清水秀，人杰地灵，楚巫文化影响甚重，其文风浪漫瑰丽，灵异怪诞，类似屈（原）、庄（子）；陈忠实生活在关中，自然条件优越，土地肥沃，物产丰富，加之张载“关学”的长期沉浸，形成了陈忠实刚正平实、厚重雄浑的文学风貌；王海则生活在咸阳，咸阳是八百里秦川的腹地，曾是中国历史上第一个统一的封建王朝秦朝的帝都，后来，咸阳则成了帝王们陵寝的所在地，长陵、安陵、阳陵、平陵、茂陵等依次排列在咸阳原上，形成了独特的“五陵塬”景观，因而，咸阳又称为“帝王陵之都”，后来咸阳的光环被长安所遮蔽和取代，往昔的繁华一去不返，这种特殊的历史塑就了咸阳独特的文化性格，那就是以“五陵塬”为代表的“陵文化”。这种“陵文化”，无可避免地既带有某种往昔的辉煌，更带有某种无法遮掩的落寞，辉煌和落寞构成了“陵文化”最显著的品格。“陵”在王海小说里绝不仅仅是指帝王的陵墓，而是代表着一种文化传统和文化形态，因而，“老坟”实则是一种文化隐喻，王海小说中的“陵爷”，也绝不仅仅是一种对“守陵人”的称谓，而是一种文化人格和精神的象征。如果说陈忠实体现的是“原文化”，王海更多的则是“陵文化”，这表现在文化气质和文学风貌上是不同的，王海的小说缺乏陈忠实的雄浑，也没有贾平凹的诡异，但是具有一种“陵文化”的独特品格，王海的小说可以看作“陵文化”的某种文学性表达，因而是一种“陵文化”符码。王海小说的独特精神品格和审美风貌，是由他所处的这种文化形态所决定的，这构成了理解王海小说的前提，也是进入王海文学世界的一把钥匙。

王海的小说，不但对“陵文化”进行了淋漓尽致的呈现，而且通过一个个酷烈的女性形象对这种以“仁义”为核心价值理念的文化进行了深刻反思和批判。从《老坟》《天堂》到《城市门》《新姨》，王海一以贯之地追求从文化的视角来表现人物，因而王海小说中的人物在很大程度上都可以看作“陵文化”的符码。《天堂》《老坟》《新姨》等都深刻表现了传统文化对人性的漠视、摧残、戕害和虐杀。茹玉（《天堂》）、米雪、麦草（《老坟》）、可云（《新姨》）等身上都背负着沉重的精神负担，她们生活在传统文化的阴影里，她们的青春、生命都被一条看不见的绳索紧紧捆缚，虽然内心充满了渴望乃至激情，但她们无一例外地走上了所谓“贞洁”之路，她们的贞洁之名充满了血泪和难言的苦痛。王海通过这一个个精神被虐杀的女性形象，表达了对传统文化的深刻反思和凌厉批判。《老坟》中的米雪是一个惊心动魄的形象，她19岁就嫁给了一个死人，虽无法掩盖内心的生命激情和欲望，“人类原始的生命力紧紧拥抱生活本身的过程，由此迸发出对生活的爱与憎，对人生欲望的追求，这是任何道德说教都无法规范，任何政治条律都无法约束，甚至连文明、进步、美这样一些抽象概念也无法涵盖的自由自在”①。但是米雪却只能坚韧苦受，甚至为了表示自己的“清白”，剁掉了被男人摸过的手指。小说的非凡之处在于写出了一种文化的悖论，米雪生前受尽情欲的煎熬，但是死后她却成了人人颂扬、远近闻名的“节妇”，并立了牌位，成了妇女们心中的偶像。米雪的一生就是为了这贞节牌坊活着，正如陵爷所言，“这贞节牌坊是她一生挣来的”，这是一个具有相当悲剧感的形象，她身上蕴含了太多的道德、文化和人性内涵。传统文化就像一口深不见底的黑井，以“贞洁”的名义吞噬了米雪、麦草、茹玉、可云等一个个鲜活的生命，连半点涟漪都没有泛起，她们的好“名声”，无不透着无奈和酸楚，她们被无声无息地虐杀了，但是头上都带着令人艳羡的“贞洁”光环。再如麦草，她之所以半推半就地被麦客二虎“勾引”，并不是女性的欲望使然，而是一种传宗接代的“使命感”让她铤而走险，然而，成了远近闻名的“孝顺媳妇”后的麦草，心中一直有着困惑，那就是“我要是死了，秋文能饶了我，还要我不？阎王爷还会不会惩罚我……”这是一个“祥林嫂”式的疑问。无论是米雪的“节妇”牌位，还是麦草的“孝顺媳妇”牌坊，都是用年轻的生命换来的，更重要的是，她们并不是源于内心的自愿，而是在道德文化的“引领”下“不由自主”地成了“孝顺媳妇”，她们不是为自己活着，而是为了一个所谓的名声，她们的生命之花从未恣肆开放过，却不得不在“孝顺媳妇”和“节妇”的挟制和捆绑下，迅速干枯、萎败。小玉对“骑

---

① 陈思和：《鸡鸣风雨》，学林出版社1994年版，第35页。

木马”（对不守妇道女性惩罚的方式）的恐惧，也具有极深的思想内涵。在《老坟》《新姨》等小说中，王海通过一个个被牺牲、被吞噬的女性形象，深刻地揭示了人性、欲望与宗法、伦理的深层冲突，揭示了传统文化对人性的扼杀和扭曲，表达了对传统文化最严正的抗议。

王海对传统文化的反思和批判，在《老坟》中得到了进一步体现。《老坟》写的其实是一个复仇的故事，中国历史上从来就不缺复仇故事，最著名的如《赵氏孤儿》，但是王海在这个复仇故事中寄寓了更自觉也更深沉的文化反思。同是“守陵人”的龙家子孙夏文和夏仁，上演的却是最残忍的一幕：夏仁给夏文设计了一个个圈套，让夏文给他当长工羞辱尚运老汉，设计捉麦草的奸，并最终把麦草“逼”成了“孝顺媳妇”，借祖宗之刀杀死了秋文；孰知，长工夏文却给他设了一个更大、更阴毒的圈套，不但毁了他的家，也把他的儿子清武彻底铲灭，几代人的命运被这种仇恨、圈套所牢牢控制，代代相传，一切都难逃脱被毁灭的命运。看似夏文胜利了，他把夏仁毁了个干干净净，然而，夏仁的二儿子清国又长起来了，他比当年的夏文志向更“远大”，一场新的复仇又即将上演。无论是在夏文还是夏仁那里，复仇成了生命的最大义务和生存的唯一目的，英国道德学家塞缪尔·斯迈尔斯曾说复仇是“野蛮人的普通逻辑”，复仇不仅仅是人性的邪恶和阴暗，更是一种文化的毒素和症候，是中国传统文化的一种病症，因而在《老坟》中，王海把夏文、夏仁两家的复仇和反复仇，置于龙姓“守陵人”之间展开，这里的“龙”姓家族，也许不是无意的，而是具有鲜明的文化隐喻意味（华夏民族是“龙的传人”），这就更进一步凸显了王海自觉的文化反思意识。小说的结尾，“陵爷”一遍遍地追问：为什么先人的遗风美德丧失殆尽，剩下的都是恩怨和争斗？这其实是王海的追问。更具批判意味的是，夏文、夏仁两家几代人的仇恨的根源——夏文的爸爸尚运老汉一直认为夏仁盗了他家的墓，导致家境败落——最后证明完全是子虚乌有。至此，王海对中国传统文化的审视和拷问达到了一个新的思想高度。

二

王海是一个有独特文化情怀和人文立场的作家，这在其创作中表现为两个价值维度：一是深沉的文化反思意识；一是冷峻的现实主义批判精神。从整体看，王海的创作一直处于历史与现实、文化视野与现实立场的双重变奏之中，《老坟》表现了王海的文化情怀，而《天堂》《城市门》对农村底层生存真相的深切描写，则表现了王海对社会现实的强烈介入姿态和批判精神。

王海的现实主义精神首先表现为强烈的“在场”姿态。王海的创作既是历史、文化的，又是现实、当下的，强烈的使命感既让他走进了传统文化的深处，又让他对现实保持了高度敏感。从《老坟》到《新姨》，王海的写作题材几经变化，但他有自己坚定的价值立场和美学追求，那就是对底层民众生活和命运的执着关注和书写，强烈的底层意识和坚定的民间立场，让王海发现了现实生活被遮蔽的真相，让他一直关注底层人的生活和生命状态，描绘底层人的生存与挣扎，苦难与不幸，痛苦与欢乐，命运与心声，构成了王海小说最坚硬的思想内涵和最持久的审美品格。

王海的现实主义姿态源于其忠于现实、忠于生活、忠于自我的文学精神和写作立场，这使他获得了强大的思想力量，能够穿越生活的表象，直逼本质的真实。普列汉诺夫说：“‘最高的独创性’表现在这里，就是他在自己的领域里比别人更早或者更好、更充分地表现出那个时代社会的或者精神的需要和憧憬。”① 在王海的小说家族中，《天堂》并不特别引人注目，但仍表现了王海面对历史和现实的独特思考。《天堂》的主题类似于“反思小说”，但是仅仅一个“反思”是概括不了这部小说丰富内涵的，在这部小说中王海追求一种未被概念拘囿的真实和完整，最大限度地表现了改革之初农村社会的复杂性，特别是改革所引发的人们情感和心理上的惶

① ［俄］普列汉诺夫：《论西欧文学》，吕荧译，人民文学出版社1957年版，第22页。

惑、游移、无奈，其最杰出的成就在于塑造了老书记赵怀仁的形象，这是当代文学中独一无二的艺术形象，是王海对中国当代小说的一个重要贡献，其认识价值和审美价值超过了很多同类形象，按照文学理论惯常的说法，这是一个“圆形”形象：一方面，赵怀仁做了几十年的村支书，有他自己的认识和固守，虽然他对萧汉的做法心怀恐惧，然而，当公社干部要铲除萧汉承包地上的草药时，他又给予了坚决的保护；再一方面，感情上，他对萧汉之于女儿诗云的伤害不能容忍；另一方面，他又极力推荐萧汉担任大队长，因为在内心他欣赏萧汉，从萧汉身上他看到了年轻的自己；他曾因“财宝”问题，多次批斗过德厚老汉，但又保送德厚的儿子萧汉上大学，甚至至死他都认为德厚老汉应该批斗，这些看似矛盾的性格特征，却十分自然地统一在了赵怀仁身上，他的失落和游移、疑虑和彷徨、痛苦和迷茫，都是真诚的、感人的。这不是一个单维度的文学形象，人们可以从这个形象身上读出某种历史的庄严感和复杂性。王海的很多小说题目如《老坟》《城市门》等都具有象征意味，在这部小说中“天堂”同样如此，“天堂”既是老书记赵怀仁的一种价值理想，更是一种精神追求。然而，残酷的是在时世变化中，“天堂”的理想已经成为一种乌托邦，因而，赵怀仁身上具有了一种悲剧感，理想与现实的错位使他陷入了一种前所未有的惶惑之中：他真诚地一心带领大家沿着社会主义集体道路，奔向“天堂”，然而时世变迁，再一次把他置于了历史的转折点上，他惶惑、无助，只能一次次久久地凝望毛主席的像，泪流满面，哭出声来，几十年的书记角色，使他习惯了背着手像国王一样走在村道上，在内心深处他怀念那种热火朝天的集体劳动场面，无论在现实还是情感层面，他都无法接受单干的事实，他一次次地去找公社书记，是因为他总想为历史找个说法，找个根据。王海写出了这个形象身上的复杂性，在他身上蕴含了丰富的历史内涵，这是一个被历史所抛弃被压扁了的灵魂，他让人想起《创业史》中的梁三老汉，但又比梁三老汉具有更多的沉重和叹息，更具有历史的悲剧感。

如果说《老坟》是一部文化小说的话，《城市门》则是对当下现实的关注，从《老坟》到《城市门》，王海的写作姿态发生了显著变化，他采取了更为凌厉的批判性立场，对现实采取了更为激进的介入姿态。《老坟》中深沉的文化反思演变成了锋锐的现实批判精神，《城市门》把王海冷峻的现实主义推向了一个前所未有的高度。《城市门》与贾平凹的《秦腔》在对当代农村生活的表现基调和价值取向上有相通之处，都深刻地表现了社会转型引发的人们情感、心灵的冲突、迷惘和失落，《城市门》则更进一步表达了城市化对农村的“入侵”及现代性对人性的压抑和毁灭。《城市门》深切地揭示了土地信仰文化如何被破坏、被摧毁、被抛弃的过程，以及一种被从土地上连根拔起的痛苦、迷惘和惶惑。城市化正使中国农村及其文化面临着几千年以来的最大变局，“乡土中国”到了21世纪面临着前所未有的严峻挑战，一夜之间，原来生活在乡间的农民被城市化了，然而，他们失去了土地，失去了家园，也失去了生活，他们需要重新学会生活，世世代代建立起来的生活方式、情感方式面临着彻底崩毁和瓦解，他们成了一群生活在城里的让人笑话的“猴子”。车尔尼雪夫斯基说：“文学……就其本质来说，它不能不是时代愿望的体现者，不能不是时代思想的表达者。”① 王海在《城市门》中，以其作家的高度敏感，写出了在现代化的浪潮中，人与土地的关系面临的前所未有的挑战，农村的崩毁，农民的惶惑，以及农耕文化的覆灭。《城市门》以寓言化的手法表现了现代性带来的“颓象”：两个人被“吓死”的故事，一个是张大，另一个是德胜的老伴，从表面上看，张大是被派出所半夜抓人的举动吓死的，德胜的老伴是被强行开进的推土机吓死的，但这只是表象，更深层的内涵在于，无论是张大还是德胜的老伴，他们其实是被现代性的脚步吓死的，他们死在现代性来临之前，王海通过张大和德胜老伴的死，表达了传统乡村文化面对现代性的惊恐、不安及覆灭，把当代文学现代性反思主题推向了一个新的高度②。

王海的小说不但写出了某种现实的颓象，而且表现了精神的真相。

---

① 北京师范大学中文系文艺理论教研室编：《文艺理论学习参考资料》（上），春风文艺出版社1981年版，第405页。

② 参阅温奉桥、温凤霞《覆灭与拯救——评王海长篇新作〈城市门〉》，《小说评论》2010年第4期。

《天堂》中的德厚老汉，由于莫须有的“财宝”，被一再批斗，以致恐惧成病，一听见“开会”和老书记的咳嗽声，就吓得浑身颤抖，每天都生活得战战兢兢，总觉得一场灾祸还没有来临，他生活的意义似乎变成了等待灾祸的降临，他一生最大的愿望就是“卸掉帽子”，成为一个真正的“社员”。一顶“富农分子”的帽子，把一个老实巴交、勤俭吃苦的农民压垮了。《新姨》中的王十万（其实，他的真名并不叫王十万，王十万是传说中的一个财东），是远近闻名的“会过日子的人”，他做梦都想成为“王十万”，为了实现过上富足日子的梦想，他节俭到了自苦的程度，然而就是这样一个“老实得跟羊一样的人”，在土改中被划成了“富农分子”，最后财产被瓜分，妻离子散，改革开放了，王十万却发出了“再也不敢致富”的感慨。无论是德厚老汉的恐惧成病，还是王十万的“再也不敢致富”，都显示了王海清醒冷峻的现实主义精神。

三

一个有出息有追求的作家，总是不满足于对生活现象的描绘，而是努力抵达对人的内在规定性即人性的关注和表现，对人性的冷静审视和拷问同样构成了王海小说主题的一个重要维度，这其实是王海超越很多同类小说家的根本所在。

王海的小说一直关注和思考着“人”自身，由此也决定了王海小说的叙事视角，那就是从心灵—精神的视角对“人”的价值、尊严和命运的追问和书写，进而通过人物的精神挣扎，来揭示人性内涵。基于此，《老坟》《天堂》《新姨》透过一个个悲苦的爱情故事，演绎的其实是一出出人性的悲歌。王海对人性的刻画，入木三分，在看似平静的叙述下，直逼人性的真相。《老坟》第一次让人真正记住了“王海”这个名字，为王海赢得了最初的文名。细究之，《老坟》的卓越之处，在于对人性惊心动魄的描写和剔骨见髓般的深刻揭示，王海对人性的思考和探索，在《老坟》中达到了罕有的深度。

在这部小说中，王海通过夏文、米雪、夏仁、尚运等艺术形象，深刻揭示了人性之阴暗、惨烈。夏文是中国当代文学中极为罕见的复杂的农民形象。从梁生宝（《创业史》）、孙少安（《平凡的世界》）到白嘉轩（《白鹿原》）、夏天义（《秦腔》），黄土地上站着太多的个性鲜明的农民形象，而王海笔下的夏文是特异的，他既不是单纯的一个政治符号，也不是一个单纯文化符号，更不是什么“新的农民形象”，而是一个比任何符号都更复杂得多的小人物，他是中国的希斯克里夫，他甚至比希斯克里夫更阴狠、更可怕，他不是通常意义上的“强人”，但是他的身上却有一种可怕的阴狠和残忍。王海通过这一形象颠覆了长期以来形成的牧歌情调般的乡土叙事，把人性的阴毒表达得淋漓尽致，标志着中国当代文学对农民的认识和刻画跃上了一个新的精神高度。他的邪恶和阴毒、欲望和野心，以及被这种欲望所焦灼着的内心，都赋予了这一形象极为复杂的审美特质。他工于心计，“目光长远”，设计了一个个恶毒的陷阱，夏仁家的败落，以至米雪的悲剧，都与他的阴狠有关，当他的阴谋一步步变成现实——看到仇人夏仁一步步败落，特别是当看到夏仁的儿子清武已经彻底成了一个浪荡子，夏文竟“欣慰地笑了”。夏文看不起他的父亲尚运，因为父亲只是“把恨挂在嘴上”，而他却是“把恨埋在心里”，他处心积虑，隐忍等待，精心实施他的复仇阴谋，他甚至为了实现复仇的野心，把心爱的米雪当成诱饵，并最终酿成了米雪自杀的悲剧。然而，夏文又不是一个单纯的复仇“魔鬼”，他的内心也有挣扎和撕裂，当他看到仇人家破人亡时，又起了恻隐之心，感到内心的隐隐不忍。通过夏文这一艺术形象，王海写出了人性的阴毒、残忍和复杂。同样或者更加令人震惊的还有夏文的父亲尚运老汉，尚运老汉虽长年瘫痪，但是一刻也没有停止对儿子的复仇教导，“他的后半生只有一件事，那就是仇恨！他仇恨夏仁家，他希望儿子孙子，都跟他一样仇恨夏仁家”，他埋下的仇恨种子终于有一天在儿子夏文那里长成了大树，当他听说仇家已经彻底败落时，他竟“开怀大笑”，笑得令夏文毛骨悚然，甚至，当他听说仇家的儿子清武发狂放火烧家时，他再一次笑了：“尚运笑着拍打着双腿，像个要狂的孩子”，最终尚运在一种复仇的快意满足中，笑着死去。尚运老汉透释出来的人性内涵，令人战栗。

米雪是王海小说人物谱系中最惨烈、最惊心动魄也最具悲剧感的形象。斯马特说："如果苦难落在一个生性懦弱的人头上，他逆来顺受地接受了苦难，那就不是真正的悲剧。只有当他表现出坚毅和斗争的时候，才有真正的悲剧，哪怕表现出的仅仅是片刻的活力、激情和灵感，使他能超越平时的自己。"① 米雪就是这样一个在欲望的煎熬和抗争中最终走向自我毁灭的悲剧形象。从人物谱系来讲，米雪与可云、茹玉等同属一个形象谱系，然而，她的欲望和热情、压抑和自虐、挣扎和毁灭，无疑都带有更为强烈的悲剧感。米雪表面是个"乖顺的羊儿"，但是她内心却无时无刻不在燃烧着难抑的情欲之火，她 16 岁嫁到斗半家，满怀对爱情的憧憬，然而，命运弄人，她嫁给了一个木尔（木制的人），不得不抱着公鸡拜堂成亲，又时时处处受到婆婆的监视，她内在的激情使她在情欲之火中挣扎、煎熬，她渴望成为一个真正的女人，而不是一个"规规矩矩的妇人"，更不想成为一个人人敬仰的"节妇"，礼义道德乃至婆婆的监视已捆不住她的心，虽然她没能嫁给那个让她一见倾心的夏文，但是她的心却早已被那个高大健壮的男人掳走，她对夏文怀着刻骨的爱，她每天都生活在无尽的思念和期待之中，而这种思念和期待又是绝望的，她挣扎、等待、失望，最终在情人夏文的毒计中走向毁灭。米雪的死更是震撼人心，"米雪躺在炕上一丝不挂，身底下流出一摊黑血"。米雪的爱从一开始就带有某种残酷和毁灭性，并最终化成了毁灭自己的火焰，这种人性深处的情欲之火，不但毁灭了米雪自己，也毁灭了所谓的礼义道德，她的死诱因是夏文的圈套，本质则是自我毁灭，她实则死于自己的情欲之火。王海对人性的审视和揭示，达到了惊心动魄的程度。

《人犯》是王海小说家族中的"另类"，然而，在揭示人性方面，又与他很多小说有着内在关联。俊强是个瘫子，瘫痪进一步加剧了人性的扭曲，他无法忍受老黑与慧的交往，夜夜折磨慧，抓烂了她的下身，"她的嚎叫，使他有一种异样的快感，他爱抓她的下身，不仅是解恨，更是想听

---

① ［英］斯马特：《悲剧》，转引自朱光潜《悲剧心理学》，人民文学出版社 1983 年版，第 206 页。

她叫，那近似两人交融时的痛快嚎叫”“火光在烟锅头闪烁，他双手紧握烟锅向她那曾经俊俏使汉子们感动的粉脸烫去，他已闻到皮肉烧焦的糊味，他已听到那动人的嚎叫……”不仅如此，为了报复老黑，他竟咬下了老黑胳膊上的一块肉炒着吃，说“这肉香，比猪肉香”。俊强身上所表现出的这种变态的疯狂和残忍，并不仅仅是心灵的畸形和扭曲，也是人性之深藏的恶任其发展的产物。

四

王海的小说具有鲜明的艺术个性，“好读，贴近生活、贴近农民、富有情趣”（王蒙语）构成了王海小说的显著特色，而“好读”在很大程度上缘于其浓烈的生活气息和鲜明的地域文化特色。

王海的小说是来自大地和泥土的歌。一般而言，王海的小说没有狂放瑰奇的想象，也没有令人眼花缭乱的叙事技巧，甚至也缺乏某种激情性表达，他就是自自然然一如他生活的那块黄土地。作为“五陵塬”的后生，王海对“守陵人”的生活太熟悉了，他熟悉他们的内心，他们的梦，“他本身就是咸阳土疙瘩，是农民的一部分”①，这在深层创作心理上决定了王海小说亲切平等的叙事基调和叙事姿态。叙事基调和叙事姿态可能与作家的创作理念等多种因素有关，但本质上是一种情感基调和姿态，王海小说的这种平等叙事姿态，客观上保留了生活更多的原汁原味，因而，王海的小说在琐碎之中，保存了某种未被删割的丰富性和生动性。王海对政治的兴趣远远没有对文化的兴趣更浓烈、更真挚，与陈忠实追求全景式叙事不同，王海更擅长通过一个具体的点如“龙家村”“官道村”等切入生活，他就像一个掘井人，他追求的不是生活的宽度，而是生活的深度和密度，与那些大题材、大事件相比，王海更感兴趣的其实是日常生活的苦乐和琐

① 秦讯：《从“农民”到“市民”敢问路在何方——王蒙在咸阳和陕军专家、学者研讨〈城市门〉》，《小说评论》2011 年第 5 期。

碎。例如《新姨》，小说对诸如“大跃进”“文化大革命”和改革开放等大事件都做了模糊化处理，因为王海所关注和感兴趣的并非这些大事件本身，而是乡村日常生活，与表现时代的大波大浪相比，王海更喜欢生活的涓涓细流，这种以小见大、以微见著的写法，符合王海的性格和文化立场。同时，王海的小说又具有鲜明的地域文化特色，“艺术的地方色彩是文学的生命力的源泉。是文学一向独具的特点。地方色彩可以比作一个人无穷地、不断地涌现出来的魅力”①。这种地域文化特色不仅表现在所描写的人物性格，也表现在日常生活描写方面，如“撞干爹”“搭红”（“最高形式的感谢”），男女相亲时的“背见”，娶新媳妇时的“闯头门”，二月二帝王庙“赛鼓”，丧事中的“迎礼转饭”，谁家生了孩子就到谁家门口烧一堆火，以表吉祥、祝贺之意等民俗描写，再如“受活”“麻达”“稀样”“显花”“弹嫌”“骚情”“谝闲传”“拾娃”等方言土语的纯熟运用，也都进一步凸显了其地域文化特色。

就如其他陕西作家一样，王海对花样翻新的文学观念和文学技法不敏感，而对中国传统小说的叙事智慧却有着独到的领悟。在构成小说的所有要素中，故事是第一要素，可以说没有故事就没有小说，正如希尔斯·米勒所认为的那样，人们需要故事是因为在故事中人们可以重新整理现在的经验，并赋予经验以形式和意义。王海极善于“经营”故事，王海对自己讲故事的能力充满自信，所谓“经营”，在王海的小说中首先就是那种老老实实、本本分分的姿态。在王海那里，故事就是生活，就是日常的鸡零狗碎，王海在他的小说中并不刻意追求表达对生活的个体化理解或阐释，而他所要告诉你的一切都隐藏在那个平实的故事里，这正是王海的高明所在。王海的小说继承了中国传统小说特别是民间文学的某些叙事传统，重生活，重故事，重经验，而不是作家个人某种理念或思想的自我表达或表演，王海的小说可读性强，趣味性强，这是与某些知识分子小说不同的，在这一点上，王海的小说与贾平凹的《秦腔》《带灯》走的是同一条小说路子。

---

① ［美］赫姆林·加兰：《破碎的偶像》，《美国作家论文学》，刘保端等译，生活·读书·新知三联书店 1984 年版，第 84 页。

这其实是一种民间文化立场，这种文化立场从根本上决定了王海小说的本色的叙述方式——“谝闲传”式的叙述。你可以说王海在叙事技巧上尚未“自觉”，因为与很多新潮小说相比，王海的小说不弄奇，不炫技，不刻意追求什么跌宕起伏，而是本本分分，娓娓道来，反而收到了奇异的效果，无非就是那些琐碎的故事，然而，总能把一个日常的故事讲得有滋有味、富有情趣，总能抓住读者的心，让你寝食难安，非一口气读完不可，颇有一种返璞归真的味道，这其实是王海的一种智慧，因为他知道，小说真正吸引人的不是技巧，而是生活本身。王海追求自然朴素、简洁明快的叙述风格，故事结构也基本都是直线型单线条的，叙事节奏细致绵密，从容舒缓，如流水潺潺，如微风徐徐，表现在文本形态上，人物对话多于叙述和描写，特别是静态描写，更是少之又少，惜字如金，但都极为精彩、传神。

王海小说的心理描写特别是性爱心理描写，真实细腻，具有极强的动作性、情节性，也具有很强的张力美。“性”构成了王海小说一个重要的叙事维度。王安忆曾说：“如果写人不写其性，是不能全面表现人的，也不能写到人的核心。”① 对“性”特别是性心理的出色描写，是王海小说十分精彩的一笔。《老坟》中夏文晚上第一次面对拣来的媳妇秀，既兴奋又害怕：“炕里像躺着一只随时要咬他的怪兽”“他仿佛躺在一块烧热的铁板上，浑身燥热得想跳”，当经过了漫长的失望、等待后，秀终于得到了她的夏文，秀“有一种羊羔回到草原，小溪回归大海的亲切感”。对夏仁性心理的描写更是极为精彩，具有鲜明的层次感。夏仁一见米雪，就被她的美貌所迷惑，称她为一颗“鲜艳的桃子”，然而，囿于年龄、辈分、地位等，夏仁不能像年轻人那样轻狂放肆，却又无法压抑内心的波澜，“一种无名的亢奋像只小虫在他的体内窜动”，他一方面骂米雪是“妖女”，因为米雪让他产生了“邪念”；另一方面，他又无法压抑内心深处对米雪的想象和欲望。在这种欲罢不能的情欲骚动下，他甚至看见丫鬟小玉变成了一颗“脱皮的葱杆”。于是，他以“不孝有三，无后为大”作为遮掩，与小

① 王安忆、陈思和：《两个69届初中生的即兴对话》，《上海文学》1988年第2期。

玉偷情，因为在他看来，米雪虽美，却是一颗“可望不可即的桃子”，而他的丫鬟小玉是“一只实实在在的鲜桃”，他把小玉看作米雪的替代物，甚至，他后来设计捉奸，执意让麦草“骑木马”，其实也是这种压抑的性心理的变态表现。王海对夏仁的性心理的描写，如蚕抽丝，细细屡屡，绵绵不绝，看似波澜不惊，却把一个老年人的性心理描写得极为细密绵延。

王海的语言，朴实、简洁、形象，特别是那些出人意料的比喻——“月亮像刚出月的婆娘，白嫩白嫩的耀人”“寒流就像一条不肯离去的毒蛇缠绕着春天”。《老坟》中对米雪的描写：“她的腰像细狗的腰，她胸前的两座山能放两群羊。”——既带有泥土气息，也颇具地域文化特色；王海的语言丰满、质感、表现力强，如：“春风歪歪扭扭如秦腔野调”“被摘掉果子的桃树像丢了儿子的母亲，整日整日满脸愁容地呆立在院中”“太阳像哭过似的，使人一点也提不起精神来”“潮湿的夜风像疾走的女人在玉米地里穿行”“悠闲的小雨似下非下地下着，缠绵没有激情”“山雾像一个怀旧的女人，太阳爬上了山顶，她依然不肯离去”“山风像长了腿在山谷中飞跑”等，这些典型的王海式语言，大都极富生活气息，具有拟人化、心理化、情绪化的特点。王海有一种特异的才能，以极简的笔墨，三言两语勾画出一幅幅鲜明形象、生动传神的画面，他笔下的景物描写，大都是粗线条的，粗犷恢宏，具有很强的画面感。《天堂》的结尾：“太阳暖暖的照着她，照着这恢宏的五陵塬……”《新姨》的开头：“秋后的咸阳五陵塬空空荡荡，南山北山尽收眼底。一阵豪迈的秦腔野调从汉武帝的陵上传来。”这些土得掉渣又新鲜活泼的语言，都是书斋中所没有的，因为源于生活，反而转为新鲜。

五

王海的创作充满了高度自觉，他总是在寻求创新和突破，几乎每部小说都在追求一种新的尝试和变化：《老坟》是文化小说，《天堂》写的是改革之初农村的“阵痛”，《人犯》则是对一群边缘人生活的描写，《城市门》则是对当下农村城市化的审视和批判，《新姨》则是通过一个人的命运表现中国社会几十年的变迁。如果说从《老坟》到《城市门》是王海小说的第一次转型的话，那么，从《城市门》到《新姨》则标志着王海创作走向了另一次自觉，《新姨》在王海的小说创作中具有标志性意义，是王海创作的一次蜕变。王海在《新姨》中，写法有了新的变化，表现出了不同于以往的小说路数，那就是小说要贴着人物写，人才是文学的中心，所有的故事都应该是人的故事。在这部小说中，王海把社会、时代内容与人物的命运自觉结合起来，通过主人公可云一幅幅剪纸的变换来表现从抗战到“土改”“大跃进”“文化大革命”和改革开放等时代的变迁，这其实不单纯是文学技法层面的改变，更重要的是体现了作者小说观念的一次飞跃，是对小说的新认知，这次转型对王海来说无疑具有更重要的意义，标志着王海的创作走向了一次更高的自觉。

然而，作为一个作家而言，王海尚在途中。有的学者提出了“陕西樊篱”的概念，“樊篱”之于王海的创作，也同样存在，毋庸讳言。

王海小说在深层呈现出某种价值分裂倾向，这源于作者的悖论式文化心态。“五陵塬”文化成就着王海，也“制约”着他的创作，这种制约有时成了王海创作的一种无意识力量，也就是说，王海并没有从理性层面认识到这种文化制约的存在。王海对以“五陵塬”为代表的传统文化太迷恋了，有时他似乎迷失在了传统文化的迷障中。以《老坟》为例，小说一方面客观地揭示了封建文化对人们精神的束缚和虐杀，然而在具体描写中，作者以褒扬的笔调浓彩重墨地描写麦草的“孝顺”，其情感取向是夸赞和颂扬，为了凸显麦草的“孝顺”，小说描写了麦草背着瘫痪公公到神泉治病的故事，感人则感人，但总是令人心生疑问，这种疑问并不是对故事真实性的怀疑，而是在这个故事中所显现的对“人”的理解的缺失，这在一定程度上削弱了小说的批判性力量，也限制了某种更为超越品格的生成，这其实是王海文化心态的悖论所致。再如，秀的“卖身葬母”，特别是夏文的“割股喂嫂”（夏文割掉腿上的肉，给嫂子炒肉吃），则走向了作者初衷的反面，因为这种描写过分追求情感刺激，失去了历史的真实性和庄严感；《新姨》中可云“棺材救人”的故事，也带有某种传奇性，是对小说整体叙述格调的破坏。显然在这些地方，王海已经被传统文化湮没了。

王海的创作也存在一定程度的模式化问题。如在人物设置上，几乎每部小说的主角都是一个陷入不幸婚姻的女性（《天堂》中的茹玉，《老坟》中的米雪，《新姨》中的可云），在婚姻的无尽等待和煎熬中来完成其“贞洁”的美名；王海的小说中大都有一个“知识者”形象：《老坟》中的陵爷，《天堂》中的周先生，《城市门》中的德胜，《新姨》中的霍先生，这些人物在角色功能和审美内涵上也有很多相似之处；再如“旺财”这一形象，无论是在《老坟》还是《新姨》中，都是一种缺失性存在。如何既突破“陕西樊篱”的局限，又突破自我的局限，实在是摆在王海面前的一个最大问题。

荣格说，扎根于大地的人永世长存。作为来自“五陵塬”的作家，王海的文学之根深深地扎在“五陵塬”最幽深邃密处，正如韦勒克所说，小说家的使命在于创建一个“自己的世界”，事实上，在这个独特的“五陵塬”文学世界里，王海正在完成自己。

简论陈忠实文学思想形成机制①

从1965年在《西安晚报》发表第一篇作品起，陈忠实的文学创作已逾半个世纪。在半个世纪的文学生涯中，从最初忠实地“信服”柳青、崇仰《创业史》，到最终创作完成《白鹿原》，陈忠实的文学创作和文学思想经过了一个漫长而艰难的蜕变过程。从陈忠实身上，可以看到中国当代文学特别是新时期文学演进的整个过程，《白鹿原》在一定意义上标志着陈忠实文学思想演进到了一个新的高度。那么，陈忠实文学思想的蜕变又是如何完成的呢？其生成机制又是如何呢？简单地说，剥离与重构构成了陈忠实文学思想生成互为因果的两极，陈忠实独具个性的文学思想是在不断剥离的过程中建构起来的。

一

陈忠实喜欢用“寻找属于自己的句子”（着重号为引者所加）来概括自己的创作。在一定意义上，所有的创作本质上都应该是“寻找属于自己的句子”的过程，然而，并非所有的作家都意识到并最终寻找到了“属于自己的句子”，因为，这要受到政治、时代、作家个人修养乃至读者等诸多条件的限制。陈忠实是幸运的，他不但意识到并自觉去寻找“属于自己

① 原载于《渭南师范学院学报》2016年第3期。

的句子”，应该说，陈忠实在《白鹿原》中已经基本寻找到了“属于自己的句子”。陈忠实通过不断地自我“剥离”，完成了从思想到创作的超越和建构。“剥离”是陈忠实文学思想生成的一个核心概念，也是他重构自己“小说学”的理论原点和逻辑起点。

陈忠实认为，20 世纪 80 年代中国文学曾“经历过一次又一次痛苦而又雄壮的剥离，除却的是陈腐的‘本本’所造成的积久的沉疴，获得的是新鲜的充满活力的血液的涌流”①。这也同样适合于陈忠实自己的创作和思想实际。事实上，早在 20 世纪 70 年代末，陈忠实就开始了自己的思想和心灵的“剥离”过程。陈忠实的“剥离”表现为思想认识和文学观念两个层面：第一个层面，思想认识的剥离。与柳青、王汶石等陕西作家相似，陈忠实也是一个“农民作家”，他不但熟悉农民，而且曾长期从事农村基层工作，“我自己从来都是以公社干部姿态和心态和农民说话办事打交道，似乎没有发生过以作家的心态和姿态去体验和观察他们的生活”②。这在很大程度上决定了其文学创作的基本风貌和价值取向。然而，1982 年的一次经历——到农村督促检查包产到户政策的落实情况——深深触动了陈忠实，看着“分田分地真忙”的农民，他忽然意识到：“我现在在渭河边的乡村里早出晚归所做的事，正好和 30 年前柳青在终南山下的长安乡村所做的事构成一个反动。”③“生活发生了急剧的变化，旧的秩序和旧的组合形式被打破了，新的秩序和新的组合正在建立中，用过去的眼光看待今天的生活和农民……看不大清了。”④ 这次经历促使陈忠实开始思考中国社会特别是农村的历史和现实，也由此开始了他由农村基层干部到一个作家的心态转换。

对于一个作家而言，更重要的也许并不是一般意义上思想认识的剥离，而是文学观念的裂变。陈忠实坦陈，自创作以来其文学思想发生了两次严重的“反省”：第一次是 20 世纪 70 年代末对极左文学观念的反省和涤荡；第

① 雷达主编，李清霞编选：《陈忠实研究资料》，山东文艺出版社 2006 年版，第 68 页。

② 陈忠实：《寻找属于自己的句子——〈白鹿原〉创作手记》，上海文艺出版社 2009 年版，第 93—94 页。

③ 同上书，第 91 页。

④ 陈忠实：《陈忠实文集》（第 2 卷），太白文艺出版社 1996 年版，第 533 页。

二次发生在20世纪80年代初，这是一次更彻底的“从血肉到精神再到心理的剥离过程”，最终“使自己从已经僵化的革命叙述模式中走出来”①。特别是后一次“反省”，从根本上动摇并颠覆了陈忠实长期以来所形成的文学理念，他开始以一种新的眼光和价值标准来看待文学和自己的创作。如前所述，陈忠实起初是一个农村基层干部，这种身份决定了他更多从政治—社会的视角看取文学几乎就是一种无意识。因此，他的第二次思想“剥离”，则更加充满了自觉，当然也更加艰难，甚至具有某种决绝和悲壮感。

众所周知，同为陕西作家的柳青是新中国成立后家喻户晓的作家，也是陈忠实“最崇拜的作家之一”，陈忠实曾先后购买过9本《创业史》，20世纪70年代早期，陈忠实甚至冒着风险把《创业史》带到了五七干校。在文学思想方面，陈忠实不但承袭了柳青“文学是愚人的事业”的文学主张，特别是对于柳青的文学创作“三个学校”——生活的学校、艺术的学校、政治的学校——的理论，陈忠实更是其忠实信徒。从初登文坛直至20世纪80年代早期，柳青一直是陈忠实膜拜的对象。在创作初期，陈忠实甚至把模仿柳青作为自己的文学目标和价值追求，也正源于此，因其作品明显的“柳青味”，陈忠实曾被誉为“小柳青”。陈忠实曾说，柳青对其整个创作的影响“几乎是潜意识的”。然而，20世纪80年代中期，陈忠实意识到“必须尽早甩开被崇拜者的那只无形的手，走自己的路”，“什么时候彻底摆脱了柳青，属于我自己的真正意义上的创作才可能产生”②。由此，陈忠实开始了“彻底摆脱作为老师的柳青的阴影”的艺术之旅，并在此基础上开始着手“建立自己的语言结构形式”③。从创作层面而言，《蓝袍先生》是标志陈忠实文学自觉的真正开始，在这部小说中，陈忠实努力挣脱原有文学思想和创作观念的羁绊，开始探索属于自己的独特文学之路，并最终完成了文学观念的蜕变。这一“反叛”柳青的事件，标志着陈忠实在真正意义上开始建构自己的艺术个性。

陈忠实通过思想和心灵的剥离，完成了新的自我建构和超越，但这是

① 雷达主编，李清霞编选：《陈忠实研究资料》，山东文艺出版社2006年版，第83页。

② 人民文学出版社编辑部编：《〈白鹿原〉评论集》，人民文学出版社2003年版，第392页。

③ 雷达主编，李清霞编选：《陈忠实研究资料》，山东文艺出版社2006年版，第31页。

一个艰难而痛苦的过程。剥离其实就是一种“自虐式的反省”，“无异于在心理上进行一种剥刮腐肉的手术”，剥离的本质是“以真正的文学来排弃思维和意识中的非文学观念”，从而“不断进入文学的本真”[①]；同时，这又是一个凤凰浴火重生的过程：“剥离的实质性意义，在于更新思想”，“剥离……我原有的‘本本’，注入新的更富活力的新理念”[②]。陈忠实对文学有了自己的独特体悟和认识，原先的“干部姿态”彻底隐退，“作家姿态”成为陈忠实新的自我。“剥离”后的陈忠实更习惯于从“生命体验”而不是政治—社会视角看取文学，他把创作定义为“作家的生命体验和艺术体验的一种展示”[③]。所谓“生命体验”的说法，是对传统特别是当代文学特别重视和强调的深入生活的超越，达到了更高更深的层面，从生活真实达到了生命真实、心理真实，也即一种主观的真实、文学的真实，“生命体验不单是以普通的理性理论去解剖生活。而是以作家个人独立的关于历史关于人的生存的一种难以用理性言论做表述而只适宜诉诸形象的感受或者说体验”[④]。从“深入生活”到“生命体验”是陈忠实具有标志意义的一次思想—心灵“剥离”。“生命体验”构成了陈忠实后期文学思想核心的关键词。没有这次“反叛”柳青的自觉行动，陈忠实就不可能有真正意义上的文学个性，更不会有后来的《白鹿原》。陈忠实怀着一种“破禁放足不做囚”的精神，走向真正的文学自觉。

二

剥离不是目的，剥离是为了重构新的文学自我。陈忠实对柳青的“反叛”具有某种象征意味，陈忠实反叛的其实是一种传统的文学观念和文学

---

① 雷达主编，李清霞编选：《陈忠实研究资料》，山东文艺出版社 2006 年版，第 83 页。

② 陈忠实：《寻找属于自己的句子——〈白鹿原〉创作手记》，上海文艺出版社 2009 年版，第 102 页。

③ 陈忠实：《陈忠实创作申诉》，花城出版社 1996 年版，第 4 页。

④ 同上书，第 46—47 页。

模式——具体说就是革命现实主义文学。革命现实主义文学曾长期占据中国当代文学的主流位置，取得过巨大成就，也存在着严重不足。特别是20世纪80年代，对革命现实主义文学的反思、检视，成为中国文学自我突破的前提。虽然陈忠实一直把《创业史》奉为典范，但同时他也清楚，《创业史》的时代已经过去，走出《创业史》的影子乃至走出革命现实主义文学的束缚，是他必须面对的文学使命，只不过他比一般作家在反思的道路上走得更远、更自信，也更决绝。走出了柳青“阴影”之后的陈忠实，并不意味着已经完成了自我建构，甚至可以说，他的真正“剥离”才刚刚开始。陈忠实并没有停止“剥离”的脚步，而是开始了新的更为深入和彻底的自我“剥离”过程，即更为自觉地审视自己的文学思想和创作，一步步艰难地从传统的文学观念禁锢中挣脱出来，开始了更深层面的剥离过程：从文学的外部走向更深更远的所在。

在当代作家中，陈忠实是一个文学自我意识很强的作家，他很早就意识到：“一个作家如果没有属于自己思想上和艺术形态上的一种全新的、有异于所有人的作品形态的作品，那么，这个作家是立不住的。”① 正基于此，陈忠实力图建构属于自己的小说学。虽然陈忠实把《白鹿原》看作现实主义的创作，但很显然，正如作者自己所坦陈的那样，《白鹿原》对自己原先遵循的现实主义原则“已经不再完全忠诚”。《白鹿原》已经不同于传统意义上的现实主义文学，在陈忠实看来，现实主义的既有模式或范本“不应该框死后来的作家，现实主义必须发展，以一种新的叙事形式来展示作家所能意识到的历史内容和显示内容，或者说独特的生命体验”②。陈忠实赋予现实主义文学以新的思想内涵和文本形态。陈忠实文学思想的独特之处表现在正视文学创作中诸如生命体验、艺术个性乃至直接感受等的积极作用，强调为文学注入新鲜活力和新鲜创造理念，重视摆脱传统现实主义理论的束缚，为自己的独特体验寻找“最富有个性化的独特表述”，“致力于回到事物本身的现实主义创作精神”③，而不是停留在某种简单的

① 冯希哲、赵润民编：《走近陈忠实》，陕西人民出版社2006年版，第48页。

② 陈忠实：《陈忠实创作申诉》，花城出版社1996年版，第33—34页。

③ 雷达主编，李清霞编选：《陈忠实研究资料》，山东文艺出版社2006年版，第155页。

政治和艺术的教条，回归生活、回归更高层面的真实构成了陈忠实现实主义诗学的主要内涵，这是对传统现实主义文学的发展和超越。陈忠实指出："现实主义者也应该放开艺术视野，博采各种流派之长，创造出色彩斑斓的现实主义；现实主义者更应该放宽胸襟，容纳各种风貌的现实主义。"① 陈忠实正是以一种前所未有的开放襟怀，通过《白鹿原》建构了一种新的现实主义美学体系。

同时，陈忠实的文学思想承续了20世纪中国文学主体性思想的流脉。20世纪中国文学特别是1942年以后的文学，一直存在着一种犬儒主义思想，把文学看作生活的奴仆；同时，或隐或显地也存在着与这一主流理论不同的另一关于文学的想象和认知。20世纪40年代，胡风提出了"主观战斗精神"的命题，20世纪80年代王蒙等人又提出了文学的主体性问题，从文学谱系而言，陈忠实属于这一文学流脉。20世纪80年代中期以前，陈忠实没有摆脱革命现实主义文学的拘囿，仍遵循着文学创作"生活体验"至上的原则，他此时的小说如《信任》《徐家园三老汉》《猪的喜剧》《立身篇》《七爷》等，皆从政治—社会的视角切入现实，保持与现实生活的同步性，但是缺乏应有的思想探索和艺术创新的冲动，基本停留在一种现象化写作上，有的学者把陈忠实这一时期的作品称为"随顺的平面化写作"，并非没有道理。20世纪80年代中期之后"生命体验"则成了陈忠实小说诗学最核心的概念。从"生活体验"到"生命体验"，一字之差，则反映了完全不同的文学思想和创作理念，前者基本还是一个现实主义的概念范畴，而后者则抵近了文学的最本质内核。陈忠实曾把这种飞跃归为"接受了一种文化心理结构学说"。其实，这仅仅是表象，真正内在的原因还在于这种飞跃对传统现实主义文学观的剥离，从反映现实到表现一个民族的心灵秘史，进而表现独特的生命体验，陈忠实已经在全新的意义上完成了自我建构的过程。

陈忠实就自己文学思想的形成过程，曾提出了著名的捅破"两层纸"理论。陈忠实捅破的"第一层纸"，是认识到"文学仅仅只是一种个人兴

① 陈忠实：《陈忠实创作申诉》，花城出版社1996年版，第33—34页。

趣”；到50岁时，陈忠实又捅破了另一层纸：“创作实际上也不过是一种体验的展示。体验包括生命体验和艺术体验而形成的一种独特体验。”① 陈忠实曾严格区分“生活体验”与“生命体验”，他认为文学应该破除“顺着一种公用的、通行的理论思维去概括生活”的做法，生命体验和艺术体验熔铸而成的“双重性体验”，才是一个作家艺术个性形成的根源。陈忠实认为，创作追求的是“对人的一种合理的生存形态的思考”。因此，他为自己的创作立下的信条是“寻找真正的现实主义的本真的东西”。作为一个现实主义作家，陈忠实把真实性看作自己“从未偏离更未动摇过的艺术追求”②。然而，他已经从早期作品追求表面的真实过渡到了更深刻、更内在的艺术真实，即“必须面对生活的直接的感受性”③。“面对生活的直接的感受性”，而不是被动地接受既有的简单化理论对文学的过分宰制，是《白鹿原》把当代现实主义文学创作推到了一个新的高度的主要原因。陈忠实拓展和丰富了传统现实主义文学、美学观念和审美样态，使现实主义文学呈现出更为开放的样态。

三

陈忠实文学思想最重要的重构还不是表现在文学观念上，而是表现在历史观方面，这是一个更高层面的重构。许多学者谈到《白鹿原》的叙述视角，陈忠实也多次谈道：“到了八十年代中期，我自己觉得我已经开始从另一个视角去看生活，虽然看的也是当代生活，但视角已经不是一般的触及现实社会生活矛盾这些东西了。”④ 在《白鹿原》创作手记中，陈忠实更是反复强调“文化心理结构”理论对其创作的影响：“我过去遵从塑造

① 陈忠实：《陈忠实文集》（第5卷），太白文艺出版社1996年版，第516页。

② 马平川：《精神维度：短篇小说的空间拓展——陇上对话陈忠实》，《文艺理论与批评》2008年第5期。

③ 雷达主编，李清霞编选：《陈忠实研究资料》，山东文艺出版社2006年版，第61页。

④ 同上书，第55页。

性格说，我后来很信服心理结构说；我以为解析透一个人物的文化心理结构而且抓住不放，便会较为准确真实地抓住一个人物的生命轨迹。”① 其实，《白鹿原》最主要的突破还不是表现在叙述视角的独特性方面，而首先是一种新的历史和革命史观的建构，正如有的论者所指出的那样，“作品最突出的成就是彻底改变了过去文学中固有的历史观”②。这其实是陈忠实超越艺术层面的更高意义上的一次自我突围。

《白鹿原》的成功在很大程度上源于对传统二元对立的认知模式和价值评判坐标的超越，特别是其对革命意识形态的剥离，表明陈忠实已经超越了政治—社会的文学视角，突入了文化心理乃至人性的视域，体现了一种整体性的历史观。许多学者都谈到《白鹿原》与中外小说如《百年孤独》《静静的顿河》《创业史》等的联系，作家自己也毫不避讳《百年孤独》《霍乱时期的爱情》《罗马女人》《活动变人形》《古船》等对他创作的影响；同时，陈忠实为了创作《白鹿原》，不但通读了《蓝天县志》《长安县志》《咸宁县志》等地方史志，而且还涉猎了大量历史和外国心理学著作，他力图破除革命现实主义文学非此即彼、二元对立的价值立场，并开始走向一种“混沌美学”，逐步走进历史和人性的丰富性。陈忠实的这种努力在小说《蓝袍先生》《轱辘子客》《地窖》《四妹子》中已初露端倪，在这些小说中，可以看到陈忠实已经不满足于简单的外部描写，他在重新思考文学是什么的问题，他把关注的目光开始投向历史和人性的深处，这是《白鹿原》最初的艺术铺垫。有的学者称《白鹿原》是一个具有全景性的“整体性的世界”③，一系列重大敏感的事件如辛亥革命、国共合作等，都在这部作品中得到了完整性呈现。所谓“整体性”其实是相对于革命现实主义文学的泾渭分明、概念化、脸谱化而言的。陈忠时曾说，中国近一个世纪的历史“所有悲剧的发生都不是偶然的，都是这个民族从衰败走向复兴、复壮过程中的必然。这是一个生活演进的过程，也是历史演

① 陈忠实：《寻找属于自己的句子——〈白鹿原〉创作手记》，上海文艺出版社2009年版，第191—192页。

② 雷达主编，李清霞编选：《陈忠实研究资料》，山东文艺出版社2006年版，第180页。

③ 同上书，第139页。

进的过程"①。至此，陈忠实走出了简单化的革命历史观，建构起了一种更为开阔完整的历史视野，这既是一种建构，更是一种超越。

对历史的书写反映了作家对现实理解的能力，作家的历史态度是其现实价值取向的表现。陈忠实在《白鹿原》中"企图追求一种历史的真实"，这种"历史的真实"已不再是传统意义上简单的表面也即现实层面的真实，而是一种心理感受的真实，即生命体验的真实，而体验的真实具有一种整体性乃至混沌感，"历史是可以被处理成条分缕析、一目了然的，但是，实际的情形，特别是在不同的人那里留下的情感上、心理上的那一切却是怎么也说不清楚的"②。《白鹿原》不但与传统的如《红旗谱》《创业史》等经典现实主义小说对现代革命及其历史的书写不同，也与当下许多新历史主义小说迥然有异。《白鹿原》让我们看到了历史的另一面，对历史的另一种理解和书写。传统现实主义小说的那种明晰性、确定性没有了，取而代之的是某种如同生活本身的复杂性、模糊性甚至矛盾性。批评家雷达和何西来都提到了《白鹿原》的矛盾性。雷达说，"我始终认为，陈忠实《白鹿原》中的文化立场和价值观念是充满矛盾的"③，而这种矛盾性源于这部小说"静与动、稳与乱、空间与时间这些截然对立的因素被浑然地扭在一起所形成的巨大而奇异的魅力"④。这种复杂性构成了这部小说最大的艺术魅力，并且，这种复杂性不仅表现为对历史的理解方面，也贯穿于每一个具体人物之中，无论是白嘉轩、白孝文、黑娃、田小娥，还是鹿子霖、鹿兆鹏、鹿兆海、鹿三等，无不充满了矛盾，充满了作为一个个体的人而不是某种观念和符码的丰富性，这是《白鹿原》最大的突破，也是其成功的最为重要的原因。本雅明说："小说是在生活的丰富性中，通过表现这种丰富性，去证明人生的深刻的困惑。"⑤《白鹿原》所包含的巨大的历史文化特别是其人性内涵，已经远远突破了革命现实主义文学的政

① 雷达主编，李清霞编选：《陈忠实研究资料》，山东文艺出版社2006年版，第138页。

② 洪子诚：《百花时代》，山东教育出版社1999年版，第3页。

③ 雷达主编，李清霞编选：《陈忠实研究资料》，山东文艺出版社2006年版，第152页。

④ 同上书，第137页。

⑤ ［德］瓦尔特·本雅明：《本雅明文选》，陈永国、马海良编，张耀平等译，中国社会科学出版社1999年版，第295页。

治一社会层面的意识形态书写，体现了更深广、更超越的意蕴，这也许就是《白鹿原》卷首所说“一个民族的秘史”的真意所在，“秘史”超越了阶级、政党的立场，超越了意识形态立场，建构了一种基于历史真相之上的更高的真实，有的学者称为“第三种真实”①。所谓“第三种真实”，本质是一种新的历史观。同时，《白鹿原》虽然糅合了象征主义、魔幻现实主义的艺术手法，但是，它仍旧是一部植根于中国这块古老土地上的故事，属于典型的“中国叙事”，正如日本学者吉田富夫所言：“只有中国大地才能哺育出来这样的作家和作品。”②

陈忠实文学思想的流变和生成机制，既具有个体性，也带有某种共通性，在一定意义上可以看作中国新时期文学流变的一个缩影。陈忠实仍在路上，仍在“寻找属于自己的句子”。因此，剥离和建构之于陈忠实，是一个“未竟的事业”，他将在不断剥离的过程中，建构起新的文学自我。

① 人民文学出版社编辑部编：《〈白鹿原〉评论集》，人民文学出版社2003年版，第138页。

② 雷达主编，李清霞编选：《陈忠实研究资料》，山东文艺出版社2006年版，第159页。

20 世 纪 中 国 文 学 新 视 野

作品论

噤声时代的文学记忆[①]

——王蒙《这边风景》略论

新疆之于王蒙小说创作是一个无法绕开的话题。自20世纪70年代末从新疆“归来”后的王蒙创作了《歌神》《买买提处长轶事》《杂色》等一系列描写新疆伊犁的作品，特别是长篇小说《这边风景》与《在伊犁》系列小说，更是构成了王蒙新疆小说特别是“伊犁叙事”的“双璧”。

一

王蒙的《这边风景》是一部命运多舛、具有传奇色彩的小说，抛开小说的具体内容不谈，单就这部小说的“身世”而言，也颇具文学史的价值和意义。

为了改变自“文化大革命”以来文艺界的全面凋敝状态，1971年12月16日，《人民日报》发表了《发展社会主义的文艺创作》的短评，从1972年开始，文学创作的氛围开始了稍稍松动。此时，身在新疆正接受“劳动改造”的王蒙也感受到了这种变化，产生了写一部反映伊犁农村生活的“大长篇”的愿望并“悄悄地”开始写作，王蒙所说的“大长篇”就是《这边风景》。

《这边风景》酝酿、写作于“文化大革命”年代，这在很大程度上决定了这部小说的艺术风貌和审美取向。崔瑞芳曾谈到王蒙创作这部小说时

① 原载于《小说评论》2014年第3期。

的情景："当时，'四人帮'正在肆虐，'三突出'原则统治着整个文艺界。王蒙身受20年'改造'加上'文化大革命'10年教育，提起笔来也是战战兢兢，不敢越雷池一步。作品中的人物又必须'高大完美'，'以阶级斗争为纲'，于是写起来矛盾。在生活中，他必须'夹起尾巴'诚惶诚恐，而在创作时又必须张牙舞爪，英勇豪迈。他自己说，凡写到'英雄人物'，他就必得提神运气，握拳瞪目，装傻充愣。这种滋味，不是'个中人'是很难体会得到的。"① 虽然王蒙具有杰出的文学才华和深厚的生活经验，但《这边风景》"仍然不能令人满意"，不得不暂时搁置。1977年寒假，崔瑞芳从新疆回京探亲，趁此机会把书稿交给了中国青年出版社的黄伊。1978年，王蒙应中国青年出版社之邀，到北戴河对这部小说进行了修改，"虽花了很大力气"，但终因"整个架子是按'样板戏'的路子来的，所以怀胎时就畸形，先天不足"，不得不"报废"②。1979—1981年，王蒙再一次试图对这部小说进行"起死回生的拯救"，小说的1—2、3—5章曾分别在1978年7、8月号的《新疆文艺》上发表，《东方》1981年第2期也曾以《伊犁风情》为名发表过小说的部分片段。虽然发表了部分章节、片段，但终因《这边风景》的整体内容和思想意识无法适应新时期以来变化了的新形势，最终还是难脱"因政治可疑而被打入另册"③ 的命运，不得不再次搁置起来。2012年，搁置多年的《这边风景》因偶然的机会重被发现，从"坟墓中翻了一个身"，走了出来，作者在"基本维持原貌，在阶级斗争、反修斗争与崇拜个人的气氛方面，做了些简易的弱化"④ 的同时，进行了两次校订、修改，并增加了每章后面的"小说人语"，终于在时隔近40年后以新的面目"重见天日"，最终完成了"从遗体到新生"的过程。在当代文学史上似乎还没有哪一部小说像《这边风景》这样，从写作到问世经历过如此曲折、反复的过程。因此从《这边风景》可以看到中国当代文学更多的前世今生。

---

① 崔瑞芳：《我的先生王蒙》，长江文艺出版社2004年版，第107页。

② 同上书，第110页。

③ 王蒙：《这边风景》（下卷），花城出版社2013年版，第704页。

④ 同上。

新疆是王蒙的受难地，也是王蒙的“福地”。1963 年，因《组织部来了个年轻人》被错划成“右派”的王蒙，怀着重新燃起的对生活的渴望和对文学的热爱，“自我放逐”到了新疆，由此，王蒙从一个少年得志、才华横溢的青年作家，一个猛子扎到了边疆农村生活的最底层，直到 1979 年离开，王蒙在新疆生活、劳动了 16 年，特别是 1965—1971 年，王蒙更是以一个普通农民的身份在伊犁巴彦岱公社毛拉圩孜大队“劳动锻炼”了整整 6 年，并一度担任该队的副大队长。这期间，王蒙寄居在维吾尔族农民家里，与当地各族农民同吃、同住、同劳动，学会了从赶车到扬场的全套农活。王蒙后来回忆道：“与伊犁的邂逅是小说人生命中最重要的事件。”①王蒙多次称新疆是他的“第二故乡”，称自己是一个“巴彦岱人”。

在一定意义上，没有新疆 16 年的生活就不会有今天的王蒙，当然，更不会有王蒙描写新疆生活的 200 多万字的作品。维吾尔族诗人乌斯满江曾说：“王蒙被错划成‘右派’，这是他的不幸，但对维吾尔人、维吾尔文学来说，又是莫大的幸运。如果他不被打成‘右派’，他到不了新疆，他也不会掌握维吾尔语，我们也读不到那么多写维吾尔人的动人的亲切的作品了。”② 王蒙这些描写新疆的作品，不但是他创作的重要组成部分，也是中国当代文学独特而瑰丽的存在，特别是他的《在伊犁》和《这边风景》，不仅是汉族作家描写新疆农村少数民族生活的最杰出的小说，也是当代文学跨文化写作的杰出范例。王蒙没有辜负伊犁河畔“行吟诗人”的桂冠，他把最深情、最执着的诗篇献给了伊犁这块“在我孤独的时候给我以温暖，迷茫的时候给我以依靠，苦恼的时候给我以希望，急躁的时候给我慰安，并且给我以新的经验、新的乐趣、新的知识，新的更加朴素的与更加健康的态度与观念的土地”③。《在伊犁》和《这边风景》构建了王蒙小说的“伊犁叙事”。当然，由于书

---

① 王蒙：《这边风景》（下卷），花城出版社 2013 年版，第 701 页。

② 楼友勤：《维吾尔友人谈王蒙》，温奉桥编《多维视野中的王蒙——第一届王蒙文学创作国际学术研讨会论文集》，中国海洋大学出版社 2004 年版，第 339 页。

③ 王蒙：《故乡行——重访巴彦岱》，《王蒙文存》第 14 卷，人民文学出版社 2003 年版，第 139 页。

写年代不同，在这两部小说中表现出来的文化心态也迥然相异，《在伊犁》用的是回望的视角，而在《这边风景》这部70万字的小说中，王蒙则从当下性视角更为切实完整地书写了特殊年代的个体经验。《这边风景》不仅是王蒙对于伊犁的爱恋和歌哭，也是当代文学噤声时代的独特记忆。

无论是遗忘还是“捂盘惜售”（徐坤语），在尘封了近40年后《这边风景》的出版都是一件具有文学史意义的事件，甚至，其意义可能超越了这部小说的自身价值。就王蒙个人创作谱系而言，《这边风景》无疑填补了他创作的一个空白，使王蒙横跨60年的文学创作链条得以完整，在王蒙整个创作链条上，《这边风景》占有一个特殊的承上启下的位置：其一，它内在地承续了20世纪50年代《青春万岁》的理想主义的余绪，使王蒙50年代和新时期前后两个不同历史时期的写作得以连接和延续，从而使王蒙不同历史阶段的创作风貌得以清晰完整地呈现；更为重要的是，《这边风景》暗含了王蒙新时期小说变革的“基因”和可能，在《这边风景》中可以隐约发现王蒙后来“季节系列”小说的某种因缘和内在根据。其二，就中国当代文学特别是新时期以前的文学而言，《这边风景》的出版则具有某种“考古学”的意味。在以往的当代文学史中，“文化大革命”时期的文学基本是空白，即使偶尔提及，也大多是作为某种概念化的反面典型，很少正面论述其美学价值和文学史意义。《这边风景》让我们有可能重新反思既往文学史的某些“定论”，重新审视、评价包括“文化大革命”文学在内的整个新时期之前的文学创作。如果将《这边风景》置于社会主义文学运动的整个生态系统和价值坐标值中来考察，无疑会对整个当代文学整体艺术风貌和美学价值特别是“文化大革命”文学的整体认知和评价产生影响。从这个意义上讲，《这边风景》对于中国当代文学史而言，同样具有重要的价值和意义。

独特的历史境遇造就了《这边风景》，并赋予了这部小说独特的艺术和审美品格。王蒙从一开始就对这部小说有清醒的认识，他在解释为何是“大长篇”时坦言：“因为当时政治上的陷阱太多，越写的短越会顾此失彼。只有写大了，才好设防。”[①] 王蒙“大长篇”的策略无疑是正确的。按照王蒙当时的设想，《这边风景》所要描绘的是“伊犁农村的风土人情，阴晴寒暑，日常生活，美丽山川，特别是维吾尔人的文化性格”[②]。应该说，作者的“初衷”在这部小说中得以出色达成。客观而言，这部创作于“文化大革命”期间的小说，由于当时作者基本处于“半地下写作”状态，只能“悄悄地”写作，文学创作上的各种拘囿严重束缚着作者的想象力和创造力，因而，《这边风景》难免带有那个时代激进政治特别是创作上“三突出”的影子，无论是小说的故事构架还是人物设置，没有完全摆脱当时此类小说的规格化、模式化及“观念论证式的结构”的流行模式，对此，王蒙并不讳言：“这篇小说很注意它的时间与空间坐标下的‘政治正确性’，它注意歌颂毛主席与宣扬千万不要忘记阶级斗争，它注意符合在‘文化大革命’中吹上天的‘文艺新纪元’种种律条。……小说人没有可能另行编码，只能全面适应与接受当时的符码与驱动系统，寻找这种系统中的靠拢真实的生活与人，当然也必会有的靠拢小说学的可能性。”[③] 从中可以看出作者在当时特殊政治语境下不得不如此的无奈、游移而又心有不甘。但如果轻率地把《这边风景》仅仅看作“过时”的“文物”，就会失去对这部小说的美学及文学史价值的正确认知和判断，当然，如果将它与王蒙或其他作家的当下写作置于同一评判尺度下，也不是一种历史主义的态度。就整体而言，《这边风景》在可能的程度上最大限度地保持和体现了某种“文学性”，保留了更多的生活质感及作家的个体经验和文学想象，特别是对伊犁少数民族日常生活的诗意描写和对生活细节的精微刻画，展示了作者超强的写实功力，增强了作品的真实感和历史感，在最大程度上保留了历史的生动性和丰富性，并赋予了这部创作于“文化大革命”期间的小说某种超越性审美品格，这正是这部小说在今天得以出版并被广泛接受的前提。

---

① 王蒙：《这边风景》（下卷），花城出版社2013年版，第704页。

② 王蒙：《半生多事》，花城出版社2006年版，第358页。

③ 王蒙：《这边风景》（下卷），花城出版社2013年版，第543—544页。

二

在《这边风景》这部小说中，王蒙从伊犁农村生活的切身经验出发，通过对跃进公社、爱国大队两条路线斗争及生产生活的描写，立体而全景式地向人们展示了20世纪60年代初新疆伊犁农村的历史文化和日常生活，是一部描写新疆伊犁农村生活的百科全书式的小说。从故事层面而言，《这边风景》虽然写了1962年震惊中外的“伊塔事件”、1964年的“四清”运动等政治事件及两条路线的斗争，但与小说所表现出来的宏大叙事相比，《这边风景》更是一次充满了生活质感的诗意叙事。

《这边风景》的美学价值首先表现在作者对边地伊犁自然景物、民风民俗、宗教信仰及民族性格的生动描绘。在这部小说中，王蒙以丰实、饱满、细腻、缜密的笔触，出色而原汁原味地描写了新疆伊犁各族人民特别是维吾尔族农民真实鲜活的生活及独特的文化个性，这构成了这部小说持久的艺术魅力。虽然从一开始王蒙首先考虑特别注意这部小说“符合政策”，但毋庸讳言，这部小说的艺术成就和魅力当然不是来自“政治正确”，甚至相反，在审美效果上小说对生活的描写反而把两条路线斗争压倒或者说消解了，正如作者所言：“万岁的不是政治标签、权力符号、历史高潮、不得不的结构格局；是生活，是人，是爱与信任，是细节，是倾吐，是世界，是鲜活的生命。”① 更确切地说，政治性书写仅仅构成了这部多声部小说的一个声部、一个维面，而维吾尔族人的日常生活才是作者真正描写的所在，正如作者在谈到另一描写伊犁生活的小说《在伊犁》时所言：“虽然这一系列小说的时代背景是那动乱的十年，但当我一一回忆起来以后，给我强烈地冲击的并不是动乱本身，而是即使在那不幸的年代，我们的边陲、我们的农村、我们的各族人民竟蕴含着那么多的善良、正义感、智慧、才干和勇气，每个人心里竟燃着那样炽热的火焰，那些普通人竟

① 王蒙：《这边风景》（下卷），花城出版社2013年版，第703页。

是那样可爱、可亲、可敬，有时候亦复可惊、可笑、可叹！即使在我们的生活变得沉重的岁月，生活仍然是那样强大、丰富、充满希望和勃勃生气。”①无论什么时候，生活才是文学表现的中心，对生活自身而不是对阶级斗争的痴迷和眷恋，正是《这边风景》与同类小说相比“胜出”的根本原因。

王蒙曾多次谈到对生活的“入迷的‘不可救药’的兴趣和爱”②，这是王蒙的“主义”和宗教，也是他文学创作的深层根据和动因，这在客观上帮助作者完成了对“政治”最大限度的突围，从而在可能的程度上赋予了这部小说浓郁的生活气息和坚硬的生命质感。相对而言，《这边风景》与创作于“文化大革命”期间的同类作品相比，概念化、模式化的东西相对较少，这一方面源于王蒙杰出的艺术才华，更重要的则是源于作者对生活和文学的爱和信念，与某些政治“信条”相比，王蒙更感兴趣、更痴迷的是生活本身，是伊犁农村那些日常的、琐碎的、切肤的日子，即“亲切的令人落泪的生活”③，还没有哪一部小说像《这边风景》这样如此丰富真切而又细致深入地描绘了伊犁农村维吾尔族人日常生活的方方面面：从雪峰、草原、牧场、河谷、果园、高大的白杨树、潺潺流淌的渠水、大片的条田等具有独特地域特色的自然景观，到打馕、刷墙、赶车、看磨坊、修水渠、扬场、打钐镰、抓饭、奶茶、酥油馕、酸马奶、土造啤酒、大半斤、米肠子、拉面条、坎土镘、抬把子、生皮窝子、热瓦甫、都塔尔等充满了民族特色的衣食住行，以及喜庆、祝祷、丧葬，甚至颇具宗教色彩的乃孜尔、托依等。例如，小说对麦收开镰之前动员大会节日般的热闹场景的描写:“一到庄子，就可以感到这种节日气氛。空气里弥漫着青草、牛粪和柴烟的气味。以乌尔汗为首的几个妇女正在洗牛杂碎，一道小渠里的流水都变成了绿色的了。米琪儿婉在另一侧的大木桶里洗面团，洗出淀粉水来灌到牛肺里：本来拳头那么大小的牛肺灌得五倍地、十倍地、滚瓜溜圆地膨胀起来……泰外库在厨房房檐下拿着把快刀在卸牛皮，他穿着干净，腰里系着崭新的褡包，略略歪戴着帽子，很有些神气。今天，他是以屠夫

---

① 王蒙：《王蒙文存》（第8卷），人民文学出版社2003年版，第236—237页。

② 《王蒙致何士光》，《当代作家评论》1984年第4期。

③ 王蒙：《这边风景》（上卷），花城出版社2013年版，前言。

的身份来客串食堂的工作的。牛就是他宰的，这使他似乎显得体面了些。人们喜气洋洋地，带着几分敬意向他问好。"①如果说《在伊犁》是从一个个侧面来描写维吾尔族人的生活的话，《这边风景》则是一次正面全方位的书写，王蒙对伊犁维吾尔族人日常生活的描绘，不仅具有很高的文学价值，而且具有重要的民俗学价值。

同时，《这边风景》塑造了一大批既具有鲜明的时代感又充满了生活气息的个性丰满的少数民族人物形象。早在《在伊犁》中，王蒙就塑造了如穆敏老爹、"傻郎"马尔克等许多具有独特个性的维吾尔族农民的形象，给读者留下了深刻印象，《这边风景》则更为深入地塑造了一系列别具个性气质的艺术形象，不仅给"文化大革命"期间的文学增添了一些清新的、更富有生活气息和质感的文学形象，提升了彼时中国文学的艺术境界，而且极大地丰富了中国当代文学的人物画廊。例如，一生敬畏、顺从、谨慎，又胆小怕事的中农阿西穆，这是一个具有很高的审美价值的独特形象，因长期饱受巴依、伯克等人的压迫，心灵上担负着沉重的负担。由于愚昧，致使女儿爱弥拉克孜失去了一只手，由于胆小，坚决反对儿子伊明江担任生产队的查账员，他一生的信条就是"服从"和"要懂得害怕"："哪怕上级任命这根不会说话的柱子当队长，我们见了它也要低头行礼！"但是就是这样一个充满了敬畏、害怕和谨小慎微的穆斯林，在时代的剧烈变局中，他生活得像风中的树叶，哆哆嗦嗦，战战兢兢，他不明白为什么孩子们都不再听话，为什么世界变成了这个样子？面对生活的一系列"变故"，他反复问自己是不是"胡大已经准备拿走他的灵魂"，"是不是因为去年斋月他白天无意识地咽下一次口水？"（穆斯林在斋月中不得进食、饮水，也不准咽口水）。另一个形象穆萨是王蒙的一个独特创造，他绝不是一般意义上的正面或反面人物，他要复杂得多，他一当队长就神气、一神气就发脾气，表面大大咧咧、吊儿郎当，动辄吹牛冒泡，实则十分精明，有自己的分寸和底线："有人骂我是流氓，有人骂我是坏蛋，但是，从五岁到今天，没有一个人不佩服我的聪明！谁不知道我穆萨四十只脚……让

---

① 王蒙：《这边风景》（上卷），花城出版社2013年版，第188—189页。

有些人把我看成个牛皮大王、半疯半傻的苕料子吧！我的算计，都在肚里呢！真正的厉害人，犄角不长在额头，而是长在肚囊里！”① 此外，清真、虔敬、自律的宣礼员亚森木匠，花儿一样美丽、纯洁、善良的雪林姑丽、米琪儿婉，自尊、好强、柔情的爱弥拉克孜，粗犷、豪爽、内心又极其脆弱的马车夫泰外库，热情、质朴、一心为公的艾拜杜拉，诡诈、阴险而又善于交际的库图库扎尔，以及绝望、屈辱、被生活压扁的未老先衰的乌尔汗，这些都是王蒙笔下个性鲜明、美丽多情的少数民族文学形象。相反，作为《这边风景》着力塑造的社会主义“新人”形象伊力哈穆，则带有更多的理想主义色彩，未免有些概念化。

更重要的是，《这边风景》写出了维吾尔族人的精神和心灵生活。在这部小说中，王蒙不仅以地道的伊犁农民的语言来描写当地少数民族的生活，而且通过一个个精确传神的细节描写，描摹出了维吾尔族人特有的个性、气质及热情而质朴的灵魂，深刻地写出了维吾尔族特有的民族文化性格及那种“天真的生趣”。维吾尔族是一个乐观、热情、幽默的民族，就像他们的歌中所唱的：如果您还有酒，就不要放下酒杯；如果您还有肉，就赶快烧火营炊；如果您还有腿，就赶快去找情人，要及时行乐哟，以免老来失悔！同时又是一个智慧、达观的民族，他们对生活、生命有自己独特的理解，如年长的护林员老汉斯拉木劝慰阿卜都热合曼：“不要生气，热合曼那洪，这个世界上，一切都是可能的，天上有多少星星，地上就有多少种人。有白天就有黑夜，有鲜花就有刺草，有百灵就有乌鸦，有骏马就有秃驴……随他去吧……”“就是这样，”斯拉木补充说，“要忍耐，不要恼怒。忍耐的底下是黄金，而恼怒的底下是灾难”②。维吾尔族又是一个多礼、颇擅言辞的民族，小说有一个细节描写库瓦汗拿着两包方糖到帕夏汗家串门，临走的时候帕夏汗送给她一碗牛奶、两个烤包子和一串葡萄，两个女人“话别”的场景：一个女人说：“就这样空着手来带您这儿，我真害羞。”另一个女人说：“让您这样空着手走了，我真抱歉。”然后两个

---

① 王蒙：《这边风景》（上卷），花城出版社 2013 年版，第 226 页。

② 王蒙：《这边风景》（下卷），花城出版社 2013 年版，第 537—538 页。

人共同叹息："有什么办法呢？我们的境况就是这样。"……"您经常到房子里来嘛！我们壶里煮着的茶水，总是为了您这样的客人而沸腾！""您也多多到我那儿去呀，我们家的饭单，总是为了您这样的贵人而铺展。"两个女人都十分感动，满眼含着泪，依依不舍地分了手。① 这些描写都精准地刻画出了维吾尔族人独特的民族个性。维吾尔诗人乌斯满江·达吾提曾说，读王蒙的作品"就像老朋友面对面地谈心交心，自然、亲切，丝毫没有民族的隔阂"②。应该说，当代作家还没有另一个人能像王蒙这样如此深刻地理解并真切、细致地表现出维吾尔族人的内心世界和灵魂的。难怪有的新疆读者把王蒙描写维吾尔族生活的小说称为"维吾尔塔兰奇文学"（"塔兰奇"意为拓荒者）。

三

不止一个人谈到王蒙的"诗人气质"，陆文夫很早就说过"王蒙首先是个诗人"，"诗人"的确构成了王蒙创作的某种挥之不去的底色。《这边风景》同样打下了"诗人"王蒙的鲜明徽记，回荡着诗人的激情，《这边风景》是噤声年代罕有的激情写作。

在《这边风景》这部以朴实、健朗风格见长的现实主义小说中，依然可以看到王蒙20世纪50年代特别是《青春万岁》的影子，理想主义在这部小说中并未完全褪隐，王蒙的"挚诚"——"少共"之心依然存在，这在很大程度上塑就了这部小说独特的审美气质和美学风度。从审美风格和内部构成而言，《这边风景》具有两个显著特点：传奇性和抒情性。小说的传奇性从一开始就显现出来了：反颠覆斗争、粮食被盗、死猪事件、四清斗争，都颇具传奇性，库图库扎尔、里希提、伊力哈穆等人的成长故事，也同样充满了传奇色彩，特别是小说的下卷基本围绕泰外库的"情书

---

① 王蒙：《这边风景》（下卷），花城出版社2013年版，第362页。

② 楼友勤：《维吾尔友人谈王蒙》，温奉桥编《多维视野中的王蒙——第一届王蒙文学创作国际学术研讨会论文集》，中国海洋大学出版社2004年版，第339页。

事件”展开故事，不仅具有传奇性，更有结构上的考量。但真正构成这部小说灵魂和魅力的还不是这些颇具传奇色彩的故事，而是小说的抒情性，这决定了《这边风景》的浓郁的诗意和深情的笔致。

《这边风景》的诗意首先源于对爱情的书写。在那个特殊的政治压倒一切、政治消解了一切的年代，爱情已成为某种文学禁忌。《这边风景》中对爱弥拉克孜与泰外库、雪林姑丽与艾拜杜拉、米琪儿婉与伊力哈穆的爱情，以及吐尔逊贝薇与雪林姑丽、狄丽娜尔之间胜似姐妹般的友谊的描写，曲折委婉，幽雅深致，表现了特殊年代爱情的美好、生活的美好、人性的美好，为小说平添了许多浪漫气息。小说第十八章“麦收时节的谐谑曲与小夜曲”一节，描写雪林姑丽面对艾拜杜拉引发的无限柔情：

> 她轻轻地踏着月光走到了庄院口，坐在一条泛着明月青光的渠水旁。一渠青光，闪烁着，一会儿伸延，一会儿收缩，一会儿散乱，一会儿黏连。周围的一切也都笼罩在这神秘而柔和的光辉里，好像大地也蒙上了一层薄薄的面纱，显得文静而美丽。在夏夜的无边的静谧中，可以更加清晰地听到多种多样的声响：马、牛在咯吱咯吱地嚼草，从遥远的地方传来了两只狗的起劲的吠叫声，夜间驾驶的汽车隆隆地过去了。轻风吹动玉米叶子，刷拉刷拉地响。如果静心谛听，还可以听见一种轻微的“咔咔”声。雪林姑丽想起父亲曾经对她讲过，在七月，正是玉米拔节的时节，浇过水以后，玉米猛长，夜静的时候可以听到玉米拔节的声音。莫非这正是那生命的成长壮大的声响吗？……在夏日的夜晚，田野上还弥漫着一种香气，有青草的嫩香，有苜蓿的甜香，有树叶的酒香，有玉米的生香，有小麦的热香，还有小雨以后的土香，凉风把阵阵变化不定的香气吹到雪林姑丽的鼻孔里，简直使人如醉如痴。①

这是全书写得最柔软、浪漫、多情的部分，充满了浓浓的诗意，写出

① 王蒙：《这边风景》（上卷），花城出版社2013年版，第205页。

了日常生活中人性的柔软和美丽、多情和浪漫、善良和美好。在这里作者把丁香花（“雪林姑丽”即是“丁香花”的意思）一样美丽的女子的柔情与大自然的声息融为一体，这既是一出爱情的赞歌，又是一首劳动的圣歌，也是人性的颂歌。爱情、女性、劳动、文学完全融为了一体。如此柔软多情的文字，在整个20世纪70年代文学中并不多见。

除了爱情，小说的诗意更表现为对劳动的激情书写。就小说情节而言，有坏人，有斗争，有阴谋，但小说充满了热爱劳动、热爱自然、热爱生活的开阔刚健、明朗乐观的格调，洋溢着一种理想主义的诗性光辉。王蒙曾说，整部小说虽然写得处心积虑、小心翼翼，但仍不失为一次“生气贯注”① 的书写，最“生气贯注”的是小说对劳动场面的充溢着圣洁和诗意光辉的礼赞和书写。第二十一章，对伊力哈穆“夏夜扬场”的描写：

> 忽然，一阵小风，伊力哈穆一跃而起，天已经大黑了，满天的繁星眨着眼。伊力哈穆拿起了五股木叉，先扔了两下，试了试风向和风力，然后旋即拉开架子，一下接一下地扬了起来。风很好，扬场像一种享受。本来混杂了那么多尘土、秸秆、毛刺、碎叶的，扎扎蓬蓬、不像样子的一大堆乱七八糟的脏东西，轻轻一抛，经过风的略一梳理，就变得条理分明、秩序井然、各归其位。星光下，一团又一团的尘土像烟雾一样地伸展着身躯飞向了远方。秸秆飘飘摇摇、纷纷洒洒、温柔地、悄无声息地落在场边。麦粒呢，在夜空中像训练有素的列兵一样，霎时间按大小个排好了队，很守规矩地落在了你给他们指定的地点。②

再如，“打馕”是维吾尔族人最日常、最司空见惯的家务劳动，但就是这样再普通不过的劳动，在作者笔下，却同样充满了蓬勃的诗意和激情，充满了创造乃至自由的快感：

---

① 王蒙：《这边风景》（下卷），花城出版社2013年版，第702页。

② 王蒙：《这边风景》（上卷），花城出版社2013年版，第255页。

土炉烧好了，院落里弥漫着树叶、树枝和荆蒿的烟香。面也揉好了，米琪儿婉和雪林姑丽都跪在那块做饭用的大布跟前，做馕剂儿。做馕，是从来不用擀面杖的，全靠两只手，捏圆，拉开，然后用十个指尖迅速地在馕面上戳动，把需要弄薄的地方压薄，把应该厚一点的地方留下，最后再用手拉一拉，扶一扶，保持形状的浑圆，然后，略为旋转着轻轻一抛，馕饼便整整齐齐地排好队，码在了大布上。最后，她们用一束鸡的羽毛制成的“馕花印章”，在馕面上很有规划地，又是令人眼花缭乱地噗噗噗噗地一阵戳动，馕面上立刻出现了各式各样的花纹图案，有的如九曲连环，有的如梅花初绽，有的如雪莲盛开……新打好的馕上面，充满了维吾尔农妇的手掌的勤劳、灵巧与温暖的性感。①

这是诗！是美！是闪光的文字！在那个特殊的年代，很多东西值得反思，但是这样一种对于劳动的圣洁无比的情感，无论何时都不会过时，都值得尊重和怀恋。巴赫金曾说：“乡土小说里的日常生活得到了改造：日常生活诸因素变成为举足轻重的事件，并且获得了情节的意义。”② 这里对于劳动的描写，没有后来小说的惩戒性、自虐性内涵，劳动不再是苦难叙事的必然所指，而是充满了真诚、快乐和激情，洋溢着人与自然、人与人之间和谐与美好，且具有了某种精神性即马克思所说的“把劳动当作他自己体力和智力的活动来享受”，这既是劳动的过程，更是美的享受，充满了创造和自由的愉悦，在这里，劳动、美、自由与创造完全融为一体。《这边风景》中对于劳动场景的描写，并不是一种特殊语境下的政治性想象，而是赋予了前所未有的自由、创造、激情与诗意的内涵，王蒙在这里所描写的已经不单纯是劳动场景，而是通过劳动场景的书写，努力发掘社会主义新生活带给农民的精神世界之美。如果把《这边风景》的写作看作“幽暗的时光隧道中的雷鸣闪电”③，那么小说中关于劳动场景的动情书写

---

① 王蒙：《这边风景》（下卷），花城出版社 2013 年版，第 609 页。

② ［俄］巴赫金：《巴赫金全集》（第 3 卷），白春仁译，河北教育出版社 1998 年版，第 429 页。

③ 王蒙：《这边风景》（下卷），花城出版社 2013 年版，第 702 页。

则是整个“文化大革命”文学中最酣畅的“雷鸣闪电”。

美、健康与劳动结合在一起，这是对劳动的礼赞，也是那个单纯年代的最圣洁的情感。具有浓郁的抒情色彩，这是一种单一的情感方式，也是一种纯洁无瑕的情感方式，多么可爱的夏夜，多么可爱的劳动场景，多么可爱的王蒙！王蒙小说的这种如此简单而又圣洁的描写，在其以后的小说中似乎并不多见了。

四

《这边风景》是当代文学一次跨文化写作的成功试验，是一部跨文化写作的经典范本。

王蒙是当代汉族作家中仅有的精通维吾尔语的作家，新疆的 16 年生活，给予王蒙的最大财富是他熟练掌握了维吾尔语，使他有了“另一个舌头”，不仅能够与当地维吾尔族农民毫无障碍交流，更重要的是他掌握了一把走进维吾尔族历史和文化的钥匙，能够透过维吾尔族人的日常生活更深入、更全面地了解他们的思维方式、情感特征、价值观念，进而走进了维吾尔族人的生活和心灵世界，正如维吾尔族诗人热黑木·哈斯木所认为的：“汉族作家反映维吾尔生活，能让维吾尔读者称赏叫绝，说到底，就因为王蒙通晓我们的语言文化，懂我们的心。”① 美国作家阿瑞尔·道夫曼曾说，“作家”的题中之义就包含了“不适”，如果对现实安之若素，他的笔将就此枯竭。也许王蒙是个“例外”，王蒙多次强调他在新疆的生活是“如鱼得水”，正是这种“如鱼得水”，才有了《这边风景》及后来“复出”后的《在伊犁》，因为，它们都充满了王蒙对这块土地的深沉的理解、爱和感激。德国哲学家乔治·齐美尔提出了文化上“异乡人”的概念，就文化身份而言，王蒙之于维吾尔族文化无疑是个“异乡人”，这种“异乡

① 楼友勤：《维吾尔友人谈王蒙》，温奉桥编《多维视野中的王蒙——第一届王蒙文学创作国际学术研讨会论文集》，中国海洋大学出版社 2004 年版，第 338 页。

人”的身份使王蒙对两种文化的差异格外敏感：新疆“使我有可能从内地—边疆、城市—乡村、汉民族—兄弟民族的一系列比较中，学到、悟到一些东西”①，在更深刻的意义上，王蒙的“比较”视野源于对维吾尔族生活和文化的热情，源于作家对维吾尔族人的爱，是爱使王蒙从一个文化的“异乡人”变成了真正的“巴彦岱人”。

王蒙对新疆各族人民特别是维吾尔人的生活和文化具有深刻的了解，他曾广泛阅读维吾尔族的文学作品和文化典籍，并翻译过维吾尔族作家马合木提·买合买提的小说《奔腾在伊犁河上》及诗人铁依甫江等人的作品，所有这些都养成了王蒙的跨文化视野。王蒙说：“绝大多数情况下，题材、思想、想象、灵感、激情和对于世界的艺术发现来自比较——对比。了解了维吾尔族以后，才有助于了解汉族，学会了维吾尔文以后才既发现了维吾尔文的也发现了汉文的特点和妙处。了解了雪山、绿洲、戈壁以后，才有助于了解长安街。”② 这种自觉的跨文化意识无疑给王蒙提供了更广阔的文化视野和更开放的文化心态，可以说，没有对维吾尔语的学习和掌握，就不会有《在伊犁》《这边风景》等深得维吾尔族生活真味的作品。

维吾尔族是一个具有鲜明气质和文化个性的民族，《这边风景》没有猎奇，没有热衷于奇闻异事的描写，而是怀着尊敬、喜爱、欣赏的心态，以跨文化的视野透过维吾尔族人日常生活的描写，表现他们独特的生活情趣和文化心态：如当地居民习惯于把窗子开到临街的一面，以便透过精美的挑花窗帘可以欣赏繁华的街道和过往的行人，维吾尔族人的日常生活充满了“美”和情趣，家家院子里都有葡萄架、苹果园、玫瑰花，不但窗帘、床围子、餐单、箱子、毡毯上绣有精美的挑花，甚至打馕包包子上也有花纹图案；穆斯林文化特别讲究生活的清洁和卫生，维吾尔族人每年粉刷两次或至少一次房屋，家家院门外都有供夏季乘凉用的土台子；维吾尔族少女喜欢用奥斯玛草涂染墨绿色的长眉毛，用凤仙花涂染红指甲、红掌

① 王蒙：《文学与我——答〈花城〉编辑部××同志问》，《王蒙文存》第21卷，人民文学出版社2003年版，第79—80页。

② 王蒙：《萨拉姆，新疆!》，《王蒙文存》第14卷，人民文学出版社2003年版，第33页。

心和红脚心。在长期的历史文化中，维吾尔族人养成了独特的生活观念：维吾尔族人认为新鲜空气对人的健康十分重要，只要天气允许要尽量在室外“吃空气”；维吾尔族人十分“崇拜”夏天，认为夏天越热，出汗越多，身体就越健康，心情就越舒畅，没有夏天的汗流浃背，疾病就不能排除。同时，穆斯林在日常生活中也形成了一些独特文化观念或文化禁忌：维吾尔族人普遍对粮食充满了敬畏，认为粮食是真主赐予的，一定要保持“清真”，牛奶不小心洒在地上，一定要用土掩埋起来，饭前一定要洗手，严禁随地吐痰、擤鼻涕、放屁；即使在日常饮食方面，维吾尔族人也有自己独特的规矩：许多食物的吃法、摆法、切法，都有固定的规矩，在吃馕和馒头的时候，决不允许拿起一个整的张口就啃；马是干净的、合格的，而驴是不洁的、违规的，因而穆斯林对马驴交配十分反感，与驴交配后的马是不能食用的，维吾尔族人甚至认为羊肉的味道与屠宰的手艺有关，一个手艺高超的屠宰者通过他的妙手能使羸弱的瘦羊的肉变得鲜嫩肥美。王蒙对维吾尔族文化的精透了解还表现为通过一些日常俗语、谚语乃至话语方式，感悟并表现了维吾尔族人独特的生存智慧、价值观念和生命意识。如在维吾尔族人的日常生活中，把那些办事油滑、不留痕迹的人称为水不沾毛、了无形迹的“鸭子”，把那些咋咋呼呼、外强中干者称为“装腔作势的雄鸡”，把不靠谱的“二百五”称为“苕料子”，用“比教驴子跳舞还难”来形容一个人的蠢笨，用“命运向他背过脸去”形容一个人背时、不走运，“心里没病不怕吃西瓜”表示一个人坦荡磊落，用“舌头上长出玫瑰花来”来形容一个人能言会道、巧舌如簧；再如，“结果多的枝子总是低着头”“善言可以劈山，恶言可以劈头”“胆小的长存，不怕的完蛋”“金钱是手指甲缝里的泥垢，喉咙（指贪婪）是罪恶的根源”“财富就像小鸟，不可能永远捏在手心”“只要坚持，用柳条筐也可以打上水来”“心术不正的人种出来的哈密瓜都会发苦”等，则充满了维吾尔族人独特的幽默和智慧。至于具体的汉、维生活习性的细节描写在《这边风景》中更是随处可见：“维吾尔人形容大小长短与汉族最大的不同在于，汉族人形容大小长短，是用虚的那一部分，如用拇指与食指的距离，或左右两手的距离表示大小长短，而维吾尔人是用实体，如形容大与长，他可以以左手掌切向右肘窝，表示像整个小胳膊一样大，而用拇指捏住小指肚，则表示像半个小指肚一样小。”[①] 没有对维吾尔族生活和文化的深刻了解，就不可能有《这边风景》自觉的跨文化写作意识。

《这边风景》的跨文化视野，更深层地表现为维吾尔族人独特的语言方式。如维吾尔族人常常用“白”来形容女人的漂亮：“白媳妇”“洁白的女儿”“甜甜的好女儿”，这里的“白”“甜”并不是指颜色、味道，而是“漂亮”的意思。爱弥拉克孜与伊力哈穆的对话：“爱弥拉克孜姑娘，这是您吗？您在吗？”“伊力哈穆哥，您好，还能不在吗？”小说描写迪丽娜尔的歌声：她唱起来的时候，燕子都不再高飞，羊儿都停止了吃草；描写乌甫尔的妻子莱依拉能干：“她的家总是拾掇得如细瓷碗一样的干净。”形容乌尔汗的头疼“好像有一条蝎子钻到脑袋里”，形容一个人红光满面像一个“刚出炉的窝窝馕”。这些具有鲜明地域和民族特色的语言及话语方式，是维吾尔族人生活方式、历史文化及心灵世界的独特表达。如果把王蒙比喻成一棵大树，那么它的根深深扎在了伊犁维吾尔族人生活和文化的最深处，王蒙走进了维吾尔族人心灵世界的最深处。

新疆是王蒙“独一无二的创作本钱”[②]。新疆在诸多方面对王蒙产生了深刻影响，“在王蒙之为王蒙诸多的规定性之中，伊犁永远占据着一个重要的位置”[③]。王蒙让“巴彦岱”从一个地理名词变成了一个世界性的文学存在，“巴彦岱”就是鲁迅小说中的“鲁镇”，沈从文笔下的“湘西”，福克纳笔下的“约克纳帕塔法县”，伊犁是王蒙心中永恒的“桃源”。《这边风景》是王蒙这位赤子唱给伊犁母亲的最深情的赞歌，王蒙说《这边风景》“是戴着镣铐跳舞”，在那个独特的历史语境中，“镣铐”是难免的，但是，王蒙“舞”出了他的精彩，“舞”出了他的非同凡响。

---

① 王蒙：《这边风景》（下卷），花城出版社 2013 年版，第 594—595 页。

② 王蒙：《大块文章》，花城出版社 2007 年版，第 50 页。

③ 温奉桥、温凤霞：《从伊犁走向世界——试论新疆对王蒙的影响》，《中国海洋大学学报》2010 年第 1 期。

感觉的狂欢[1]

——王蒙《闷与狂》散论

众所周知，王蒙是中国当代小说艺术变革的引领者和探险家，特别是新时期以来，王蒙更是成为小说艺术创新的代名词。如果说王蒙始于20世纪70年代末的小说实验主要是中短篇小说的话，最近推出的《闷与狂》则是以全新的艺术形式整体性地颠覆了读者关于长篇小说的阅读经验。与《这边风景》的迹近写实主义相比，《闷与狂》则完全变换了另一套笔墨，呈现出迥然不同的艺术旨趣和审美风格，在诸多维度提供了新的艺术经验，为当代长篇小说的创新提供了新的经验。

一

就文学史谱系而言，王蒙不属于“先锋主义”作家，但王蒙却是当代最具先锋感的作家之一，这集中表现在其强烈的创新意识和小说形式感。在当代作家中，王蒙的文学感觉是出类拔萃的，这早在《组织部来了个年轻人》即有出色表现，《夜的眼》则简直就是一篇典型的感觉主义小说。在《闷与狂》中，王蒙像一位印象派大师，再次把他出色的文学感觉“挥霍”到了极致，创造了一个独具个性的文学感觉世界。与故事、人物、主

---

① 原载于《中国现代文学研究丛刊》2015年第10期。

题等长篇小说的传统审美规范相比，《闷与狂》更是一次感觉的狂欢，语言和想象的盛宴。

一般而言，长篇小说具有相对稳定的规范和要求，《闷与狂》似乎专门挑战传统长篇小说的“可能性”。在这部小说中，王蒙将叙述和描写的对象从外部经验转化为一种感觉世界和生命体验，情节的片段化、叙述的印象化和描写的感觉化，构成了这部小说的显著特点。毋庸讳言，《闷与狂》并没有提供一个完全崭新的故事架构，熟悉王蒙创作的人都清楚，《闷与狂》的故事脉络早在《青春万岁》《在伊犁》、“季节系列”等小说中都有程度不同的表现，其中很多“本事”在《王蒙自传》中也都能够找到印证。但是，《闷与狂》对“故事”的处理则没有走既往的老路，而是表现出了完全不同的艺术追求和崭新的艺术旨趣：“我追求的是全然不同的手法与风格，我要写的是‘向内转’的感觉与印象。”① 与完整的故事情节和严密的叙述逻辑相比，构成《闷与狂》整体架构的其实是一些历史的碎片和时间的光影，是一些感觉片断连缀而成的“心理流”。王蒙曾坦言：“我爱现实，但我也爱心理。我爱故事，但我也爱感觉。……我爱完整，但我也爱内在的统一与一贯，内在的真实与真诚。我珍重现实主义，我也倾心于心理独白特别是印象的缤纷，凌乱中的播种、杂沓、生芽与升华。我不但要向你报告事件，我尤其要把我的感觉告诉你。”② 将一部近30万字的长篇小说完全建立在“心理独白”和“缤纷”的印象之上，在艺术上有极大的难度，在当代长篇小说创作中似乎还未曾有过先例，但整体而言，《闷与狂》出色地实现了王蒙“换换小说的写法”的初衷。

与故事等传统长篇小说审美质素相比，感觉构成了《闷与狂》唯一的实在。亚里士多德说，感觉是一种“潜在地存在着”的能力，“就像燃料一样，如果没有某种东西把它点着，它自身是不会燃烧起来的”③。王蒙在谈及《闷与狂》创作缘起时也有类似的说法：“我把我内心里最深处的那

① 王蒙：《2013年盘点》，《新民晚报》2013年12月13日。

② 王蒙：《散文、小说、感觉》，《小说选刊》2013年第3期。

③ ［希腊］亚里士多德：《论灵魂》，苗力田主编《亚里士多德全集》（第3卷），中国人民大学出版社1992年版，第42页。

些东西，就是把这种情感、记忆、印象、感受的反应堆点燃了，点燃了以后发生了一种狂烈的撞击……变成了这个书。”①《闷与狂》出色地营构了一个多层次立体化的“感觉场”，这个“感觉场”主要表现为三个层面：第一个层面是叙述感觉化。整个小说采用的是感觉叙述，通过感觉、回忆建构起了小说的叙事脉络。一般而言，故事之于长篇小说的重要性不言而喻，福斯特甚至把故事看作小说的“最高要素”，但同时他也认为故事是小说“最低下和最简陋的文学肌体”②。王蒙曾多次说过，他的小说创作“羞于”编故事，与一个离奇曲折的故事相比，他更感兴趣的是情调、意绪、氛围乃至语言、结构等。王蒙是一个有故事的作家，但并不是一个以故事见长的作家，王蒙有时故意淡化故事，甚至躲着“故事”走，如《蝴蝶》《杂色》等，莫不如此，即使《组织部来了个年轻人》，其故事线索也很淡，他甚至认为《夜的眼》最大的突破在于摆脱了“戏剧性的小说写法”。正缘于此，王蒙的小说创作大都格调散淡，白烨用“写意”来概括王蒙的中短篇小说③，大体符合实际。及至《闷与狂》，这一创作倾向则进一步强化、凸显，故事、情节完全虚化为某种背景，成了小说“第二位”的存在，甚至连人物都隐去了，蜕化成了“你”与“我”。王蒙表示他用一种“反小说的方法”来写《闷与狂》。王蒙所谓“反小说的方法”即是指对历史和事件采取了虚化、印象化的态度。这部小说完全超越了现实层面“实有”经验的叙述，而是专注于某种经验之上的更高存在——感觉或印象，故事变成了“潜故事”，情节变成了印象集锦，《闷与狂》在很大程度上突破了传统小说的坚硬外壳，使长篇小说产生了另一种可能。

第二个层面是描写的感觉化。《闷与狂》的许多描写都是主观化、感觉化的，是一种全方位、全感知化的描写，而不是客观性的穷形尽相。如小说开头：“盛开的梨花如海，如涨潮的浪花飞溅，如群帆起航，如遗留

① 《王蒙、刘震云等“五代同堂”，共话文学大时代的闷与狂》，http：//book. ifeng. com/yeneizixun/special/beijingguojitushujie2014/content－2/detail_ 2014_ 09/02/38610166_ 0. shtml。

② ［英］爱·摩·福斯特：《小说面面观》，苏炳文译，花城出版社1985年版，第22页。

③ 白烨：《“意”在王蒙》，温奉桥编《多维视野中的王蒙——第一届王蒙文学创作国际学术研讨会论文集》，中国海洋大学出版社2004年版，第185—189页。

在舰船尾后的流苏，如欧洲的百万婚纱的大囍与白衣舞会。”[1] 再如对藤萝的描写：“紫而发展变化为白，如玉的深浅浓淡的歇息，如云的层层叠叠的收放，如刺绣的悬挂镶边婉转，如波浪的起伏薄厚开阖，如蟒蛇的藤蔓牵延，如网的枝条伸张，如屋顶的方正齐整，如花毯的巨大平匀，如尘土的切近，如饭食的米香，如花朵的清纯，如水珠的普普通通闪闪烁烁。”[2] 这一大串“如”是典型的王蒙笔法，是典型的写意化描写。王蒙曾极为推崇托尔斯泰的文学感觉，说托尔斯泰作品里的感觉“简直细致到像工艺品一样”[3]，应该说，与托氏相比，王蒙对感觉的把捉和描写，毫不逊色。

第三个层面是出色的感觉摹写。王蒙在这部小说中对感觉的摹写发挥到了极致，与20世纪70时代末80年代初的《夜的眼》《春之声》《海的梦》等小说相比，《闷与狂》中的感觉更加饱满丰盈，更具青春气息，也更激情贯注。《闷与狂》中的感觉摹写，具有两个鲜明特征：一是生活化，不是纯主观化臆想式的“感觉”描写，而是带有浓郁的生活气息和现实质感，如“她像一盆刚刚用过了的洗脸水，含着半凉半温，含着老上海的香胰子气味，含着洗掉的污秽与脱落的头发，残破的头发有一种放了三天的炸馃子的嗅觉作用”[4]；捻死的臭虫“耗散着鲜生生腥淋淋类似败坏了的食用油哈喇变质的气味，类似脱下的内裤许多天没有洗涤的气味”[5]。再如对“贫穷”的描写：“弥漫的、温柔的、切肤的与轻飘飘暖烘烘的贫穷。”[6]“你闻到了自己的家的亲切熟悉贫穷的气息，有点老腌萝卜的味，也有陈旧的被褥的汗气。”[7] 在王蒙笔下，“贫穷”是有味道的。二是诗意化。《闷与狂》中的感觉和文字都很年轻，是一种高度心灵化、诗意化了的感觉，是心灵深处的光焰。如“秋千……剧烈地旋转，四面都是太阳”[8]“你

---

① 王蒙：《闷与狂》，北京联合出版公司2014年版，第4页。

② 同上书，第8页。

③ 王蒙、王干：《王蒙王干对话录》，《王蒙文集》第28卷，人民文学出版社2014年版，第201页。

④ 王蒙：《闷与狂》，北京联合出版公司2014年版，第9页。

⑤ 同上书，第47页。

⑥ 同上书，第40页。

⑦ 同上书，第290页。

⑧ 同上书，第210页。

闻到了她的发辫的湿与黑”[①]“你闻到了柳梢与湖水的新鲜的腥生之气。……像是折断了一枝树茎，流出了生命的汁液。草有，菜有，未成熟的酸果有，混合着泥土与前一个年头的草根与旧叶，保留着春天的泥泞、冬天的冰雪、秋季的秸秆气息”[②]。王蒙这类高度感觉化的语言和如此精微纤细的描写，赋予了整部小说瓷器般细腻温润的光辉。

二

然而，感觉后面仍是小说，是坚硬的实在，恰如普鲁斯特所言，我们称为“真实”的事物，其实不过是感觉和这些记忆之间的某种联系。在《闷与狂》中，作者剥离的仅仅是故事的硬壳，在把故事感觉化、片段化的同时，则赋予了其更大、更密集的信息量。《闷与狂》其实是一部高度浓缩的更加文学化的“王蒙自传”，只不过《闷与狂》呈现的不是生命之“线”，而是生命中的一个个印象中的“点”或片段。王蒙说这部小说是他的“受想行识”，这是就小说书写的个人层面而言，而就其宏观层面而言，《闷与狂》指向的仍是20世纪的大主题：革命，也就是说，这部小说其实也是一代知识分子的“受想行识”，或者更大一点说是20世纪中国的“受想行识”。

这部小说最初名叫《烦闷与激情》，出版时改为《闷与狂》。无论是“烦闷与激情”还是“闷与狂”，都可以看作20世纪中国知识分子的两种典型的情感基调和心理状态。“闷”与“狂”，既是对立的，又是相通的，就个体经历而言，王蒙用“闷”来定义他的童年和少年，用“狂”来描摹他的青年时代——应该说“闷”与“狂”的简单划分，并不完全符合王蒙的个性，王蒙向来反对简单化，当然，王蒙的一生也绝不仅仅是“闷”与“狂”两种格调——对于前者，从“我的宠物就是贫穷”等小说章节题目

---

① 王蒙：《闷与狂》，北京联合出版公司2014年版，第78页。

② 同上书，第77页。

中即可得知，然而，王蒙真正要抒写的却是后者——“狂”。何谓“狂”？狂即疯癫，也即激情难抑，“狂”源于信仰的激情。“闷”与“狂”是两种情绪，也是20世纪中国社会和文化的两种典型基调：前革命时代的典型特征是“闷”，革命时代则是“狂”，因而，《闷与狂》是小说，更是历史——既是个人的心灵史，更是20世纪中国知识分子的心灵史。小说虽由一个个印象式片段连缀而成，然而这一个个片段式印象并不是空泛的、无指向的，而是包含着巨大的、明确的社会历史内容和精神指向，也即是说《闷与狂》通过对感觉的书写，以形象化形式思考和揭示了20世纪中国社会、文化从“闷”到“狂”的历史必然性。20世纪80年代，思想界提出“告别革命”，然而，“革命”已成为20世纪中国的文化宿命，甚至形成了浓烈的“革命崇拜”的精神氛围和价值诉求。革命文化的兴起是20世纪中国社会的一大“遗产”。《闷与狂》通过“我”的心灵成长过程，不但形象地描写了20世纪中国知识分子革命化的精神历程，而且阐释了中国社会也即“闷”时代的全面危机如何导致了社会革命发生的内在逻辑。也即是说《闷与狂》仍然是对革命的叙说。

革命、青春和爱情，构成了王蒙小说创作的持久主题，《闷与狂》也不例外。在这部小说中，王蒙通过对青春和爱情的凭吊，所要表现的仍是革命在何种程度上深刻影响了知识分子的价值观念和人生追求，甚至个性、情感和行动方式等。之所以如此，这是因为，一方面，恰如作者所言“我的青春是高调的”，甚至，革命、青春、爱情对他们而言是三而合一的东西；另一方面，除了其独特的个性、气质外，还有一个重要的原因，就是王蒙那一代人的青春并未来得及充分展开就戛然而止，被冰冻了起来，对他们那一代人来说，注定永远无法从青春与革命纠合缠绕中摆脱出来。所以，青春、革命、爱情构成了王蒙小说创作最持久最坚硬的存在。王蒙60年前喊出了“青春万岁”，及至晚年，仍是念兹在兹，“是青春点燃了革命，是革命烧透了青春”，这样充满了热度和亮度的语言今天已经不容易读得到了，人们已经完全换了另一套语码来叙说这类前朝往事了。然而，对于王蒙而言，老去的是岁月，而不是信仰。

归根结底，《闷与狂》抒写的仍是一代知识分子的信仰，没有摆脱

“少共情结”的范畴。王蒙说，作为共和国的第一代青年，他们是“相信的一代”①，他们的“基本性格”就是“相信”：“我们这一代人，所谓50年代的作家，一个最大特点就是相信。就是相信革命的许诺，相信历史的前进，相信新中国的这些目标，都能够达到。”王蒙把这种“相信”看作其生命的“底色”②。王蒙是一个生活阅历和内心经验都极其丰富的作家，不到14岁即参加革命，新中国成立后成了一名新民主主义青年团的专职干部，这是王蒙一生的“激情岁月”。王蒙后来曾深有感触地说：“在中国翻天覆地、高唱革命凯歌行进的年代成长起来的少年——青年人的精神风貌是非常动人和迷人的，特别是其中那些政治上相当早熟的‘少年布尔什维克’，给我终生难忘的印象。”③ 王蒙显然就是这些早熟的“少年布尔什维克”中的一员。一次，王蒙在谈到参加革命的经历时，提到了芭芭拉·史翠珊的《往日情怀》：“假如我们有机会重来一遍，告诉我，我们还愿意吗？我们还能做到吗？”王蒙毫不犹豫地说：“我想告诉你们，如果有机会重来一遍，我还是愿意，而且能够像我以前做过的那样。”④ 他们这一代作家对于革命的信仰是后来的作家们所难以理解的。这也许就是王蒙小说“青春”和“革命”主题的来源。《闷与狂》已经走出了“季节系列”小说的解构策略。

20世纪中国社会最重大的事件当然就是革命。在这部小说中，王蒙以自叙传的形式描写了前革命时代物质上的贫穷和精神上的“闷”，以此来重新阐释革命兴起的历史逻辑即合理性，以及在这一过程中，先进知识分子的自我转型。王蒙通过自身的感受，回答的是20世纪中国激进知识分子走向革命的历史必然。王蒙说革命是他的“起点”和“童子功”，这种基于信仰基础上的情感认知，不但深刻影响了王蒙的人生观，而且深层决定了其创作的整体风貌。王蒙的创作已逾60年，在其创作中，不是没有批

---

① 王蒙：《半生多事》，花城出版社2006年版，第288页。

② 王蒙：《影响我一生的“光明底色”》，《新周刊》第401期。

③ 王蒙：《文学与我——答〈花城〉编辑部××同志问》，《王蒙文集》第23卷，人民文学出版社2014年版，第65页。

④ 查建英：《国家公仆》，http://paowang.net/post/10132344。

判，不是没有冷嘲热讽，但绝无怨气和戾气，不决绝，不冷酷，而是充满了理解、宽容和善意，他以光明之心，反顾和描写20世纪中国社会的闷与狂、明与暗、喜和悲，而不是一味恶毒地诅咒和凌厉地批判，他怀有一种慈悲之心、温暖之意。当然，这其中也不乏某种审视和反思，但是建立在一种明朗的基调之上，“如果说我的作品中对现在的一些意识形态、体制上的缺陷作了一些批评，这些批评也是从深深投入这一切、爱护这一切出发”①。王蒙曾多次明确表示：我不是索尔仁尼琴，我不是米兰·昆德拉，不是帕斯捷尔纳克，甚至拒绝鲁迅式的“横站”② 和决绝。王蒙在这里已经说得十分清楚了，与索尔仁尼琴、米兰·昆德拉、帕斯捷尔纳克、鲁迅等作家相比，他属于“另一类”作家。这样一种文化心态从根本上决定了王蒙的美学建立在一种光明的底色之上。这其实是王蒙留给这个世界比他1600万言创作更宝贵的财富。

三

在美学风格上，《闷与狂》就如封面的两个别有寓意的圆球——一个灰暗，一个鲜红，呈现为两极状态：癫狂与隐晦。这种拼贴化的审美风格，赋予这部小说独特的现代感。福斯特曾把小说称为“文学领域中最潮湿的地区”③，《闷与狂》进一步增加了它的柔软性和潮湿度。王蒙的小说除了《青春万岁》等早期作品外，其风格多是杂糅拼贴即“杂色”。就《闷与狂》而言，可谓深情、幽默、调侃、反讽兼有，散文、相声、音乐、政论等众体具备，文体边界更加模糊化。王蒙的小说具有一种特有的开放性、自由美，既是精神的，也是形式的。

“狂欢”作为一种美学，在《闷与狂》中得到了多层次表现。有人把

① 夏冠洲：《用笔思考的作家》，新疆大学出版社1996年版，第245页。

② 王蒙：《文学与我——答〈花城〉编辑部××同志问》，《王蒙文集》第23卷，人民文学出版社2014年版，第65页。

③ ［英］爱·摩·福斯特：《小说面面观》，苏炳文译，花城出版社1985年版，第3页。

王蒙的“季节系列”小说称为“狂欢体”，《闷与狂》才是真正意义上的大狂欢——语言和感觉等的多重狂欢。与《组织部来了个年轻人》等20世纪50年代创作相比，新时期王蒙语言风格大变，特别是很多小说充斥着并列式铺张型语言，但王蒙的“铺张”主要在议论，而不是叙述，“夹叙夹议”是王蒙小说典型的语体特点。《闷与狂》延续了这一特点，如大量的排比句（如关于什么是“贫穷”，作者一连用了40个排比句）和四字成语铺天盖地；再就是大量使用叠词句式如“白浪滔滔”“彩霞飘飘”之类，有些词则是王蒙生造出来的，如“性感猎猎”“山石峭峭”等，这在客观上造成了一种美学气势；语言狂欢的另一表现则是大量脏话的高频度运用。王蒙没有另一部小说像《闷与狂》这样如此频繁地使用脏字脏话，王蒙小说《青狐》中开始出现脏话，《闷与狂》则来了一次集中爆发。在美学效果上，《闷与狂》中的如“×养的”“日死你”“操你妈”“牛逼”“装逼”“你他娘”等的密集出现，强化了情感烈度，更多地则是显示了作者的一种写作状态——一种亢奋、癫狂的状态，这是一种倾吐的欲望和激情。王蒙在《闷与狂》中已耐不住平静的叙述，他要从叙述中跳出来，与小说家相比，王蒙更像是一个充满激情的辩论家、演说家，脏话构成了小说的一种“修辞”方法。格非说：“一种语言方式的出现必然包含一种新的经验的出现，语言方式及其种种特点最终是由‘个体世界’和‘经验世界’的关系来决定的，对存在本身的思考和发现是找到新的话语方式的最有效的途径。”① 王蒙的这种小说文体，有其独特的美学意义。可以说，《闷与狂》是小说，也是散文，更是一首抒情长诗；是印象主义大师的画作，更是一部繁复的交响乐，是“反小说”的小说。

与癫狂相对的是隐晦，隐晦构成了《闷与狂》的又一审美存在。20世纪90年代初，王蒙的中短篇小说创作即已发生变异，情感愈加“向内转”，明亮的色调渐渐退隐，代之的是欲言又止，欲显又藏，甚至某些小说如《我又梦见了你》《济南》《秋之雾》流露出一种鲁迅式的寂寞心态。隐晦在《闷与狂》中，既与感觉主义的整体风格和结构上的飘忽、散漫有

① 格非：《小说叙事研究》，清华大学出版社2002年版，第90页。

关，也与大量的内心独白及独特的叙述视角密切相关——整部小说都是“我”—“你”的对话和潜对话，这既增强了小说的深邃性和自由感，也同时增加了小说理解的难度；此外，更与王蒙“偏爱寓言化言说策略”有关，径直说隐晦源于小说中的那两只“阴郁的黑猫”。在《闷与狂》中，王蒙多次写到这两只诡异莫名的猫，每一个读过这部小说的人，对之都不可能视而不见。那么，正如小说第一章的标题“为什么是两只猫”？众所周知，王蒙对猫情有独钟，且有半个多世纪的养猫史，也曾在不少作品里写到猫，如《队长、书记、野猫和半截筷子的故事》，长篇小说《活动变人形》《狂欢的季节》也写到了猫，《九命七羊》的说法也是源于“猫”——这里的“猫”较为平面化、写实化，缺乏更多的象征意义。但《闷与狂》里的“猫”却是不同的，一出场就极为不凡：“两只猫的四个眼睛，像四个电灯泡，它们亮得使我感到威胁。”① “两只小猫渐渐变大，越来越大，它们的四枚黑眼珠黑亮黑亮，越来越亮，像四盏二十五瓦的灯泡发展成长为四盏两千瓦的黑光灯泡。”② 对猫的眷恋常常与孤独有关，在西方文化中，猫是聪颖、灵敏的象征，也是逢凶化吉、遇难呈祥的隐喻。

《闷与狂》中对“猫”的描写在很大程度上奠定了整部小说的审美格调。这里的“猫”，是童年的现实，也是生命最初的感觉，是实指，也是隐喻，是感觉和现实的复合物。其实，这里的“猫”早在短篇小说《阿咪的故事》中即已初现端倪：“它的两眼大睁、上视，眼珠里反映着电灯泡的红光，本来的灰蓝色的眼睛变成令人不快的褐红色两枚弹子，不知道是猫眼充了血还是电灯光与波斯猫眼珠之间的光学反射作用，使猫眼变得那么褐红得骇人。”③《闷与狂》中的“猫”在小说中多次出现：“零与无穷大，这就是上帝——终极。它是我们的安慰与依托，它是一首赞美故事，它是我的两只黑猫，两只眼睛如被两枚钉子钉了的灯泡。”④ “什么是一生？什么是生平、前生、往生、此生、平生？什么是自我的出现与觉醒？什么

① 王蒙：《闷与狂》，北京联合出版公司 2014 年版，第 2 页。

② 同上。

③ 王蒙：《阿咪的故事》，《王蒙文集》第 14 卷，人民文学出版社 2014 年版，第 269 页。

④ 王蒙：《闷与狂》，北京联合出版公司 2014 年版，第 22 页。

是沉浮、沧桑、正误、祸福、通蹇、吉凶、顺逆、幸运儿和倒霉鬼？远远地来了两只猫。”① 在审美功能和效果上，这里的“猫”类似于《布礼》中的“灰影子”和《蝴蝶》中的“小白花”，都具有某种隐喻和象征功能，又远比隐喻和象征内涵更丰富、更模糊、更隐晦，这是王蒙小说中的神来之笔。如此奇谲诡异的描写，赋予《闷与狂》奇异的审美效果。

早在20世纪80年代初，王蒙就提出既要“突破别人”，也要“突破自己”②。与“突破别人”相比，“突破自己”更难。王蒙在创作上把自己当作敌人，他的每一部小说，都是一次挑战自己的纪录，《闷与狂》尤甚。《闷与狂》是王蒙晚年的一次激情的喷涌，一次生命的躁动，更是一次生命中的“乱码”，在一定意义上，《闷与狂》是他80年人生的一次深情回首，也是他60年文学创作的一次辉煌的高潮和“变异”。

---

① 王蒙：《闷与狂》，北京联合出版公司2014年版，第297—298页。
② 王蒙：《翻与变》，《王蒙文集》第21卷，人民文学出版社2014年版，第342页。

隐喻的迷思[①]

——王蒙《蝴蝶》新论

在王蒙的小说创作中，《蝴蝶》（《十月》1980年第4期）无疑是一部别具意味和旨趣的小说，这部小说自发表迄今，已近35年，但其深沉隽永的美学意蕴并没有随着时间的流逝而有丝毫衰减，反而，经过时间的汰洗和沉淀，愈益醇厚。毫无疑问，《蝴蝶》的艺术魅力源于其浓郁的哲学意味和独特的寓言性质，这部小说不但旨意隽永，而且在艺术上灵光飞动，具有一种哲理和诗意的光辉。在绝大多数“反思小说”早已被读者普遍遗忘的今天，《蝴蝶》仍鲜活地存在于人们的阅读中，仍然显示了强大的艺术生命力，这是一部仍然活着的小说。德国接受美学家姚斯曾说过：“一部文学作品并不是一个独立存在的并为每一时代的每一读者都提供同一视域的客体。它不是一座自言自语地揭示它的永恒本质的纪念碑。它倒非常像一部管弦乐，总是在它的读者中间引出新的反响……使之成为当代的存在。”[②] 今天，重读这部小说，或许会给我们带来新的发现。

① 原载于《中国现代文学研究丛刊》2015年第4期。

② ［德］姚斯：《文学史作为向文论的挑战》，伍晓明译，胡经之、张首映主编《西方二十世纪文论选》（第3卷），中国社会科学出版社1989年版，第154页。

一

自20世纪80年代以来，人们习惯于把《蝴蝶》与《布礼》《夜的眼》《春之声》《风筝飘带》《海的梦》并称为王蒙意识流小说的“老六篇”，特别是《蝴蝶》与《布礼》更是成为当代意识流小说的“双子座”。然而，人们更感兴趣的是“意识流”，而不是作品本身，“意识流”的标签遮蔽了对这部小说深层解读的可能，因此，在一定意义上《蝴蝶》又是一部被严重低估甚至被牺牲掉了的作品。事实上，《蝴蝶》不仅是王蒙最重要的作品之一，也是20世纪80年代中国小说的重要收获，是中国当代文学不可多得的艺术精品。

王蒙“复出”后乃至整个80年代的小说创作，就现实与写作关系而言，大体呈现出三种形态：一是现实层面的写作，即小说与现实具有直接统一性，如《最宝贵的》《悠悠寸草心》《夜的眼》《春之声》等；二是历史—文化层面的写作，如《活动变人形》《相见时难》《坚硬的稀粥》等；三是哲学意味的写作，如《蝴蝶》《杂色》《海的梦》等。而这一类作品虽然并不能完全排除“现实”层面的内容，但从整体看，写作主体已经完成了对具体历史事件的超越，从而具有了某种抽象的审美品格。如果王蒙的小说只有前两类而没有那些别具意味的超现实性写作，那么王蒙对中国当代小说的影响力将会受到影响。王蒙曾说：“一篇成功的小说……往往具备这样一些特点，而且这些特点不是分裂的：它既有直观性，又有思辨性，既有具体性，又有抽象性，既有纪实性，又有寓意性；它好像暗指着什么东西，又不是非常明确的。”① 《蝴蝶》就是这样一部既直观又思辨，既具体又抽象的作品，这或许正是这部小说引发歧义的原因，更是这部小说的魅力所在。任何一部好的小说，其意义都不是单向度的，《蝴蝶》同样如此。

① 王蒙：《关于小说的一些特性》，《王蒙文存》第19卷，人民文学出版社2003年版，第185页。

同为意识流小说的典范作品，为什么抱怨《蝴蝶》读不懂的人很多，而抱怨《布礼》的却几乎没有？不必讳言，与《蝴蝶》相比，《布礼》不但在艺术技巧上“稍嫌生涩，不无夹生”[①]，最关键的是在旨趣意蕴方面，《布礼》则略嫌辞气浮露，意味淡薄。谈到《蝴蝶》和《布礼》，还有一个小插曲：1980 年全国第一届（1979—1980）中篇小说奖评奖时，《蝴蝶》和《布礼》同时入围，因为一个作家只允许一部作品获奖，究竟是奖给《蝴蝶》还是《布礼》，争执不下，于是有人征询作者王蒙的意见，王蒙说，那就奖给《蝴蝶》吧，以至于引起发表《布礼》的杂志主编秦兆阳的不快[②]。这是一个有趣的故事。虽然王蒙十分清楚，一些高层领导如胡乔木是十分喜欢乃至激赏《布礼》的，但王蒙还是坚持奖《蝴蝶》，从这一细节来看，王蒙对《蝴蝶》是怀有偏爱的。那么，王蒙究竟“偏爱”《蝴蝶》什么呢？

著名作家严文井在读过《海的梦》后，曾给作者王蒙写了一封信：“可以称为文学作品的作品，在我们这里至少也有二三十年不大能见到，以致人们对它们很不习惯，甚至连一些‘作家’见了它们也觉得怪。”[③] 严文井所说的“不习惯”又何尝不适用于《蝴蝶》呢？如果这部小说的主题和内涵真的像有些评论家所说的“不要忘记人民”[④] 这么明确和坚定的话，还有什么“不习惯”和读不懂呢？如果一定要把《蝴蝶》称为“反思小说”的话，那么，这里的“反思”也与一般文学史意义上的“反思”有很大不同，《蝴蝶》反思的不仅仅是干群关系等表象问题，更是对知识分子命运，对自我乃至对人之普遍性生存境遇的反思。有的论者指出，《蝴蝶》与《围城》主旨相通，讲述的都是“现代中国人寻求精神家园的故

---

① 王蒙：《大块文章》，花城出版社 2007 年版，第 92 页。

② 同上书，第 44 页。

③ 严文井：《给王蒙同志的信》，宋炳辉、张毅编《王蒙研究资料》（上），天津人民出版社 2009 年版，第 328 页。

④ 章子仲：《〈蝴蝶〉的巧思——读王蒙作品札记》，崔建飞编《王蒙作品评论集萃》，中国海洋大学出版社 2003 年版，第 272 页。

事”[①]，这一说法不无道理，其实还有一部小说，在主旨上也与《蝴蝶》相通，那就是贾平凹的《废都》，主人公干脆就叫“庄之蝶”，从精神谱系而言，《围城》《蝴蝶》《废都》属于同类小说，方鸿渐、张思远、庄之蝶构成了20世纪中国知识分子的精神历程。

《蝴蝶》是一个具有多重意义结构的文本，是一部具有多重意蕴的小说，重构历史的想象构成了这部小说的表层文本，也即显主题。《蝴蝶》甫一问世，立刻被读者誉为“反思小说”的代表作，在当时反思文学盛行的语境下，这是一种阅读惯性，熟悉王蒙创作的人都知道，反思领导干部与人民群众的关系，的确构成了王蒙“复出”后小说创作的一个重要主题，《最宝贵的》《悠悠寸草心》等莫不如此，这两部小说之分获1978年、1979年全国优秀短篇小说奖，也许与这种重构历史想象的主题不无关系。反思，本质上表现了作者一种重构历史信仰的努力，之于20世纪70年代末80年代初的中国文学而言，这是一个时代主题，客观上，《蝴蝶》也同样表现了这一主题。在这部小说中，通过张思远与海云、美兰、秋文3个女性的关系，完成了对个人命运和共和国历史的反思，这正是这部小说的“巧思”，这3个不同的女性，分别代表了张思远3个不同的历史时期，她们分别见证了3个不同的张思远——年轻的“老革命”张副主任、“右派”张书记、农民老张头。在这个层面上，无论是对个人还是对历史，反思的主题是十分明显的。事实上，在这部小说发表之初，王蒙对《蝴蝶》不多的阐释也基本是沿着这一思路展开的：《蝴蝶》“用有限的形式大跨度地来思考我们的历史，思考我们的现实，思考我们的城市、乡村”[②]。几乎所有关于《蝴蝶》的解读和评论，都是沿着重构历史的想象展开的，不须再赘述。

细心的读者会发现，在王蒙新时期小说创作中，《蝴蝶》是最早翻译介绍到国外，也是翻译语种最多的中国当代小说之一，自1981年日本学者相浦杲把它翻译成日文，《蝴蝶》先后被翻译成了法、俄、英、匈牙利、

---

① 赵一凡：《老庄的诱惑：从鲁迅到王蒙》，温奉桥主编《老庄的流韵——王蒙与道家文化》，安徽教育出版社2011年版，第16页。

② 王蒙：《在探索的道路上》，《王蒙文存》第19卷，人民文学出版社2003年版，第38页。

德、泰等多国文字，产生了广泛的世界性影响，为中国新时期小说赢得了最初的声誉，“如此多种译本的《蝴蝶》，也足见王蒙《蝴蝶》的影响力”①。那么，这部小说为何得到了世界读者的认可和喜爱呢？难道真的像我们所认为的那样，《蝴蝶》仅仅是一个反思性小说？通篇看，《蝴蝶》所写特别是主人公张思远所见、所感、所思都是现实层面的，甚至不无尖刻的讽刺和批判，也充满了某种自嘲的味道，然而，这部作品的真正旨趣，绝不止于此。王蒙后来曾说，《蝴蝶》“既和庄子有某种关系，也和李商隐的那种‘此情可待成追忆，只是当时已惘然’的情调有关”②。在这里，王蒙谈到了庄子和李商隐，谈到了“情调”，这其实正是这部小说的独特之处，也就是说，《蝴蝶》除了故事、主题等表层外，还有情调、旨趣等超文本的东西在里面，具有一种不可叙说性。透过故事，《蝴蝶》还写出了一种更深层的内蕴或意味，这构成了这部小说的潜文本，在当时充满了激愤、控诉和涕泪飘零的文学场域中，情调、旨趣等还是十分陌生、奢侈的文学质素。这也许就是人们抱怨“不习惯”的原因。如果仅仅把这个故事解读为反思老干部与人民的关系，那么，这部小说的艺术魅力将会大大降低，再者，这一主题也与“蝴蝶”的命意也大大相违，其实，只要多读几遍，还是能够读出其中的“味”来的。

二

在《蝴蝶》发表30年后，王蒙再一次谈到了《蝴蝶》：“我重视的不再是是否重用马屁精或官复原职后是否脱离群众这样的具体问题，而是在天旋地转，天堂地狱般的演变中个人的良心、操守、情感与灵魂的拷问。”③ 王蒙的这一说法与之前的有所不同，由此可知，王蒙把反思党与人

---

① 朱静宇：《域外风景：王蒙作品在海外》，《中国比较文学》2012年第3期。

② 王蒙、宋炳辉：《只要能用得上的，我都不拒绝——王蒙先生访谈》，宋炳辉、张毅编《王蒙研究资料》（上），天津人民出版社2009年版，第15页。

③ 王蒙：《大块文章》，花城出版社2007年版，第83页。

民关系仅仅看作这部小说的“具体问题”，与这一“具体问题”相比，王蒙更感兴趣的是“个人的良心、操守、情感与灵魂的拷问”，这事实上构成了小说的又一个层面。在这部小说中，不但有“灵魂的拷问”，还有诸如对人生如梦、命运无常的感悟、迷离和叹息，同时小说也明确地指向一种普遍性的人生境遇，而这种境遇并不是张思远所独有的，而是一种普遍性的生命体悟。在一定意义上，《蝴蝶》借了老干部张思远回乡的故事外壳，其深层表达的却是一个与“老干部”“人民”等无甚关联的主题，王蒙曾指出“《蝴蝶》里头有些很抽象的概括”[①]。那么，王蒙所说的“很抽象的概括”指的又是什么呢？显然不是指领导干部与人民群众的关系这一显性主题，要找到问题的答案，我们不得不从小说的题目“蝴蝶”入手。

王蒙对“蝴蝶”的喜爱是人所共知的，他曾多次以“蝴蝶”自喻：“我作为小说家就像一个大蝴蝶。你扣住我的头，却扣不住腰。你抓住腿，却抓不着翅膀。”[②] 丹麦著名文学评论家勃兰兑斯曾把诗人海涅比喻成一只“羚羊”[③]，因为海涅神采风流，诗风飘逸。而无论是王蒙的“蝴蝶”还是勃兰兑斯的“羚羊”的说法，都充满了诗意。更重要的是，“蝴蝶”在中国文化中是一个别具意味的符号，是某种精神和心灵自由的象征，而在古希腊，“蝴蝶”和“心灵”是同一个词“psyche”。自“庄生梦蝶”起，“蝴蝶”就成为一个极富诗意的意象，轻盈，美丽，自由，灵动；同时，“蝴蝶”又是一个极为知识分子化的清雅意象，宋代张孝祥曾有“蝉蜕尘埃外，蝶梦水云乡”的诗句，而产生于六朝的《梁山伯与祝英台》及《搜神记》中韩凭夫妇化蝶的故事，则进一步强化了“蝴蝶”之“自由”内涵，当然，这里的“蝴蝶”与鲁迅所说的“鸳鸯蝴蝶派”中的“蝴蝶”含义并不相同，后者或与宋词“蝶恋花”、元曲“粉蝶儿”中的“蝶”近似，是一种情爱缠绵的象征。

---

① 王蒙：《在探索的道路上》，《王蒙文存》第19卷，人民文学出版社2003年版，第38页。

② 王蒙：《蝴蝶为什么得意》，《王蒙文存》第21卷，人民文学出版社2003年版，第96—97页。

③ 《1989—1994文学回忆录》（下册），木心讲述，陈丹青笔录，广西师范大学出版社2013年版，第618页。

王蒙认为“庄生梦蝶”是《庄子》中“最潇洒、最凄美”① 的故事。如果从“蝴蝶”这一意象入手，我们就能够超越小说的表层文本，从而进入小说的内部，因为小说的显主题——重构历史的想象，与“蝴蝶”的命名毫无关联，但如果从隐喻的视角，联系张思远的跌宕变幻的人生命运，那么，则与“庄生梦蝶”的故事构成了深层相通，也就是说，在对“自由”的向往及对生命之“异化”的深层感悟方面，张思远与庄生互为指涉。莫言曾说：“没有象征和寓意的小说是清汤寡水。”此言甚是，但同时应该看到，并不是所有小说都达到了象征的层面，而在当代作家中，王蒙在善于运用象征方面，确是高手，《杂色》《坚硬的稀粥》《活动变人形》《青狐》等莫不如此。沿着象征的思路，我们或许不难体味到这部小说的哲学意味。

美国学者伯顿·华特森认为，自由构成了《庄子》的“核心问题”，这同样体现在“庄生梦蝶”的意趣中：“昔者庄周梦为蝴蝶，栩栩然蝴蝶也，自喻适志与!”恰恰是在“自由”的层面上，《蝴蝶》建构了这部小说的哲学内涵，从而也完成了与“蝴蝶”这一命名的高度融通。从这个意义上，《蝴蝶》是一部具有高度象征意味的小说。

“蝴蝶”在这部小说中，既是一个意象隐喻，也构成了这部小说的情节隐喻。从小说文本看，直接写到“蝴蝶”的地方并不是很多：一是“山村”一节，描写张思远回到山村时的轻松心情：“他真希望自己变成一只蝴蝶，从积雪的山峰飞向流水叮咚的山谷，从茂密的野果林飞到梯田。”二是“上路”一节，张思远终于暂时摆脱了“张副部长”的烦琐和羁绊，带着希望和期冀踏上了开往山村的火车：“张思远睁开眼睛，阳光洒满车厢。风吹动了他花白的头发。有人打开了车窗。他轻松而自由。我又是一只蝴蝶了吗?”特别是这个“又”字大有含义。因为张思远在“文化大革命”中，第一次被发配到了小山村，从“张书记”变成了“老张头”，而恰恰是在这里，张思远第一次完成了自我发现：

---

① 王蒙：《庄子的享受》，安徽教育出版社、时代出版传媒股份有限公司2010年版，第150页。

在登山的时候，他发现了自己的腿，多年来，他从来没有注意过自己的腿。在帮助农民扬场的时候，他发现了自己的双臂。在挑水的时候他发现了肩。在背背篓子的时候他发现了自己的背和腰。在劳动间隙，扶着锄把、伸长了脖子看着公路上扬起大片尘土的小汽车的时候，他发现了自己的眼睛。

张思远甚至第一次发现了自己是一个“有点魅力的男人”，在这里，王蒙强调的是张思远的自我“发现”，发现即确证，而人只有在自由意志中才能完成自我的发现和确证。相对于第一次的自我发现，张思远的这次“重返”山村，则有点“鸳梦重温”的味道，他内心深处所寻找的“魂”，其实是一种生命自由的状态。

为了突出自由这一主题，小说设置了山村、城市两组完全对立的意象。小说在描写乡村的时候使用了大量充满自然和自由感的意象：草堆、树木、绿叶、雨丝、池塘、田野；而当张思远回到北京，呈现出的则是镶木地板、大吊灯、秘书、司机；当张思远对秋文谈到自己在北京的工作时说：“我的脖子上套着拥脖，我还得拉套，有时候还要驾辕。”“必须像牛一样地、像拖拉机一样地工作。”在这里，张思远用了“拥脖”“拉套”“驾辕”，特别是“牛”和“拖拉机”，都是一些沉重且略带压抑的意象。张思远从归乡到回城，时空的转换带来的是两种完全不同的感受和体验，小说的超越性意义的生成，在一定意义上也源于小说的这种归来—离去的结构。但是细读文本，你会发现对于“归来”的描写相对简单和模糊，而对于“离去”则篇幅较长。“归来”是寻找希望，而“离去”则是失望，是未合目的性的悖谬。就文本呈现出来的客观效果而言，凸显的是对自由的向往。

正如米兰·昆德拉所指出的那样，“任何时代的所有小说都关注自我之谜”①，《蝴蝶》同样如此。有的论者认为小说中描写张思远“他丢了魂？他找到了魂”中的“魂”指的是“人民”或干部与群众的关系，这

① ［捷克］米兰·昆德拉：《小说的艺术》，董强译，上海译文出版社2004年版，第29页。

似有牵强，因为它所写的其实是人的灵魂与现实的冲突和矛盾，也可以说是一种自我的异化，在一定程度上，《蝴蝶》是中国新时期文学的《变形记》。泰国公主诗琳通所指出的："这部小说的出色之处在于……表现了实际生活中人们认识自我、接受自我及理想与现实冲突时产生的困惑、迷茫等人性的普遍问题。"[①] 王蒙在这部小说中完成了对现代人普遍性生命境遇的一种高度抽象把握，具有浓郁的现代性艺术旨趣。

三

"蝴蝶"就一定是自由的吗？"什么是梦，什么是醒，谁又解说得出来？……人生的过程当中，命运的起落当中，恰恰有令人闹不清身为何物，身在何处之感：舒服了不像你自己，像是在梦蝶，不舒服了呢？就一定是你自己吗？不会一觉醒来，己与人都面目全非了吗？"[②] 也许《蝴蝶》的魅力正源于这种庄子式的迷思和悖论。我们对这部小说的解读进入第三个层面。

20世纪70年代末茹志鹃的《剪辑错了的故事》的出现，标志着现代主义小说在中国沉寂了几十年后再度兴起。然而，就表达的意蕴和意味而言，《蝴蝶》则更具现代感，《蝴蝶》借助了一个典型的中国故事，表达的却是一种普遍的现代性体验。《蝴蝶》与宗璞同时期小说《我是谁》表达了相近的主题：对自我和生命的叩问，只不过前者运用了寓言的形式，后者则较为直白。《蝴蝶》第三节"变异"第一句话便是："处境和人，这二者的关系是怎样的呢？""位置，位置，位置好像比人还重要"。让我们再回到小说自身。小说通篇暗含"庄生梦蝶"的故事，但是只有到了"山村"一节，王蒙才正面描写道：

---

① ［泰］诗琳通：《蝴蝶》（泰文版）序言，崔建飞编《王蒙作品评论集萃》，中国海洋大学出版社2003年版，第269页。

② 王蒙：《庄子的享受》，安徽教育出版社、时代出版传媒股份有限公司2010年版，第150页。

> 庄生梦见自己变成了蝴蝶，轻盈地飞来飞去。醒了以后，倒弄不清自身为何物。庄生是醒，蝴蝶是梦吗？抑或蝴蝶是醒，庄生是梦？他是庄生，梦中化作一只蝴蝶吗？还是他干脆就是一只蝴蝶，只是由于做梦才把自己认作一个人，一个庄生呢？

王蒙说，这是一个有趣的故事，也是一个“悲凉”的故事，为何“悲凉”呢？因为这个故事透露出来的其实是一种无奈，一种悖论，唯其不自由，才做了一个关于自由的梦。在谈到《蝴蝶》的创作“缘起”时，王蒙坦言，1979年年末或1980年年初，自己重回新疆，在与维吾尔族诗人铁依甫江“坐在舒适的五座北京牌吉普车上，快速地沿着公路行走。我感从中来，悲从中来。想到了时代的变异与命运的浮沉，你是蝴蝶还是庄子？你是人五人六还是另册贱民？你会不会忘掉了自己是老几？这就是小说《蝴蝶》的由来。……这里我的关注中心仍然是领导干部，是洋洋得意过、狼狈不堪过、反思省悟过却也积习难改的革命——掌权者。然而，它不只是针对某一点的讽喻，不再是旁敲侧击，而是钻到心里的自问。这是远在西方什么后现代搞的Identity Crisis（认同危机）成了一个时髦名词以前。这样一个弄不清自己的身份的危机不是来自全球化对于民族与个人性的冲击，而是来自历史规定的个人角色的不确定性、起伏性、突变性乃至偶然性。”① 在这里，王蒙提到了“身份危机”（Identity Crisis，又译认同危机、个性危机）的概念，而“身份危机”正是现代主义小说最经常表达的主题之一。“身份危机”本是一心理学概念，最早由美国心理学家E. H. Erikson在其《身份：青春和危机》一书中提出，特指青少年在成长过程中获取和建构“本我”身份的失败，后来这一心理学概念逐渐演化为现代主义哲学概念，身份危机已成为现代人的普遍境遇。王蒙后来再次谈到庄生梦蝶的故事时指出，这个故事包含了对自我身份“追问”的意思②，而事实上，原早在这之前，《蝴蝶》就出色地表现了这一主题。《蝴蝶》一开头就写道：

① 王蒙：《大块文章》，花城出版社2007年版，第82页。

② 王蒙：《与庄共舞：人生的自救之道》，生活·读书·新知三联书店2014年版，第146页。

> 那个坐在吉姆牌轿车、穿过街灯明亮、两旁都是高楼大厦的市中心的大街的张思远副部长，和那个背着一篓子羊粪，屈背弯腰，咬着牙行走在山间的崎岖小路上的“老张头”，是一个人吗？他是“老张头”，却突然变成了张副部长吗？他是张副部长，却突然变成了“老张头”吗？这真是一个有趣的问题。抑或他既不是张副部长也不是老张头，而只是他张思远自己？除去了张副部长和老张头，张思远三个字又余下了多少东西呢？副部长和老张头，这是意义重大的吗？决定一切的吗？这是无聊的吗？不值得多想的吗？

张思远的反复追问，即表现了自我认同感的焦虑，这种焦虑表面源于张思远对自己几十年跌宕起伏、毫无自主性人生的茫然和困惑，而深层则是对自我的极度不信任感和不确定性。张思远之所以再次回到小山村，其实质是对“自我”的寻找，张思远的“回乡”，具有某种强烈的仪式感，他既是一次精神的回乡，更是一次永远的告别，他知道其实永远都无法抵达那个精神的家园。从小说文本看，张思远看似找到了他要寻找的东西，他变得像蝴蝶一样自由和清新。然而，无论是秋文还是冬冬，都拒绝了他的一厢情愿。在这个意义上，《蝴蝶》是一个寻找自我极其失败的故事，是一出“寻找的悲歌”。

王蒙在《蝴蝶》这部小说中，借助了老干部张思远这一形象，而其真正思考的却是关于人之生存悖论和身份认同的普遍性命题。以小说中人物关系来说，张思远与海云、冬冬、美兰、秋文的关系，都是一种永远隔膜和不可理解，张思远误以为秋文是他理想的伴侣，然而，事实却是秋文对“部长夫人”的位置毫不感兴趣。无论是自我之间还是人与人之间，普遍性存在裂缝和悖论，这并不仅仅是“异化”，而是生存的普遍性境遇，是一种生命本质性的悖论。当张思远恢复工作、成了张副部长后，小说写道：

> 他常常回忆在山村的张老头的生活。他有时候自问，可能不可能有另一个张思远，另一个自身，即那个被唤作老张头的我仍然生活在

> 那个遥远的、美丽的、多雨又多雪、多树又多草、多鸟又多蜂蝶的山村呢？当他低头踏进吉姆车的时候，那个老张头不正在鸟鸣中上山拾柴吗？当他在会议上发言，拉长了啊——啊——啊——的声音的时候，那个老张头不正在地头和歇憩的农民、农妇们说笑话吗？……当张副部长出席一个招待外宾的宴会的时候，当他衣着整齐、彬彬有礼地为外宾布菜的时候，当五星啤酒和北冰洋汽水、通化红葡萄酒和贵州茅台、崂山矿泉水和绍兴黄酒被任意选用，任意啜饮的时候，另一个“我”不正在烟气未尽的石板小屋里，在煤油灯的光焰照耀下，在热烘烘的锅灶旁边，在钉得一条腿有点歪斜的小板凳上，端着山区人民喜爱的粗瓷大海碗，就着老腌咸菜，大口大口地喝着暖人心脾的，掺杂着诱人的红小豆、白芸豆、绿豆和豇豆的浓浓的苞谷糁子粥吗？

当张思远变成了张老头生活在小山村时，他日夜等待着这一天的到来，甚至听到要到省委组织部报到的消息时，张思远立即“想起了昨天，想起了他有过的司机和秘书们，想起了他的党龄和职位”，且连说话的声音也不由自主地立即拉长了，而当他再一次看见市委书记办公室里那镶木地板和白晃晃的大吊灯时，他竟“热泪盈眶”了。也就是说，张思远虽然在小山村，但他无时不在等待着召唤，随时准备着再次成为张书记或张××，当是老张头时想成为张书记，当成了张副部长时又念念不忘老张头，这难道不是悖论吗？张思远总是在渴望成为“非自己”。存在主义哲学家克尔凯郭尔曾把“不知有自我、不愿成为自我、不能成为自我”称为人生三大“绝望”。在这里，张思远无论是张副部长还是老张头，他都“不愿成为自我”。

前面我们谈到，张思远来到山村后的一系列“发现”，悖论之处在于张思远的那些所有“发现”都是在成了“白丁”以后，小说特别强调了张思远的“白丁”身份：“他是作为‘白丁’来到山村的。没有官衔，没有权，没有美名或者恶名，除了赤条条的他自己以外什么都没有。”当张思远几乎失去一切的时候，他“发现”了自我，这也是人生的悖论之一种。还有，王蒙多次写到村头的那两块大石头“没有丝毫变化”，村头的老杏树也是“和四年前一样”，这里突出的是“恒常”，而整部小说特别是对张思远的描写突出的则是“变”：小石头、张指导员、张书记、老张头、张副部长。张思远的“变”与村头大石头、老杏树的“恒”，构成了一对悖论关系。

小说的关键之处，还不在于王蒙写了这么多的悖论，而是对悖论的超越。小说对于“蝴蝶”的最重要的描写出现在小说的结尾：张思远探访山村归来，“找到了魂”，回到家里，“洗过澡以后人轻盈的就像蝴蝶”。“蝴蝶”都是自由的象征，“洗澡”后的张思远感觉自己轻盈如“蝴蝶”，则更是充满了隐喻意味，“洗澡”在这里也许具有更多的象征性，至此，张思远才真正完成了“化蛹为蝶”的蜕变。库布勒·罗斯在《生命之轮》中描述了人的“濒死五部曲”，其中最后一个环节，是“蝴蝶飞起来了”，象征某种解放感和与生活的和解，即获得“新生”，而“蝴蝶”几乎同样的象征意义也出现在埃本·亚历山大《天堂的证据》一书中①。美国学者爱莲心指出，在西方文化中，“蝴蝶”具有“转化”的意思，是精神转化的象征②。在王蒙关于“蝴蝶”的三次描写中，“自由”和“转化”的双重意义建构已经达成，至此，“蝴蝶”的象征功能全部实现。

美国学者菲尔·威廉斯在评论《蝴蝶》时，曾提出了“光明的尾巴”③ 的说法，事实上，无论从重构历史的想象还是超越悖论的角度，这一“光明的尾巴”都是符合逻辑的，因而是自然的。

---

① 王一方：《你看见蝴蝶了吗?》，《读书》2014 年第 4 期。

② ［美］爱莲心：《向往心灵转换的庄子：内篇分析》，周炽成译，江苏人民出版社 2004 年版，第 79 页。

③ ［美］菲尔·威廉斯：《一只有光明尾巴的现实主义“蝴蝶”》，刘嘉珍译，《当代文艺思潮》1983 年第 1 期。

论张恨水小说的主题现代性[①]

张恨水是中国现代文学史上杰出的市民小说家，在他数量众多的小说中，生动地描绘了中国都市社会现代性进程的丰富性、复杂性。张恨水从“市民社会”（civil society）这一“现代性的重要环节”[②]，展示了现代中国的都市市民的价值观念、伦理意识、个性诉求，以及新的社会意识、道德规范、价值欲念的形成，本质性地反映了变革时代中，伴随旧的价值观念的崩毁和新的价值观念的生成的社会文化心理，以及市民社会的欲望要求、正义原则，全方位地展示了现代市民社会的外在结构形态和内在价值理念，对都市社会各阶层政治、经济、文化状态都做了整体性呈现。他的小说既涉及政府官厅、豪门大宅，也涉及了茶楼妓院、暗门烟馆，活跃在张恨水笔下的人物更是涉及社会生活的各个层面，上至总统、总理、总长、督军、议员、银行家、商界巨子，下至记者、学生、妓女、私娼、僧人、骗子、无赖等，统统纳入了作者的描写视野，构成了一个完整的真实的市民世界。张恨水最具代表性的作品如《春明外史》《金粉世家》《啼笑因缘》《北雁南飞》《夜深沉》《天河配》《落霞孤鹜》《似水流年》等，之所以具有广泛的读者群和持久的阅读兴趣，一个重要而潜在的原因即是，他的小说表达了作者面对中国都市社会现代性进程的某种敏感性和强烈期待，抓住了都市大众的想象力，表达了一种新的社会价值倾向和大众

① 原载于《中国现代文学研究丛刊》2005 年第 3 期，原题为《论张恨水小说的若干特点》。

② 石元康：《从中国文化到现代性：典范转移?》，生活 · 读书 · 新知三联书店 2000 年版，第 192 页。

文化心理，与当时的社会时代心理形成了暗契。从这个意义上说，张恨水的现代都市市民小说就是现代中国都市社会的“人间喜剧”，甚至具有巨大的社会学、民俗学的价值。张恨水小说建构了一个没有被单一的价值规范所拘匡的完整的、丰富的艺术世界，他将现代中国都市市民的现实叙事提升为一种不带任何偏见的形象化的文学叙事，可以看作是中国社会特别是大都市市民社会现代性进程这一“过渡时代”的时代“寓言”性文本。

一

麦克莱伦在一篇文章中指出，张恨水小说中笼罩着一层“如梦的色彩”，一种“周末校园小说”式的“浪漫的感伤主义”氛围，“给现实涂上一层如梦色调，意在安慰读者，而非激发、鞭策他们”①，并把张恨水的整个创作概括为“梦幻浪漫主义”和“噩梦现实主义”。那么，张恨水小说的这种“安慰性”“梦幻色彩”“浪漫的感伤主义”氛围由何而来呢？我们认为这就是笼罩在张恨水现代市民小说中的一层整体性的时代氛围，一种面对都市社会政治的、伦理的现代性转换时的无奈的、伤感的时代情绪。但是，笼罩在张恨水小说的这种无奈的、伤感的时代情绪与五四作家小说表现出来的那种“涕泪飘零”有所不同，也与他之前民初小说中普遍的“忧愤”情结不同。五四作家将这种本属时代的情绪，过分“个人化”，削弱了时代性内涵；而民初小说则又过于直白化，很难上升为一种时代叙事，这种时代的伤感情绪在张恨水小说中已经审美化了，是对这种时代情绪的一种出色的审美表现，并使之成为一种具有公共想象力和情感色彩的时代叙事。

有的论者曾认为，张恨水小说“唯一能称得上现代性的因素”，存在于那些具有社会讽刺价值的“生活轶事的滥用上”。其实，就张恨水小说

① ［美］麦克莱伦：《从梦幻浪漫主义到噩梦现实主义》，张恨水研究会编《张恨水研究论文集》（二），安徽文艺出版社1998年版，第147—148页。

的真正的艺术魅力而言，我们认为并非如此，甚至恰恰相反。张恨水小说诸如《春明外史》《金粉世家》《南雁北飞》等特有的“现代性因素”，并非表现在那些具有社会讽刺价值的“生活轶事的滥用上”，而是表现在主人公杨杏园、冷清秋、李小秋、姚春华等的精神气质上，即他们较为弱质的心理结构、精神状态所体现出来的无奈的伤感情绪，因为，主人公的这种伤感气质从本质上说，可以看作是种时代情绪、时代意识、公共情感。其实，伤感情绪并非是张恨水小说的特有品质，在他之前的民初小说如《老残游记》，就充满了某种“哭泣”意象。但是，在张恨水的小说中，这种悲伤、“哭泣”则变成了渗透在文本中的某种审美的伤感情怀，被充分“诗意化”了，这种无奈的、伤感的时代情绪，不是作为文本“构成”而存在，而是做了某种虚幻化处理，即使被新文学家们普遍认为具有明显的“批判性”的《八十一梦》，我们仍可以感受到超越作品具体情节的时代情绪萦绕其间，使这部作品仍具有某种“诗意”性，也就是“梦幻色彩”。张恨水小说中的许多人物身上都较好地体现了这种“梦幻”品质，杨杏园、李冬青、冷清秋、李小秋、姚春华等即是这类人物的代表。他们大都属于同一种精神类型，普遍的情感丰富，富有才学，是富有感伤魅力的“才子”或“才女”，属于多愁善感并带有轻微的神经异类色彩，多愁多病，大都患有“肺结核”病、忧郁症之类，情感文弱，体质纤弱，在一定程度上有类于郁达夫笔下的于质夫。但是，他们的个人努力最终无法融于时代之中，孤独、伤感、忧郁、无可奈何，并把自己的孤苦情怀和伤感情绪化作一首首凄婉哀怨的诗，充满了幽怨感叹之情。美国学者林克曾指出，杨杏园本人和《春明外史》有代表性的读者，都强烈地感受到了现代都市生活条件和道德水准的急剧变化而产生的不安全感，失却了退回如梦的（“具有安全意义的现实幻影的”）舒适感①。虽然，杨杏园们已经无法退回到“如梦的舒适感”之中，但是，他们的个体精神品质却由此赋予了某种明显的“梦幻色彩”和浓厚的“浪漫的感伤主义”氛围，对当时的读

① ［美］佩瑞·林克：《论一、二十年代传统样式的都市通俗小说》，贾植芳主编《中国现代文学的主潮》，复旦大学出版社1990年版，第123页。

者而言，他们更认同的却是《春明外史》中所营造的幻想中的“具有安全意义的现实幻影的”浪漫之思，在无边的压抑中寻求暂时的“梦幻”解脱。所以，张恨水小说的“浪漫的感伤主义”，既是时代情绪的生动体现，也是小说自身的魅力所在。

德国哲学家诺贝特·埃利亚斯在《文明的进程》中通过对人们日常生活中的诸如“就餐”“擤鼻涕”“吐痰”等行为，来研究文明的进程和社会心理的变化，认为“就餐”“擤鼻涕”“吐痰”之类的小事、琐事，“几乎总是意味着人类生活本身的改变”，这些看似微不足道的日常琐屑之事，可能就构成了代表那个现在使人感到陌生，但是当时确实存在过的某种“典型行为”，“表现了另外一种心灵和情感特征”①，表达了他们的自我意识、情感特征，以及某种社会行为准则和戒律，也即它们蕴含着某种“文化”的意味。其实，文学创作同样如此，“意义”不一定必须从诸如“革命”“运动”等历史的“宏大叙事”上来表现。张恨水对中国现代性进程中这一“过渡时代”价值、欲望、正义、规范等的表现，与当时新文学的“革命性”小说相比，就是“擤鼻涕”“吐痰”之类的小事、琐事，但或许正是在这类小事、琐事中，真正体现了某种社会时代心理。对于这一点，张恨水有着自己独到的领悟。张氏小说大都可以认为是现代都市“风俗小说”，所以里面所体现的价值观念、伦理规范、正义欲望等更多地带有市民社会的民间理性色彩，因此，在张氏小说中纵然没有巴金笔下的觉慧之类的形象，但我们仍旧可以明显地感到新的时代思潮的涌动力量。张恨水小说故事展开场所大都在市民社会“公共空间”，如公园、妓院、戏院、电影院、会馆、旅馆、饭店、报馆、烟馆、舞厅等，这类公共场所，不仅为故事的展开提供了某种具有现代色彩的背景，而且，这类“公共空间”具有某种鲜明的时代特征。从《清明上河图》我们可以发现当时的社会经济情形，从张恨水笔下的人物这类具有时代表征的活动场所，我们同样可以发现当时的社会结构形态和市民社会行为规范，如许多经济交往活

① ［德］诺贝特·埃利亚斯：《文明的进程——文明的社会起源和心理起源的研究》，王佩莉译，生活·读书·新知三联书店1998年版，第123、125页。

动都在这些场所进行，甚至成了某种公共资讯交流传播场所，这与五四作家笔下的充满了“革命”气息的空间意义不同（在新文学家笔下，“家庭”都是新旧思想交锋的“战场”）。张恨水笔下的“公共空间”具有某种社会价值象征，从这类市民社会“公共空间”，我们可以窥见当时社会的现代性程度。此外，张恨水小说人物的“衣着打扮”也具有明显的社会价值意义。在《啼笑因缘》中，且不说上层社会时髦女郎“交际花”何丽娜的性感的肉色丝袜、垂着长穗子的西班牙大红花披巾、斜插在额发上的西班牙硬壳扇面牌花、香气逼人的巴黎香水、在夜总会中用英语大声叫香槟等“欧化”新潮做派，预示着“过渡时代”的某种原来的、传统的单一整体性社会价值、心理的分化、多元，以及社会的逐渐开化的价值趋向；就是生于寒门的鼓姬沈凤喜一开始上学，就“吵着要家树办”的几样东西——手表、两节式的高跟皮鞋、白纺绸围巾，“过了几天”，又要几样东西：自来水笔、玳瑁边平光眼镜、赤金戒指等——应该说也是当时社会的某种开化风气的典型物品，同时通过这些描写也可以发现，当时上流社会与市民社会之间价值界限的逐渐模糊化和社会价值观念的趋同化倾向。这类社会价值还表现在张恨水对当时人们的衣着打扮的富有特征性的描写上。比如，《夜深沉》中对杨月容的描写，“她穿一件水红的绸短身儿，胸前挺起两个肉峰，饱鼓鼓的，在衣肩上围了一条很大的花绸手绢……”；《啼笑因缘》中对陶太太的描写：“白色的长丝袜，紧裹着大腿，脚上穿着一双银灰缎子的跳舞鞋”，写十七八岁的何丽娜，“穿了葱绿绸的西洋舞衣，两支胳膊和雪白的前胸后背都露在外面”，张恨水在这里对这些“时代女性”的描写，应该说富有时代性，特别是对女人大腿、腰段、胳膊等的描写，与“桃腮”“杏眼”之类的滥调已很不相同，体现了社会的某种更具现代性的潮流，更不用说时髦青年满口的“自由”“平等”“民主”等新概念，以及热衷于“新诗社”集会等社交活动。这些细节、琐事都具有明显的时代性表征，蕴含着某种鲜明的时代性内涵。

二

张爱玲在谈到张恨水小说时曾说，“喜欢看张恨水的书，因为不高不低”[①]，又在《童言无忌》中说，“张恨水的理想可以代表一般人的理想”。20 世纪 40 年代就有论者指出，假如把张恨水的作品“依年次序读下去，我们可以对三十年代中国社会变动，获得具体的了解”，“他的创作能够对每一时都留下艺术纪录”[②]。无论是张爱玲所说的“不高不低”，“代表一般人的理想”，还是后者的“能够对每一时都留下艺术纪录”，我们理解为主要是指张恨水的小说反映了当时社会的公众欲望、社会正义的主题。

张恨水在《论武侠小说》中，批评当时的武侠言情小说，只是“想当然耳”，“他们的说法和想法，不是下层社会心窝里的话”。他曾多次表示，“小说有两个境界，一种是叙述人生，一种是幻想人生，大概我的写作总是取径于叙述人生的”[③]。基于此，对公众欲望、社会正义主题的表现，成为张恨水小说的自觉追求。这类主题不仅从这些琐事上表现出来，同时也从当时的男女恋爱方式上体现出来。与五四作家喜欢关注“大主题”不同，张恨水小说所感兴趣的是日常生活的琐屑和平庸。在中国传统文学中，“无情最是黄金物，变尽天下儿女心”，这几乎就是一个文学母体，但是这一文学母题在不同的历史发展时期，表现为不同的时代内容和社会价值倾向，从恋爱方式上可以体察到当时社会心理和公众欲望。张恨水的小说为我们提供了丰富的印证。在他诸多的言情小说中，都写到母亲变相卖女儿的情节，《美人恩》中小南的母亲余氏，《天河配》中白桂英的母亲田氏，《啼笑因缘》中沈凤喜的母亲沈大娘，以及《斯人记》中的珍珠花的母亲。且看《啼笑因缘》中的沈大娘为了金钱极力撮合樊家树与女儿凤喜见面的情节：“沈大娘回头一望，见身后并没有什么人，却将蒲扇轻轻地

① 张明明：《回忆我的父亲张恨水》，百花文艺出版社 1984 年版，第 209 页。
② 张占国、魏守忠主编：《张恨水研究资料》，天津人民出版社 1986 年版，第 318 页。
③ 张恨水：《写作生涯回忆》，《张恨水全集》第 62 卷，北岳文艺出版社 1993 年版，第 41 页。

拍了一拍他的手胳膊，笑道：'……早上来吸新鲜空气多好，我叫凤喜六点钟就在茶座上等你，我起不了那早，可是不能来陪。'”临别，又“将扇子轻轻地拍了他，低低地道，'别忘了，早来！'”沈大娘之所以这么主动，是因为要急于抓住樊大爷这只送上门来的“肥羊”。还有《斯人记》中戏子珍珠花的母亲怂恿自己的女儿嫁给林师长做小老婆的“理论”：“做姨太太怕什么呢？只要享福就是了。做正能卖多少钱一斤。一个娘们，不吃不喝，就能过一辈子吗？越是做大官的人，越是做太太没有意思，花花世界都让给姨太太的。”张恨水小说中的许多女主人公从社会价值层面说，大都是“时代女性”，只是这里的“时代女性”与茅盾笔下的“时代女性”体现了不同的时代价值而已。应该说，张恨水笔下的“时代女性”带有更多的世俗价值倾向，更真实，更具有普泛性，因而也更具有代表性。《啼笑因缘》中凤喜在金钱的诱惑下，背弃了原来的情人樊家树，投向军阀刘德柱的怀抱，看似被迫，其实自愿，小说第十一章详细写了凤喜“钱魔能作祟彻夜无眠”的心理状态。“到了睡觉的时候，在枕头上还不住地盘算那一注子钞票……弄得大半晚没睡好。次日清晨，一觉醒来，连忙就拿了钥匙去开小箱子，一见钞票还是整卷地塞在箱子犄角上，这才放了心。”面对刘将军的金钱，她又想，“我若是和他开个口，要个一万八千……我今年才十七岁，跟他十年也不算老，十年之内，我能够弄他多少钱！我一辈子都是财神了。想到这里，洋楼，汽车，珠宝，如花似锦的陈设，成群结队的佣人，都一幕一幕在眼面前过去。……虽然是用了姓樊的这些钱……退一步说的话，就算白用了他几个钱，我发了财，本息一并归还，也就对得住他了”。所以凤喜后来心甘情愿地接受了刘将军的两本账簿和银行折子，并送给家树四千元支票“买断”了樊家树的“旧情”。还有《美人恩》中的常小南，在她的爱情选择时也更多地表现了世俗价值倾向的一面，她对恩人洪士毅的背叛，表明她无法超越物质性欲望。“小南平常见了漂亮而阔绰的人，心里就暗想着，就是给人家当一天丫头也好。……”其实，无论是沈凤喜对樊家树的背叛，还是常小南对洪士毅的背叛，都不是主人公的过错，而是一种时代价值、公众欲望的体现：金钱对爱情的背叛。“从物质生活的实际利益的角度调整自己的婚恋方向，经济砝码在感情的天平上显得格外沉重。这些人不是不懂感情和生活趣味，而是发现和懂得了比爱情更重要的东西”①，此论极是。这种金钱对爱情的背叛主题，在张恨水小说中得到了深刻的表现，实际上，在这种小说模式中恰恰蕴含了当时的某种社会性的普遍价值趋向和文化心理，在这些看似雷同、司空见惯的故事中，表现了生长于当时文化中的“某种无意识的或被压抑了的需要，或者以明显的和象征的形式表现他们必须表现，然而却不能公开面对的潜在动机”②。就如《啼笑因缘》中樊家树所感叹的，“美人的身份也是以金钱为转移的”，这实际是历史上不可避免的阶段。在张恨水的笔下除了《南雁北飞》中的春华之外，几乎就没有爱情理想主义者。张恨水小说中沈凤喜、常小南、杨月容、冷清秋等“时代女性”与传统的才子佳人小说中“佳人”的冰清玉洁、心无杂念已有了很大不同，与他之前不久的吴趼人的《恨海》中“又多情又贞烈”的棣华，徐枕亚的《玉梨魂》中的“发乎情止乎礼仪，感以心不以形迹”的梨影，同时，与后来的五四新文学中的爱情理想主义者都有本质的差别，五四作家笔下的爱情故事，是不食人间烟火的高蹈于天上的，张恨水笔下的爱情，是植根于世俗烟火中的普通男女的爱情，是一种凡俗人生的爱情故事，他们毫不掩饰对金钱的追求，表现了一种经济支配下的爱情观。《金粉世家》中的金家的大儿媳妇吴佩芳瞒着丈夫放高利贷，又恰恰放到了自己丈夫的头上，担心丈夫没有偿还能力，就私下通过中人赶紧抽回；三嫂王玉芬同样瞒着丈夫将自己的几万元私房钱投资天津的万发公司，以谋取私利，但又听说公司面临倒闭，万不得已才告诉丈夫真相，并借钱给他，让他到天津打探消息，将款子抽回。在这里，张恨水已经将中国文学中的浪漫爱情故事，进行了富有时代感的改写，将男女爱情的神圣乌托邦还原成了现代世俗的伦理观。张恨水笔下的女性形象，已经具有了某种明显的现代世俗价值观念，她们在金钱和爱情上的选择，代表了一种市民文化的选择。对这种文化选择不能做道德上的评判，因为这是种新的文化意识，新的时代欲求，与传统道德无关。

① 孔庆东：《超越雅俗——抗战时期的通俗小说》，北京大学出版社 1998 年版，第 204 页。

② ［美］J. G. 考维尔蒂：《通俗文学研究中的“程式”概念》，周宪等编《当代西方艺术文化学》，北京大学出版社 1988 年版，第 433 页。

一般人都称张恨水为“鸳鸯蝴蝶派作家”，张恨水自己也曾承认是“礼拜六的胚子”，但就张恨水创作的实际而言，已与“鸳蝴派”作家有了很大的不同，就“鸳蝴派”作家所擅长的“才子佳人”模式，在张恨水这里已有相当的突破，并在这种突破中表现了巨大的时代内容。哀情巨子徐枕亚曾说，“凡属言情之作，总不能脱离才子佳人之范围”①。但是，张恨水的“言情”与“三圆”式（私订终身后花园，落难公子中状元，奉旨成婚大团圆）的“言情”却不同，张恨水在他的通俗小说中，“才子”和“佳人”往往都是不得团圆。《春明外史》《啼笑因缘》《金粉世家》《夜深沉》《美人恩》《北雁南飞》等莫不如此。恰就在这种“不得团圆”中蕴含着巨大的时代内容。张恨水对“不得团圆”的处理，表明了一种时代意识。对于“言情”，张恨水也有自己的见解，“世界上之情局，犹如世界上之山峰。山峰千千万，未有一同者。情局千千万，亦未有一同者。写情不按之实际，易成为幻想，若徒作供状，以为便是写实。此如画得一山，谓天下山皆作如是观，不亦令人阅之生厌乎”②。张恨水的“言情”的变异中，蕴含着新的时代内容。现代社会言情小说，真正成大器者是张恨水。《北雁南飞》这部小说，张恨水曾明确表示是“写过渡时代一种反封建的男女行为”，但《北雁南飞》中的“反封建行为”与五四新作家笔下的反封建小说却有很大不同。张恨水说，在这部小说中，它所主要写的是“被压迫者的一种呼吁”，又说“我若写他们反封建而成功，读者自然是痛快，但事实决不会是那样”③，其中的情爱描写，带有某种特定时代的价值混乱性，聪明伶俐、饱读诗书的少女春华爱上了风流倜傥的同学李小秋，但春华早已被父母许配给了邻村财主家的“痨病鬼”癞痢头儿子，春华陷入了两难的困境，这种“困境”主要的还不是来自外在的、世俗的、父母的压力，主要还是自我文化心态裂变的惶惑感、痛苦感。她一方面无法摆脱对李小秋的爱；另一方面，又认为这种爱是有违社会道德的。所以，她陷入了“偷情”与“名节”的纠缠中，陷入了深深的道德上的犯罪感之中。一

① 范伯群主编：《中国近现代通俗作家评传》（四），南京出版社1994年版，第266页。

② 哀梨：《情的描写》，《世界日报》1927年5月29日。

③ 张恨水：《北雁南飞》自序，《张恨水全集》第32卷，北岳文艺出版社1993年版。

方面，告诫自己遵从《女四书》之类的教导，严遵“非礼勿视，非礼勿听，非礼勿言，非礼勿动”的训诫，遵从三从四德、三贞九烈；另一方面，她又从《西厢记》《牡丹亭》中得到了具有某种合理性的“诱惑”，应该大胆追求幸福爱情，但同时又纠缠着某种传统的宿命论，“女人是聪明也罢，糊涂也罢，好看也罢，丑陋也罢，就是靠了命去碰，碰得好，是一生，碰得不好，也是一生”，但也有“人生一世，草生一春”的朦胧的生命自觉意识，从人的这种个性生命意识出发，她大胆去追求爱情幸福。但看到“望门寡妇”70岁的老处女二婆婆由于几十年来“家中没有一个男人的脚印”得到政府表彰的“胜利”场面时，又感到自己追求爱情的行为“是下流女人偷人养汉的勾当”，违背了“贞节”二字。春华实际上已经陷入了传统道德理性和现代理性的严重冲突之中，她原有的文化心理发生了裂变，她内心的矛盾、犹豫、冲突，是那个时代所特有的“标志”。

三

张恨水的小说相当出色地表现了“现代性”进程中的中国现代都市市民的正义期盼。儿女和英雄是中国传统小说的主要表现对象，“只是由于政治思潮的鼓荡以及域外小说的影响，新小说家才开始关注平民百姓的日常琐事”[①]。其实，中国现代通俗小说主题的转移和演进，一方面，无法摆脱“域外小说的影响”；另一方面，也是更为重要的，反映了一种生长于中国社会进程中的新的文化要求和新的审美心理。社会的发展必然生长出新的价值规范、愿望要求，而这些又必然会通过文学表现出来。詹明信曾说，“大众文学反映出读者内心里无意识的渴求，间接满足群众混藏的、期望美好的欲求”，也即是大众文学形式表达了公众的无意识欲望。张恨水的小说，相当全面完整地反映了当时的社会正义欲望、正义“幻想”。

① 陈平原：《二十世纪中国小说史》，《陈平原小说史论集》（中），河北人民出版社1997年版，第851页。

范伯群先生认为，“通俗文学”之所以形成“以广大市民为主的读者群”，是因为“通俗文学”“必然会反映他们的社会价值观”[①]。在张恨水小说中，这种普通市民的正义“幻想”，主要表现为他的小说的“谴责性”主题和“侠义”主题。张恨水在谈到《春明外史》时曾说，“《春明外史》，本走的是《儒林外史》《官场现形记》这一条路子”[②]。所谓《儒林外史》《官场现形记》的路子，实际上就是“谴责性”主题。实际上这类主题在一定程度上具有某种“黑幕”性质，以满足当时普通市民的某种对于上流社会的“怨恨”情绪——一种被压抑了的政治欲望和潜在的不满与当时的政治而产生的对于社会正义的幻想性满足。《春明外史》之所以引起市民阶层的广泛兴趣，并不在于这部小说的艺术成就，而恰在于小说所体现的这种普遍性的社会心理。小说以新闻记者的眼光，呈列了上流社会的种种丑态、怪态：下了台的财政总长，把自己的姨太太送到大帅府，作为自己重新上台的交际工具；内政部长用美女作礼物，换回15万元河工款的批复；国务总理嫖妓成癖，欲用一万两银子讨妓女做姨太太；统率数十万兵士的督理，以5万元军饷，用18辆汽车接来四五十个妓女彻夜饮乐，让副官把成捆的钞票当作小板凳坐在屁股底下。小说对政界、新闻界、军界、教育界、商界的各种“黑幕”进行描写，这类主题在《魍魉世界》《纸醉金迷》《五子登科》《八十一梦》中都有表现。这些社会“黑幕”之所以能引起普通市民的广泛关注和兴趣，除了“黑幕”自身具有某种刺激性之外，更重要的是满足了普通市民的某种被压抑的、潜在的正义欲望，在现实生活中他们无法实现的正义原则，在这里得到了某种替代性补偿，这符合中国传统的“善有善报，恶有恶报”的道德原则。抗战时期，国共双方都称赞张恨水的“抗战小说”“骂得好，骂得对”，这是就小说所反映的现实层面和功能意义而言，在其文化心理层面，张恨水的小说并不在于是否“骂得好，骂得对”，而在于他真正地表现了民众的某种愿望、要求。

---

① 范伯群主编：《中国近现代通俗作家评传》丛书总序，南京出版社1994年版。

② 张恨水：《写作生涯回忆》，《张恨水全集》第62卷，北岳文艺出版社1993年版，第34页。

正义主题，除了表现在这类“谴责性”描写之外，还表现在张恨水小说中的“侠义”成分。《啼笑因缘》在上海《国闻报》连载时，“报社方面根据一贯的作风，怕我这里面没有豪侠人物，会对读者减少吸引力，再三地请我写两位侠客”①，于是小说里面有了关寿峰、关秀姑两位武侠式的人物和一系列的侠义行为的描写；《秦淮世家》中的王大狗、徐亦进、毛猴子等人也都带有某种“侠士”色彩。此外，他的《剑胆琴心》《中原豪侠传》都是地道的“侠义小说”。但即使“侠义小说”，在一般人看来，尽可以“驰骋想象”，越怪诞越好，但张恨水有自己的标准，他仍旧坚持了他的“小说美学”：“我对武侠小说的主张……还是不超现实的社会小说。”故在他的“侠义小说”中，“没有口吐白光，及飞剑斩人头之事”②。张恨水的这类“侠义小说”之所以是“不超现实的社会小说”，最根本的原因首先不在于里面所描写的“技击”之事具有某种“科学”的依据，最关键的在于，它们仍然是社会正义主题的表现形式，在情节的“侠义”故事的外表下，仍然表现的是社会主题，是当时社会正义愿望的某种曲折的表现形式，因此，它们仍旧是“正义”主题小说。陈平原说“拯救”是武侠小说的最根本性“主题”，“正因为人类无法为所欲为，事实受到命运的钳制，意识到自己的脆弱与渺小，才会产生一种被拯救的欲望”③。郑振铎在《论武侠小说》中，站在五四新作家一贯对武侠小说文类的偏见上认为，“一般民众，在受了极端的暴政压迫之时，满肚子堵塞着不平和愤怒，却又因力量不足，不能反抗，于是他们的幼稚心理上，乃悬盼着有一类‘超人’的侠客出现，来无踪，去无迹的，为他们雪不平，除强暴。这完全是一种根性鄙劣的幻想，欲以这种不可能的幻想，来宽慰了自己无希望的反抗的心理的”④。抛开郑振铎文类上的“偏见”，他在另一方面仍然揭示了武侠小说在心理层面上与读者的某种“暗契”现象，实际上也就是司

① 张恨水：《写作生涯回忆》，《张恨水全集》第62卷，北岳文艺出版社1993年版，第44页。

② 同上书，第51—53页。

③ 陈平原：《我与武侠小说》，《陈平原小说史论集》（中），河北人民出版社1997年版，第927页。

④ 郑振铎：《论武侠小说》，《海燕》，中国书店1932年版。

马迁在《史记·游侠列传》中所说的“缓急，人之所时有也”。同时，陈平原认为，武侠小说之所以“可读”，其中一个重要的原因是，武侠小说“体现现存的社会准则和为大众所接受的文化观念”①，也正如华莱士·马丁所说，“如果它们的无意识内容能够被发现的话，它们也许会提供一些有关我们社会的有趣信息”②。华莱士·马丁所说的“有趣的社会信息”，主要是种“无意识内容”，也就是隐于小说内里的“潜在的大众文化心理”。其实，张恨水对“侠义”小说的正义期盼主题有着自己的认识，“为什么下层阶级会给武侠小说所抓住呢？这是人人所周知的事，它们无冤可伸，无愤可平，就托诸这幻想的武侠人物，来解除胸中的苦闷”③。所以说，张恨水小说中无论是“言情”还是“侠义”故事，都在客观上抓住了当时中国都市大众的想象力，因为，“言情”和“侠义”都与当时都市大众的社会问题相关联，表现了“都市居民面临‘现代化’的环境而产生的心理上的需要”，“即是一种对当前的新的生活条件或是将来的想象中的生活条件的适应性”④。

综之，张恨水的小说适时而准确地成了那个特定的“逐渐现代化”的社会环境中都市大众的想象叙事，体现了对当时新的社会变化和将来的想象中的生活的某种适应性，体现了“逐渐现代化”过程中具有现代人文主义色彩的平等、自由、权利意识，以及一种具有现代意义的民主观念、平民意识和世俗生活合理化的信念情怀。破除原有的狭隘的阶级论的认识局限，仔细体味张恨水的小说，就会发现无论是其话语还是所蕴含的情绪，主要的不是以“国家意识”为核心的主流叙事，而是来自市民社会并体现了他们的主要价值期待和心理情感的时代中心意识。对当时的革命话语主流文学是一种丰富和补充。

---

① 陈平原：《千古文人侠客梦》序，《陈平原小说史论集》（中），河北人民出版社 1997 年版，第 1136 页。

② ［美］华莱士·马丁：《当代叙事学》，伍晓明译，北京大学出版社 1990 年版，第 13 页。

③ 张恨水：《武侠小说在下层社会》，《周报》1945 年第 11 期。

④ ［美］佩瑞·林克：《论一、二十年代传统样式的都市通俗小说》，贾植芳主编《中国现代文学的主潮》，复旦大学出版社 1990 年版，第 123 页。

论张恨水小说的文体现代性[①]

在五四时期，章回体被广泛认为是一种“旧”文体，是“毒草”，封建“遗骸”，应该彻底抛弃。但是，现代章回小说大家张恨水却对章回体进行了富有现代感的改造，重塑了这一文体的时代感和现代性，使之由一种封闭凝固的文体形态转变成开放的现代文体形式，以满足表现“现代事物”的需要，重新赋予这一传统文体新的艺术魅力。“很明显，我们生活的这个世界迅速地变化着。叙事的形式传统技术已不能把所有迅速出现的新关系都容纳进去。其结果是出现持续的不适应，我们不能整理向我们袭来的全部信息，原因是我们缺少合适的工具。”[②] 张恨水对章回体的“改造”是全方位的，经过张恨水的探索和努力，章回体这一古老艺术形式重新注入了新的活力，焕发出了新的生机，并重新赢得了读者的认同，成为一种与表现现代生活相适应的现代文体样态，这是对五四新文体形态的丰富和补充。本文从叙事时间、叙事视角、叙事结构、叙事动力等方面来透视张恨水对章回小说这一传统文体系统“编码”所进行的整体性“改写”。

---

① 原载于《东方论坛》2004 年第 5 期。

② ［法］布托尔：《作为探索的小说》，柳鸣九编选《新小说派研究》，中国社会科学出版社 1986 年版，第 90 页。

一

小说的叙事模式从根本上讲就是一个叙事时间和叙事视角的问题。张恨水对于传统章回小说叙事僵硬呆板的弊端早有认识，因此，他在创作时对小说的叙事格局更是苦心经营，以突破传统章回小说过于平板的直线型叙事格局，大量地采用叙事时间的闪回和闪前手法。这种交错叙述的手法，在一定程度上增加了小说的审美容量，增加了故事的立体感和纵深感。在中国传统章回小说中，并没有体现出明显的叙事时间意识，“以全知视角连贯叙述一个以情节为结构中心的故事”。这种板滞凝固的叙事模式，当然与叙事视角的单一化有关，但也与叙事时间的直线性、缺乏变化有密切关系。传统的章回小说作家很少注意到小说中的时间除了历史特征之外，还有结构意义。在大多数章回小说中，故事时间和叙事时间几乎完全重叠一致，按照故事发展的先后原原本本叙述下去，没有时间的倒错现象，偶有简短的倒叙，也并不影响故事的整体叙事。因此，新文学家茅盾曾讥笑章回小说的连贯叙事是商家记“四柱账”，从头到尾，一笔不漏，“坐火车看风景”，又如，这种说法虽然略嫌刻薄，但对旧小说而言也是事实。

张恨水章回小说，从整体上看，坚持了传统章回小说的线性叙事，即连贯叙事。但是，在章回体小说中有意识地运用交错叙事和变换叙事形态，则从张恨水开始。张恨水小说的叙事技巧的领悟既有林琴南翻译的外国小说的影响，也有对中国古典小说叙事智慧的某种体悟。张恨水在《我的小说过程》中曾说，12 岁的时候，读金圣叹批《西厢》，“把读小说的眼光，全副变换了，除了对故事发生着兴趣外，我便慢慢地注意到文章的结构上去”①。其实，张恨水对于文章结构的改造，引起了当时严独鹤的注意：“小说中的情节，若是笔笔明写，便觉太麻烦，太呆笨。艺术家论作

① 张恨水：《我的写作生涯》，北岳文艺出版社 1993 年版，第 1 页。

画，说必须‘画中有画’，将一部分的佳境，隐在里面，方有意味。讲到作小说，却须‘书外有书’。有许多妙文，都用虚写，不必和盘托出，才有佳趣。”① 严独鹤在这里所讲的实际上就是现代叙事学的“预叙”问题。张恨水似乎并不否认这一点，在写完《啼笑因缘》后，张恨水这样说过，“凡是一部小说的构成，除了命义和修辞而外，关于叙事，有三个写法：一是渲染，二是穿插，三是剪裁”②。从张恨水的论述来看，他不但对中国古典叙事智慧有相当的领悟，而且，成了他小说叙事自觉借鉴的蓝本，“一部小说，不能只写一件事，要写许多事。这许多事，若是写完了一件，再写一件，时间空间，都要混乱，而且文字不容易贯穿”；在《长篇与短篇》中，他再一次阐述了他的“小说叙事学”：“长篇小说，则为人生之若干事，而设法融化以贯穿之。有时一直写一件事，然此一件事，必须旁敲侧击，欲即又离，若平铺直叙，则报纸上之社会新闻矣。”③ 这已经相当接近现代叙事学的交错叙事了。《啼笑因缘》《夜深沉》《北雁南飞》等小说都相当明显地体现了张恨水的小说叙事学。《啼笑因缘》第十六回，樊家树与沈凤喜“先农坛分手”，第十九回关氏父女“山寺锄奸”等，就运用了“闪回”叙事，将故事时间重新拉回到叙事时间之前，增加了叙事交错的审美效果。《夜深沉》更是从宏观的角度大量使用交错叙事手法，在叙事上采用了穿插之法，运用叙事“闪回”展开，这在一定程度上避免了故事叙述上的平铺直叙。第二十一、二十二回都使用了“闪回”叙事，“补叙”杨月容被宋信生欺骗的经过；第三十二回也是通过叙事时间的“闪回”来交代杨月容被郎司令所玩弄。《金粉世家》《斯人记》除了在微观细部上的“闪回”叙事之外，《金粉世家》里面的“楔子”和《斯人记》中的“本书发端”都可以看作整体性的宏观“闪回”叙事。在张恨水的小说中，除了“闪回”叙事外，还有大量的“闪前”叙事，即西方叙事学中

---

① 严独鹤：《啼笑因缘》序言，张占国、魏守忠编《张恨水研究资料》，天津人民出版社1986年版，第288页。

② 张恨水：《作完〈啼笑因缘〉后的说话》，《张恨水全集》第14卷，北岳文艺出版社1993年版，第10页。

③ 张恨水：《长篇与短篇》，张占国、魏守忠编《张恨水研究资料》，天津人民出版社1986年版，第265页。

的“预叙”，也就是我们传统叙事学的“暗示”。这一点在严独鹤所写《啼笑因缘》序言中有准确的体悟：“全书常用暗示，使细心人读之，不待终篇，而对书中人物的将来，已可有相当的感觉，相当的领会。”① 如小说第五回，沈凤喜刚上学，让樊家树买眼镜、自来水笔等；第十回，刘军长派汽车接沈凤喜，“凤喜坐在车上，不由得前后左右，看个不歇……心想，见我坐了带着护兵的汽车，那还不会猜我是阔人家的眷属呢”，为后来的“情变”做了暗示；第八回，家树南回，凤喜抚琴送别，“拨断离弦”就暗示了两人后来的结局。

如果说交错叙事在《啼笑因缘》中还仅是局部叙事的话，那么到了20世纪40年代创作的《八十一梦》中，几乎就是小说的“整体叙事”了。许多论者在谈论《八十一梦》时，仅仅论及小说“思想”的“先进性”，认为这是张恨水小说“雅化”和向新文学靠拢的标志，其实大谬不然。《八十一梦》真正的“雅化”并非表现在思想性上，而是交错叙事的成功运用。陈铭德称《八十一梦》是“恨水先生一切杰作中的杰作”，“只有《八十一梦》才是恨水先生杰作中的杰作”，并认为《八十一梦》“冲破了旧小说旧时代之藩篱，展开了一个新局面”②。然而，陈铭德仍旧没有摆脱“思想性”的“藩篱”。其实，《八十一梦》的真正特异之处表现在小说的叙事艺术上。如果说，张恨水之前的小说叙事智慧还仅表现为“穿插”“剪裁”的话，在《八十一梦》中，则彻底打破了“穿插”“剪裁”的局部性，表现为一种意念式的时间任意流动性，即杨义在《中国叙事学》中所说的“幻化时间”。杨义认为，“时间幻化”是“我国虚构叙事文学中引人注目的一种时间意识”，古代小说中的“仙凡形态”“梦真形态”“古今错综形态”在叙事时间上都属于“幻化时间”叙事。张恨水的《八十一梦》应该既属于“梦真形态”，也属于“古今错综形态”。张恨水在《八十一梦》自序中曾称，《八十一梦》“取材于《儒林外史》与《西游》《封神》之间”，所谓“取材于《儒林外史》与《西游》《封神》之间”，据笔

① 《一九三〇年严独鹤序》，《张恨水全集》第14卷，北岳文艺出版社1993年版，第4页。

② 陈铭德：《八十一梦》序言，《张恨水全集》第36卷，北岳文艺出版社1993年版，第1、3页。

者理解，就是《八十一梦》既继承了《儒林外史》的一贯的谴责讽刺笔法，又借鉴了《西游》《封神》的叙事的“荒诞”性，这表现在《八十一梦》中，不但采用了意念化的小说结构模式，而且呈现出了一种全新的叙事形式。小说的第五梦“号外号外”，把时间向前推进一二十年；“退回去了廿年”则真的把时间“退回去了廿年”；“上下古今”所写的内容也真是涉及“上下古今”；“天堂之游”更是把伯夷、叔齐、子路、鲁仲连、墨子、李师师、西门庆、潘金莲及梁山上的扈三娘、张青、孙二娘等人糅融在一起，形成了这部小说的荒诞感。这种叙事时间的自由与小说采用了第一人称限知叙事视角有关，更与小说写“梦”这一特殊内容有关。在梦境中使故事时间古今错综交杂，“梦”本也没有“时间性”。张恨水小说的叙事时间的变化性，不仅表现为“闪回”叙事和“预叙”手法的运用，还表现在叙事“频率”上，突破了传统小说的持续叙事，采用了富有变化的“速度叙事”，重视“叙事时间速度”与文本叙事疏密度的关系。所谓叙事的时间速度，表现在小说中，形成了叙事的疏密度和文本的节奏感。传统小说中经常说的“有话则长，无话则短”，主要是指叙事内容的多寡，而不是个“叙事速度”概念，“叙事速度”应该属于现代叙事学的范畴，是叙事意识觉醒的产物，五四新作家讥刺旧派小说的“记账式”叙述，主要就是针对旧小说的“叙事速度”缺乏变化而言的。张恨水的章回小说应该说还是相当讲究叙事艺术的，不但具有自觉的叙事意识，而且能够成功运用。张恨水的“叙事速度”策略在《啼笑因缘》中有相当成功的表现。《啼笑因缘》之所以在当时取得巨大成功，“创造小说界的新纪录”（严独鹤《啼笑因缘》序言），“使北平、天津、南京、上海的男女学生疯狂一时”①，一个重要的原因，就是小说在叙事艺术上所取得的成功。就小说叙事而言，《啼笑因缘》基本上摈弃了传统章回小说的持续叙事，采用了富有变化的“速度叙事”，即概括叙事和细化叙事。在樊家树与沈凤喜爱情的萌生—热恋—情变—发疯的故事进程中，叙事频率是变化多样的。小说的前九回，主要写樊、沈爱情的萌生、恋爱，叙事时间明显缓慢，叙事密

① 张明明：《回忆我的父亲张恨水》，百花文艺出版社 1984 年版，第 44 页。

度很大，对于樊家树的南回和关秀峰父女的活动，叙事速度则明显加快，有的则略而不述。在一般小说家看来，最容易“出彩”的“山寺锄奸”，张恨水却略而不叙，只通过报纸的一则新闻来表现，成了故事的“背景”。通过这一点来看，张恨水对小说叙事学应该有相当的领悟。

二

杨义在《中国叙事学》中认为，“限知视角所表达的乃是一种世界感觉的方式，由全知到限知，意味着人们感知世界时能够把表象和实质相分离。因而限知视角的出现，反映人们审美的感知世界的层面变得深邃和丰富了”①。

在张恨水的章回小说中，虽然并没有体现出明显的视角意识，但是它所采用的第一人称和第三人称的限知叙事，在客观上有可能实现叙事视角的内化。小说中大量的心理描写和梦境、潜意识心理、性心理的描写，虽然没有上升到“叙事”理论的高度，仅认作是一种写作技法，但张恨水对这类技法的运用却显示了一种现代意识，一种自觉的艺术变革意识。其实，张恨水对小说中的“心理”描写的领悟相当早，在1910年张恨水就开始从《小说月报》上接触欧美翻译小说，“尤其喜读林琴南翻译的小说”，“并注意对比中外小说的不同及长短，研究了翻译小说对人物心理活动和风景环境的描写方法”②。从这些小说中，张恨水领悟到了外国小说的精致深邃的心理描写，并由此对章回小说的局限有了新的认识。“我觉得在写景方面，旧小说往往不太注意，其实这和故事发展是很有关系的。其次，关于写人物外在动作和内在思想过程一方面，旧小说也是写得太差，有也是粗枝大叶写，寥寥几笔点缀一下就完了。尤其是思想过程写得更少。”③ 应该说，张恨水对于旧小说弊端的认识还是相当准确的，这种认识

① 杨义：《中国叙事学》，人民出版社1997年版，第213页。
② 张伍：《张恨水传略》，《张恨水全集》第1卷，北岳文艺出版社1993年版，第1页。
③ 袁进：《张恨水评传》，湖南文艺出版社1988年版，第49—50页。

促使张恨水在创作中有意避免传统小说的短处，并借鉴外国文学的长处。在《总答谢——并自我检讨》中，张恨水坦言，“关于改良方面，我自始就增加一部分风景的描写与心理的描写，有时也写些小动作，实不相瞒，这是得自西洋小说”①。这种自觉的借鉴，在《春明外史》中就已经表现出来了。《春明外史》中有大量的心理描写，特别是对主人公杨杏园、梨云、李冬青的矛盾、纷乱的恋爱心理的描写，相当生动、深刻。福斯特说：“小说的特出之处在于作者不但可以使用人物之间的言行来描述人物的个性，而且可以让读者听到人物内心的独白。”② 对人物内心世界的描写被认为是小说的“特处”，也是小说文体“现代性”的重要标志。张恨水曾说，《春明外史》是“用作《红楼梦》的方法来作《儒林外史》”，张恨水所谓“《红楼梦》的方法”，一个重要的表现就是大量的心理描写手法和景物描写的运用。所以，张恨水小说的许多这类心理描写、景物描写的方法，既得自于西洋小说，也是对《红楼梦》等古典小说的领悟和承续。《春明外史》《金粉世家》《啼笑因缘》《夜深沉》《南雁北飞》等小说中都有大量的静态的心理描写，《金粉世家》中多次采用内心独白的方法来描写冷清秋从恋爱、结婚、被遗弃、委曲求全到最后痛下决心离家出走的心理演变过程。如第九十回冷清秋决定离婚时的“对月长嗟”，大段内心独白既有对金燕西的用情不专的怨恨，也有对自己“受着物质与虚荣引诱”的后悔，具有某种抒情诗的味道。《啼笑因缘》中沈凤喜接受了刘将军的馈赠后，也有一大段内心独白，来表现沈凤喜的矛盾复杂的内心世界。《啼笑因缘》《金粉世家》《夜深沉》《美人恩》《北雁南飞》等“言情”小说中，大量细腻的心理描写，增加了章回小说的深度。

对“梦”的描写也是张恨水小说叙事视角内化的表现形式之一。《春明外史》第一回“月底宵光残梨凉客梦，天涯寒食芳草怨归魂”，杨杏园梦中与梨云一见钟情，为后来的两人爱情做了铺垫；第五十二回，杨杏园又梦见与李冬青结婚，却在李冬青身上见到了梨云的影子，这为故事的最

---

① 张恨水：《写作生涯回忆》，北岳文艺出版社 1993 年版，第 104 页。

② ［英］福斯特：《小说面面观》，苏炳文译，花城出版社 1984 年版，第 69 页。

后结局做了暗示。《啼笑因缘》更是有大量的对于梦境的描写。第四回“邂逅在穷途分金续命，相思成断梦把卷凝眸”，写关秀姑的“相思成梦”，梦见与樊家树携手游北海，这与第十五回农历七月七秀姑与家树同游什刹海、第十八回两人中央公园的“约会”相照应，但秀姑的梦毕竟是“残梦”，这暗示了关秀姑与樊家树最终无缘携手。“相思成梦”的极富暗示意味的梦境描写，不但细腻地揭示了关秀姑面对樊家树的心理活动，而且对整个故事的进展和结局都有强烈的暗示作用；第十一回对沈凤喜面对刘将军的“钱簿子”和“银行折子”时的矛盾、反复的心理描写，以及对成为“将军夫人”的“迷梦”梦境的描写，都相当深刻。为后来的“情变”埋下伏笔。除了这种来自对西洋小说的借鉴的静态心理描写，张恨水还擅长利用“小动作”来表现人物的内心世界。这一点在严独鹤为《啼笑因缘》所作的序中有论述：“第三回，凤喜之缠手帕与数砖头走路；第六回秀姑之修指甲；第二十二回樊家树两次跌跤；又同回何丽娜之掩窗帘，与家树之以手指拈菊花干，俱为神来之笔。”[①] 严独鹤认为张恨水运用“小动作”是“电影化”手法。张恨水也曾承认，这是从中国古典文学，戏剧、电影，还有外国文学中借鉴来的，“关于许多暗示的办法，我简直是取法一班名导演”[②]。“小动作，也有人说以前并不多见。好像这也是我成功之一。说穿了，也不稀奇。……至于小动作，也是中国小说上看到过，不过这又嫌少些。我那个时候，既然在写小说，当然中国写小说的方法，要尽量地学，就是外国写小说的方法，也当尽量地学。这时外国小说小动作的地方，应当看个烂熟。同时，电影的导演方面，也有很多写小动作的地方，自然我也要随处留心，在写小说的时候，心有所得，自然要描写进去。”[③] 这些“小动作”在张恨水的小说中都极富深意，都“心理化”了。如《夜深沉》第二十四回对“卜钱”的描写：杨月容被宋信生欺骗后，贫穷潦倒，想重新上台唱戏又犹豫不决，在胡妈的教唆下，反复扔铜子占卜，这一细节把杨月容的矛盾心理揭示得十分细腻深刻。《落霞孤鹜》第五回，

① 《一九三〇年严独鹤序》，《张恨水全集》第14卷，北岳文艺出版社1993年版，第4页。

② 张恨水：《写作生涯回忆》，北岳文艺出版社1993年版，第5页。

③ 张明明：《回忆我的父亲张恨水》，百花文艺出版社1984年版，第66页。

写落霞意外地收到江秋鹜的信时的心理过程，从拒收信到猜信、看信、想信、藏信到做梦、寻梦，把一个情窦初开的贫穷小姑娘对爱情的向往、羞涩而又无奈的心理表现得淋漓尽致，且极富层次感。张恨水小说中的大量心理描写，其作用是双重甚至多重的，不但增加了小说自身描写的“精致化和深邃化”，扩大了小说的审美含量，而且，在小说的叙事结构上也都有某种暗示、照应作用，使整部小说在文体形态上富有变化之美。这类富有深度的心理描写在传统章回小说中是极少见的。正是这些大量的心理描写，使张恨水的章回小说与传统的章回小说相比，更具有深度感和主观“内倾”色彩，并且显示了传统章回小说由“讲述”叙事向现代章回小说的“显示”叙述的转变。

张恨水对新的艺术技法的借鉴还表现在大量“情绪化”的景物描写上。在传统的章回小说中，静态的景物描写被认为是“多余”的，是要有意回避的，因为大段的景物描写，被认为阻断、延缓了故事的进程，降低了对读者的吸引力。这种思想仍然是“说书人腔调”的遗留，从古代小说的“说—听”模式来说，这是有道理的。但是，这同时也削弱了小说的精致感和深邃感，减弱了小说的审美力度。张恨水有意识地对这种“说书人腔调”的小说结构模式进行再造，虽然，在传统章回小说形式中引入景物描写并非自张恨水始，但真正对小说的结构形态、叙事模式形成影响的却是张恨水的小说。张恨水对景物描写的“领悟”主要来自五四新文学和外国文学的启发，虽然张恨水认为，“现在许多新派的小说，多半是用写景起，像什么蔚蓝色的天空，或者一个岑寂的夜里，千篇一律，毫无新意”①。但是，应该说新文学作家对景物描写的重视和领悟要比章回小说作家高明得多。而张恨水在这种看似静态的景物描写中努力营造某种情绪氛围，对于渲染气氛、突出人物性格都大有意义。《春明外史》多次写梨花，如第一回“那半轮新月，由破碎的梨花树枝里，射在白粉墙上，只觉得凄凉动人。那树上的梨花，一片两片的，只是飘飘荡荡，在这深沉的夜色

---

① 张恨水：《短篇之起法》，张占国、魏守忠编《张恨水研究资料》，天津人民出版社 1986 年版，第 266 页。

中，落了下来”，这对梨云的性格和命运都有极强的渲染、烘托、暗示作用。《北雁南飞》中对江南自然山水田园景物的描写，与一双小儿女的纯情故事相互辉映，极为和谐。张恨水的景物描写，其实并非单纯是描写景物，大都是某种情绪、情感的外化，情景交融，意味深长。《啼笑因缘》第十五回，有这样的描写：“现在，家树觉得一院子沉寂，在那边院子里的打牌声一点听不见，只有梧桐树上的积雨，点点滴滴地向下落着，一声一声很清楚，那万斛闲愁，便一起涌上心头，人不知在什么地方了。家树正这样凝想着，忽然有一株梧桐树，无风自动起来了，立时唏哩哗啦，水点和落叶，落了满地。突然有了这种现象，不由得吃了一惊，自己也不知是何缘故，连忙走回屋子里去，先将桌灯一开，却见墨盒下面压了一张字条，写着酒杯大八个字，乃是‘风雨欺人，劝君珍重’。”这段景物描写，就极力渲染了一种凄风苦雨的氛围，意境含蓄，营造了一种高人出现时的意境之美。此外，张恨水小说中大量的诗词、信札、日记等，也同样起到了揭示人物心理的作用。章回小说本与唐代变文有渊源，所以，章回小说中保留了大量的诗词，在传统的章回小说中，这些诗词，在很大程度上仅仅是为了显示作者的诗词“才气”，与小说本身关系不大。但自《红楼梦》始，章回小说中的诗词在功能上发生了变化，成为表现人物性格、心理、品格的重要手段，特别是林黛玉大量凄婉的诗词，大都是人物情感、精神境界、人格的某种写照。对此张恨水也深有领悟。在《春明外史》《金粉世家》《北雁南飞》《斯人记》等小说中，都有大量的诗词存在。这些诗词，特别是在《春明外史》中有近百首，这一方面表明了张恨水当时未曾脱尽的“才子佳人气”；另一方面，也表明张恨水对诗词、信札、日记等叙事上的内化功能有了自觉意识。这些诗词、日记、书信等，在张恨水的小说中，除了《春明外史》中有的略显累赘之外，都成了表达人物内心活动、营造某种情绪氛围、塑造人物性格的有力形式，甚至成为主人公某种人格的写照。《金粉世家》中冷清秋的孤高自傲的性格也是通过大量的凄美哀怨的诗词来表现的。这些诗词、信札、日记等个性化、内心化的文学形式的穿插，不但深化了章回小说的表达意蕴，使章回小说在整体的平直的故事中增加了某种抒情意味和蕴藉之美，呈现出某种交错立体的深度感和摇曳多姿的审美风貌，而且在一定程度上改变了故事的叙事模式，在整体的“动作叙事”中融入了“心灵—情感叙事”，故事的叙事动力内化，故事的推进由外在的动力转换为外在动力与内在动力相结合。如在《春明外史》中，杨杏园与李冬青的交往，主要是以诗词唱和的形式来进行的，他们之间的“动作”故事并不多，但是“心灵—情感”故事却相当丰富。

三

鲁迅曾讽刺过张资平的小说学为“△”，不过实事求是讲，张恨水与张资平相比，在这一点上有过之而无不及，这也同样是张恨水的“叙事学”。张恨水小说这种“三角恋爱”的“叙事模式”，其意义并不完全在于增加故事的“趣味”，还有叙事结构与叙事动力的考虑。在《美人恩》自序中，张恨水曾颇有感触地阐明了他对“三角恋爱”的“叙事模式”的认识：“予读言情小说夥矣，而所作亦为数不鲜。经验所之，觉此中乃有一公例，即内容不外三角与多角恋爱，而结局非结婚，即生离死别而已。予尝焦思，如何作小说，可逃出此公例？且不得语涉怪诞，以至离开现代社会，思之思之，乃无上策。盖小说结构，必须有一交错点，言情而非多角，此点由何而生？至一事结束，亦无非聚散两途，果欲舍此，又何以结束之？无已，则与此公例中，与可闪避处力闪避之，或稍稍一新阅者耳目乎？……《美人恩》……其结局，一方似结婚而非结婚，一方亦似离别而非离别。如斯作法，乃差有新意。”① 由此观之，张恨水小说的情节设置的模式化，主要的是种叙事动力问题。借用叙事学中的结构动力学理论，即是“三角恋爱”的“叙事模式”自身产生了小说的结构动力“势能”，“结构要运转、展开和整合，没有内蕴的能量或动力，是不可想象的”，小说的“结构当中具有某种动力关系，推动着结构线索、单元和要素向某种不得

① 张恨水：《美人恩》自序，张占国、魏守忠编《张恨水研究资料》，天津人民出版社 1986 年版。

不然的方向运转、展开和律动”①。对张恨水小说而言，这种小说结构的“动力关系”，在很大程度上来自这种“三角恋爱”的“叙事模式”。“社会言情小说”代表作《啼笑因缘》不但利用了这种“三角恋爱”的“叙事模式”来展开故事情节，而且还利用何丽娜与沈凤喜长得相像这一点，制造了大量的“误会”，利用“误会”引起的连锁反应，推进情节展开，这一点在他后来的小说《玉交枝》中再一次得以使用。即使他的“国难—抗战”小说，也大量沿用此例。

张恨水小说叙事上的“动力势能”的建立，影响了整个小说的结构形态，并为突破传统小说“大团圆”结局，建立小说的动态开放结构形态提供了支撑。张恨水对传统章回小说的“大团圆”和“书中人物个个都有交代”的结尾方式进行了颇富现代意味的“改写”，使章回小说呈现出某种意蕴和韵味，变章回体的封闭式结构为某种开放的、动态的文体形式。在这一点上，张恨水的章回小说与当时标榜的“新文学”并没有什么大的区别，甚至比某些“新文学”作品更见艺术性，更具有某种探索性质。五四时期把“大团圆”结局看作旧小说的标志性特征，甚至把对小说“大团圆”的批判上升到诸如民族劣根性的高度。五四作家对旧小说的“大团圆”的批判在一定意义上是有道理的，许多旧小说这种“大团圆”的结局不但毫无新意、面目可憎，甚至在很大程度上破坏了小说自身的艺术规律。张恨水对“大团圆”的结局方式有自己的看法，如他既认为“大团圆”是中国人的“通病”，同时他也反对在小说创作中故意的“不团圆主义”：“团圆如不落窠臼，又耐人寻味，则团圆亦无碍也。”虽然，张恨水在小说的“大团圆”与否上更多地尊重艺术自身，但事实上既“大团圆”又“耐人寻味”的不多，特别是传统章回小说更是如此。张恨水其实对这一点有着清醒的认识，故在他的小说中基本上抛弃了“大团圆”的结构方式，更多地在“耐人寻味”上下功夫，这一点在他的《作完〈啼笑因缘〉后的说话》中表现得十分明显。张恨水在回答读者关于《啼笑因缘》“结局”的询问时，承认对于《啼笑因缘》的“结局”“费了一点考量”：“若

① 杨义：《中国叙事学》，人民出版社1997年版，第76—77页。

是稍长，一定会把当剪的都写出来，拖泥带水，空气不能紧张。末尾一不紧张，全书精神尽失了。”由此看来，张恨水还是承认旧章回小说的“大团圆”的结局方式存在着一定的弊端并自觉来克服的。《啼笑因缘》出版后，诸多的“《啼笑因缘》迷”给张恨水或《新闻报》报社写信，要求张恨水给《啼笑因缘》写续集，更多的读者写信“询问”樊家树、沈凤喜、何丽娜、关秀姑的“下落”，“三年不辍”。对于读者的这份“热情”，张恨水作答道：“我不能像作《十美图》似的，把三个女子一起嫁给姓樊的；可是我也不愿择一嫁给姓樊的。因为那样，便平庸极了。看过之后，读者除了为其余二人叹口气外，决不会再念到书中人的——那有什么意思呢？宇宙就是缺憾的，留些缺憾，才令人过后思量，如嚼橄榄一样，津津有味。若必写到末了，大热闹一阵，如肥鸡大肉，吃完了也就吃完了，恐怕那味儿，不及这样有余不尽的橄榄滋味好尝吧”，“古人游山，主张不要完全游遍，剩下十分之二三不玩，以便留些余想。”① 张恨水在这一问题上的思考，在一定意义上也可能受到当时五四新文学家们对“大团圆”激烈批判的某种潜在影响和压力，但张恨水的这一番解释无疑更符合“小说美学”。事实上，在张恨水的小说中大都相当出色地体现了他这一“小说美学”原则。《啼笑因缘》暂且不论，《春明外史》中杨杏园的三个爱人，何梨云死了，李冬青天生暗疾无法成婚，史莲科为成全杨杏园和李冬青“出走”了，杨杏园与他所爱的三个女性都无法缔结美满婚姻，最后落个“人亡花落两凄然”的结局；《金粉世家》更是落个“金粉各飘零”，冷清秋和儿子神秘失踪；《天河配》中王玉和、白桂英也是有情人难成眷属，王玉和最终不辞而别。张恨水小说除了故事结尾的非“大团圆”的结局外，有的还故意营造一种强烈的抒情意境，意蕴深邃，韵味遥深，造成一种开放性的氛围，让人产生无穷的联想和猜测，增加了小说的审美意蕴，正如张恨水自己所说，“我不敢说是画龙点睛，仿佛就多了一些曲折，正

① 张恨水：《作完〈啼笑因缘〉后的说话》，《张恨水全集》第14卷，北岳文艺出版社1993年版，第12—13页。

如画山水的人，添一个归樵，添一段暮云远山”①。如《夜深沉》的结尾是这样的：“二和站在雪雾里，叹了口长气，不知不觉，将刀插入怀里，两脚踏了积雪，也离开俱乐部大门。这时除他自己之外，没有第二个人，冷巷长长的，寒夜沉沉的。抬头一看，大雪的洁白遮盖了世上一切，夜沉沉地，夜沉沉地。”《巷战之夜》《艺术之宫》《杨柳青青》《现代青年》《五子登科》《风雪之夜》等小说的结尾，大都使用了景物描写的手法。张恨水小说有的结尾带有强烈的暗示性。《巴山夜雨》的结尾是“鸡犬无声，也不知道了什么时候。只觉得是长夜漫漫的，长夜漫漫的”；《北雁南飞》的结尾“对河永泰镇庙的晚钟，隔了江面，一声声地传了过。太阳带了朱红色，落下树林子里去。江面上轻轻地罩了一层烟雾，不见一条船只。除了那柳树叶子，还不断地向水里落下去而外，一切都要停止了。钟声在那里告诉人：今天是黑暗了。向前的人，镇静着吧，明天还天亮的呵”。这样的结尾，不但深化而且虚化了主题，确实造成了小说的某种超越性审美意味，使小说显得深邃化和精致化，与那些“《十美图》式”的结尾，“书中人物个个都有交代”形成了鲜明对比。

张恨水对章回小说的“改造”还在于从整体上酝酿着一种新的更具有现代色彩的审美形式——叙事转变。“全知叙事”一直被认为是传统章回小说的“贯穿始终、占统治地位”的叙事方式，也被认为是章回小说“非现代性”的重要标志。“全知叙事”和“限知叙事”作为一种叙事技巧而言，要处理的主要是“作者”与“读者”的关系问题，作为一种叙事原则，其本身并没有高低贵贱之分，但是，在运用这种原则的背后蕴含着小说家们的某种小说结构意识和由此所反映出来的时代变革意识。实际上，张恨水小说恰恰相当明显地体现了“限知叙事”的“现代性”。在《啼笑因缘》中，我们很明显地发现了张恨水叙事技法的灵活性，所谓“叙事”，其根本在于叙述“焦点”，即“视点”，所谓“限知叙事”，也就是叙述“视点”的确定性，有第一人称限知叙事和第三人称限知叙事两种形式，

① 张正：《张恨水小说欣赏》，《张恨水研究论文集》第四卷，香港新闻出版社2001年版，第128页。

目的是增加小说的“真实感”——现代意义上的“真实感”。《啼笑因缘》的叙事“焦点”的变化，使整个叙事充满了变化感。如第1—9回，主人公樊家树是叙事的焦点人物，无论是陶伯和夫妇一家，还是沈凤喜一家，抑或关寿峰、关秀姑等人物，都通过刚来北京的樊家树的眼睛来展现；第10—13回，樊家树南回省亲，叙事焦点就转移到沈凤喜、关秀姑身上，军阀刘德柱的生活通过沈凤喜来描述，沈凤喜在刘家的生活则通过关秀姑的眼睛来表现；13回之后，叙事焦点重新回到樊家树身上，来写沈凤喜如何变心、最后发疯。叙事焦点的不断转移，使整个小说结构摇曳多姿，富有变化。其实，这种视角的流动，在中国传统小说中也有所表现，在中国古代富有才华的文论家那里都有所领悟。此外，张恨水小说大量地采用了“外来者”这一叙事策略，如《秘密谷》《小西天》《燕归来》《现代青年》《似水流年》等。《燕归来》对西北地区天灾人祸的凄惨景象的描写，就是通过杨燕秋这一“外来者”的眼光来表现的；《秘密谷》对“桃花源”式的山中遗民生活的描写，也是通过“考察团”一行四人的眼光来看取的。这种“外来者”叙事策略，其作用体现在叙事视角的“陌生化”，看似是叙事视角外化，实际则是一种“限制视角”，避免了全知视角的浮泛化和表面化，增加了叙事的“陌生化”和新奇感，是叙事视角的“内化”。

总之，在纯粹文体层面上，张恨水以一种新的眼光重新审视章回体这一文类形式，相当重视这一传统审美形式的包容性和整合力，既尊重传统艺术形式的成规，又不拘泥于这种成规，积极吸纳西方文学、新文学的新的表现方法和现代性审美因子，在“调和”中“综合”，在继承中创新，重塑章回体的现代性。从深层意义上讲，张恨水对章回体的改造，表现出了在中国文学现代化过程中，特别是主要以西方价值坐标为参照的现代性理路中，对本土审美形态和审美心理的认同和自信，这是张恨水对中国文学现代化所做出的独特而重要的贡献。

现代报刊、稿费制度与张恨水小说[①]

从现代文学生产、传播、消费等角度讲，报刊的产生、兴起和繁荣成为文学生产过程中的一个重要环节。阿英在《晚清小说史》中，把晚清小说“空前繁荣”的最首要的原因归结为“当然是印刷事业的发达，没有前此那样刻书的困难；由于新闻事业的发达，在应用上需要多量产生”[②]。由于印刷业的发达相应地带动新闻事业的繁荣，这在客观上刺激和增加了对文学的多样化和批量化需求，没有这一前提，近代以来文学的发展和繁荣是不可想象的。长期以来，在文学研究中由于过多重视文学自身的“价值”“观念”“意义”等范畴，相对忽视了传媒对文学体制的形成与文学自身的影响。其实，传媒对文学的影响是多方面的，看似是间接的，其实也是内在的，应该引起关注。

一

中国文学的现代性是伴随着文学生产、传播体制的现代性而进行的。从系统论观点看，文学文本之外的现代性带来并促进了文学自身的现代性。现代型报纸、杂志等的繁兴，为现代文学的发展提供了一个公共的文

① 原载于《海南师范学院学报》2005 年第 6 期。
② 阿英：《晚清小说史》，东方出版社 1996 年版，第 1 页。

学空间，为中国文学的现代转型奠定了基础。

从一个历史的视野来看，我国现代报刊业的产生是外来影响的结果。资料表明，第一份现代意义的中文期刊是1815年8月马礼逊在马六甲创办的《察世俗每月统计传》；1858年，近代开明人士、外交家伍廷芳创办的第一份由中国人创办的报纸《中外新报》在香港诞生。自1815年至1861年，报刊发展缓慢，共创办中文报刊8种，对社会的影响力有限。但是，到1900年，据梁启超统计已经发展到124种，1911年辛亥革命前后，随着国人现代文明意识的觉醒、革命热情的高涨和当时文禁的相对松弛，报刊业发展迅猛，全国报纸、杂志发展到500多家，期刊则多达700余种。但是，由于报刊业本质上是工商业发达的产物，因而，这些报刊大都高度集中于当时的上海、香港、广州、天津、北京等几个大城市。随着现代报刊业的兴起，文学也相应地得到快速发展，但是，最初文学在报纸上的出现仅仅具有“补白”性质，文学借助报纸传播的目的性并不自觉，但这种作用会越来越明显。明初至清末（1369—1911）542年间，小说创作总量为1140部，每年仅20多部；而其中1900—1911年这12年间，由于现代传媒业的发展，创作小说529部，占这一时段小说创作总量的47%。因而，现代传媒对文学的实质性影响是相当晚近的事情。与报纸相比，纯粹的文学性期刊产生较晚、影响也较小。最早的文学杂志《瀛寰琐记》创办于1872年，特别是夏敬渠的长篇白话小说《野叟曝言》在《字林沪报》上的成功连载，不但开了长篇小说连载的先河，而且给当时的文人相当大的刺激与想象，正如当时报载文学的“补白”性质一样，在报纸、杂志上连载长篇小说其目的也主要是“以资兴味”① 而已。1892年，韩邦庆创办《海上奇书》杂志，并刊登自己的长篇小说《海上花列传》。1902年，梁启超创办专门登载小说的纯文学性杂志《新小说》，这预示着一个自觉的、新的文学生成体制的逐渐形成。《新小说》创刊后，大量以“小说”命名的杂志、报纸一时间大量涌现，据统计，1902—1917年共有27种之多。1903年《绣像小说》创刊，1904年《新新小说》创刊，1905年《小说世

① 成仿吾：《〈呐喊〉的评论》，《创造季刊》1924年11月第2卷第2期。

界》创刊，1907年《小说林》创刊，1909年《小说时报》创刊，1910年《小说月报》创刊，等等。1902—1916年创刊的文学期刊57种，1917—1927年创刊的文学期刊多达143种，为文学的发展繁荣提供了空间。其实在这之前，报纸上的"副刊"已经早于文学杂志对文人产生了刺激性想象。例如，1875年上海《申报》公开征求"骚人韵诗"的"断什长篇"及"竹枝词及长歌纪事之类"，报纸登载"说部"已经成为报纸的重要思路，1900年《中国日报》辟"鼓吹录"专栏，在功能上相当于后来的"副刊"。

现代传播媒介的出现已经对文学生产、传播体制产生了潜在的影响，"记录工具和传播媒介的每一次大的突破，都不能不或隐或现地影响文学形势的发展"，这种生产工具的变革，"直接参与了转变中国小说叙事模式的进程"①。其实，早在1901年梁启超就已经意识到"自报章兴，吾国之文体，为之一变"的历史事实；1907年，黄摩西也指出"新闻纸报告栏中，异军突起者，小说也"；1908年，耀公猜测"小说一门，隐与报界相维系"②。他们都意识到了即将展开的文学创作的新趋势。"在19世纪末20世纪初，连载成为小说的标准发表形式。"③ 所谓"标准发表形式"即指最主要的发表形式而已，"报章小说人奉为正宗"，中国小说第一次由口头讲述、私下传抄、刻印发展到大规模批量化生产，这是一种前所未有的"革命性"转变。清末民初长篇小说普遍性的松散连环式结构，也即鲁迅所说的"虽云长篇，颇同短制"的结构形式，其实都是由于报章连载的形式所产生，也即阿英所分析的，作家们"为着适应于时间间断的报纸、杂志读者，不得不采用或产生这一形式"④。由报章连载这一"标准发表形式"所带来的是文学阅读的新形式、新变化。读者真正成为"读者"，小说真正走向大众"阅读化"。

伴随着现代报刊业的发达，现代稿费制度得以建立，并反过来又促进

① 陈平原：《中国小说叙事模式的转变》，北京大学出版社2003年版，第255页。
② 陈平原、夏晓虹：《二十世纪中国小说理论资料》（第一卷），北京大学出版社1997年版。
③ ［美］韩南：《中国近代小说的兴起》，徐侠译，上海教育出版社2004年版，第128页。
④ 阿英：《晚清小说史》，东方出版社1996年版，第6页。

了报刊业的进一步发展，二者是不可分的。但是许多论者都忽视了稿费制度的建立对文学生产机制形成的作用。随着报刊业的发展，原来报章文学的“补白”性和“以资兴味”的作用逐渐越来越具有商业性，报刊的主办者认识到小说的可读性扩大了原有的读者圈，提高了报刊的销售量，带来了直接的商业效益，作为对作者的回报，现代稿酬制度应运而生。其实，这也正如现代报刊业的发展一样也是一个渐进的过程。1872 年，《申报》在创刊号《本馆条例》中规定：“如有骚人韵士愿以短什长篇惠教者，如……竹枝词及长歌之类，概不取值。”① 这是近代第一个关于稿酬的公开性契约，由此可见，早期《申报》刊登的小说实际上并没有稿费；1902 年，梁启超的《新小说》在创刊号上刊登的《本社征文启》上第一次明确制定了稿酬标准。此后，各小说杂志纷纷效仿，《小说林》（1907）在第一期“募集小说”的启事中写道：“本社募集各种著译……入选者，分别等差，润笔从丰致送。”②《月月小说》在第二年第三期（1908）也发出了一则《征文广告》：“本报除同人译著外，仍广搜海内外名家。如有思想新奇之短篇说部，愿交本社刊行者，本社当报以相当之利益。本报注重撰述……已经入选，润资从丰。”③ 民初兴盛的报纸杂志和稿酬制的广泛实行，客观上培养了中国第一批职业作家——报章小说家。正如包天笑所言，“把考书院博取膏火的观念改为投稿译书”④。稿酬制的形成，其意义深远，它标志着传统意义上的文人成为一个独立的现代职业——作家，是“文学商品生产者”，现代印刷业的发展和现代稿费制度的确立为作家的真正职业化奠定了最重要的基础，在深层次上深刻影响着文学良性机制的再生性、稳定性。“没有现代印刷业的发展，没有从近代以来逐渐繁荣发展起来的报纸杂志，就没有‘五四’文学革新。”⑤ 这种判断是

---

① 转引自陈国恩、左敏《小说稿费制与清末民初文学变革》，《西南师范大学学报》2003 年第 5 期。

② 《小说林》创刊号，1907 年。

③ 陈平原、夏晓虹：《二十世纪中国小说理论资料》（第一卷），北京大学出版社 1997 年版，第 345 页。

④ 包天笑：《译小说的开始》，《钏影楼回忆录》，香港大华出版社 1971 年版。

⑤ 王富仁：《传播学与中国现代文学研究》，《读书》2004 年第 5 期。

正确的。“现代文学以文学报刊为中心形成了文学的传播制度”，“文学报刊就是文学和作家的存在方式，推动了作家的职业化和文学的大众化”①。李欧梵在分析现代文学产生的原因时说：“在1917年‘文学革命’之前至少20年，都市文学刊物——‘民众文学’的一种半现代的形式——已经为日后从事新文学运动的人们建立市场和读者群。这些杂志的编辑和作者如痴如狂地撰写文章，大笔大笔地赚取稿酬。”② 李欧梵所言可能有点夸张，但是现代稿费制度的建立确实为现代中国文学的发展铺就了最重要、最坚实的道路。

二

现代章回小说作家张恨水，严格来说不能算是“职业作家”，纵观其一生，首先是个“报人”，是个新闻记者、编辑，他的文学创作生涯同时也是记者生涯，他与报刊的关系甚于其他现代作家。他做过校对、新闻编辑、副刊编辑，做过电讯记者，做过主笔，做过报社的总编辑、经理、社长，创作小说仅仅是他的“副业”，“写小说是业余爱好”，虽然他在小说方面的成就与影响要远远大于作为“报人”的角色。他自己说“从事四十年的新闻生涯”③，其实，张恨水所说有误，他自1918年任安徽芜湖《皖江日报》总编辑到1948年12月辞去北平《新民报》经理职务，前后共30年。在30年的新闻生涯中，张恨水先后曾担任过北京《益世报》助理编辑，天津《益世报》驻京记者，芜湖《工商日报》驻京记者，世界通讯社、联合通讯社记者，同时兼任北京《今报》编辑，上海《申报》《新闻报》驻北京记者，1924年担任北京《世界晚报》副刊《夜光》编辑，1925年担任北京《世界晚报》副刊《明珠》编辑，1928年任北平《朝报》总编辑，1934年任上海《立报》副刊《花果山》编辑，1936年在南

① 王本朝：《中国现代文学的生产体制问题》，《文学评论》2004年第2期。

② ［美］费正清：《剑桥中华民国史》（第一部），上海人民出版社1991年版，第484页。

③ 张恨水：《写作生涯回忆》，北岳文艺出版社1993年版，第137页。

京出资创办《南京人报》并兼任副刊《南华经》编辑，1938年担任重庆《新民报》主笔兼副刊《战鼓》《最后关头》主编，1946年担任北平《新民报》经理兼副刊《北海》主编。总之，张恨水新中国成立前的生活与报纸紧密相连。

从创作而言，如果从较为宽泛的角度讲，张恨水的小说都可以看作"报章小说"。在张恨水的110多部小说中，可能最初没有在报刊上发表的只有他给上海世界书局"专写"的《满江红》《落霞孤鹜》《美人恩》及《天河配》等几部。就其最具代表性的长篇小说而言，无不首先在报纸上连载并引起轰动，一般小说连载2—3年，《金粉世家》则在北京《世界日报》副刊《明珠》连载了5年又3个月多，其间因为女儿夭折停刊一天；《春明外史》也在北京《世界日报》副刊《明珠》上连载了近5年。作为"报章小说"每天连载几百字，在这几百字中既要照顾情节的连续性，又要抓住读者，相当不容易。并且连载小说还受到种种制约，面临许多技术性困难，实际上"报章小说"特别是长篇小说稍有不慎，无论对读者、报纸还是小说自身都是一件费力不讨好的事情。所以，同样是章回小说，张恨水创作《金粉世家》时与曹雪芹等人的章回小说创作相比，其心态是完全不同的，张恨水面临着更大的制约。报章连载这一形式对章回小说体制的影响是多方面的，也是相当内在的，被鲁迅等新文学家们所普遍诟病的民初许多小说"结构"上的弊端，包括对张恨水作品的指责，许多并非由于作者的能力有限，实为"报章小说"这一形式的内在性弊端。因为，报章小说这一体式，最主要的是适应报刊读者的需要，艺术的完美性倒在其次。梁启超说："一部小说数十回，其全体结构，首尾相应，煞费苦心，故前此作者，往往几经易稿，始得一称意之作。今依报章体例，月出一回，无从颠倒损益，艰于出色。"① 梁启超所言报章体例"艰于出色"是事实，但是，"艰于出色"的更深层原因并未涉及。例如，标志新小说"现代性"的许多技法，如心理描写、景物描写等，很难在报章小说中得到充分发挥，甚至，这些技法在一定意义上与"报章体例"相违，因为报章小

① 梁启超：《〈新小说〉第一号》，《新民丛刊》1902年第20号。

说无法超越情节—故事类型，对读者而言，与欣赏纯文学的精致审美性相比，他们更愿意读故事，这就不得不迫使报章小说作家在故事上寻找出路，甚至制造“噱头”，以吊起读者胃口，增大报纸发行量。张恨水最重要的小说既体现了这种“报章体例”，同时也具有某种明显的“文人化”倾向，这也许就是他所说的“四不像”。

张恨水的小说无论是在创作心理机制上还是小说体制上都深受当时报刊制度的影响，当然这种影响可能是相当潜隐的甚至是不自觉的，但也是客观存在的。特别是报章小说这一形式，决定了张恨水必须对传统章回小说进行革新，同时，又决定了这种革新不会完全背离故事小说的基本艺术原则，不会像新文学家们那样在艺术创新上过于标新立异，追求个性。报章体例不但影响了张恨水小说的叙事体制、叙事结构，而且，从根本上影响了张恨水小说的美学追求、叙事趣味。许多新文学家指责、批判张恨水小说的“趣味性”和缺乏“现代意识”，并因此把张恨水的小说看作“旧派”小说。其实，这种指责忽视了张恨水小说创作的体制性关联。由于张恨水首先是个“报人”，所以他深知创作小说如何才能富有趣味、抓住读者，从这一点而言，张恨水的小说创作具有相当自觉的“报刊意识”或者说“副刊意识”，因为就当时的一般报刊读者而言，他们阅读小说首先关注的是“趣味”，而不是“现代意识”。因此，“读小说者，其专注在寻绎趣味”①；“日阅一页，恰到好处。此中玩索，自有趣味”② 是报刊读者的最高期望，同时也就成了报章作家们的最高创作原则。但是，如果过于追求表现技法的新异，很可能陷于梁启超所说的“令读者彷徨于五里雾中，毫无趣味”③。《红玫瑰》主编赵苕狂对来稿的“主旨”要求就是“常注意在‘趣味’二字上，以能使读者感到兴趣为标准”④；新文学家们总是一味指责报章小说家们的“趣味”，岂不知，追求趣味是报章作家们的能够生存的唯一法宝，再说，报章小说真正富有“趣味”也并不那么容易。因

---

① 《小说新报》发刊词，《小说新报》1915年第1期。

② 徐枕亚：《答函索〈玉梨魂〉者》，《民权素》1914年第二卷。

③ 梁启超：《〈新小说〉第一号》，《新民从刊》1902年第20号。

④ 范伯群、孔庆东主编：《通俗文学十五讲》，北京大学出版社2003年版，第310页。

而，从客观而言，张恨水对传统章回小说的艺术革新既有作者个人敏锐的“时代意识”，与时俱进的时代感，也有适应报刊读者需要的因素。他早期的小说《春明外史》连载时，就被认为是新闻版外的“新闻”，并带有相当明显的那个时代报章小说共同的特点。例如，结构上的松散、枝蔓，题材上的言情+黑幕，以及对主人公思想、心理的某种富有时代感的把握，大量伤感、柔美的诗词章句等；而《金粉世家》这种报章特点已经不是很明显了，更接近通常所说的“文人小说”了。试想，《金粉世家》在报纸上每天连载不到500字，而又能够让读者五年如一日地读下去，相当困难，没有非凡的艺术才能难以做到，更令人佩服的是，就《金粉世家》结构上的同一性和艺术上的完整性而言，根本看不出报章小说的痕迹，没有断裂、破碎和前后矛盾的现象。张恨水已经完全把握了报章小说的特点和艺术规律，完全了解和掌握了读者的阅读趣味和审美心态。例如，张恨水在创作《啼笑因缘》时给自己定的一个基本的原则就是：“不能太隐晦，又不能太明显，同时，既不能太抽象，又不能太具体。主要还得雅俗共赏，骚人墨客不讨厌它，而不识字的老太太也可以听得懂，叫得上来。……”①这一创作“原则”既符合通俗小说的一般特点，更适合报纸读者雅俗共赏的宽泛的审美口味，这是他取得成功的一个重要因素。

三

如果说现代报纸杂志的兴盛为张恨水创作提供了空间和展示才华的舞台，那么，现代稿费制度则为张恨水的创作和高产提供了某种基本保障和某种内驱力。张恨水有一句名言：“出自己的汗，吃自己的饭。”他之所以能够如此，在很大程度上首先是现代稿费制度为他提供了可能。

一般文人忌言“钱”，这似乎也是“传统”。在现代作家中大概还没

① 张明明：《有关〈啼笑因缘〉的二三事》，张恨水《写作生涯回忆》，北岳文艺出版社1993年版，第215页。

有第二个人像张恨水那样直白坦言自己拿小说“换钱”的创作初衷，虽然以创作维持生存、生活，事实上构成了现代作家的生存方式之一种。其实就“职业作家”而言，拿文章“换钱”，虽然并不特别崇高，但也并不特别令人不安。事实上，因为稿费、版税发财的大有人在，鲁迅的稿费、版税收入大概就不算太低，当代作家贾平凹一部《废都》稿费一百万元的传言也是有的。只是在更多的时候，这种创作“换钱”的动机潜藏得更深或被忧国忧民、为民族乃至为人类的解放事业而创作的宏大目标所掩盖而已。

张恨水创作上的成功，在某种意义上可以说是现代稿费制度的结果。对于一点，张恨水很“老实”，他不止一次地说自己创作的目的有两个：其一是混饭，其二是消遣，并言混饭是职业，消遣是兴趣。说实话，无论是“混饭”还是“消遣”，这种创作动机在当时都可以成为批判甚至声讨的靶子。我们翻开他的《写作生涯回忆》，里面谈到“钱”的地方很多。例如，张恨水谈到为《民国日报》投稿的“缘故”时说：“那些朋友约我写稿，都曾出到两元钱一千字，其始，我也觉得不无小补，很努力地写了稿子寄去。而且化名是多多益善，以便一天刊出好几篇。然而我始终没有接到过什么稿费，至多是寄些邮票来，我也就兴味索然了。”① 在谈到为上海《申报》《新闻报》担任驻京通讯记者时，又说，“这两家报馆，对于北京通讯，极肯花钱，一经取录，每篇通讯拾元。材料好，写上篇通讯，是不会费一小时以上的工夫的”，“‘新’‘申’两报方面，信用都很好，写去的通讯，很少不登的。大概每月所得总在一二百元。那个时候的一二百元，是个相当引人羡慕的数目。至于我的署名，也不下七八个”②。张恨水的这种坦言，在许多人看来似乎很有得意之色，是不齿的。还有，张恨水在为《世界晚报》写《斯人记》时，其创作动机也完全是看在稿费上，“老实一句话，写的时候，无论拿到多少稿费，写完了我可以拿去出版，就是一笔收入。我完全看在收入上，又给《世界晚报》写了一篇《斯人

① 张恨水：《写作生涯回忆》，北岳文艺出版社1993年版，第31—32页。
② 同上书，第33页。

记》”①；张恨水在文坛上“走红”之后，小报上盛传着一件事，即张恨水在十几分钟内收入几万元稿费，并传张恨水用这笔钱买了一座王府，自备了一部汽车。其实，这虽有夸张，属于文坛的“谈话资料”，但也并非纯属笑谈、空穴来风。1930年秋天，张恨水到上海，经赵苕狂介绍，认识了世界书局总经理沈知方，把《春明外史》《金粉世家》的版权以每千字拾元的价格卖给了上海世界书局，同时答应，以每千字八元的价格，为世界书局创作四部小说（实际上后来完成了三部：《满江红》《落霞孤鹜》《美人恩》），又预支稿费四千元。据张恨水说，这次上海之行，他得到了“一万数千元”稿费②。其实，当时每千字八元已是相当高的标准，“一万数千元”更不是一个小数字，张恨水自己也承认，虽“谈不上发财”，“不过在当时卖文为活的遭遇说起来，我这笔收入，实在是少有的”③；其实在这笔收入之前，张恨水的稿费收入已经足以维持生活所需。1930年4月24日，张恨水辞去了供职多年的《世界日报》《世界晚报》的职务，在《告别朋友们》的告别文章中他说自己辞职的原因，“为什么辞去编辑？我一支笔虽几乎供给十六口之家，然而好在把生活的水平线总维持着无大涨落，现在似乎不至于去沿门托钵而摇尾乞怜”④。这虽是牢骚之言，但是，稿费收入的保障确实能够使他理直气壮辞职。张恨水“成名”后，依靠他的稿费收入维持一大家人的生活已是不成问题，这反过来又给他提供了良好的创作环境、创作心态。依靠他自己的稿费，不但把弟妹们的婚嫁、教育问题解决了，购买了一所相当宽敞、漂亮的宅院，院子很大，植了不少花木，很幽静，张恨水自己就有两间书房，这所宅院，虽不是传说中的“王府”，对一般作家而言，实际上也跟“王府”差不多；并且自己出资创办了“北华美术专科学校”，租赁前清高官裕禄的私邸作为校舍，聘请齐白石、李苦禅等著名人士任教，后来更是出资创办了《南京人报》。张恨水经济上的宽裕，同时带来了精神上的安逸，他的相当一笔“消遣费”都花在诸如

① 张恨水：《写作生涯回忆》，北岳文艺出版社1993年版，第45页。
② 同上书，第47页。
③ 同上书，第48页。
④ 同上书，第160页。

听戏、看电影、吃小馆子上，并且购买收藏旧书，购买小古董，买花、养花，“这一切，在精神上，对我的写作是有益的”①。此时的张恨水不但“心宽体胖”，而且精力充沛，更可以专心致志地写作了，他甚至同时为7家报纸写小说，并取得了成功。

张恨水相当成功地利用了现代报刊、稿费制度，促进了自己的创作实践，并构成了张恨水小说现代性的一个侧面。

① 张恨水：《写作生涯回忆》，北岳文艺出版社1993年版，第128页。

论张恨水小说的叙事模式[①]

张恨水是现代市民小说的集大成者，老舍、张恨水并称现代两大市民小说家。一般认为，张恨水的小说是通俗小说，对于一个通俗小说家而言，采取什么样的文化策略，成为其成功与否的关键，在这一方面，张恨水做出了有益的探索，取得了许多经验，给后来的通俗文学作家留下了很多启示。张恨水的成功，在一定意义上，建立在他对市民文化深刻了解的基础上。

一

在对市民读者阅读心理的了解和把控方面，张恨水堪称大师。张恨水对普通市民阶层的人生悲欢及他们的生活欲求和潜在期望相当了解。启蒙永远都是少数人的“事业”，不可能要求每个作家都去做精神导师，都去“启蒙”；对一般的市民读者而言，也不太需要和喜欢“教训”的意味，他们读小说，主要是消闲、娱乐，喜欢刺激和趣味，“故事”的趣味性比思想性要重要得多。因此，张恨水的社会言情小说讲的都是世俗故事，不避俗，不怕俗，不故作姿态。在中国，启蒙者和被启蒙者都是少数，张恨水的文化心态和审美趣味，从本质上与市民阶层没有大的差别，这是张恨水

① 原载于《东方论坛》2013 年第 3 期，原题为《论张恨水小说的文化策略与文本形态》。

“走红”的社会文化心理动因。

张恨水做过几十年的记者，这使他对社会有着较常人更为深刻的了解。张恨水深知市民读者的心理，也深知自己小说的“卖点”所在。张恨水的小说是与市民阶层的文化心态相契合的。张恨水生活的那个时代，政治上的黑暗和高压，言论上的极端不自由，更进一步刺激了市民读者“窥视欲”的膨胀，普通的民众在“阅读”之中，得到了某种宣泄和一种幻想性的达成。特别对官场和“上流社会”的“窥视”和憎恨心态，是中国文化的一个由来已久的“传统”。张恨水的小说，特别是他前期的《春明外史》和《啼笑因缘》，在一定意义上，为满足这种“窥视欲”心态提供了丰富的文本。张恨水在谈到《春明外史》时曾说：“《春明外史》，本走的是《儒林外史》《官场现形记》这一条路子。”① 所谓《儒林外史》《官场现形记》的路子，实际上就是“谴责性”主题。这类“谴责性”主题在《春明外史》之后的《魍魉世界》《纸醉金迷》《五子登科》《八十一梦》中都有表现。这些小说之所以引起普通市民的广泛关注和兴趣，除了自身具有某种刺激性之外，更重要的是满足了普通市民某种被压抑的、潜在的正义欲望，在现实生活中他们无法实现的正义期盼，在这里得到了某种替代性补偿，这符合中国“善有善报，恶有恶报”的传统道德原则和文化心理。《春明外史》可以认为是张恨水的“成名作”，这部小说在艺术性上无法与稍后的《金粉世家》，更无法与《啼笑因缘》相比，但是，这部小说在当时的“轰动效应”，似乎并不在这两部小说之下。《春明外史》之所以引起市民阶层的广泛兴趣，恰在于小说体现了普遍性市民社会文化心理。张恨水说：“混在新闻界里几年，看了也听了不少社会情况，新闻的幕后还有新闻，达官贵人的政治活动、经济伎俩、艳闻趣事也是很多的。在北京住了五年，引起我写《春明外史》的打算。”② 这完全是“谴责小说”的路子。所以在文本建构方面，小说以新闻记者杨杏园的眼光，夸张性地呈列了上流社会的种种丑态、怪态，这类夸张性描写，张恨水似乎还感到

---

① 张恨水：《写作生涯回忆》，北岳文艺出版社1993年版，第34页。

② 同上书，第119页。

不足以抓住市民读者的阅读欲望，需要进一步“刺激”读者的阅读兴趣，在《春明外史》中，具有明显的“影射”故事，张恨水甚至将许多真人真事略略改头换面，直接写进小说，以至于许多熟悉北洋政府和当时文坛的人，认为“此中有人，呼之欲出”。《春明外史》在《世界晚报》上连载时，许多读者并不把它当作虚构性的“小说”来读，而是把它看作“新闻外的新闻”，甚至有些读者“将书中人物，一一索隐起来”①。虽然张恨水后来意识到这种“野史”式的写法“欠诗人敦厚之旨”②，但确实“刺激”了读者的阅读兴趣。《世界晚报》连载不久，就引起了北京读者的热烈反响，甚至有些读者为了先睹为快，每天下午到报馆门口排队等报，《春明外史》成了《世界晚报》的第一张“王牌”。《春明外史》之所以使读者产生浓厚兴趣，这与张恨水对市民阅读心理的深刻了解有关。张恨水说：“我写小说，向来暴露多于颂扬。”③ 对一般市民读者而言，对达官贵人、上流社会的生活的窥视欲和潜在的嘲弄心态，在《春明外史》中得到了幻想性满足。这是《春明外史》成功的一个“秘诀”。在《金粉世家》中，这类夸张性、暴露性的描写明显减少，但豪门巨族的生活本身就具有吸引力，权且不说国务总理的家庭生活，也不说金铨在官场上如何与对手争斗、周旋之类，但就国务总理家里的摆设，在当时就成为饶有兴趣的大众“话题”，更不用说那些豪门里的艳闻、秘事。所有这些，都极大地刺激了读者的阅读兴趣，满足了读者的猜测和想象，第二十九回金燕西过生日，金太太送了一套西服，二姨太送了一支自来水笔，梅丽送了一柄凡呵零（小提琴）、两打外国电影明星大照片等，从这些“小物件”可以透释出某种进步和“文明的气息”。再如《金粉世家》中多次描写了舞会上女性的晚礼服，上身仅仅是一层薄纱，胸脯和脊背露出一大截雪白光洁的肌肤，下身穿着稀薄的长筒丝袜也透出肉红。这类描写在《啼笑因缘》里也多次出现，樊家树的表嫂陶太太到北京饭店参加舞会，穿的也是西式的盛装，长筒的白丝袜，紧裹着大腿，非常新潮，更不用说何丽娜的洋化做派。所

① 张恨水：《写作生涯回忆》，北岳文艺出版社 1993 年版，第 4 页。

② 同上书，第 39 页。

③ 张恨水：《虎贲万岁》，北岳文艺出版社 1993 年版，自序。

有这些，都是西风东渐的产物，这符合当时市民阶层某种时髦和追逐“高雅”的文化心理。

张恨水小说雅俗共赏的美学追求是建立在市民审美文化心态基础之上的。有的研究者曾经指出：“张恨水小说所体现的通俗化与高雅化是相互融合的，是相辅相成的。他的作品的高雅不是纯艺术的脱离民间情趣的高雅，他的作品中的通俗也不是完全平民化的毫无文采的通俗。张恨水小说的突出特征是高雅化的通俗，总是有一种蕴味包含在他的小说中，这样，就使他的作品既能在文人、士大夫中流传，又能被市民所接受。”① 张恨水的小说，其审美情趣雅俗兼有，就其故事类型而言，言情、武侠等极为适合一般市民阶层的审美口味，故事曲折生动，引人入胜；但是，张恨水与一般通俗小说家的不同之处，还在于他的通俗中所表现出来的“雅趣”，如《金粉世家》，这本是一个带有“传奇”性的通俗故事，但是这其中也常蕴含有某种“雅趣”，表现出某种富有一定深度的人生感悟。第三十五回，金燕西与冷清秋到西山游玩，看到漫山黄叶飘零，冷清秋感慨：“秋气真是深了，树叶黄到这种样子，若是再过十天半月，树叶一落空，就更显得凄凉惨淡了。人生的光景，也是这样容易过。”② 这种“雅趣”，符合士大夫阶层的审美口味。再如，在《金粉世家》中，张恨水并没有把豪门金家写成多么腐败和落后，相反，处处显示某种“文明”气象，金铨曾留学巴黎，他的两个女儿敏之和润之，都曾留学欧美，读英文小说，青年男女开口闭口“密斯”，但有时由于“照顾”和迎合一般市民读者的某种“俗趣味”，故意卖弄，如第四十三回，写冷清秋与金燕西夜宿西山后，在西味楼约见金燕西，告诉他自己怀孕之事，由于羞于开口，冷清秋先打个“种瓜得瓜，种豆得豆”的哑谜让金燕西猜，然后又取出自己一张名片，在名片背上，写了一行字道：“流水落花春去也，浔阳江上不通潮。”这类写法虽然格调不高，但是颇符合当时读者的阅读趣味。

---

① ［埃及］侯赛因·伊卜拉欣：《张恨水小说的俗与雅》，《东北师大学报》2000年第5期。
② 张恨水：《金粉世家》（上），北岳文艺出版社1993年版，第461页。

二

对市民文化的深刻理解，使张恨水能够采取具有针对性的“文化策略”，每每都抓住读者的“兴奋点”。张恨水的这种“文化策略”，在他的小说中首先表现为一种文化“配方”。

张爱玲曾说，喜欢看张恨水的书，因为不高不低，又说，张恨水的理想可以代表一般人的理想。张爱玲所谓的“不高不低”“代表一般人的理想”，其实就是张恨水的一种文化“配方”策略。由于深谙市民读者的文化心理、审美口味，张恨水小说的文化“配方”，客观上满足了市民阶层多种文化需求和阅读兴趣，成为他小说老幼咸宜、妇孺皆知的秘诀。范伯群称张恨水为“善于脍炙‘通俗化的三鲜汤’的能手”①。张恨水在谈到《金粉世家》的成功“秘诀”时说：“书里的故事轻松，热闹，伤感，使社会上的小市民层看了之后，颇感到亲切有味。”② 实际上无论是范伯群还是张恨水自己，所说的是一个问题——文化“配方”策略。当代著名作家王蒙在一次演讲中谈到港台的一些文学作品的“配方”，说这些作品“有一些文化但绝不坚实，有一些伤感但绝不沮丧，有一些愤怒但绝不激烈，有一些知识但既不十分生僻也不十分流行，有一些爱心但是并不疯魔，既不是基督式的爱也不是我佛的那种爱，这样的作品特别容易被现在一个时兴的词叫什么‘小资、白领、中产’接受”③。市民社会的文化价值观念一方面直接影响了作者的创作心态、审美趣味；另一方面，也会通过文化市场潜在地影响或制约小说的审美取向，从而最终影响小说的文本建构。这在张恨水的市民小说中，有着明显的表现。

---

① 范伯群：《漫谈〈啼笑因缘〉》，张占国、魏守忠编《张恨水研究资料》，天津人民出版社1986年版，第325页。

② 张恨水：《写作生涯回忆》，北岳文艺出版社1993年版，第42页。

③ 王蒙：《文学的期待》，中国海洋大学王蒙文学研究所编《王蒙研究》2006年5月号（总第4期）。

从大的方面讲，张恨水小说都自觉遵循着一个大的“配方”：那就是“×+言情”策略，这个“×”在《春明外史》《斯人记》《金粉世家》及《啼笑因缘》《夜深沉》《艺术之宫》等小说中是“社会万象”；在20世纪三四十年代的《大江东去》《虎贲万岁》《热血之花》等小说中，则为“抗战”。这种“×+言情”的“配方”策略，决定了张恨水小说的故事模态。就张恨水前期小说而言，其“文化配方”模式主要有这样几种：《春明外史》：黑幕+言情；《金粉世家》：豪门+言情；《艺术之宫》《美人恩》《斯人记》《夜深沉》：社会底层人（女模特、舞女、戏子等）+言情；等等。其中，从“文化配方”的角度而言，《啼笑因缘》的“配方”最为成功，综合了以上各种“配方”模式，既有准豪门如何丽娜、陶伯和，又有军阀刘德柱、平民化的知识分子樊家树、贫寒人家沈凤喜一家，以及豪侠之士关寿峰、关秀姑父女等。权且不说小说对北京民情风俗画的逼真描画和婉转曲折的爱情故事，仅就小说的“平民+言情+武侠”的文化策略而言，也无不抓住了当时市民读者的想象兴奋点。

张恨水小说的“文化配方”从根本上决定了其小说的“言情”叙事策略。张恨水小说的言情故事，即使是“抗战”小说，几乎无一例外都是“三角”或多角恋爱的“叙事模式”。对此，台湾学者赵孝萱在其《张恨水小说新论》中有详细条述：“一男两女模式”如《春明外史》的杨杏园、李冬青、史科莲和《金粉世家》的金燕西、冷清秋、白秀珠；“一女多男模式”如《啼笑因缘》的樊家树、沈凤喜、何丽娜、关秀姑；“一女两男模式”如《天河配》的白桂英、王玉和、林子实；《杨柳青青》的桂枝、赵自强、甘积制；“一女多男模式”如《夜深沉》的杨月容、丁二和、宋信生、刘经理；《美人恩》的常小南、洪士毅、王孙、陈东海；等等。“三角”或多角恋爱成为张恨水小说的最重要的言情策略，这种叙事策略也许来自张恨水对《红楼梦》的某种领悟。新锐批评家们喜欢用“叙事圈套”之类，这种“三角”或多角的叙事模式，大概也可以算作张恨水的某种“叙事圈套”。张恨水小说中的这种大量的“三角”“准三角”或“多角”故事模态，单纯从这种言情故事的外在形态而言，张恨水的小说确实带有某种鸳蝴派的影子，带有某种才子佳人气息。但这其中包含了张恨水的某种“苦心”及小说叙事哲学，其意义并不完全在于增加故事的“趣味”一面。

以《啼笑因缘》为例。据张恨水的好友张友鸾讲，《啼笑因缘》源于一个真实的故事，张恨水对这个故事进行了“改写”，“改写”的原则除了要有“噱头”以外，还必须“不能太隐晦，又不能太明显，同时，既不能太抽象，又不能太具体。主要还得雅俗共赏，骚人墨客不讨厌它，而不识字的老太太也可以听得懂，叫得上来。……”[①]《啼笑因缘》在上海《国闻报》连载时，“报社方面根据一贯的作风，怕我这里面没有豪侠人物，会对读者减少吸引力，再三地请我写两位侠客”[②]。于是小说里面有了关寿峰、关秀姑两位武侠式的人物，以及一系列的侠义行为的描写。本着这一“原则”，张恨水在《啼笑因缘》中，把各种审美质素进行了最为“合理”的“配方”：封建军阀刘德柱的飞扬跋扈，“平民化大少爷”樊家树的贞情，寒门鼓姬沈凤喜的爱慕虚荣，豪爽女侠关秀姑的仗义除暴，更不用说樊家树、沈凤喜、何丽娜、关秀姑之间的多角爱情纠葛，诸多故事，熔于一炉，张恨水就像魔术师一样，把这诸多的审美质素，进行“调和”，成为市民文化的“大餐”。《啼笑因缘》这部小说不仅在一般市民读者中“脍炙人口，尽人皆知”，而且，当时北平、天津、南京、上海的男女学生也为之“疯狂一时”[③]。《啼笑因缘》出版70多年来，至今已经有26个版本，先后14次被改编成电影、电视，搬上银幕、银屏，几乎每5年一次；被改编成各种地方戏曲、剧种等，更是难以计数。《啼笑因缘》实际上已经成了一种文化现象，其成功的关键在于这种“文化配方”策略的成功运用。

---

① 张明明：《有关〈啼笑因缘〉的二三事》，张恨水《写作生涯回忆》，北岳文艺出版社1993年版，第215页。

② 张恨水：《写作生涯回忆》，北岳文艺出版社1993年版，第44页。

③ 张明明：《回忆我的父亲张恨水》，张恨水《写作生涯回忆》，北岳文艺出版社1993年版，第230—231页。

三

张恨水小说的文化“配方”，还直接影响了其小说的文本型态。在故事的“经营”和“设计”方面，张恨水无疑是个天才的作家，单就经营故事而言，张恨水在现代作家中是屈指可数的。

现代小说理论认为，小说的关键不在于故事本身，而在于如何讲故事。对通俗小说而言，同样如此。如何让这个故事有趣，抓住读者，实在不是一个容易的事。这就需要一种真正的“经营”故事的策略。而这种“策略”是建立在对市民读者的文化需求、审美口味深刻了解基础上的。张恨水的现代通俗小说——市民小说，可以称之为“世情小说”，描写和反映的是现代以来处于“过渡时代”市民社会的人生百态、生活万象，对市民阶层而言，没有“言情”就没有“趣味”，少了某种“情趣”。但是，仅有“言情”，又容易让人起“腻”，让人厌倦。对此，张恨水有很深的领悟。因此，自张恨水创作开始，就抛弃了纯“社会小说”和“言情小说”之路，走的是一条社会言情小说也即是“世情小说”的路子，也就是张恨水自己所说的“以社会为经，言情为纬”的小说构架的基本思路。张恨水的这种故事构架思路，似乎受到民初小说家林纾的“经以国事，纬以爱情”的影响。

张恨水的市民小说，远承古代的“世情”“人情”小说传统，又受民初“社会小说”“言情小说”的影响，应该属于“社会言情小说”或现代“世情小说”的范畴。在这种“社会＋言情”的故事构架策略的同时，张恨水更注重市民读者的审美“口味”，自觉地在他的小说中进行文化“配方”，“社会＋言情”的写作策略，表现在具体的小说文本上，就是“以社会为经，言情为纬”的故事构架。对此，张恨水的女儿张明明似乎并不认同，她认为在张恨水的小说中“爱情不过是穿针引线的东西，他所要表现的，是社会上真真实实存在过、发生过的事情，应该属社会小说，记述的是民初野史"①。张明明的说法大概是受到侯榕生的影响。其实张明明所说的"社会小说"，无非是突出张恨水小说的对市民社会的暴露性、批判性描写的一面，也即"社会性"。但是，爱情之于张恨水的小说，即使是前期的作品，也并非是"穿针引线的东西"。

就张恨水的创作实际而言，其最精彩、最雅致、最细腻之处，在其"言情性"，而不是那些社会性内容的描写。具体到《春明外史》而言，似乎言情的成分占小说的比重并不太多，但它构成了这部小说的"魂"，成为这部小说最吸引读者的地方。就张恨水的最具代表性的作品而言，如《金粉世家》《啼笑因缘》《夜深沉》，"言情"都构成了最主要的内容之一。张恨水在诗中说自己的小说"替人儿女说相思"，也就是指其小说中的"言情"的成分。"言情"在张恨水的小说中具有本体性意义，也就是说，"言情"是张恨水小说成功的一个决定性质素。左笑鸿说张恨水的小说"拿恋爱故事绕人"，"拿恋爱故事绕人"是张恨水小说的制胜法宝，也是抓住读者的最重要的"武器"。对此，似乎不应该特别回避。

其实，张恨水的这种文化"配方"策略不仅成功运用在小的故事构架上，也成功运用在了人物性格的"合成"上，典型的就是樊家树。有的学者分析樊家树吸引读者特别是女性读者的原因在于"樊家树是一个具有中庸之道的好男人，这个角色也满足了不同类型的女孩子的想象"②。你说他传统吗？他有传统才子的那种气质，吟诗作赋，惜香怜玉，但是他又不是冬烘先生，不是老封建，他又很新，他又新又旧。他又能够接受现在的自由平等，他又讲忠孝两全，又讲自由平等，所以两边他都占着，他又风雅又果断，所以之于樊家树你挑不出他太多的缺点来。从文化"配方"策略和读者文化心态的角度讲，孔庆东把《啼笑因缘》称为"大众文学的范本，是最精致的一范本"是有道理的。应该说，《啼笑因缘》不仅是张恨水当之无愧的代表作，也是20世纪中国通俗小说的经典之作。

① 张明明：《回忆我的父亲张恨水》，张恨水《写作生涯回忆》，北岳文艺出版社1993年版，第248页。

② 孔庆东：《〈啼笑因缘〉的爱情三模式》，http：//www. cctv. com/program/bjjt/20040928/101941. shtml。

然而，在一定意义上这种文化“配方”策略容易导致文本撕裂，也就是文本的非统一性。一般认为，张恨水小说存在普遍的“双极结构”，其实，所谓“双极结构”，也就是文本分裂的产物，这一点在前期的《春明外史》，特别是后来的“抗战—国难”小说中表现明显。在《偶像》自序中，张恨水相当集中地表达了他的抗战文学的思想：

> 抗战时代，作文最好与抗战有关，这一个原则，自是不容摇撼，然而抗战文艺，要怎样写出来？似乎到现在，还没有一个结论。
>
> 我有一点偏见，以为任何文艺品，直率地表现着教训意味，那收效一定很少。甚至人家认为是一种宣传品，根本就不向下看。……
>
> 文艺品与布告有别，与教科书也有别，我们除非在抗战时期，根本不要文艺，若是要的话，我们就得避免了直率地教训读者之手腕。①

张恨水的“抗战”小说——自1931年《满城风雨》起，先后推出了《太平花》《满江红》《热血之花》《巷战之夜》《潜山血》《大江东去》等——在整体上是“抗战＋言情”的路子。张恨水最早的抗战小说《弯弓集》可以说“言情”笔法与“抗战”笔法平分秋色，寓“抗战”于“言情”，如《最后的敬礼》，故事的曲折性、趣味性很强，笔法浓艳，有点徐讦的《风萧萧》和陈铨的《野玫瑰》的意味。在这些小说中，张恨水力求在“抗战”和“言情”中寻求平衡，既体现“时代意识”，又力求能够发挥自己擅讲故事的长处，尽量在“抗战”的背景上将故事讲得曲折生动感人，在这方面《满城风雨》和《大江东去》结合得相对较好，比较好地体现了张恨水出色的结构故事的才能和细腻的笔法，较好地体现了张恨水的艺术个性。如《满城风雨》对具体的战争场面描写不多，采用了《春明外史》中“双极律”的结构手法，既以主人公大学生曾伯坚的活动为线索展开正面的描写，表现了对军阀混战的揭露、谴责，同时又以曾伯坚与淑芬、淑珍姐妹的爱情故事展开情感线索，相互交织，具有较强的情节性。

---

① 张恨水：《偶像》自序，张占国、魏守忠编《张恨水研究资料》，天津人民出版社1986年版，第253—254页。

但“抗战+言情”的策略实际上是一种冒险。“抗战”和“言情”有时相互游离，相互拆解，容易成为“两张皮”。就写作技术层面而言，“抗战”小说一方面要避免“书生写故事”，另一方面还要有可读性，这实际上也是两难。如在根据常德抗战创作的《虎贲万岁》中，张恨水说，“小说就是小说，若是像写战史一样写，不但自乱其体例，恐怕也很难引起读者的兴趣”。因此，他“找点软性的罗曼斯穿插在里面”①。从这种考虑出发，在这部基本是“战史”的小说中，张恨水施展了他惯用的“三角恋爱”模式，“穿插”了程坚忍与鲁婉华、刘静婉的爱情罗曼斯故事，还有王彪与黄九妹的爱情故事。但实际上，张恨水对于在这种抗战小说中能否“穿插”过多的罗曼斯缺乏信心，不敢“跑野马”，所以，实际上“软性”故事所占篇幅太少，几乎可有可无，根本无法起到“引起读者的兴趣”的作用。丢掉了“言情”的张恨水，实际上已经不是张恨水了，他的“抗战”小说，许多就是“干炒海参”②，意味全无。客观而论，张恨水抗战小说的文本分裂，源于其此时创作心态的“分裂”：“意识”与情趣的分裂，艺术个性与主流价值的分裂。他的许多“意识”前进的作品大都艰涩难读，而他最擅长的作品、最符合他的艺术个性因而最富有情趣的作品又往往被指责为“意识”落后。在一定意义上，张恨水前期小说的成功，源于其市民文化策略，后期作品的失败也同样源于这种文化策略。

张恨水的文学史意义是多方面的，他绝不仅仅为中国现代文学提供了《啼笑因缘》等经典小说，“张恨水现象”其实包含了更为丰富的内涵，值得认真研究、总结。

---

① 张恨水：《虎贲万岁》，北岳文艺出版社1993年版，自序。

② 张恨水：《干炒海参》，《益世报》1928年2月9日。

论张恨水小说的宗教意识[①]

中国文学与宗教的关系，渊源有自。中国传统文人自古就有“据于儒，依于老，逃于禅”的处世哲学，可以说，宗教已经渗透到中国文化的血脉之中，成为中国传统文化不可分割的一部分了。甚至，在一定意义上宗教成了中国文人的一种生活方式、生命方式。宗教文化对中国现代作家的影响是极为复杂的。五四一代作家，一方面，深受传统宗教思想的影响，如老舍、曹禺、冰心、徐志摩等深受基督教文化的影响；而周作人、苏曼殊、许地山、丰子恺、废名等则与佛学有较深的因缘；鲁迅、梁实秋、林语堂、沈从文则带有明显的道家色彩；另一方面，五四新文化运动，具有明显的去宗教性功能，新文学作家出于“新文化”的自觉，又提出“以科学代宗教”，陷入了一种矛盾的心境。这种矛盾心境，决定了新文学与宗教的复杂关系，这是仅就新文学作家而言。在现代通俗作家之中，张恨水则是与宗教特别是佛学和道家关系密切的一位。张恨水的小说蕴含着明显的宗教意识，这一点是不容置疑的。

---

① 原载于《海南师范大学学报》2008年第2期，原题为《论张恨水小说与宗教文化》。

一

中国现代作家对佛学的兴趣，主要在于勘破人生的真相，以获得“智灵的洗净”，寻求心灵的解脱。对张恨水而言，同样如此。谭桂林把现代作家与佛教文化的关系分为四种类型：信念型、修养型、研究型和实用型。[①] 张恨水大体属于第二种即修养型。张恨水接触佛学源于20世纪20年代中期，“三年前的我，未曾入佛学的门径，提起笔来，就是光芒四散。现在我虽用不着忏悔，然而我受了佛学的陶溶，我很愿适可而止了”[②]。特别在他30岁“饱受社会人士之教训”后，更是“愿一杖一盂，作一游方和尚”[③]。张恨水在创作《新斩鬼传》时曾说“我年来常看些佛书”[④]，《剪愁集》中记录了他学佛的情景：“扫地焚香盘膝坐，半因学佛半因闲。”[⑤] 在他的《剪愁集》中还有许多诗句都与学佛有关：“转悟维摩病后禅”“恍佛灵犀婉转通”[⑥]“多情难学佛”[⑦]“四壁有花皆冷艳，一灯如月伴枯禅。此时清福无人识，闲坐残经古佛边”[⑧]。此外，还有《读佛经》诗四首，并自称为“老僧”。学佛大概也构成了张恨水“名士气”的一部分，更为重要的是，学佛的经历，深化了张恨水对人生的认识和对生命的感悟。

“无常”是佛教的概念，张恨水多次感叹“人生无常”“人生将来，不可测矣”，显然含有某种佛学的“空”的思想和生命不可捉摸性的感悟：“痛则人生常有，快则未也。一人立身社会，上而父母之赡养，下而子弟

① 谭桂林：《佛学与中国现代作家》，《文学评论》1993年第4期。
② 张恨水：《再版“没有题目三十首”》，原载于1928年10月28日《世界日报》副刊《明珠》。
③ 张恨水：《金粉世家》作者原序，《金粉世家》（上），北岳文艺出版社1993年版。
④ 张恨水：《新斩鬼传》自序，原载于上海“新自由书社”1931年4月初版《新斩鬼传》。
⑤ 张恨水：《幽居》，原载于1928年9月15日《世界日报》副刊《明珠》。
⑥ 张恨水：《怀旧》，原载于1928年8月31日《世界日报》副刊《明珠》。
⑦ 张恨水：《游仙诗二十首》，原载于1929年4月17日《世界日报》副刊《明珠》。
⑧ 张恨水：《佣属余浉》（五首），原载于1930年2月4日《世界日报》副刊《明珠》。

之扶持，微而细君之盼望，大而国家乡党所予之负荷，兼之本人之言行，为衣主行之奔逐，或为朋友社会所不谅解，将何往而不痛苦？凡兹所述，一人虽不必俱备，而亦绝不能尽无，是真佛家所谓生之苦也。”① 其实这种对生命之苦的体悟，在《金粉世家》中，已经衍化为“人生不过如是”的感慨：

> 嗟夫！人生宇宙间，岂非一玄妙不可捉摸之悲剧乎？吾有家人相与终日饮食团聚，至乐也。然而今日饮食团聚，明日而仍饮食团聚否？未可卜也。吾有吾身，今日品茗吟诗，微醺登榻，至逸也。然则今日如此，明日仍如此否？又未可知也。最亲近者莫如家人，最能自主者莫如吾身，而吾家吾身，吾终莫能操共聚散生死之权。然而茫茫宇宙间，果何物尚能为吾有耶？②

与佛学对张恨水的影响相比，道家思想对张恨水的影响更内在。道家学说，本质上是一种精神自由学说，是一种超越外在、回归自然本性的学说，也是一种精神心态自我完成的理论，所以，与经世致用的儒家思想相比，道家学说更符合中国知识分子的自然本性。道家文化以其独特的魅力渗入中国知识分子的心灵深处，对于中国知识分子心灵—人格建构，起到了极为重要的潜移默化的作用，“在某种以柔弱胜刚强的姿态中，渗入了那些想在忙迫中求裕如、躁进中寻超逸、动荡中觅消闲的人们的心灵之中”③。在本质的意义上，与“修齐治平”相比，中国知识分子在其内心深处似乎更渴望一种自然的宁静，一种人格上的清白自守，特别是在战乱年代，更是如此。“修齐治平”是一种现实性精神，是一种“俗世知识分子”的内心冲动和渴望，但真正实现起来却是难乎其难。因而，更多的是追求一种超越性的精神层面，这是几千年来中国社会文化的现实所决定的。

---

① 张恨水：《剑胆琴心》自序，张占国、魏守忠编《张恨水研究资料》，天津人民出版社1986年版，第236页。

② 张恨水：《金粉世家》自序，《金粉世家》（上），北岳文艺出版社1993年版。

③ 杨义：《道家文化与中国现代文学》，《中国社会科学》1997年第2期。

就张恨水的个性才情、艺术气质而言，更接近于道家文化的清流一脉。张恨水身上具有中国传统文人的狂傲之气，属于“傲骨狂士之流”①。张友鸾认为张恨水“受两晋和晚明文人影响，不切实际，在思想底层都有放荡不羁”②。张恨水的清白自守，“明朗如一片玻璃”③，以及安贫乐道，不做官，不经商，以及愤世嫉俗，守正不阿，保持独立人格的处世态度，使他对道家文化充满了欣羡之情。张恨水曾说：“吾十六七岁时，读名人书，深慕徐霞客之为人。誓游名山大川，至二十五六岁时，酷好词章，便又欲读书种菜。但得富如袁枚筑园小仓，或贫如陶潜之门种五柳。”其实，在积极的意义上，道家文化对中国知识分子的最大影响，在于对其理想人格和精神境界的期待性“设计”和塑就，也即庄子所说的“真人”“至人”——掌握了“道”的人。张恨水自幼深受儒家诗书子集的影响，但是，在张恨水的内心深处，似乎更青睐的是道家的清流一脉和洁身自好。因此，在《巴山夜雨》李南泉的复杂性格中，张恨水强调的是其自然洒脱、正直豁达、超越生死、不为世俗利益所动的人格境界，也即是一种“道家人格”——一种理想典型。

张恨水接受佛学和道家思想的影响，其原因是多重的。首先与地域文化的影响有关。张恨水的家乡安徽天柱山在历史上曾是佛、道圣地，道家尊天柱山为第十四小洞天，五十七福地，自南北朝起，道家曾先后在天柱山建过五岳祠、白鹤宫、灵仙观等著名道场。佛教禅宗的二祖、三祖都曾在此驻跸传授衣钵。天柱山麓的三祖寺是全国著名的寺院，香火旺盛，影响很大，并已被国务院列为汉族地区佛教重点寺院之一。这种地域文化，在无形中，让张恨水与佛教文化在心理上较为接近。此其一。其二，张恨水生活的时代是个乱世，军阀混战，政治糜烂，社会的黑暗恰似《春明外史》中所描写的那样。一个正直的知识分子，无法寄托其理想，找不到出

---

① 张明明：《回忆我的父亲张恨水》，张恨水《写作生涯回忆》，北岳文艺出版社 1993 年版，第 251 页。

② 张友鸾：《老大哥张恨水》，张占国、魏守忠编《张恨水研究资料》，天津人民出版社 1986 年版，第 103 页。

③ 司马吁：《何恨？——为“大田湾之客”上书》，张占国、魏守忠编《张恨水研究资料》，天津人民出版社 1986 年版，第 113 页。

路的精神苦闷，不止表现在新作家那里，对张恨水也是如此。加之年轻时的颠沛流离的漂泊生活和所受乡人的嘲讽，张恨水在未走向新闻、文学之路前，曾有过一段相当不如意的时间，确是容易产生世事无常、人生苦痛之感，“五四时期新文学作家对佛学的普遍好感，也是与时代的苦闷分不开的”①。时代的黑暗、个人的磨难，在心灵上使张恨水渴望得到某种慰藉。这是张恨水近佛的第二个原因。其三，张恨水年轻时，饱读的中国传统文学名著，其中如《红楼梦》《西游记》，甚至《南柯记》《枕中记》等都包含了相当浓厚的佛学思想，这在无形中对张恨水产生了影响。

二

佛学思想对张恨水的创作产生了深刻的影响。这种影响在他的早期小说如《春明外史》《金粉世家》《啼笑因缘》中明显可见。《春明外史》中的杨杏园在情场挫折中转向学佛，以求破除“我执”：“看了佛家的书，减除嗜欲，发现人的本性。”杨杏园端坐蒲团，捧读《楞严经》，沉浸在“一榻禅心天花休近我”的佛境之中，最后手捧《大乘起信论》而逝，佛学给杨杏园带来精神依托。《春明外史》的另一个主人公李冬青也是一个居士，笃信佛学，“无论什么事，都是佛家一个‘缘’字。有了缘，凡事不必强求，自然会好办。若是缘法尽了，一点也强求不得的”。《春明外史》中谈佛论经的地方很多。

而在《金粉世家》中这种佛学意识则表现得更为明显，甚至成为他小说主人公的某种最后的“出路”。《金粉世家》明显表现了空即是色、色即是空的思想。《金粉世家》极力渲染了金家豪门的繁华和人生的悲欢离合，极力渲染命运的无常和人生的不可捉摸。被称为“女杨杏园”的冷清秋在经过了纨绔子弟金燕西的追求、结婚、反目、抛弃的爱情之后，闭绝外界的繁华、喧嚣和欲望，青灯枯卷，“一楼沉檀萦佛火”，在佛国里寻找心灵

① 哈迎飞：《“五四”作家与佛教文化》，上海三联书店2002年版，第9页。

的平静和精神的慰藉；另一个重要人物金太太，在竭力维持中不能避免"树倒猢狲散，飞鸟各投林"的家庭崩毁后，精神遭受沉重打击，看尽人间浮华、悲剧，心如"槁木死灰"，孤独地来到西山别墅，在佛像宣炉面前净除现世的烦恼，慰求生命的平静。她感叹人生真是一场梦！金太太和冷清秋的学佛，带有浓烈的悲剧性，"她们在急剧动荡的生活中依靠学佛，把世上的一切事情都看破了，看作假的，看成空的，来求得内心世界的平衡"①。在经历了生活的巨大变故后，她们深味人生的真义，佛学拯救了她们的心灵，也体现了作者张恨水的某种人生和生命观念。如果说，佛学在张恨水的小说特别是他20世纪二三十年代的小说中带有更多的"策略性"和被动性，如果说《春明外史》杨杏园的学佛，尚带有某种对旧社会不满的消极的批判性因素的话，那么，《金粉世家》中的冷清秋和金太太的学佛，在很大程度上，既是一种叙事策略，也深化了小说的思想内涵。这种佛学思想使得张恨水的通俗小说具有某种"雅化"意味，这在传统章回小说中也是不多见的。

《啼笑因缘》则更为集中地表现了作者的佛学思想。小说名字"因缘"二字就是佛家用语，甚至是佛家最重要的概念和思想，张恨水的女儿曾问父亲为何是"因缘"而不是"姻缘"，张恨水解释说："《啼笑因缘》并不是写婚姻的，而'因缘'二字，本是佛经中的禅语，社会上又把这二字移用，通常多作'机缘'解，意指十分巧合的机会。小说《啼笑因缘》的意思，除了机会、机遇之外，还包含一种因果缘分，这是指社会上各种各样的人，在生活中错综复杂的因果关系，这个关系，又让人产生了啼、笑、恩、怨、亲、仇交织的离合。"② 由此可见，就其文化意蕴而言，在《啼笑因缘》这部作品中更是包含了作者的一种对社会人生的哲性理解、领悟，只是故事中的"姻缘"压过了作者真正想要表达的"因缘"而已。其实，"因缘"的思想贯穿整部小说。例如，何丽娜最后的遁迹西山，茹素学佛；关秀姑爱情无望时，转向《金刚经》《莲花经》中寻求解脱，大谈"万事

---

① 袁进：《张恨水评传》，湖南文艺出版社1988年版，第123页。

② 张伍：《忆我的父亲张恨水》，《张恨水研究》1997年第1期。

皆空”。《夜深沉》中的杨五爷，也是一个礼佛者。在张恨水的前期小说里，佛教成了主人公心灵受挫后灵魂的逃避所，是一种无奈的解脱和对现实的逃离。

张恨水对佛教的思想，也有一个变化的过程。他的前期小说，无论是《春明外史》中的杨杏园，还是《金粉世家》中的冷清秋、金太太等，他们的学佛在一定意义上是一种看破人生“红尘”后的精神解脱，是心灵的“自我解放”的过程，是被动中的主动，是无奈中的超脱，也是为了寻求内心的平衡。张恨水笔下人物的遁入佛门，大都在饱尝人生苦痛或阅尽人间繁华之后，特别是前者客观上带有对当时不合理的社会的批判性的一面，杨杏园的“学佛”，实出于对社会的绝望，是一种逃避现实的无奈之举，具有一定的社会批判性，同时，他的“学佛”在一定意义上强化了他的鲜与俗谐的孤傲清高的人格魅力，对于凸显人物的性格具有一定作用；但后者冷清秋、金太太的“学佛”，带有更多的悲剧性，似乎更多地隐含了张恨水的一种对人生的体悟和态度。新中国成立后，张恨水创作的《秋江》，是一部描写佛门生活的小说，体现了张恨水对佛学一种新的意识形态性认识，这与张恨水新中国成立前的小说相比，是一种变化。《秋江》描写的是南宋时期水云庵尼姑陈妙常与青年书生潘必正大胆相爱的故事。这一故事早已有之，关键是张恨水对这一传统故事的“改写”所透释出来的时代性内涵，更值得关注。这部小说写于1953年，虽为历史小说，却带有20世纪50年代初的明显的价值观。按照佛规，陈妙常的所作所为都是违背佛门规矩的，是佛门的叛逆者。按照俗世眼光和价值标准，陈妙常的作为可以理解，但并不值得特别肯定；而按照20世纪50年代初的时代思想价值观念，陈妙常的“叛逆性”，可以解读为对爱情幸福、美好生活的勇敢追求，与当时对宗教持打压姿态的主流意识形态是完全合拍的。但是，这部小说也因此完全变成了一个意识形态“读本”，传达的更多的是一种意识形态信息，不再具有张恨水小说特有的故事性和灵气。佛学思想在张恨水新中国成立前后小说的这种变化，耐人寻味，不得不察。

三

与张恨水小说中的佛学意识相比，中国传统的道教文化的影响，在20世纪40年代张恨水小说的创作中成为一种独特的精神性存在，并形成了张恨水此时创作的最“闪光”处——道家人格。张恨水小说的道家精神，在他的早期小说如《京尘幻影录》中即有表现，其中的魏节庵、李逢吉带有道家思想的印痕。《京尘幻影录》所表现的道家思想，多少带有某种消极意义。张恨水对道家文化的思考，集中表现在他抗战时期的小说《魍魉世界》《傲霜花》《巴山夜雨》中。张恨水此时的创作与他前期创作相比，特别是与他巅峰时期的《金粉世家》《啼笑因缘》等相比，艺术个性极为不同，通常称之为“国难小说”。但是，如果单纯从“暴露”的意义上来看张恨水此时的创作，那么张恨水的独特意义就被这种“噩梦现实主义”所遮蔽了[①]；如果从文化的意义上而言，在这种“暴露”和批判性的后面，似乎隐含着张恨水作为一个文化人对中国传统文化的某种沉思和远见。

对传统文化的喜好和偏爱，成了张恨水在文坛上的某种文化身份。张恨水的这种文化姿态，使他的小说成为一种传统文化的符码。与当时的对传统文化众口一词的否定声不同，张恨水的《魍魉世界》《傲霜花》《巴山夜雨》等小说，成为20世纪40年代小说创作中，较为富有传统文化内涵和思想深度的文本，可以称为文化反思型小说。这三部小说中的主人公：《魍魉世界》中的区庄正、《傲霜花》中的唐子安、《巴山夜雨》中的李南泉等，都是中国传统文化特别是传统士人文化的代表，在他们身上寄寓了张恨水的某种文化期待和人格诉求，体现了张恨水的某种文化思考。

《傲霜花》《魍魉世界》都是典型的“暴露性”文本，充满了更为凌厉的批判色彩，但仍表现了张恨水身处乱世的一种文化思考。小说塑造了

① 参见T. M. 麦克莱伦《从梦幻浪漫主义到噩梦现实主义——张恨水小说中的变化和延续》，曹多胜译，徐传礼校，《张恨水研究论文集》（二），安徽文艺出版社1998年版。

一批具有文化象征意义的人物，如甘于清贫、清正不屈、决不走“第二条路”的谈伯平，超然物外、安贫乐道、坚守一个知识分子“本分”的唐子安，洁身自好、重义轻利、不为利欲所动的区庄正。在他们身上无疑寄托了张恨水的某种人生态度。在对传统文化反思，特别是对道家文化精髓所塑就的独特人格的思考方面，《巴山夜雨》无疑是张恨水这一思想最集中的体现。在张恨水20世纪40年代的文化反思小说中，《巴山夜雨》是思考最深、成就最高的，是张恨水后期创作的代表作。有的论者认为，《巴山夜雨》代表了张恨水后期小说在内容和形式上的一次“新的探索和尝试”，是张恨水“刻意对自己进行一次新的挑战”①。《巴山夜雨》既是一部文化反思小说，也是一部“自传性”小说，在张恨水所有的创作中，这是唯一一部具有明显精神“自传性”的作品。张恨水所擅长的“故事性”，在这部小说中已经退居次要地位，他着力所要完成的，不是讲一个故事，而是将笔探入人物内心的精神世界，塑造一种文化人格，完成他对中国传统文化的最后敬礼。

《巴山夜雨》从“反战”意义上讲，对战争的反思和批判是明显的，在其文化思考和所表现出来的冲淡风格的一致性方面，《巴山夜雨》可以看作张恨水散文小品集《山窗小品》的“姊妹篇”。《巴山夜雨》通过对这两类生活实际上是两类生命状态、生活态度的描写，表达了张恨水对人生态度、生命文化的深层思考。张恨水在这部小说中表达了战争对人们的双重毁灭——不仅毁灭了人们的肉体，而且也撕裂着人们的精神。然而，作者的意图却并不在此。张恨水着重描写的是战争时代知识分子的灰色生活，特别是灰色精神生活，作者在描写知识分子的灰色生活的同时，着力塑造了一位生活在灰色年代的真正的知识分子的形象——李南泉。李南泉是张恨水精心刻画的寄寓了作者某种人格理想的性格复杂的正直知识分子形象，身处乱世而安贫乐道，“游心于物外，不为世俗所累”，追求人的“常心”即自然人性，以破除人的“假态”，精神上“掌握自己”，人格上“独立”，以超越外界的束缚。其实，无论是《傲霜花》中的谈伯平、《魍

① 张伍：《我的父亲张恨水》，团结出版社2006年版，第233页。

魍世界》中的区庄正，还是《巴山夜雨》中的李南泉等，在一定意义上不单纯是个“文学性形象”，都或多或少地带有张恨水自己的精神印痕，是张恨水心目中的某种理想人格和精神追求的象征，他们身上都在一定意义上具有中国传统文化的“士”的影子，他们追求的是“道”，而不是名利等俗物。余英时曾说：“‘士’的传统虽然在现代结构中消失了，‘士’的幽灵却仍然以种种方式，或深或浅地缠绕在现代中国知识分子的身上。”①张恨水连同他笔下的李南泉等，在其深层人格结构中就带有这种“士”的精神。李南泉实际上是长期存于张恨水心中的一个文化人格符号，是张恨水对中国传统文化特别是道家文化的一次深入思考。

如果说，在《巴山夜雨》等小说中，张恨水强调的是人在现实世俗的环境中，如何保持“常心”——精神原生态，那么在《秘密谷》中，张恨水则从反面，即这种“常心”遭到外界破坏的方面，来对道家“返璞归真”文化进行更为深入的思考。《秘密谷》虽然写的是张恨水的故乡天柱山，但它不是所谓的“旅行探险小说”②，仍是一部文化反思小说，或“寓言小说”。老子提出“见素抱朴，少私寡欲”。对“欲”的警惕，无论是道家还是佛家，都是相通的。“欲”，已经成为人“返璞归真”的最具破坏性的阻碍力量。如何在充满了欲望的现实世界中，保持一种“真”的状态，保持一种心灵的平静和人格的独立也即庄子所说的“性命之常情”，是张恨水思考的一个重要问题。这在他的《秘密谷》中通过曲折的形式得到了表现。所以，如果把《秘密谷》仅仅看作一部“旅游探险小说”，则与其深层内涵大相径庭。《秘密谷》从单纯的故事性而言，确实具有某种“探险性”，但这仅是故事的外表，其内里仍旧是个关于文化的文本，一个返璞归真的故事。“《秘密谷》这本书是抽象的，我说大别山里，还有个处女峰，峰下有个秘密谷，里面的人，还是古代衣裳，因为他们和外面社会隔绝一个时代了。借着这些人，可以象征一些夜郎自大的士大夫。……”③从这段话中，我们可以看出，张恨水创作《秘密谷》旨在探寻和批判生活

① ［美］余英时：《士与中国文化》，上海人民出版社2003年版，新版序。

② 赵孝萱：《张恨水小说新论》，台湾学生书局2002年版，第169页。

③ 张恨水：《写作生涯回忆》，北岳文艺出版社1993年版，第61页。

在繁华城市里的那些“夜郎自大的士大夫”的文化心态。张恨水对生活在城市里的所谓“文明人”的虚伪、欺诈、浮华、堕落，持相当严厉的批判态度，这在他的一系列“国难小说”中，也有着深入的思考和表现。

张恨水一直在做着借助传统的道家文化来匡正现实的努力，特别是在20世纪三四十年代那样一个混乱、痛苦、污浊不堪的世界中，如何恢复和保持一个知识分子的真性情，获得内心的自由与平衡，采取一种超越性的人生态度，进行灵魂的自我拯救，这是张恨水面对现代性文化的狂潮所思考的一个问题。因此，在他的小说中通过杨杏园、冷清秋、李南泉等“镜像式”人物，进行着一种文化思考，探索着另一种生活方式、生命方式。

论《无名书稿》的诗性品格①

一

自从亚当和夏娃被逐出伊甸园，人类就开始了永恒的流浪。失家的焦灼日日啃噬着他们痛苦的心灵，于是寻找与回归乐园的自救意识便激荡在代代人的血液里，成为一种永不涸竭的精神之源。乌托邦即是人类企图在现实之境中营造理想乐园的心灵映射。中国历代圣贤们的乌托邦理想充满诗性的光辉。从老子所崇尚的小国寡民，庄子的逍遥无力，到孔子的大同世界，直至后来陶渊明的世外桃源，都勾画出这些士人阶层精神流变轨迹。这种理想灌注于他们的血液中，成了知识分子无可摆脱的情结。摩罗认为，在我们这个“没有彼岸性宗教的民族，这种乌托邦情结就成了宗教的代替品，表达着人们超越现实黑暗和此岸苦难的深层理想”②。乌托邦情结分为两个基本层面：一个层面是对人性和人类命运的整体思考，表达着具有终极意味的文化思想，即老子、孔子的理想；另一个层面，表达的主要是一个知识分子的个人的现实选择和一个艺术家的个人的审美倾向，即陶渊明的理想。前者具有伦理性与宗教性，而后者则是一种个人的逃避与

① 原载于《青岛海洋大学学报》2002年第3期，原题为《“自由”与“死亡”——论〈无名书稿〉的诗化品格》。

② 摩罗：《自由的歌谣》，文化艺术出版社1999年版，第181页。

逍遥。无名氏的小说兼具这两种理想，一是印蒂等探索人生真谛的社会——伦理理想，一是郑天遐归隐后的田园理想，他们分别上承老子、孔子和陶渊明，具有不同的文化内涵与精神归属。无名氏是偏重前者的，对于印蒂悟道后创办的“地球农场”的美妙描绘正反映出他心底深层的社会政治理想。但这种理想其实质却在于一种乌托邦精神——自由——一种超越现实苦难的精神支柱，一种对人生存现状的焦虑不安而生出的绝望抗争。

综观无名氏创作，“自由”是他一贯崇尚的情怀。从早期小说《崩颓》中对尼采濒临疯狂前拥马痛哭的深切感怀；《海的忧郁》中“他”对监狱外面春天的欣喜之泪；流浪柏林的白俄人对俄罗斯母亲的怀恋与挚爱（《露西亚之恋》）；后来的波兰少女对祖国遭受践踏、奴役的悲哀（《北极风情画》）；以及印蒂初出监狱时对自由的狂呼和悟道后所建的乐园生活——这一切无不表达出作者自身对自由的真切热爱和对践踏自由者的无比痛恨。现实的冷峻严酷逼使他去创造一个超越“现实性”的理想世界，从而与他身处的恶劣现实世界相抗衡，获得心灵的安慰与补偿，并借此唤起迷雾中的人们抵挡黑暗的侵袭。

爱情是自由的最高表现形态。在生惑命遑的战争年代，许多作家面临外在生存现状的挤压与内心自我批判的冲突，真正的爱情在他们笔下遭到放逐，变异为揭示人性冷漠、扭曲异化或人类尴尬困顿的生存处境的华丽外衣。于是，张爱玲用一种“站在高处看风景”的冷眼旁观态度，将笔触深入男男女女内心隐秘的死角，榨出他们灵魂底层的“小”来；钱锺书则用一种智者的眼光俯视芸芸众生，以暗含讥刺的语言调侃他笔下的人物，同时也替自己聊以解嘲。同样涉及爱情，张爱玲笔下的人物上演的多是“爱情游戏”，而钱锺书的《围城》则是一个个“爱情圈套”。无论是张爱玲还是钱锺书，他们只是借爱情表现一种荒原体验与困兽意识，这是荒诞的时代和人生造就的无奈又辛酸的爱情故事。而就在这爱情充满“游戏”和“圈套”的荒乱背景上，无名氏至真至纯的情爱描写却光华四射地屹立于废墟之上。他的笔调饱满热烈，用一种“介入”者的姿态充满激情地抒写，让人物淋漓尽致地展示自己的情感、心理。男女主人公内心澄明纯净，如醉如痴，没有察言观色的周旋，也没有费尽心机的猎取，有的只是炽烈燃烧的爱与毫无保留的付出。也许无名氏对人性的揭示没有张、钱深刻，但他为我们提供了一种真爱模式，并引导读者进入爱情的自由境界。罗素曾说："遗传式的中国文化，对于一切浓厚的感情是反对的，而且以为在任何情形下，都应当保持他的理智。"① 而无名氏的小说却以其情感的真挚与非理性的激情向传统的文化做了大胆的挑战。

二

无名氏生活在自我的理想世界里。正如歌德所言，生活在理想的世界，也就是把不可能的东西当作仿佛是可能的东西那样处理。作为一种浪漫传奇和人生探索，无名氏作品透射出的是人生情绪的理想性。无名氏沉郁又孤独地成就着他的生命，粗犷强悍的原始强力和生死攸关的激烈搏战退置为背景，而让百折不挠的思想活力成为其乌托邦精神的不竭之源。

乌托邦精神是士人阶层独立性、主体性和自觉性的最高形式。美籍宗教哲学家保罗·蒂里希指出："乌托邦都是真实的。为什么乌托邦是真实的？因为它表现了人的本质、人生存的深层目的；它显示了人本质上所有的那种东西。每一个乌托邦表现了人作为深层目的所具有的一切。"② 与之相应，加西亚·马尔克斯认为真实的世界才是"出人意料、从人类史上看似乎是乌托邦式的现实"，而他所创造的那个自由平等、充满爱情与幸福的世界才是"千真万确的现实"③。二人的观点其实是一致的：那个历来被认为是虚幻、空想的乌托邦才应该是人类生存的真实。这是对无奈现实的强有力的否定，也是对美好生活的满怀希望的期盼。他们摒弃了以往人们将乌托邦看作毫无意义的海市蜃楼的态度，而从人的本性中寻找乌托邦作为一种精神存在的必然性与必要性。

除此之外，乌托邦精神在深层次上其实是一种宗教信仰。恩斯特·布

① 转引自李新宇《爱神的重塑》，中国广播电视出版社1991年版，第171页。
② ［美］保罗·蒂里希：《政治期望》，徐钧尧译，四川人民出版社1989年版，第214页。
③ 汪晖：《旧影与新知》，辽宁教育出版社1996年版，第67页。

洛赫在他的早期著作《乌托邦精神》中认为，乌托邦不仅在本质上是真正宗教性的，而且他就是上帝死了之后宗教的唯一合法后嗣。哈贝马斯说："上帝死了，但其灵位尚在。这个灵位曾经由人类想象的上帝和众神占据，而今，在这些假定衰亡之后，仍然留下了一个空洞。无神论终于理解了这个真空的深度，从而勾画出一幅未来自由王国的蓝图。"① 也即是说乌托邦是人们制造的新的宗教与信仰，寄托着人们超越现实黑暗和此岸苦难的深层意愿。

在此处我们终于发现无名氏所用力描绘的农场生活其实正是作者努力重建的新宗教、新信仰的体现。印蒂的追寻也就具有了一种宗教意义，无论是他神秘澄明的华山悟道，还是身体力行的农场实践，都在本质上指向人面对自己的渺小无助与生命的苍茫飘浮而寻找的精神寄托。宗教以其神秘性、终极性带给人安全、宽慰和平静，让人在全身心的信奉中得到诗意的陶醉，领会到生命的美。无名氏对充满自由神性的乌托邦精神的表现除了印蒂悟道这一条线索外，同时还穿插了其他许多知识分子的经历，相互对比，相互映衬，进一步凸显出超脱之难。无名氏笔锋甚健，既让主人公灵魂净化升华，进入与自然、宇宙融合一体的境界；又绘声绘色地描绘出了普通人的琐碎生活：吵架，追债，逃婚，以及颓废的生活态度。表面看来，《书稿》内容芜杂，将许多人的故事糅合在一起，显得章法零乱。其实这些人物可分为三类：一类以印蒂为代表，是精神超越者；另一类以几位画家为代表，是艺术上的超越者，这两类殊途同归；再一类则是以唐镜青、林郁、郑天漫等一大批战乱时期无所适从的知识者为代表，他们最后多流于迷惘消沉，正与印蒂的不断超越构成鲜明映照。这三类都以印蒂为纽带，建构了《书稿》庞杂的人物体系，联结了斑驳的故事碎片。通过这几条线索，无名氏将其他的印蒂原先的同道者穿插其中，从而在众人的萎靡颓废中凸显出印蒂这一精神探索者的特异，使其追索具有了逃离现实困囿的超越性意义。

---

① 汪晖：《韦伯与中国的现代性问题》，王晓明主编《批评空间的开创：20世纪中国文学研究》，东方出版中心1998年版，第12页。

三

对生命的诗意洞悟不仅表现在具体的生活态度上——乐观豁达、淡泊宁静，而更在于对宇宙、人生及人的生死这些根本性的哲学问题上的透彻认识，在生死问题上达到真正超越，才能进入真正自由的境界。死亡是人类无可摆脱的宿命，因其神秘的不可知性而成为万难破解之谜，更引起人的恐惧。宗教之所以深入人心，在很大程度上缘于其对“死亡”的解说。在佛教看来，人生是“苦海”，死才是人生痛苦最后的解脱；基督教的“原罪说”也使信徒认为人生而有罪，因此，活着即是赎罪，死后才可进入天堂。中国圣贤们对生、死也有论述。庄子认为“人生天地之间，若白驹过隙，忽然而已”（《庄子·知北游》），而死亡正“是相与为春秋冬夏四时行也”（《庄子·至乐》），即生为短暂，而死是合乎自然之道的。孔子则曰：“未知生，焉知死？”（《论语·先进》）他采用回避方式而将死亡这一未知领域转变为生这一可把握的问题，从而显示出孔子重视现世人生的态度。

“死亡”主题在无名氏的小说中一再出现，充分展示了作者的死亡意识。无名氏对死亡一直持着一种诗意的看法。在《北极风情画》中，奥蕾利亚的死惨烈，但又悲壮，哀伤而又富有激情。她的死带给读者的除了深深的痛惜惋叹，更有对她矢志不渝的坚贞爱情态度的敬佩感动。死亡在这里卸掉了残酷面纱，而蒙上一层崇高的诗性。奥蕾利亚虽死犹生，她永远活在林的心里。与之不同，在《塔》中，罗圣提在重见黎薇的那个落雪下午，却发出“这不是薇！这绝不是薇！”的自答；黎薇也说“不认识”他。如果说《北极风情画》中男女主人公泯灭生死界限，死亡使他们的爱情愈益圣洁坚硬，那么，《塔》中二人无异于虽生犹死，现实残酷地摧毁了他们心底最后的一点浪漫幻想，使生命变得萎败空虚。可见，此处的死亡比生命更具有诗意，也更具崇高性与永恒性。

至《无名书稿》，无名氏对死亡又有了进一步的思考，主要体现为印修静之死和印蒂悟道。在书中印修静无疑对儿子起着先导作用，印蒂的前五次“归家”主要接受父亲的“启蒙”，这位昆虫学家在几十年的生物学研究中，已达到超然面对生死的境界。印蒂离家出走五年后首次归家时，印修静对他说，“人过去是生物，现在是生物，将来也是生物。是生物，就是自然的一部分”，并用脊螽的眼睛为喻，预言印蒂的未来之路；第三次说，“我认为生命根本就是一个‘无’，从无里面，我什么都抓不到”，“凡存在，都要碎”；第四次说，“人本从自然中来。人仍是自然的一部分”。这几次谈话反映出印修静对死亡的看法：人作为自然的一部分，必将回归自然。生命即是从有到“无”。但集中体现印修静之死亡观的还在于第五次谈话，即他临死之前的一次谈话。他说：

> 我没有死。我只不过从“人”这个生物转变成一些无机的和有机的化学元素，它们又渐渐转入另外一些动物和植物躯体中。于是我就变成锦葵花、大荔花、野菊花、冬青树、扁柏、针叶松，我将变成萤火虫、金凤蝶、螳螂、蝉。我将变成大地、水流、草丛、月光。终于，我变成世界，变成星球。我并没有死。我变得更无限、更巨大、更空灵了。我在生命着另一种生，活着另一种活。
>
> ——《死的岩层》

这真是一段对死亡既唯物又诗意的解释。印修静用一种诗化语言阐释了自己从人转化为他物的过程。印修静的思想与前面相比有了进一步发展，即经历一个“从有到无”再“从无到有”的转变过程，死亡对于他来说只是一次转化，一次新的生命的诞生。这里没有痛苦、恐惧，只是一个豁达老人对生命历程的洞彻理解和面对死神的平静之语，他将无生命的东西用充满色彩与生机的植物、动物，以及带给人温暖、恬静与光明的“大地”等意象表述出来，出其平和达观的心境。他已经超越了生死的界限，将一切都看作自然之态，印修静的话直接导启了印蒂的华山悟道。

印蒂于华山彻悟后，对生死有了自己独特的理解。死亡的黑暗天幕被充满无限生机的白色天幕所代替，死成了一片光明，而且他“再没有死的压力感觉……他不只毁灭死的感觉压力，也消灭了一切威胁他精神的黑暗感觉”，死亡已经从他的精神世界中消失，他感受到生命的力量。如果说印修静对死亡的诗意阐释还更多带有庄子之生死自然的意味，印蒂则直接超越了生死问题，达于孔子的思想境界。孔子以回避死亡的方式表达对生的重视，死亡在他的心里毫无地位。印蒂在悟道后，生命中也没有了死亡的阴影，整个身心沉浸在生的光明中。正如钱锺书先生所认为的孔子表现出的对待死的态度，远较释老更加通达而实际：“释老之言虽达，胸中仍有生死之见存，故有需于自譬自慰。庄生所谓‘悬解’，佛法所谓‘解脱’，皆尚多此一举。”“非胸中横梗生死之见，何必作达。非意中系念生死之苦，何必解脱。”① 可见，孔子的态度达于置生死于度外的超越性境界，一种人人可达的毫无神秘意味的平易朴实的境界。佛家的“真如涅槃”与庄子的“鼓盆而歌”都超越了普通人的认知领域，臻于玄学之境，未能使人人得而解之。

“死亡”在无名氏笔下逐渐由悲壮、哀伤转向平静、超然，从神秘、黑暗趋于洞达、光明。这样，无名氏完成了他对“死亡”的诗意剖析。可以说，只有参悟了生死，印蒂才最终得到精神超脱，并投身于充满勃勃生机的创造中去，乌托邦理想也才付诸实施。无名氏把儒家的天人合一，道家的自然解脱，佛家的真如涅槃，以及禅宗的三昧境，按他个人的感觉方式，思维方式和想象风格，化为亦诗亦哲的超越的精神大升华。印蒂正是无名氏思想与理想的载体，他虽是小说中的一个重要人物，但从创作心理而言，也可以说他只是一个意象，一种理想。作者的本意不在于立体地刻画他的性格，或再现历史真实，而在于借助这个意象，这个奋斗者的精神历程，寓意深远地表达他对理想世界和理想人性的向往与追求。印蒂对死亡的诗意洞悟，也正反映出作者本人对死亡的一己之见。印蒂的追寻代表了作家本人的精神欲求与情感态度；他的思想和信仰也与作家的多年沉思与人生探索交汇融合。

---

① 钱锺书：《谈艺录》，中华书局1984年版，第235—236页。

《无名书稿》主要创作于“中国从南到北、从北到南都是流火，中国从东到西、从西到东都是流火”的时代，无名氏欲在价值虚空的世界上营造一个超世俗的境界，面对连绵战争和政治变动，内心充满孤独与焦灼，渴望寻求一条拯救自我和人类的出路。他笔下的乌托邦精神和对死亡的诗意洞悟，正是基于对人生存现状的焦虑不安而生出的绝望抗争。

智者心语　性灵文字

——王鼎钧散文创作论[①]

王鼎钧是当代海外华文文学的代表性作家，其创作已逾半个多世纪。王鼎钧的创作，散文、诗歌、小说、剧本、评论皆有建树，以散文成就最高，已出版各类散文著作几十种，在海内外产生了广泛影响，特别是他的“人生三书”（《开放的人生》《人生试金石》《我们现代人》）及《左心房漩涡》《情人眼》《碎琉璃》《风雨阴晴》等，更是具有经久的艺术魅力和广泛的影响力，成为海外华文文学的奇葩。

一

王鼎钧散文的意义已经超越了纯文学的范畴。楼肇明称王鼎钧为“发端于六十年代台湾散文变革中，成就最大的散文大师”[②]，与余光中一起，“共同为完成对现代散文传统的革新，奠定了坚实稳固的基石”[③]，这是仅就中国台湾文学发展而言。在整个中国当代文学视域内，王鼎钧的散文同样具有不可忽视的意义。

---

① 原载于《名作欣赏》2009 年第 7 期，原题为《智者心语　性灵文字——读王鼎钧散文随感》。

② 王鼎钧：《王鼎钧散文》，浙江文艺出版社 1994 年版，封底。

③ 楼肇明：《谈王鼎钧的散文》，王鼎钧《王鼎钧散文》，浙江文艺出版社 1994 年版。

王鼎钧的散文在一定意义上是对中国传统散文、五四美文的承续，是对中国长期以来占主流地位的“普罗”散文的超越。自20世纪20年代“普罗文学”出现以来，中国现代散文开始出现粗糙化甚至粗鄙化的因子，新中国成立后随着普罗文学的全面主流化，当代散文无论是在文体形态还是审美风格上，更是变得愈益枯燥、枯涩，中国传统散文所特有的灵动性、精致性被彻底放逐，中国传统散文、五四美文的流脉，也同时被彻底斩断。至今，普罗文学中的反文学性因素，并未得到清醒认识和认真清算。王鼎钧自1949年后长期寓居台湾、客居美国，远离普罗文学的中心，因而，他的创作与传统散文和五四美文更为接近，在中国当代散文中，曾经被否定和斩断了的传统，在王鼎钧的散文中得以保留和彰显。同时，由于王鼎钧“经历七个国家，看五种文化、三种制度”的独特经历，以及他生于传统、依于传统的文化背景，王鼎钧的散文创作站在“中国文学”的立场，超越了台湾“党文学”“阶级文学”的拘囿，形成了更为开阔的视野和更为高远的境界，在这个意义上，王鼎钧的散文不但完成了与传统的续接，而且使台湾文学的五四传统特别是五四散文传统得到重新认同。

王鼎钧虽自20世纪70年代末就身处他乡，但他散文的精神却是中国传统的，他的根深植在中国传统文化之中。独特的人生阅历，使王鼎钧的散文成为当代乡愁文学的典范性文本，单就创作数量而言，王鼎钧的散文绝大多数与“乡愁”有关。王鼎钧的散文承续了中国传统散文的感时忧国传统，但他并没有停留在一般的思国怀乡层面，而是赋予了“乡愁”更多的超越性内涵，如对人生、人性的深刻思考，这其实就是王鼎钧的散文超越一般“乡愁”文学之所在。

王鼎钧的散文，其根本旨归在于“诠释人生”，在于努力“写出全人类的问题”。其实，王鼎钧所写的并非完全是个体性经验，而是记录了一代中国人的独特经验和思考，他的乡愁，他的面对故乡的复杂心绪及“故乡是祖先流浪的最后一站”的哀楚，他的用“异国的眼，故乡的心”来审视人生世相的努力，以及他要从“水成岩的皱折里想见千百年惊涛拍岸”的忧伤，都不独是王鼎钧的个体体验。王鼎钧说：“我是赤着脚走路的那种人，路上没有红毯，只有荆棘。中年以后整理自己的生活经验，发生了一个疑问，当年走在路上，前面明明有荆棘，为什么走在前面的人不告诉我呢？前面有陷阱，为什么没有人作个标记呢？前面有甘泉，为什么去喝水的人不邀我同行呢？经过一番研究，我知道一般人在这方面是很吝啬的。于是我又衍生出一个想法：我一边赤脚行走，一边把什么地方有荆棘、什么地方有甘泉写下来，放在路旁让后面走过来的人拾去看看。”这可以看作王鼎钧散文创作的根由。同时，王鼎钧又说，明珠在蚌的身体里结成，但明珠并不是蚌的私人收藏。王鼎钧的散文，已成为中国文学宝库中一颗“明珠”。

在人生、宗教、文学之间，达到一种内在的沟通和融合，达到一种三者的化境，是王鼎钧的散文努力的方向。他说：“我从孔孟、耶稣基督、马列、佛陀面前走过，都没有空手而回。我能融会贯通。我生生不息。”恰恰这种融会贯通，生生不息，使他虽也“经历左翼挂帅、党部挂帅、学院挂帅、乡土挂帅，到市场挂帅”①，但并没有随着旗帜的更换，而轻易更易自己的文学理想和文学追求，而是对“党文学”“阶级文学”等说教文学保持着高度警惕，他力图在更高的层面上保持与传统的血脉联系。如果把中国传统文化、传统文学比喻成一棵枝繁叶茂的大树，那么，王鼎钧的散文就是这棵大树上开出的一枝奇异的花朵。

二

王鼎钧的散文，有一种“坚硬”的存在，那就是其智性品格。王鼎钧曾说：“我力图使我的文章能耐时间淘洗，越过空间限制，可以广远流传。”② 有的学者指出，王鼎钧的散文“能用浅近的语言表达深远的寄托”③。其实，无论是“能耐时间淘洗，越过空间限制”，还是“深远的寄

---

① 李晔：《海外著名散文家王鼎钧访谈录》，《当代文坛》2006 年第 4 期。

② 同上。

③ 张炯：《在王鼎钧文学创作国际研讨会上的讲话》，http://wenxinshe. zhongwenlink. com/home/news_read. asp? NewsID = 35107。

托”，所指都是王鼎钧散文的智性光芒。

王鼎钧是一位智者，是一位有大智慧的作家。智性，构成了王鼎钧散文的独特魅力和隽永品格。读王鼎钧的散文就如同与一位智者促膝交流，让你时时得到智慧的快乐。其实，王鼎钧是使命意识、家国情怀很强的作家，无论是“人生三书”，还是其后的《随缘破密》《心灵分享》《千手扑蝶》等，都可以明显感受到“作家对社会的责任感和关怀”①。但是，王鼎钧的独特之处在于他没有被这种社会使命、家国情怀所拘囿、所桎梏，而是寻求向人生的更深处突进，努力发掘人生的深层意蕴和生命体悟，特别是对“人性的秘密”的执着（对人性的思考，在《最美和最丑》中得到了惊心动魄的表现），形成了王鼎钧散文的智慧之源。

同时，王鼎钧又是一位有仁者之风的君子。在中国作家中，智者并不缺乏，但是，智慧并不永远都是正面的东西，不知有多少人为“智慧”所累。智者有两种：一种是单纯智力的优越，这种人往往太过看重自己的智慧，咄咄逼人、锋芒毕露、唯我为上，不免失之于刻薄、冷峭；另一种智慧，则是王鼎钧式的，含蓄、典雅、宽厚，永远充满了爱心、暖意，心胸坦荡，心地澄明，如《六字箴言》《那树》《锁匠和小偷》《石匠的智慧》《欲》等，都充溢着这种东方式智慧。王鼎钧的这类散文大都篇幅短小，既无炫目的佳词丽句，也不装出一副学问家的面孔，看似平淡，实则哲思深邃，启人心智，洗尽铅华，境界高远。所谓东方智慧，是一种温和的智慧，是一种循循善诱的智慧，也是一种“拈花一笑”的智慧，并且这种智慧永远与人生、生命相联系。智者，同时又具君子之风，是读者亲近和喜欢王鼎钧的一个重要原因。王鼎钧的智慧带给人的是快乐，而不是一种压迫感。王鼎钧的许多闪烁着智性光芒的话，同时又闪烁着温润之光，如“得意事来，处之以淡；失意事来，处之以忍”“用望远镜看社会，用显微镜看自己”“能征服，谓之坚强。能顺应，也是坚强”“永远永远不要对人绝望，星星对天体绝望才会变成陨星，一颗陨星不会比一颗行星更有价值”，字里行间，处处可见作家的一颗爱心，一颗仁者之心。

---

① 蔡倩如：《王鼎钧论》，台湾尔雅出版社有限公司2002年版，第49页。

王鼎钧是一个经验型的作家，他的智慧，更多是来自人生的体验、感悟，而不是抽象的思辨。丰富的人生阅历给了王鼎钧一双“慧眼”，特别是抗战、内战、台湾戒严时期、纽约移民的人生时空转换，使他更容易超越人生的迷障，在一定意义上是人生的大磨难、大痛苦使王鼎钧达到了人生的高处，并凝结升华成了他的大爱、大智。可以说，没有王鼎钧几十年的世事沧桑、生命磨难，就没有王鼎钧的散文。台湾作家马森把王鼎钧的散文称作“弥香酒液”：“过去漫长的经验，经过酝酿沉淀，都化作愈久弥香的酒液，从他的笔端一滴滴地流出来了。”① 这是很有道理的。《四个国王的故事》《闰中秋华苑看月》《惊生》《我们的功课是化学》，还有诸如“人是一个月亮，每天尽心竭力想画成一个圆，无奈天不由人，立即又缺了一个边儿”“生命是马蹄铁”，以及“年轻时不要怕，年老时不要悔”的人生“六字箴言”等，没有一定的人生阅历作为底子，是写不出来这类深沉文字的。读王鼎钧的充满人生思考和智慧光芒的散文，让你联系起王鼎钧散文中的一个比喻：“怀珠的蚌”。其实，王鼎钧就是那颗“怀珠的蚌”，他的散文就是生命化育而成的“珠”。王鼎钧说：“拿读者当垃圾桶的时代过去了，拿读者当出气筒的时代过去了，拿读者当啦啦队的时代过去了，拿读者当弱势群体任意摆布的时代也过去了！读者不能只听见喊叫，他要听见唱歌。读者不能只看见血泪，他要看血泪化成的明珠，至少他得看见染成的杜鹃花。”王鼎钧深含人生智慧的文字，其实是历尽沧桑、参阅世事后的智者心语，是“血泪化成的明珠”。

三

“灵性”是文学之魂，好的散文是需要用心灵来感悟来体味的。人是万物之“灵”，人的心灵没有了“灵性”，就“成了一块块没有弹性的死肉”，文学没有了“灵性”，就完全变成了一堆没有生气和光彩的死的文

① 马森：《弥香酒液》，http://www.elitebooks.com.tw/front/bin/ptdetail.phtml? Part = d11902。

字。灵性是中国传统散文特别是小品文的审美品格，散文缺乏灵性，就像少女缺少明亮的眼睛。但是，就当代散文而言，灵性已经成了一种奢侈性的审美追求，无论是“十七年散文”，还是新时期散文，整体而言，伪饰多于率真，喧嚣多于澄静，真正的性灵文字更是少之又少，这是与整体文化氛围、文学语境相关的。所以，读到王鼎钧的充满灵性的散文，你会有一种熟悉的陌生感。王鼎钧是用心灵在写作，而不是像有些作家那样仅仅是用电脑在写作。这也许就是王鼎钧的散文富有灵性的最重要的原因，源于心灵的文字与电脑敲出来的文字毕竟不一样。

王鼎钧是一个虔诚的“文学教徒”，其审美品位是很雅致的，是带有一些“贵族”气息的，他自称“文思不俗”是也。王鼎钧的散文，具有一种灵性之美，这也是王鼎钧散文向传统回归的一个明证。王鼎钧说：“散文好比‘我是天空里的一片云，偶尔投影在你的波心’。这片云的形状是自然生成，但有些巧云是出于织女的设计。巧云虽巧，到底仍是一片浑然舒卷自如。”① 这其实就是王鼎钧的“散文美学”。唯其追求“浑然舒卷自如”的境界，其散文创作自然也就摆脱了造作和斧凿的印痕。

王鼎钧的散文的灵性之美，首先表现为语言的空灵美。王鼎钧的散文语言具有一种飘逸灵动之气，绝不死沉沉、木呆呆，也绝不掉书袋，空灵而深含理趣。台湾作家柯庆明评价王鼎钧的散文是“运空灵之笔，写温厚之心”② 是很恰当的。王鼎钧自14岁即接受了基督教的洗礼，自称其信仰是“混血”的，但是，从他的散文创作而言，似乎佛教、道教对他的影响更为内在。这种影响主要表现为王鼎钧散文的悟性美。所谓悟性，是一种东方美学范畴，也是一种东方式思维，即“用智慧观照”——知觉的、明澈的观照和体察——一种东方式的悟性之美。

王鼎钧的散文的悟性美表现在他的“觉悟”和“体悟”上。王鼎钧的散文的哲思源于他的人生体悟，源于对人生的参悟和洞察，而并非单纯的文学才华和技巧。佛家按照悟之途径将“悟”分为“解悟”和“证悟”

---

① 王鼎钧：《作文十九问》，作者自印，1986年，第84页。

② 柯庆明：《奇迹》，http://www.elitebooks.com.tw/front/bin/ptdetail.phtml?Part=d11902。

（由理解真理而知者为解悟，由实践修行而体得真理者为证悟），王鼎钧属于后者。《老子》曰："常无欲，以观其妙。"王鼎钧已经觉悟了人生的"妙"处，"悟"到了超越于现实人生之上的生命真相。王鼎钧有诗："天外忽然通妙理，人间何苦留痴名。"从这个意义而言，王鼎钧散文的哲思实际上就是他几十年来对人生"觉悟"后所得来得"妙理"。有的学者称王鼎钧的散文为"寓言体"，这是有道理的。所谓"寓言体"，就是小故事里暗含深意和玄机，需要读者去领悟，如《网中》《水心》《脚印》等，篇幅短小，寥寥数百字，隽永深婉，寄意深厚，可谓小散文、大境界，是散文中的寓言，没有丰富的阅历和对人生的深刻领悟和参透，也就没有这类精粹文字。

从更深刻的意义上讲，王鼎钧散文的悟性美源于他的人生"悟境"。王鼎钧说："作家也是向众生示现种种境界，破迷开悟，文学作品就是作家示现的境界。"如果作家自己尚"执迷不悟"，又怎能对读者"破迷开悟"呢？作家的境界决定了作品的境界。佛家强调"自悟自修"，其实，"悟"是"自修"的结果，"自修"是"悟"的途径和过程，没有"自修"是无法达到人生的"悟境"的。王鼎钧曾自称是"血火流光的幸存者，冰封雪埋的幸存者"，这种人生的大磨难、大痛苦，其实就是王鼎钧的"自修"的过程，并最终启发了王鼎钧的大觉悟。王鼎钧说："人生的功课在于对内完成"，"我觉得生命的酸甜苦已调和成鼎鼐滋味，心如明镜、无沾无碍的境界可望可即。"这其实所指就是人生的"悟境"。《那树》《网中》《与我同囚》等，皆呈现出一种超越之美，可成为王鼎钧"宗教散文"的巅峰之作。从《某种看法》《谁想念谁》《水族启示录》可以得知，王鼎钧是个大觉悟者。

王鼎钧说："'人'不是神的奴婢，'人'不是神的出气筒，人不是一生战战兢兢等待神降祸、降福。人不必跪在那里等神决定，等神安排，等神完成。人像神一样地工作，完成神要完成的，完成自己想要完成的，也正是神要完成的。"王鼎钧已经完成了"神"的工作。

后　记

这本自选集是我近十余年来学术研究的一个缩影，今天回头看，这些不成样子的论文构成了我生命的记忆，既颇惭愧，也颇感慨。需要特别说明的是，这里所说的“20 世纪”并非一个严格的时间概念，而是统指中国现当代文学。论文在选编时，力求保持原貌，个别地方和题目稍有变动。《非理性视野中的现代中国文学》是与我的导师朱德发先生合作完成的，《精神生态视野中的 20 世纪中国文学》《一条离开河流的鱼——论新中国成立后的赵树理》等，是与我的夫人李萌羽教授合作完成的，其中，《一条离开河流的鱼——论新中国成立后的赵树理》在最初发表时署的是我夫人的名字；《简论陈忠实文学思想形成机制》是与魏李梅副教授合作完成的；《论〈无名书稿〉的诗性品格》是与我的妹妹温凤霞副教授合作完成的；《与生命对话——毕淑敏小说漫论》则是与我的研究生陈金波先生合作完成的。

在编这本论文集的时候，不止一次想起在我的生活和学习的道路上给过我关心、帮助的人，如著名作家王蒙先生，我的导师、著名学者朱德发先生，以及中国海洋大学文学与新闻传播学院的领导和同事，我对他们永存感念；同时，我要感谢《文学评论》的董之林女士，《中国现代文学研究丛刊》的吴义勤先生、李今女士，《当代作家评论》的林建法先生，《小说评论》的李国平先生，《文史哲》的贺立华先生，《海南师范学院学报》的毕光明先生，《东方论坛》的冯济平女士，以及《名作欣赏》的吕晓东女士等，这些习作在他们的帮助下得以面世；在这里，我要特别感谢本书责任编辑安芳女士，她付出了巨大心血，她认真、严谨和负责的态度，令我十分感动，她是一个真正的学者型编辑。

论文集中的文章，有个别地方可能有重复之嫌，为保持原貌基本未作修改，敬请读者朋友谅解。作为习作，浅薄错漏之处在所难免，请各位师长及读者朋友不吝赐教。

温奉桥

2015 年重阳节